원본
숙향전·숙영낭자전

한국
고전
문학
전집

006

원본
숙향전·숙영낭자전

이상구 주석

문학동네

머리말

　근래 우리나라 고전소설에 대한 관심이 새롭게 확대되고 있는 듯하다. 바람직한 현상이다. 한때 서구의 고전문학이나 우리의 현대문학은 삶의 모습을 다양하면서도 진실하게 형상화하고 있는 반면에, 우리의 고전소설은 천편일률적이거나 허무맹랑한 이야기에 불과한 것으로 간주되는 경향이 있었다. 소설 창작의 기법이나 문체 등을 고려할 때, 우리의 고전소설이 현대소설이나 널리 알려진 서구의 고전들에 비해 다소 떨어지는 면이 있다는 것을 부정할 수는 없다. 그러나 소설이란 본래 창작 당시의 현실적 토대와 언어 관습을 바탕으로 당대인當代人들의 꿈과 좌절, 슬픔과 기쁨, 삶과 지향 등을 허구적으로 형상화한 것이기 때문에 각각 나름대로의 시대적 의미와 의의를 지니고 있다. 또한 우리의 고전소설을 천편일률적이거나 허무맹랑하다고 생각하는 것은 고전소설 자체의 특성보다는 오늘날 우리의 관점에서만 바라본 탓이 더 크다. 예컨대 300~400년이 지난 후에 우리의 후손들이 20세기의 소설을 보고 뭐라고 말할 것인지 생각해보자. 그들도 지금의 우리처럼

20세기 우리 선조들은 어찌 그리 한결같은 문체로 한결같은 내용을 다루고 있는지 이해할 수 없다고 말할 가능성이 매우 크다.

이런 점들을 고려할 때, 우리는 고전소설을 현재 우리의 시각보다는 당대인들의 시각에서 이해하려는 노력이 필요하다. 또 우리가 이런 노력을 조금만 기울인다면, 우리는 고전소설을 통해 우리 선조들이 무엇을 힘들어하고 어떻게 살기를 바랐는가를 생생하게 맛볼 수 있을 것이다.

일례로 잘 알려진 『심청전』과 『바리데기』를 보자. 두 작품은 모두 '효孝'를 표방하고 있기 때문에 주제적인 측면에서 같은 성격의 작품으로 이해하기 쉽다. 그러나 조금만 세심하게 살펴보면, 두 작품에 나타난 효는 많은 차이를 내포하고 있다. 심청의 효가 '죽을 고생을 하며 자신을 키워낸 눈먼 아비에 대한 인간적 정리情理'라고 한다면, 바리데기의 효는 자신을 버린 부모를 위해 죽음을 무릅쓴다는 점에서 '유교적인 또는 관념화된 이념'이라고 할 수 있다. 즉 심청은 절로 우러난 마음으로 아버지의 눈을 뜨게 하기 위해 자기의 목숨을 바친 것이라면, 바리데기는 자식이기 때문에 당연히 부모를 위해 죽음을 무릅쓰고 저승에 갔던 것이다. 따라서 바리데기의 효보다는 심청의 효가 더욱 인간적이고 진실하다고 할 수 있다. 그러나 또한 바리데기의 효에는 조선시대 남녀차별로 고통을 겪어야만 했던 여성들의 원망怨望이 담겨 있다. 딸이기에 버려진 바리데기. 그녀는 여성을 천시했던 가부장적 질서에 저항하기 위해 어떤 남성도 하기 어려운 효를 실천함으로써 여성의 능력과 존재가치를 드러낸 것이다. 이런 점에서 바리데기의 효는 날카로운 발톱을 숨기고 있는 부드러운 털이라고 할 수 있다.

이렇듯 우리의 고전소설에는 아름답고 인간적이며, 풍요롭고 바람직한 세계를 만들어가고자 했던 우리 선조들의 고뇌와 노력이 담겨 있다. 이 점은 『숙향전』이나 『숙영낭자전』도 크게 다르지 않다. 두 작품은 모두 청춘남녀의 사랑을 환상적으로 형상화하고 있기에 얼핏 허무맹랑한 이야기인 것처럼 생각하기 쉽다. 그러나 두 작품의 환상성에는 당대인들의 질곡과 바람이 은은하게 배어 있다. 신분을 알지 못한 채 유리걸식했던 숙향과 귀공자인 이선의 사랑, 역시 출신성분을 알 수 없는 숙영낭자와 양반 도령인 선군의 사랑은 조선시대 지배계층의 입장에서 볼 때 있을 수도, 있어서도 안 되는 것이었다. 그렇기에 『숙향전』에서 이상서는 아무런 잘못이 없는 숙향을 죽이려 했으며, 『숙영낭자전』에서 백상공은 숙영낭자를 정식 며느리로 인정하지 않았던 것이다. 두 작품은 바로 이러한 현실, 곧 청춘남녀의 사랑을 억압했던 조선시대의 유교적 이념과 신분차별 등을 극복하기 위해, 또 그것이 바람직하지 않다는 것을 드러내기 위해 환상적인 기법을 활용하고 있는 것이다. 물론 두 작품의 환상성은 이것만으로 다 해명할 수는 없으며, 거기에는 오늘날 우리가 보기에 다소 비합리적인 것으로 생각될 수 있는 초월적이거나 운명론적인 세계관이 깃들어 있기도 하다. 그러나 이러한 세계관마저도 고달픈 현실을 어떤 방식으로든 극복해보고자 했던 당대인들의 고뇌와 몸부림의 산물이라는 점을 잊어서는 안 될 것이다.

오늘날 우리 젊은이들이 『숙향전』과 『숙영낭자전』을 통해 조선 후기의 제도적·이념적 굴레 속에서 신음하면서도 그것의 작은 틈새를 이용하여 인간다운 삶과 가치를 실현하고자 했던 당대인들의 가녀린 몸부림을 섬세하게 읽어낼 수 있기를 고대한다.

2010년 7월
아름다운 사람의 고장 순천에서
이상구 씀

머리말 _5

원본 숙향전 淑香傳 _11

원본 숙영낭자전 淑英娘子傳 _239

해설 | 환상성과 운명론적 세계관의 본질 _303

참고문헌 _332

1. 『숙향전』은 한국중앙연구원 소장본(596-R16N-001146-11)을 저본으로 삼았으며, 판독이 불가능한 부분과 문맥상의 오류, 오자와 탈자 등은 이대본, 심씨본, 경판본을 참조하여 교감했다.

2. 『숙영낭자전』은 김동욱 소장 48장본 『낭ᄌ전』을 저본으로 삼았으며, 판독이 불가능한 부분은 김광순 소장 48장본 『수경낭자전』, 김광순 소장 50장본 『수경낭자전』, 경판 28장본 『숙영낭자전』을 참조하여 교감했다. 또한 본문에는 여주인공의 이름이 '슈경ᄂᆞ자'로 표기되어 있으나, '해설' 등에서는 일반화된 명칭인 '숙영낭자'로 표기했다.

3. 원전에는 장을 나누지 않았으나 독자의 편의를 위해 큰 사건별로 장을 나누고, 각 장마다 사건의 특성에 부합하는 소제목을 붙였다.

4. 현대어법에 맞추어 띄어쓰기를 하고 문장부호를 사용했으며, 인물의 직접 진술은 줄을 바꾸어 적고 큰따옴표(" ")를 써서 구분했다. 그리고 문장이 완결되는 전체 인용의 경우에만 큰따옴표 속에 마침표를 찍고, 부분 인용의 경우에는 가독성을 위해 마침표를 생략했다.

5. 독자의 편의를 위해 계속 되풀이되는 말 외에는 가급적 모든 한자어에 한자를 병기했다.

6. 주석은 본문 이해에 꼭 필요하다고 판단되는 어휘나 어구로 최소화했으며, 풀이도 가급적 간략하게 서술했다.

7. 주석의 표제어는 가급적 현대 국어의 맞춤법에 맞게 고쳐 표기하고, 한자어의 경우에는 한자를 병기했다.

8. 판독할 수 없는 글자는 □로 나타냈다.

9. 본문의〈 〉속의 어구는 이해를 돕기 위해 추가한 것이다.

김전이 거북을 구해주다

    화셜(話說)[1]이라. 넷 숑(宋)나라 시졀(時節)의 남양(南陽)[2] 짜희 한 지상(宰相) 즈졔(子弟) 잇시되, 셩명(姓名)은 김젼[3]이라. 문지(門地)[4] 거록 후고 지죄(才操ㅣ) 셰상(世上)에 쎄혀난 고로, 문쟝(文章)은 넷젹 한퇴지(韓退之)[5]와 니젹션(李謫仙)[6]의게 나리지[7] 아니후고, 글시는 죠밍보(趙孟頫)[8]와 왕희지(王羲之)[9]의 지나니, 천하(天下)의 일홈는 션비 구름 못

---

1) 화셜(話說): 고전소설에서 이야기를 시작할 때 쓰는 말.
2) 남양(南陽): 중국 호북성 양양현(襄陽縣)에 있는 고을 이름.
3) [교감] 김전: 심씨B본 '金典'. 국립도서관본(한48-188) '金瑔'. 이대본 '김젼'.
4) 문지(門地): 문벌(門閥).
5) 한퇴지(韓退之): 당나라 때 문학가이면서 사상가인 한유(韓愈, 768~824)를 이름. 유종원(柳宗元)과 함께 대구(對句)를 중심으로 하는 종래의 변문(騈文)에 반대하고 자유로운 형식의 고문(古文)을 창도했는데, 숑(宋)나라 이후 한유의 문장은 가장 모범적인 것으로 추앙되었다.
6) 이젹션(李謫仙): 이름은 백(白, 701~762), 자는 태백(太白), 호는 청련거사(青蓮居士). '적선'은 '하늘에서 귀양 온 신선'이라는 뜻으로, 친구인 하지장(賀知章)이 지어준 별칭이다. 이백은 두보(杜甫)와 함께 '이두(李杜)'로 병칭되는 중국 최대의 시인이며, 호방하면서도 소탈한 기개와 도교적 풍모를 지닌 탓에 흔히 시선(詩仙)이라 불렸다.
7) 나리지: 못하지.
8) 조밍보(趙孟頫): '조맹부'의 오기. 조맹부는 원(元)나라 때의 명필로 자는 자앙(字昂), 호는 송설(松雪). 서화(書畵)에 뛰어났으며, 특히 서예에서는 왕희지의 서체로 복귀할 것을 주장한 복고주의의 선도자로서 후세 서예가들에게 큰 영향을 미쳤다.
9) 왕희지(王羲之): 동진(東晉) 때의 명필(名筆). 한(漢)나라와 위(魏)나라의 비문(碑文)을 연구하여 해서·행서·초서의 각 서체를 완성함으로써 서예를 예술로 격상시키는 데 결정적인 역할을 했다.

듯 ᄒᆞ엿더라.

그 부친(父親)은 운슈션싱(雲水先生)10)이니, 도덕(道德)과 ᄌᆡ죄(才操ㅣ) 텬하(天下)에 쌍(雙)이 업는 고로, 숑(宋) 텬ᄌᆞ(天子ㅣ) 극(極)히 ᄉᆞ랑ᄒᆞᄉᆞ 명픽(命牌)11)로 간의ᄐᆡ우12)와 니부샹셔(吏部尙書)13)를 ᄒᆞ이시되,14) 굿건이 ᄉᆞ양(辭讓)ᄒᆞ고 산즁(山中)에 깁히 들어 슘은 지 아홉 ᄒᆡ 만의 인(因)ᄒᆞ여 쥬려 죽으니, 김젼이 망극(罔極)ᄒᆞ야 예(禮)로ᄡᅥ 션산(先山)의 안장(安葬)ᄒᆞ고, 삼년 졔ᄉᆞ(祭祀)를 극진(極盡)이 지ᄂᆞ니, 이러므로 집이 가난ᄒᆞ더라.

일일(一日)은 김젼이 친(親)ᄒᆞᆫ 버지 조흔 ᄐᆡ슈(太守)15) ᄒᆞ여 가는 길희 위로(慰勞)ᄒᆞ고쟈 ᄒᆞ야, 호쥬셩찬(壺酒盛饌)16)을 갓쵸와 나귀예 실니고, 반하슈17)라 ᄒᆞ는 큰믈을 건너가더니, 믈가에 어부(漁夫)들이 큰 거복 한나흘 쟈바 구어 먹으려 ᄒᆞ거늘, 김젼이 ᄌᆞ셰(仔細)이 보니 그 거복이 눈물을 흘리며 가쟝 슬허ᄒᆞ거늘, 더옥 고이(怪異)히 녀겨 갓가이 슬펴본즉, 니마 우희 하늘 텬ᄶᅥ(天字) 잇고, 비 가온디 목슘 슈ᄶᅥ(壽字)와 복 복ᄶᅥ(福字) 완연(宛然)ᄒᆞᆫ 듯ᄒᆞ거늘,

---

　　　그 결과 왕희지는 중국 역사상 최고의 서예가로 평가받고 있으며, 서성(書聖)으로 불리기도 한다.

10) [교감] 운슈션싱: 심씨B본 '雲水先生'.

11) 명패(命牌): 임금이 삼품 이상의 당상관(堂上官)을 부를 때 보내던, '명(命)'자를 쓴 붉은 칠을 한 나무 패. 벼슬아치의 이름이 적혀 있는데 이를 받은 사람은 참석할 수 있으면 '진(進)', 참석할 수 없으면 '부진(不進)'이라 써서 되돌려 바쳤다.

12) 간의태우: '간의태부(諫議太傅)'의 오기. '간의'는 임금에게 간하여 정치를 논하는 것을 뜻하며, '태부'는 삼공(三公)의 하나로 천자를 도와 덕(德)으로 인도한다는 뜻을 지님. 고려시대에는 임금의 고문을 맡은 정일품 벼슬로 원로대신에게 주는 명예직이었으며, 태사(太師)·태보(太保)와 함께 삼사(三師)라 불렀다.

13) 이부상서(吏部尙書): 육부(六部) 가운데 문선(文選)과 훈봉(勳封)에 관한 일을 맡아보던 관아의 으뜸 벼슬.

14) [교감] ᄒᆞ이시되: 제수하시되. 시키시되.

15) 태수(太守): 옛날 중국의 지방관(地方官). 진(秦)·한(漢)의 통일 이후 중국에는 봉건제 대신 군현제(郡縣制)가 실시되었는데, 군의 장관을 태수라 했다. 군사·재정·사법의 권한을 위임받고 지방의 실력자를 연(掾) 등 속관(屬官)으로 등용, 그들의 협력 아래 지방을 다스렸다.

16) 호쥬셩찬(壺酒盛饌): 호로병에 든 술과 잘 차린 음식.

17) [교감] 반하슈: 심씨B본 '盤河믈'. 국립도서관본(한48-188) '盤河'.

'일정(一定) 비상(非常)혼 즘싱이로다'

호고 분부(分付)호여,

　"죽이지 말고 도로 물의 노흐라"

혼디, 그 어부들이 답왈(答曰),

　"졔 비록 비상호오나, 우리 등(等)이 종일(終日)토록 물산영호더가¹⁸⁾ 다른 고기는 한나토 잡지 못호고, 다만 이 거복 하나뿐이온지라. 구어셔 여러이 요긔(療飢)코져 호나이다"

혼디, 김젼이 그 거복이 죽게 되믈 가장 잔잉¹⁹⁾히 너겨, 즉시 포디(包袋)를 열고 반젼(盤纏)²⁰⁾ 열닷 양(兩)과 호쥬셩찬을 쥬고 밧고와 물의 노흐니, 그 거복이 김젼을 즈로 도라보며 가더라.

　그히 지내고 명년(明年)의 벗을 ᄎᄌ보고 오다가 빅운교(白雲橋)를 건너더니, 그 달이 반(半)은 와셔 악쉬(惡水ㅣ)²¹⁾ 챵일(漲溢)호여 물결이 급(急)호며, 그 달이 두 머리²²⁾ 문허지니, 김젼이 망연(茫然)호여 아므리 홀 줄 모로고, 다만 달이 기동만 잡고 셧더니, 이윽하야 거문 널판 갓튼 거시 압희 와 놀거늘, 김젼이 급(急)혼 즁(中) 그거슬 보고 즉시 기동을 노코 그 우희 올나안즈니, 그거시 혼번 움즉호며 ᄉ죡(四足)을 허위치니,²³⁾ 바르기 살 가듯 호더라.

　이윽고 그 물을 건너 져편 물가 반셕(盤石) 우희 노코, 즉시 몸을 물속의 감초고 머리만 물 밧긔 니미러거늘, 김젼니 자셔(仔細)히 보니, 이마의 하늘 텬ᄌ(天字) 완연(宛然)호거늘, 닉심(內心)의 크게 놀나 싱각호되,

<hr>

18) [교감] 물산영호더가: 물사냥하다가. 곧 '물고기를 잡다가'라는 뜻.
19) 잔잉: 애처롭고 불쌍하여 차마 보기 어려움.
20) 반젼(盤纏): 먼 길을 떠나 오가는 데 드는 비용. 노자(路資).
21) 악수(惡水): 흔히 '마실 수 없는 나쁜 물'을 뜻하나, 여기에서는 '거센 파도나 물결'이란 뜻으로 쓰임.
22) [교감] 달이 두 머리: 이대본 '전후 다리'.
23) 허위치니: 휘저으니.

'일정 반하슈의셔 구(救)ᄒ든 거복니 은혜(恩惠)를 갑는쏘다!'

ᄒ고 그 거복을 향(向)ᄒ여 무슈(無數) 샤례(謝禮)ᄒ더니, 그 거복이 입으로셔 안기 갓튼 긔운(氣運)을 토(吐)하며, 무지게 갓튼 셔긔(瑞氣) 김젼의 압헤 둘넛쩌니, 이윽고 그 긔운니 거두며 져비알만흔 구슐 두낫치 노혀거늘, 자셔히 보니 오치(五彩) 영농(玲瓏)ᄒ며 향긔(香氣) 어릐엿고, 그 속의 은은(隱隱)흔 글지 잇시되, 하나흔 목슘 슈지(壽字)요, 쏘ᄒ나흔 복 복지(福字)여늘, 김젼니 싱각하되,

'젼(前)에 반하슈의셔 구흔 은혜를 갑고 가는쏘다!'

ᄒ고 그 거복 가는 곳들 향ᄒ야 무슈 샤례ᄒ고 집으로 도라오니라.

숙향의 탄생

이젹의 김젼의 나히 이십(二十)이로되, 집니 극(極)히 가난ᄒᆞ여 취혼
(取婚)치 못ᄒᆞ여쩌니, 마츰 영쳔(潁川)[1] ᄯᅡ헤 샤는 쟝회[2]라 ᄒᆞᄂᆞᆫ 샤람
니 본니(本來) 졍직(正直)ᄒᆞ야 공명(功名)[3]의 ᄯᅳᆺ지 업고 농업(農業)만 힘
쓰되, 근본(根本) 공후거족(公侯巨族)[4]의 쟈손(子孫)니라. 집니 가쟝 유
여(裕餘)ᄒᆞ되, 아드리 업고 다만 ᄒᆞᆫ ᄯᆞᆯ이 이시되, 인믈(人物)과 직질(才
質)리 셰샹(世上)이 ᄲᅢ혀나미 샤회를 극히 갈희더니,[5] 일일(一日)른 김
젼의 문쟝(文章) 풍치(風采)를 알고 구혼(求婚)ᄒᆞ니, 김젼니 가난ᄒᆞ야 납
치(納采)[6] 보닐 거시 업셔 구슬 ᄒᆞᆫ 쌍(雙)를 보니여 봉치(奉采)[7]ᄒᆞ니,
쟝회예 안히 보고 탄왈(歎曰),

"텬하(天下)에 부귀공명(富貴功名) 쟝샹(將相)니 다토와 구혼(求婚)ᄒᆞ니

---

1) 영쳔(潁川): 중국 하남성에 있는 고을 이름.
2) [교감] 쟝회: 심씨B본 '張會'.
3) 공명(功名): 공을 세워 이름을 널리 알림.
4) 공후거족(公侯巨族): 지체 높고 번성한 집안.
5) 갈희더니: 고르더니.
6) 납채(納采): 신랑 집에서 신부 집에 청혼하는 의례, 또는 그때 주는 예물.
7) 봉채(奉采): 납채를 받들어 올림.

만흐되 듯지 안니ᄒ다가, 구타여 이런 가난ᄒᆫ 샤롬를 취(取)코쟈 ᄒ시는뇨?"

쟝회 왈(曰),

"혼인(婚姻)의 지믈(財物)을 의논(議論)ᄒ면 니젹(夷狄)의 풍되(風潮)라. 지금(只今)의 김젼니 비록 가난ᄒ나, 쟝후(將後)의 공후쟝샹(公侯將相)[8]의 반드시 일을 거시여늘, 엇지 부귀(富貴)만 탐(貪)ᄒ리요? 겸(兼)ᄒ야 져 구슬은 텬ᄒ(天下)의 즁뵈(重寶)라!"

ᄒ고 옥쟝인(玉匠人)을 불너 그 진쥬(眞珠)를 가라 옥지환(玉指環) 한 쌍(雙)를 민드러 쥬고, 즉시 틱일(擇日)ᄒ여 녜(禮)를 극진(極盡)히 챠라 샤희를 샴으니, 원앙(鴛鴦)니 녹슈(綠水)의 놀고, 비츄(翡翠) 연니지(連理枝)[9]예 길드림[10] 갓쩌라.

김젼니 쟝호의 집니 취쳐(娶妻)ᄒᆫ 지 십년(十年) 만의 쟝호 부쳐(夫妻) 구몰(俱沒)[11]ᄒ니, 녜(禮)로ᄡᅥ 션산(先山)의 극진(極盡)히 안장(安葬)ᄒ고, 후사(後事)를 다 마트니 부귀(富貴) 텬하의 비(比)홀 더 업쩌라. 그러ᄒ나 슬하(膝下)의 일졈(一點) 혈뉵(血肉)니 업기로, 김젼 부쳐 명산(名山)를 챠챠가 지셩(至誠)으로 쟈식(子息) 보기를 발원(發願)ᄒ더니, 잇ᄯᅢ는 무자년(戊子年) 칠월(七月) 망간(望間)[12]니라. 김젼 부쳐 완월누(玩月樓)의 올나 월식(月色)를 완경(玩景)[13]ᄒ더니, 문득 공즁(空中)으로셔 빅화(白花) 한 가지 쟝씨(張氏) 압헤 날녀지거늘, 놀라 보니 이화(梨花)도 안니요 미화(梅花)도 안니로되, 말근 향니 진동(振動)ᄒ거늘 고니(怪異)히 넉여ᄡᅳ니, 홀연(忽然) 광풍(狂風)이 일어나며 그 곳치 산산(散散)이 ᄒ여

8) 공후쟝샹(公侯將相): 지체 높은 신분.
9) 연리지(連理枝): 뿌리가 다른 나뭇가지가 서로 엉켜 마치 한나무처럼 자라는 것으로, 본래는 효성이 지극함을 나타냈으나 흔히 남녀 간의 사랑 혹은 부부애(夫婦愛)가 돈독한 것을 비유함.
10) [교감] 길드림: 심씨B본 '깃드림'.
11) 구몰(俱沒): 부모가 다 세상을 떠남.
12) 망간(望間): 음력 보름께.
13) 완경(玩景): 풍경 따위를 즐김.

지거늘[14] 쟝씨 챠탄(嗟歎)ᄒᆞ여쓰니, 위연[15] 그날 밤의 한 몽ᄉᆞ(夢事)를 어드니, 금듭겁니 품 샤이예 드러뵈거늘, 놀나 ᄭᆡ여 김젼의게 ᄭᅮᆷ 말샴를 베푸니, 답왈(答曰),

"어졔 계화(桂花) 압헤 ᄯᅥ러지고 오늘 금듭겁비 품에 드러뵈니, 반드시 귀ᄌᆞ(貴子)를 보리라"

ᄒᆞ고 하눌게 츅슈(祝手)ᄒᆞ며 고ᄃᆡ(苦待)ᄒᆞ여쓰니, 과년(果然) 그달부터 잉ᄐᆡ(孕胎)하여 십삭(十朔)니 되니, 김젼니 크게 깃거 ᄒᆡᆼ여 귀ᄌᆞ(貴子)를 볼가 츅슈ᄒᆞ더니, 일일(一日)은 일긔(日氣) 슌화(順和)ᄒᆞ듸, 홀연(忽然) 오ᄉᆡᆨ(五色)구름니 집를 둘너ᄊᆞ고 네 업쓴 향늬 집 안에 진동(振動)ᄒᆞ거늘, 가즁(家中) 샹히(上下) 긔니(怪異)히 넉여쓰니, 일모(日暮)ᄒᆞᆫ 후(後)의 문득 공즁(空中)으로셔 션녜(仙女ㅣ) 두리 날여와 등화(燈火)를 혀고,[16] 김젼다려 왈,

"니졔 월궁항애(月宮姮娥ㅣ)[17] 오시니, 그ᄃᆡ는 집 안의 더러온 거슬 업시 ᄒᆞ라"

ᄒᆞ고 쟝씨 방으로 드러가거늘, 김젼니 황홀(恍惚)ᄒᆞ여 즉시 시녀(侍女)를 명(命)ᄒᆞ여 집 안을 가장 졍결(淨潔)니 슈쇄(掃灑)ᄒᆞ여더니, 이윽고 가즁(家中)의 긔이(奇異)ᄒᆞᆫ 광치(光彩) 하늘의 다핫고 향늬 진동(振動)ᄒᆞ거늘, 김젼니 더옥 숑구(悚懼)ᄒᆞ여 쟝씨 ᄒᆡᆼ여 죽을가 두려워 가마니 여허보니,[18] 쟝씨 비야흐로 아희를 낫거늘, 그 션녜(仙女ㅣ) 두리 아기를 향슈(香水)의 씨겨 누이고 밧비 나가거늘, 김젼니 종젹(蹤迹)를 알여 ᄒᆞ니 발셔 간듸업는지라. 즉시 드러가 쟝씨를 보니 긔졀(氣絶)ᄒᆞ여ᄭᅥ늘, ᄭᆡ와 안치니 ᄌᆞ다가 ᄭᆡᆫ 듯하더라. 가즁(家中)의 향늬 샴삭(三朔)가지 그

---

14) [교감] 허여지거늘: 심씨B본 '훗터지거눌'.
15) 위연: '우연(偶然)'의 오기인 듯.
16) 혀고: '켜고'의 옛말.
17) 항아(姮娥): 달나라에 산다는 선녀. 『회남자(淮南子)』에는 남편인 예(羿)가 서왕모(西王母)에게 얻은 불사약을 훔쳐 먹고 신선이 되어 달나라로 도망가서 달의 정령이 되었다고 기록되어 있다.
18) [교감] 여허보니: 심씨B본 '여어보니'. 이대본 '엿보니'.

치지 안니ᄒ기로 일홈을 슉향(淑香)니라 하고, 쟈(字)는 월궁션(月宮仙)니라 ᄒ다.

슉향니 점점 쟈라 삼셰(三歲) 되니 긔골(氣骨)이 일월(日月) 갓고 쟈식(姿色)니 황홀(恍惚)하여 샤람니 바로 보지 못ᄒ고, 음셩(音聲)니 옥져[19] 쇼리 갓트며 ᄒ는 일니 아희 갓지 안니ᄒ니, 혹(或) 단명(短命)ᄒᆯ가 의심(疑心)ᄒ여 왕균[20]이란 샤람을 불너 상(相)를 뵈니, 왕균 왈,

"이 아기는 인간(人間) 사람 안니라 월궁(月宮) 항아(姮娥)의 졍긔(精氣)를 가져시니 반드시 귀(貴)히 되련이와, 다만 ᄒ늘게 득죄(得罪)ᄒ야 인간(人間)의 귀향[21] 왓시니 젼싱(前生) 죄(罪)를 이싱의 와 다 갑흔 후(後)에야 죠흔 시졀(時節)를 볼거시니 션분(先分)[22]은 지극히 험(險)ᄒ고 후분(後分)[23]은 가쟝 길(吉)ᄒ다"

ᄒ거늘, 김젼 왈,

"후분은 아지 못ᄒ련이와 션분은 우리 아직 그리는[24] 거시 업시니 무슨 괴로온 일니 잇시리요?"

왕균니 쇼왈(笑曰),

"사람의 팔쟈(八字)는 졍(定)치 못ᄒ려이니와, 니 아기 샤쥬(四柱)를 보오니 반드시 다슷 살이면 니웃 나무입히 바람의 부칠 젹의 부모(父母)를 일코 졍쳐(定處) 업시 단이다가 십오세(十五歲) 젼(前)의 다슷 번 죽를 익(厄)[25]를 지니고, 샤라나면 십칠셰(十七歲)에 부인(夫人)[26]를 봉(封)ᄒ고, 니십세(二十歲)에 부모를 다시 만나 틱평(太平)으로 누리다가,

────────

19) 옥져: 옥(玉)으로 만든 관악기. '져'는 가로로 불게 되어 있는 관악기를 통틀어 이르는 말이다.
20) [교감] 왕균: 심씨B본 '王均'.
21) 귀향: '귀양'의 오기.
22) 션분(先分): 어릴 때의 운수.
23) 후분(後分): 늘그막의 운수.
24) 그리는: '거르는'의 옛말.
25) 액(厄): 모질고 사나운 운수.
26) 부인(夫人): 곧 졍렬부인(貞烈夫人). 조선시대 때 정조와 지조를 지킨 부인에게 내리던 칭호.

칠십(七十)이면 셰샹(世上) 인사(人事)를 졍(定)치 못ᄒ리라."[27]

김견니,

"어려서 부모를 일흐면 비록 샤라난들 부모를 엇지 알며, 우린들 져를 엇지 알이오?"

ᄒ고, 가는 깁 ᄯᅳᆽ혜 일홈과 쟈(字)와 년월일시(年月日時)를 쓰고, 그 모친(母親) 옥지환(玉指環) 흔 짝를 버셔 흔디 너허 옷고롬의 치와두니라.

---

27) [교감] 칠십이면 셰샹 인사를 졍치 못ᄒ리라: 심씨B본 '七十의 ᄎ오면 도로 天上으로 올나가 올 八字로소이다'.

어여쁘고 불쌍하도다

잇떠 슉향의 나히 오세(五歲)에 당(當)하엿드니, 그히예 마츰 도적(盜賊)니 일어나 형쵸(荊楚)[1] 짜를 침노(侵擄)하니 빅셩(百姓)과 인민(人民)니 다 집를 바리고 피란(避難)하여 가는지라. 김전도 가쇽(家屬)를 다리고 강능(江陵)[2]으로 향(向)하여 가더니, 즁노(中路)의셔 야젹(野賊)를 만나 노복(奴僕)[3]과 지믈(財物)을 다 일코 쳐자(妻子)만 다리고 죽기를 가을삼아[4] 다라니더니, 도젹니 급(急)히 짜로거늘 김전 부쳐(夫妻) 심[5]니 진(盡)하야 가지 못하니 엇지하리요. 인(因)하야 더셩통곡(大聲痛哭)하며,

"슉향아, 니 목를 쪽 안아라"

하고 등에 언져 업고 닷쩌니, 심이 진(盡)하고 긔운(氣運)를 거두지 못

---

1) 형쵸(荊楚): 중국 형주(荊州)에 있는 초(楚)나라 땅. 초나라를 일컫기도 하는바, 6세기에 양(襄)나라 종름(宗懍)이 편찬한 『형초세시기荊楚歲時記』는 초나라의 연중행사와 풍속을 기록한 책이다.
2) 강릉(江陵): 춘추시대(春秋時代) 초나라의 도읍지. 지금은 호북성에 속해 있다.
3) 노복(奴僕): 사내종.
4) [교감] 죽기를 가을삼아: 심씨B본 '죽기로써'. 이대본 '죽을 힘을 니여'. '가을철에는 죽은 송장도 꿈지럭한다'는 속담은 '가을철 농가가 워낙 바빠 누구나 다 움직여 일을 한다'는 뜻인바, '가을삼다'는 것은 '있는 힘을 다한다'는 뜻으로 이해된다.
5) 심: '힘'의 방언(경상, 강원).

ᄒᆞ야 구으러 닷다가 업허도 지며 쟛바도 지며 숨를 두루지6) 못ᄒᆞ야, 슉향를 안고 가며 일오되,

"도젹(盜賊)니 급(急)ᄒᆞ오니 울리 다 죽을지라. 너는 져 바회 밋틔 잇거라. 너일(來日) 와 다려가마"

ᄒᆞ고, 죡박의 밥를 담아쥬며 김젼 부쳐 디셩통곡 왈(曰),

"슉향아, 비곱ᄒᆞ거든 니 밥 먹고, 목마르거든 니 박으로 져 믈를 쩌 먹어라"

ᄒᆞ고 ᄎᆞ마 바라고 가지 못ᄒᆞ나 도젹니 좃ᄎᆞ와 샤람를 썩은 풀 버히듯 ᄒᆞ거늘, 헐일업셔 슉향를 도젹(盜賊) 즁(中)의 발리고7) 다라나려 ᄒᆞ니, 슉향니 져희 모친(母親) 치마를 붓잡고 통곡(痛哭) 왈,

"어마야, 나도 함긔 가옵사이다. 아바야, 나도 ᄒᆞᆫ듸 가셔이다"

ᄒᆞ고 ᄒᆞᆫ 손을오는 어뮈 쵸마8)를 붓잡고 ᄒᆞᆫ 손으로는 아뷔 헐이씌를 더위잡고9) 히음없시 울고 늦기며 함게만 가쟈고 이걸(哀乞)ᄒᆞ며 보치는 거슬 김젼 부쳐 참아 쩌나지 못홀 터니로되, 도젹니 거의 당젼(當前)ᄒᆞᆫ지라 황겁(惶怯)ᄒᆞ야 억지로 슉향의 손목를 버리집어10) 안아다가 바회 틈의 안치고, ᄯᅡ라 나오지 못ᄒᆞ게 큰 돌노 그 압흘 막고 얼골만 니미러 뵈게 ᄒᆞᆫ 후(後)의 죡박의 밥 담은 거슬 억지로 손의 쥐고 기유(開諭)11)ᄒᆞ야 달니며 왈,

"니 ᄯᆞᆯ 슉향아, 여긔셔 놀고 잇시면 져근드시12) 어뮈ᄒᆞ고 집니 가셔 과실(果實) 갓ᄯᅡ쥬마"

ᄒᆞ고 일은 후(後)는, 돌쳐셔며 부인(夫人) 쟝씨(張氏)를 호통ᄒᆞ여 가기를

6) 두르지: 여기서는 '(숨을) 쉬지'의 뜻으로 쓰임.
7) 도적(盜賊) 중(中)의 발리고: 도적들이 들끓는 곳에 버리고.
8) 초마: '치마'의 방언(강원, 경기, 황해).
9) 더위잡고: 높은 곳에 오르려고 무엇을 끌어 잡고. 여기서는 '꽉 붙잡고'라는 뜻으로 쓰임.
10) 버리집어: 버르집어. '버르집다'는 본래 '파서 헤치거나 크게 벌려놓다'는 뜻이나, 여기서는 '꽉 움켜쥐다'는 뜻으로 쓰임.
11) 개유(開諭): 사리를 알아듣도록 타이름.
12) 적은 듯이: 양이 적은 것처럼. 여기서는 '곧바로'나 '금방' 또는 '순식간에'의 뜻.

지쵹ᄒ니, 쟝씨도 헐일없셔 디셩통곡ᄒ며 김젼의게 잇끌이여 가며 다시곰 도라보니, 슉향니 바회 틈으로 얼골말 드러니고 ᄒᆫ 손에는 어뮈 쥬든 밥 다문 박아지를 들고, 한 손으로 눈믈를 씨스며 디셩통곡ᄒ야 우다가, 나죵의는 어미만 부르며 목니 머혀 우는 쇼리 ᄎᆞᄎᆞ 머러져 가거늘, 부인 쟝씨 ᄎᆞᆷ아 가지 못ᄒ고 슉향 잇는 곳만 도라보면13) 울기만 ᄒ니, 쟝씨예 ᄎᆞᆷ혹(慘酷)ᄒᆫ 경상(景狀)14)과 슉향의 쟌잉ᄒ고 불샹ᄒᆫ 형용(形容)니야 엇지 일필(一筆)로 다 긔록(記錄)ᄒ리요. 이러틋 졈졈(漸漸) 더듸니, 김젼니 년(連)ᄒ야 부인를 지쵹ᄒ며 졈졈 멀리 가며 슉향 잇는 곳만 바라보니 우름 쇼리 아죠 업셔지거늘, 김젼 부쳐(夫妻) 간쟝(肝腸)이 바아지고15) 일신(一身)니 녹ᄂᆞᆫ 듯ᄒ여 우지도 못ᄒᆞᆯ네라.

이젹의 도젹(盜賊)니 죠ᄎᆞ와 슉향를 보고 문왈(問曰),

"네 부뫼(父母ㅣ) 어듸로 가던뇨? 바로 일으지 안니ᄒ면 니 칼노 죽이리라."

슉향니 놀나 더욱 울며 왈,

"부뫼 날를 바리고 갈 졔, '집니 가셔 과실(果實) 갓ᄯᅡ쥬마' ᄒ더니, 지금가지 안이 오오미 어듸로 가온지 간고즐 엇지 알이오?"

ᄒᆫ디, 그 도젹니 죽이려 ᄒ거늘, 기즁(其中)의 한 도젹니 급히 말려 왈,

"졔 부뫼 바리고 가미 슬허 울거늘 무슨 죄(罪)로 죽이리요? 그 아희 상(相)를 쟘간 보니 타일(他日)의 반드시 귀(貴)히 되리라. 니곳의 두면 반드시 즘셩의게 죽으리라"

ᄒ고 안아다가 유곡역16) 마을 압해 두고 왈,

"어엿부고 쟌잉ᄒᆞᆯ샤. 니 ᄌᆞ식(子息)도 너 갓트 니 잇쩌니, 네 부뫼들 너를 바리고 가며 쟉히17) 슬허ᄒ여시라"

---

13) 도라보면: '돌아보며'의 오기.
14) 경상(景狀): 경치(景致). 여기서는 '형상(形狀)'의 뜻으로 쓰임.
15) 바아지고: 부서지고
16) [교감] 유곡역: 심씨B본 '幽谷驛'.

호고 등를 두드리며,

"쟐 잇스라. 이곳의 잇시면 네 부뫼(父母 ┃) 챠즈오리라"

호고 가며, 쏘한 무슈(無數)히 도라보더라.

슉향니 길노 오락가락호며 통곡호야 부모 간 곳들 츠즈나 어듸 가 만나리요. 울고 단인니 피란(避難)호여 가는 샤롭드리 보고 다 쟌잉히 넉여 눈믈 안니 홀이 리 업쩌라. 이러구러 날리 져믈고 밤이 깁흐미 챤바람이 일어나니 발니 실혀 두 숀으로 발흘 쥐고 업찍여 어미를 부르며 쟌잉히 통곡호니, 하눌노셔 쳥학(靑鶴) 한 쌍(雙)니 날려와 한 날리로 덥고 한 나리로 쌀고 딕쵸를 입의 믈어다가 슉향의 입에 너흐니, 칩도[18] 안니호고 비부르더라.

이적의 쟝씨(張氏) 김젼게 고왈(告曰),

"날리 져믈고 도젹니 물너갓실 거시니 슉향를 츠즈보쇼셔."

김젼니 즉시 츠즈가니 죽엄이 쓸헤 가득호여거늘, 챰담(慘憺)혼 중(中) 슉향를 부르며 츠즈되 보지 못하고 통곡호며 그져 도라가, 부인다려 왈(曰),

"슉향를 아무리 츠자도 샤싱(死生)를 모를너이다"

호거늘, 쟝씨 긔졀(氣絶)호여짜가 왈,

"니 뚤를 어듸 가 다시 어더보리오? 져 챵쳔(蒼天)아, 쳘리(千里)에 쟈식(子息)를 일코 어이 샬이잇가? 모녀(母女)의 졍(情)를 샬피스 싱젼(生前)의 다시 보게 호와 쥬쇼셔"

호고 인(因)호야 이통긱골(哀痛刻骨)[19]호야 미양 칠셩(七星)게 발원(發願) 호야 밤마다 비러,

"슉향를 다시 보게 호옵쇼셔"

호고 우다가 죠으니, 꿈에 슉향니 드러와 어미를 부르며 무릅 우희 올

---

17) 작히: '어찌 조금만큼만', '얼마나'의 뜻으로 희망이나 추측을 나타내는 말.
18) 칩도: 춥지도 '칩다'는 '춥다'의 옛말, 또는 방언(강원, 경상, 함경).
19) 애통각골(哀痛刻骨): 뼈를 깎는 듯이 고통스러워함.

나안즈 낫츨 한듸 다히고 울며 늣기거늘, 반겨 안고 어로만지며 통곡 왈,

"어듸 갔던요? 너는 날을 츠즈왔는야?"

ᄒ고 샤랑ᄒ다가, 인(因)ᄒ야 씨다르이[20] 남가일몽(南柯一夢)[21]이라. 더 셩통곡 왈,

"슉향의 영혼(靈魂)일넌가? 어듸 가 죽어 혼빅(魂魄)니 날를 보러 왔던가?"

ᄒ고 ᄯᅡ흘 두다리며 통곡ᄒ니 피눈물리 흐르고, 입에서 피가 나니 샨쳔초목(山川草木)니 다 슬허ᄒ는 듯ᄒ더라.

화셜(話說)이라. 이젹의 슉향니 부모를 일코 의지(依支)홀 더 업셔, 그 우는 쇼리는 샤람의 심신(心身)니 녹을 듯ᄒ더라. 이윽ᄒ야 ᄒᆫ 불근 시[22] 날아와 무릅 우혜 안즈 울거늘 더옥 슬허ᄒ더니, 이윽고 ᄯᅩ 그 시 울며 오락가락ᄒ거늘 슉향니 그 시를 ᄯᅡ라갈세, 여러 뫼흘 지나갈세 ᄒᆫ 마을리 잇거늘, 슉향니 드러가며 어미를 부르고 우니, 샤람드리 보고 잔잉히 넉여 문왈(問曰),

"네 어듸 잇는요?"[23]

슉향니 울기만 ᄒ고 있다가 계유[24] 인ᄉ(人事)를 츠려[25] 일로되,

"모친(母親)이 닉일(來日) 와 달여가마 ᄒ더니 오지 안니ᄒ너이다"

ᄒ고 통곡ᄒ더니, 보는 샤람니 눈물 안니 흘일 니 업써라. 얼골리 ᄒ[26] 곱고 긔니(奇異)ᄒ미 다려다가 져마다 길으고쟈 ᄒ되, 슈젼ᄒ기 어려워[27] 다려가지 안니ᄒ고 밥를 먹이며 위로(慰勞) 왈,

---

20) 깨달으니: 여기서는 '(꿈에서) 깨어보니'의 뜻.

21) 남가일몽(南柯一夢): 한바탕 꿈.

22) [교감] 불근 시: 심씨B본 '갓치'. 이대본 '간치'.

23) 네 어듸 잇는요: '네 부모는 어듸 잇는요'로, '부모는'이 누락됨.

24) 계유: 겨우.

25) 인사(人事)를 차려: 여기서는 '정신을 차려'의 뜻.

26) 하: 매우.

27) [교감] 슈젼ᄒ기 어려워: 심씨B본 '저희도 避亂ᄒ여 東西로 奔走ᄒ매'. 이대본 '져의도 피란ᄒ

"울리도 피란(避亂)ᄒ여 산즁(山中)으로 가니 너모 우지 말고 아모 디로나 가거라"

ᄒ더라.

챠셜(且說)[28]이라. 김젼니 안희를 다려다가 산즁(山中)의 감쵸고 가마니 날려와[29] 다시 슉향르[30] 츠즈되 죵젹(蹤迹)니 업거늘,

'일졍 죽도다'

ᄒ고 도라와 부인다려 일르니, 쟝씨 ᄯ오 긔졀ᄒ거늘, 김젼니 위로 왈,

"슉향니 졔 어린 거시 멀리 못 갓실 거시니, 혹 샤람니 다려간가 시부니, 이젼(以前)의 왕균의 말을 싱각ᄒ여 슬허 말르쇼셔."

쟝씨 디왈(對曰),

"졔 ᄒ든 일니 눈의 암암(暗暗)ᄒ고 니별(離別)할 졔 부르든 쇼리 귀예 징징(錚錚)ᄒ니, 엇지 참으리오?"

ᄒ고 통곡ᄒ니, 그 애샹(哀傷)ᄒ믈 층양(稱揚)[31]치 못ᄒ네라.

여 동셔분쥬ᄒᄒ미'. '슈젼'은 '거두어 온젼하게 하다'라는 뜻의 '수전(收全)'인 듯.

28) 챠셜(且說): 화제를 돌릴 때 쓰는 말.

29) 날려와: 내려와.

30) 슉향르: '슉향를'의 오기.

31) 칭양(稱揚): 본래는 '칭찬(稱讚)'이란 뜻이나, 여기서는 '(말로) 다 일컫다'는 뜻으로 쓰임.

저승에서 후토부인을 만나다

　이젹의 슉향니 마을 샤람과 시를 다 일코 혼쟈 울며 단이다가 멀리
바라보니 산(山) 우희 샤람니 왕니(往來)ᄒᆞ거늘, 산를 ᄇᆞ라고 가더니 산
은 **첩첩(疊疊)**ᄒᆞ고 길흔 험(險)ᄒᆞᄃᆡ 날은 져믈고 비는 곱푸믈 건디지
못ᄒᆞ야 남글 1) 의지(依支)ᄒᆞ고 너머졋써니, 문득 **쳥죠(靑鳥ㅣ)** 2) 날아와
꼿츨 믈고 손등의 안쩌늘, 슉향니 그 꼿츨 먹으니 눈니 열이고 정신(精
神)니 쐭쐭ᄒᆞ더라. 그 시를 ᄯᅡ라 두어 곳들 3) 너머가니 ᄒᆞᆫ 녀인(女人)니
나와 안하 드려다가 큰 젼후의 4) 노ᄒᆞ니, 일위(一位) 부인(夫人)니 머리
의 화관(花冠)을 쓰고 칠보(七寶) 단장(丹粧)를 ᄒᆞ고, 황금(黃金) 교위(交
椅)에 안ᄌᆞ짜가 날려와 슉향를 마ᄌᆞ 팔를 드러 읍(揖)ᄒᆞ여 왈(曰),

　"동편(東便) 교위예 안ᄌᆞ쇼셔."

　슉향니 5) 아무리 홀 쥴 몰나 울기만 ᄒᆞ니, 그 부인 왈,

---

1) 남글: 나무.
2) 쳥죠(靑鳥): 반가운 사자(使者)나 편지를 이르는 말. 푸른 새가 온 것을 보고 동방삭이 서왕모의
　 사자라고 한 한무(漢武)의 고사에서 유래했다.
3) [교감] 곳들: 심씨B본 '고개롤'. 이대본 '고기롤'.
4) 젼후의: '젼(殿)의'의 오기.

"션녜(仙女ㅣ) 인간(人間)의 날려와 더러온 믈를 만히 쟈셔 정신(精神)니 변(變)ㅎ여시니 이거슬 잡슈쇼셔. 이는 신션(神仙) 먹는 경익(瓊液)6)인니이다"

〈ㅎ고〉 드듸여 시녀(侍女)로 ㅎ여곰 만호잔(瑪瑙盞)7)의 호박디(琥珀臺)8)를 바쳐 이슬챠흘 드리거늘, 슉향니 바다먹으니 단마시 향긔(香氣)롭고 천상(天上) 일니 완연(宛然)ㅎ야, 인간(人間)의 날려와 부모(父母) 이별(離別) 고싱ㅎ는 일이 분명(分明)ㅎ야,9) 몸은 비록 아희나 마흠은 어룬 갓트여 머리를 드러 부인게 사례(謝禮) 왈,

"천상(天上)의 죄(罪) 즁(重)ㅎ와 인간의 날려와 곤(困)케 되온 몸를 이러틋 후디(厚待)ㅎ시니 지극(至極) 감스(感謝)ㅎ여이다."

그 부인니 쇼왈(笑曰),

"션녜(仙女ㅣ) 날를 아라보시리잇가?"

슉향 왈,

"정신(精神)이 아득ㅎ와 아지 못ㅎ리로쇼이다."

부인 왈,

"이 짜흔 황천(黃泉) 사계(死界)10)요, 나는 후토부인(后土夫人)11)이로쇼이다. 션녜(仙女ㅣ) 인간의 날려와 곤(困)케 되온 몸를12) 고힝(苦行)를 만히 격그실셰, 니 져즘게13) 푸른 진나비와 청학(靑鶴)과 불근 시와 청

---

5) 슉학니: '슉향니'의 오기.

6) 경액(瓊液): 신선들이 마신다는 신비로운 즙.

7) 마노잔(瑪瑙盞): 마노로 만든 술잔. '마노'는 화산암의 공동(空洞) 내에서 석영(石英)·단백석(蛋白石)·옥수(玉髓) 등이 차례로 층을 이루어 침전하여 생긴 광석으로, 장식품이나 공예품으로 이용되었다.

8) 호박대(琥珀臺): 호박으로 만든 쟁반. '호박'은 지질시대 수지가 석화(石化)한 광물로, 장신구 등을 만드는 데 널리 쓰였다.

9) [교감] 분명ㅎ야: 심씨B본 '歷歷이 알고'. 이대본 '일일이 알고'.

10) [교감] 황천 사계: 심씨B본 '明司界'. 이대본 '명스계'. '명사계(冥司界)'는 '사람이 죽어서 가는 곳', 곧 '저승'을 일컬음.

11) 후토부인(后土夫人): 토지를 맡아 다스린다는 여신(女神).

12) [교감] 곤케 되온 몸를: 잘못 삽입된 것으로, 심씨B본과 이대본에는 없음.

13) 져즘께: '접때'의 잘못.

죠(靑鳥)를 다 보니와쓰니 보신잇가?"

뎌왈(對曰),[14]

"다 보와너이다."

부인니 쏘 챠를 권(勸)ᄒᆞ니 슉향니 다 바다먹은 후(後)의 홀연(忽然)
탄식(歎息) 왈,

"슉향의 곤(困)ᄒᆞᆫ 몸를 다려다가 귀(貴)히 뎌졉(待接)ᄒᆞ시니, 부인의
시녜(侍女)나 되여 은혜(恩惠)를 만분지일(萬分之一)이나 갑샤올가 바라
너이다."

부인니 몸를 다시 굽혀 염용(斂容)[15] 뎌왈(對曰),

"나는 지하(地下)의 죠고만 신령(神靈)이오, 션녜(仙女)는 월궁(月宮)의
웃뜸 션녜라. 잠간 인간의 ᄂᆞᆯ려와 고ᄒᆡᆼ(苦行)ᄒᆞ시니 싱심(生心)이나 그
러ᄒᆞ리잇가? 오늘은 임의 져무러ᄉᆞ오니 오늘밤은 날과 ᄒᆞᆫ가지로 죵용
(從容)이 지니시고, 명일(明日)노 가쇼셔"

ᄒᆞ며, 큰 쟌쳐를 비셜(排設)하야 뎌졉(待接)ᄒᆞ니, 그 글웃과 음식 품믈
(品物)이 인간(人間)셔는 보지 못ᄒᆞᆫ 거실네라. 부인니 경익(瓊液)를 쟈
로 권ᄒᆞ니 슉향니 졍신(精神)니 졈졈(漸漸) 싀로와 인간사(人間事)는 망
년(忘年)ᄒᆞ고 쳔상(天上) 일만 긔록ᄒᆞᆯ네라.[16] 슉향니 문왈(問曰),

(일부 구절 누락)[17]

"그러ᄒᆞ면 시왕젼(十王殿)[18]니 어듸 잇넌잇가?"

부인 왈,

"예셔 머지 안니ᄒᆞ이다."

---

14) [교감] 뎌왈: 심씨B본 '淑香이 다시 니러 謝禮ᄒᆞ여 왈'. 이대본 '슉향이 다시 이러나 ᄉᆞ례 왈'.
15) 염용(斂容): 얼굴을 단정히 함.
16) [교감] 긔록ᄒᆞᆯ네라: 심씨B본 '生覺ᄒᆞᆯ더라'. 이대본 '싱각ᄒᆞ더라'.
17) [교감] 누락 부분: 심씨B본 '夫人의 問曰 妾이 前日 듯ᄌᆞ오니 明司ᄠᅥᆫ는 十王 계신 더라 ᄒᆞ오니
올ᄉᆞ오니잇가 夫人 曰 그러ᄒᆞ니이다'. 이대본 '부인게 문왈 쳡이 젼일 듯ᄉᆞ오니 명스게난 십왕
이 계신더라 ᄒᆞ더니 그러ᄒᆞ온잇가 부인 왈 그러ᄒᆞ여이다'.
18) 시왕젼(十王殿): 저승에 있다는, 열 명의 왕(王)이 거처하는 궁전. '명부젼(冥府殿)' 또는 '지장
젼(地藏殿)'이라고도 한다.

슉향 왈,

"인간(人間) 부모(父母)를 난즁(亂中)의 일헛사오니 불힝(不幸)ᄒ여 만일 죽어실가 쥬야(晝夜) 원니옵ᄯᅥ니,19) 힝여 죽어스오면 시왕젼(十王殿)의 왓스올 거시니 츳쟈보고 가셔이다."

부인니 쇼왈(笑曰),

"인간 부모는 그져 샤라계시니이다. 그 샤람도 범인(凡人)니 안니라 봉ᄂᆡ산(蓬萊山)20) 션관(仙官) 션녜(仙女)로셔 인간의 귀향 왓시니, 긔한(期限)니 츳면 봉ᄂᆡ산으로 드러가리이다."

슉향 왈,

"인간의 나가오면 부모의 얼골를 다시 뵈올리잇가?"

부인니 갈오되,

"션녜(仙女ㅣ) 월궁의 계실 제 힝아(姮娥)게 득죄(得罪)ᄒ야 고힝(苦行)를 격게 ᄒ와시며, 그ᄯᅦ에 봉션21)이란 션녜 옥졔(玉帝)게 알외고 그더를 구(救)ᄒ다가 쏘한 득죄(得罪)ᄒ여 남군(南郡) ᄯᅡ 장승샹(張丞相)의 부인(夫人)니 되게 ᄒ여시니, 장승샹 집니 가 먼져 젼싱(前生) 은혜(恩惠) 갑흔 후(後)의 틱을셩군(太乙星君)22)를 만나 영화(榮華)를 보고 부모를 만나 뵈올 거시오니, 그리ᄒ면 이졔 십년(十年) 후(後) 쏘 다슷 ᄒᆡ가 지너야 익난(厄難)니 다 진(盡)ᄒ오리다."

슉향 왈,

"인간 고힝(苦行)를 싱각ᄒ오면 흔ᄶᅢ 지너오미 삼츄(三秋) 갓스오니 이졔 십오년(十五年)를 엇지 지너올잇가? 츠라리 ᄌᆞ결(自決)코쟈 ᄒᆞ너이다."

19) 원니옵ᄯᅥ니: '염려되옵ᄯᅥ니'의 오기인 듯.

20) 봉ᄂᆡ산(蓬萊山): 삼신산(三神山)의 하나. 영주산(瀛州山)·방장산(方丈山)과 더불어 발해(渤海) 해상에 있었다고 전하는데, 그곳에 선인(仙人)이 살며 불사(不死)의 영약(靈藥)이 있다고 한다.

21) [교감] 봉션: 심씨B본 '奎星'. 이대본 '규성'. 국립도서관본(한48-188) '奎星'.

22) [교감] 틱을셩군: 심씨B본 '太乙眞君'. 이대본 '틱을션군'. 국립도서관본(한48-188) '太乙眞人'. 모두 같은 뜻으로, '천신(天神) 가운데 으뜸이 되는 신선'을 말한다.

부인 왈,

"션녜(仙女ㅣ) 원(願)치 안녀도 다섯 번 죽을 익(厄)를 지닌 후(後)에야 죠흔 시졀(時節)를 만나시리이〈다〉. 반야산(般若山)의셔 도젹(盜賊)의 칼의 흔 번 죽을 익을 보시고, 명산계23)에 단여가시니 두 번 죽를 번흔 익를 지니여시되, 이 압해 셰 번 죽를 익니 잇시니 가쟝 죠심(操心)ᄒ쇼셔."

슉향 왈,

"힝이(姮娥ㅣ) 무슨 죄(罪)로 그다지 무이24) 넉이ᄉ 이러틋 즁죄(重罪)를 쥬신고?"

ᄒ며 셔로 경익(瓊液)를 권ᄒ더니, 문득 원츈(遠村)의 쟌나뷔 쇼리 나거늘,

"오늘날 션녜를 뫼셔 말ᄉᆷᄒ오나 가실 디 멀고 썸 느져가오니 평안(平安)니 가쇼셔."

슉향니 탄왈(歎曰),

"인간(人間) 길흘 모로오니 어듸 가셔 뉘 집이 의탁(依託)ᄒ올잇가?"

부인 왈,

"가실 길은 니 지시(指示)ᄒ올 거시오니, 아직 쟝승샹 딕의 가 먼져 은혜를 갑고 가쇼셔."

슉향 왈,

"예셔 남군(南郡)니 언만나 ᄒ온잇가?"

부인 왈,

"예셔 이쳔샴빅 이(二千三百里)오나 그는 넘녀(念慮) 말으쇼셔"

〈ᄒ고〉 금분(金盆)의 시문 나무 한 가지를 썻거 흰 샤슴의 ᄲᆌᆯ의 걸고 왈,

---

23) [교감] 명산계: '명샤계(冥司界)'의 오기.
24) 무이: '밉게'의 방언(제주).

"니 샤슴를 타시면 비록 말이(萬里)라도 슌식(瞬息)의 가올 거시니, 날리시는 고디 가 시정25)ᄒ시어든 니 나무 여름26)를 ᄯᅡ 자시쇼셔."

슉향니 하직(下直)ᄒ고 그 샤슴를 타니 구름를 헤치고 나는 드시 달르미 아모란 줄 몰나 이윽히 가다가 한 고디 가 셔거늘, 슉향니 날리미 비곱푸거늘 그 남게 여름를 ᄯᅡ 먹으니, 비는 부르되 쳔샹(天上) 일른 아득ᄒ고 아희 마음니 나니 그 샤슴이 믈가 두려워ᄒ더라.

25) [교감] 시정: 심씨B본 '시쟝'. 이대본 '시즁'.
26) [교감] 여름: 심씨B본 '여룸'. 이대본 '열미'.

장승상의 수양딸이 되다

발근 달은 셔산(西山)의 넘고 일셰(日勢)[1] 가쟝 어두어 아무 디로 갈
쥴 모로고 안져 조오더니, 이 따흔 쟝승샹 딕(張丞相宅) 동산이라.

남군 짜 쟝승샹(張丞相)은 한(漢)나라 시졀(時節)의 쟝즈방(張子房)[2]의
후예(後裔)라. 이십(二十) 젼(前)의 급졔(及第)흐야 일셰(一代)예 명망(名
望)이 즁(重)흔 고(故)로 죠졍(朝廷)의 안니흔 벼슬 업시 다 흐고, 샤십
(四十) 젼(前)의 딕국(大國) 졍승(政丞)이 되야 샴존(三尊)[3]를 셤기니, 부
귀(富貴) 쳔하(天下)의 읏씀이라. 훈국딕신(勳國大臣)으로 일컷쩌라. 신종
죠(神宗朝)[4]의 날리(亂離)가 일어나 샤방(四方)이 어즈럽거늘 벼슬을 사
양(辭讓)흐고 나지 안이흐니, 그쩌예 변방(邊方) 도젹(盜賊)니 만히 일어
나미 승샹(丞相)도 간범(干犯)[5]의 드다 흐야 죠졍(朝廷) 딕신(大臣)니 샹

---

1) 일셰(日勢): '날씨'의 방언(함북).
2) 쟝즈방(張子房): 한나라의 개국공신인 장량(張良, ?~BC 168)의 자. 시호는 문성공(文成公). 항우
(項羽)와 유방(劉邦)이 만난 '홍문지회(鴻門之會)'에서 위기에 처한 유방을 구하는 등 책략이 뛰
어났다. 소하(蕭何)와 함께 한나라 창업에 힘썼고, 그 공으로 유후(留侯)에 책봉되었다.
3) [교감] 샴존: 심씨B본 '三朝'. 이대본 '숨죠'.
4) 신종(神宗): 중국 북송 제6대 황제. 왕안석(王安石)을 재상으로 등용하여 개혁을 강력히 추진함
으로써 나라의 체제를 바로잡고 국가의 권력을 확립하는 데 기여했다.

쇼(上疏)호야 문외츌숑(門外出送)호니, 기후(其後)로 고향(故鄕)의 도라와 가업(家業)를 다스리니 노비(奴婢) 전답(田畓)과 금은보홰(金銀寶貨ㅣ) 일국(一國)의 웃씀이로되, 다만 쟈식(子息)니 업셔 미일(每日) 슬허호더니, 일일(一日)른 부인(夫人) 한 꿈를 어드미, 한 션녜(仙女ㅣ) 구름 쇽으로 날려와 계화(桂花) 한 가지를 쥬어 왈(曰),

"그디는 전싱(前生)의 죄(罪) 즁(重)호야 자식(子息)를 못 보게 호여쓰니, 남의게 애미(曖昧)히 잡혀 슬허호는 경상(景狀)니 불샹호기로 니 꼿츨 쥬는 거시니, 잘 간슈(看守)호라. 나즁의 자년(自然) 알리라"

호거늘, 부인니 씨다라 승샹(丞相)게 몽즁사(夢中事)를 고(告)호니, 승샹 왈,

"우리 무즈식(無子息)하여 슬허호기로 하눌리 불샹이 넉니샤 쟈식(子息)를 쥬시도다. 그러호되 울리 나히 오십(五十)니 너머시니 쟈식를 엇지 보리오"

호고 니러나 쵸당(草堂)의 나가니 동산의 오식(五色)구름이 어릭엿고, 그이(奇異)흔 향닉 동산으로 날리며 셔긔(瑞氣) 반공(半空)의 어릭여거늘, 승샹니 갈오되,

'잇씨는 비야흐로 동(冬) 시월(十月)이라. 오식 안기 씨일 디 안이어늘 어딕셔 그이흔 향닉 나는고?'

호며, 쳥여장(靑藜杖)를 집고 친(親)히 동산의 올나가니, 모란화(牧丹花) 흔 퍼귀6)예 시로니 입픠 픠고 꼿치 만발(滿發)흔 가온디 죠고마흔 아희 혼쟈 안쟈 죠올거늘, 승샹(丞相)니 놀나 쟈셔(仔細)히 보니 양미(兩眉)에 일쳔(一千) 졍긔(精氣)를 품엇고 체됴(體度)7) □격니 크게 긔이(奇異)호야 샤람의 정신(精神)를 놀닉니, 승샹니 칭챤(稱讚)호믈 마지안니호고 시녀(侍女)를 불너 왈,

---

5) [교감] 간범: 심씨B본 '間涉'. 이대본 '간셥'.
6) 퍼귀: '포기'의 오기인 듯.
7) 체됴(體度): 생김새.

"밧비 부인(夫人)게 고(告)ᄒ라"

ᄒ니 그 아희 시녀 부르는 소릭에 놀ᄂ 찌여 울거늘, 승상니 문왈(問曰),

"네 엇썬 아희며, 네 집은 어듸며, 나흔 메치ᄂ 하며, 일흠은 무어시완듸 이런 깁흔 동산의 와 죠우는다?"

슉향니 옥(玉) 갓튼 귀 미틔 진쥬(珍珠) 갓튼 눈물를 드리워 아년(啞然)니 딕답(對答)ᄒ되,

"일흠은 슉향니오나 울이 집은 아무 ᄯ히힌 쥴 모로옵고, 울리 모친(母親)히 날를 다려다가 바회 틈의 두고 가며, '닉일(來日) 와 다려가마' ᄒ더니, 오지 안니ᄒ오미 의탁(依託)홀 고지 업샤와 길노 바쟝8)니더이, 엇썬 즘싱니 업어다가 두고 가더이다"

ᄒ거늘, 승상니 싱각ᄒ되,

'일졍(一定) 부모(父母) 일흔 아희로다'

ᄒ시고, 부인를 쳥(請)ᄒ야 뵈온듸, 부인이 한번 본즉 꿈에 뵈던 션녀(仙女) 갓고 음셩(音聲)니 더욱 갓거늘, 승상게 고ᄒ되,

"이 아희는 하눌리 졍(定)ᄒ여 쥬신 쟈식인니 울리 길르셔이다"

ᄒ고 다리고 드러가 밥을 먹니고 옷 가라이피고 품의 길너 친쟈식(親子息)갓치 ᄒ시더라.

슉향니 나히 칠셰(七歲)에 당(當)ᄒ니, 빅호지 안인 글과 온갓 슈(繡)노크와 침쟈방젹(針子紡績)9)의 한 일도 몰을 거시 업고 지혜(知慧)가 능통(能通)ᄒ니, 승상 부쳐(夫妻) 못ᄂ 깃거ᄒ더라. 슉향니 졈졈(漸漸) 쟈라 십셰(十歲)를 당(當)ᄒ니 부인니 가즁졔ᄉ(家中諸事)를 다 맛기시거늘, 슉향니 우흐로 승상 양위(兩位)를 셤기고, 아릭로 모든 노복(奴僕)을 위엄(威嚴)으로 부리고, 가온듸로 죠샹(祖上) 졔ᄉ(祭祀)를 극진(極盡)

---

8) 바쟝: 부질없이 짧은 거리를 오락가락 거닒.
9) 침자방적(針子紡績): 바느질과 실잣기.

히 다스리니, 비록 열 샤람10)이라도 밋지 못홀네라.

일일(一日)은 승상 부체(夫妻 ㅣ) 셔로 칭찬(稱讚) 왈,

"여아(女兒)의 지질(才質)과 인믈(人物)과 힝실(行實)이 긔특(奇特)ᄒ니,
부ᄃᆡ 우리와 갓튼 ᄃᆡ로 구혼(求婚)ᄒ여 후사(後事)를 맛기셔이다"
ᄒ니, 비복(婢僕) 등이 다 항복(降服)도이 넉이더라.11)

이젹의 그 집니 샤향12)이란 죵(從)이 본ᄃᆡ 승상 딕(丞相宅) 가즁ᄉ(家
中事)를 담당(擔當)ᄒ더니, 슉향니 드러온 후로는 권(權)를 아죠 앗씨여
는 고(故)로 닉심(內心)의 앙앙(怏怏)ᄒ여 죽니고쟈 ᄒ되 틈를 엇지 못
ᄒ더니, 슉향니 나히 십오셰(十五歲) 당(當)ᄒ여는 얼골이 더욱 비(比)홀
곳 업고 ᄒ는 일니 졈졈 긔특(奇特)ᄒ니, 일일(一日)은 승샹게 고(告)ᄒ
여 어진 가문(家門)를 듯보와13) 혼인(婚姻)를 구(求)코쟈 하더니, 일일
은 슉향니 승샹 양위(兩位)를 뫼시고 영츈당(迎春堂)의 올나가 쟌치ᄒ며
츈경(春景)를 귀경ᄒ더니, 문득 져약14) 갓치 슉향의 압헤 와 셰 번 울
고 동(東)다히로 날아가거늘, 슉향니 놀나 왈(曰),

"가치는 계집의 령혼(靈魂)이라. 허다(許多)ᄒ 샤람 즁(中)의 쇼녀(小
女)의 압헤 와 울고 가오니 반드시 쇼녀의게 이(利)치 안이홀가 ᄒ녀
이다."

승상니 즉시 졈괘(占卦)를 샬피민 가쟝 슉향의게 힁롭거늘, 고이(怪異)
히 넉여 크게 근심ᄒ시더라.

---

10) [교감] 열 샤람: 심씨B본 '열 사름'. 이대본 '어론'.
11) [교감] 비복 등이 다 항복도이 넉이더라: 심씨B본 '노비들도 슉향 ᄒ는 일을 아니 항복ᄒ 리
업스되'. 이대본 '노비 등도 슉향의 ᄒᆞ난 일을 항복 아니 리 업시되'. '비복 등이 다 슉향에게
기꺼이 복종한다'는 뜻.
12) [교감] 샤향: 심씨B본 '四香'.
13) 듯보와: 알아보아.
14) [교감] 져약: 심씨B본 '져녁'. 이대본 '젼역'.

금비녀와 옥장도

이젹의 샤향니 후원(後苑)의셔 잔츠흐믈오 집니 뷔여시믈 보고 크게 깃거 부인(夫人) 침방(寢房)의 즉시 드러가 부인의 납치(納采) 바드신 금봉치(金鳳釵)와 승샹(丞相)의 슈사(受賜)ᄒ신[1] 옥쟝도(玉粧刀)를 도젹ᄒ여 슉향의 셩젹함(成赤函)[2]의 너코 나와쓰니, 샴일(三日) 만의 부인니 동니[3] 경년(慶宴)의 갈려 ᄒ고 금봉치(金鳳釵)를 ᄎᄌ니 업거늘, 고이(怪異)히 너겨 셰간를 다 너여 번고[4]흔즉 승샹의 옥쟝되(玉粧刀)마쟈 업거늘, 크게 고이히 너겨 비복(婢僕) 등를 엄(嚴)히 져죠[5]더니, 사향니 나가짜가 짐즛 모로는 쳬ᄒ고 급(急)히 드러오며 문왈(問曰),

"가즁(家中)의 무샴 일니 잇관디 이다지 요란(搖亂)ᄒ뇨?"

비복 등은 황황(遑遑) 분쥬(奔走)ᄒ며 묵묵(默默)흔 즁(中)의 부인 왈

---

1) 승샹(丞相)의 수사(授賜)하신: (임금이) 승샹에게 내리신.
2) 셩젹함(成赤函): 혼인날 신부를 단장할 때 쓰는 물품을 넣어두는 그릇.
3) [교감] 동니: 심씨B본 '洞內'. 이대본 '동니'.
4) 번고: '물건 등을 이리저리 뒤집어 살펴본다'는 뜻의 '번고(飜考)'인 듯.
5) [교감] 져죠: 심씨B본 '鞫問'. 이대본 '궁문'. '져조'는 '꾸짖어 조사하거나 찾다'는 뜻의 '져조(詆調)'인 듯.

(曰),

"지금 두 가지 보비를 일허시니 엇지 찻지 안니ᄒ리요?"

샤향니 가마니 고(告)ᄒ되,

"져즘게 슉향씨 침방(寢房)의 드러가 셰간를 뒤다⁶⁾가 무슨 거슬 가마니 가지고 당신 방(房)으로 갓ᄉ오니 게 가보쇼셔."

부인 왈,

"슉향의 마음은 빙옥(氷玉) 갓거늘 엇지 나 모로게 가져가리요?"

샤향니 ᄯ 엿ᄌ오되,

"슉향씨 젼일(前日)은 그러ᄒᆫ 일 업삽ᄶ더니, 요샤히 혼ᄉ(婚事) 긔별(寄別)를 듯고 당신 셰간를 일우려 ᄒ시는지 쇼비(小婢) 등 보는듸도 희미(稀微)ᄒ온 일니 만샤오나, 승샹과 부인게셔 즁(重)히 넉니시미 쇼비 등니 비록 보와도 감히 알외지 못ᄒ와ᄊ니, 오늘이야 알외오미 아무커나 아무커나 가보쇼셔."

부인니 과년(果然) 의심(疑心)ᄒ여 슉향를 불너 문왈(問曰),

"일흔 거시 힝혀 네 방의 왓는야?"

슉향니 묵묵(默默)ᄒ다가 엿ᄌ오되,

"쇼녜(小女ㅣ) 아니 가져왓시면 뉘 가져갓실이잇가?"⁷⁾

ᄒ고 셰간를 다 ᄂᆡ혀 부인 압헤 노코 ᄎ례(次例)로 뵈이더니 과년(果然) 두 가지 보비 드러거늘, 부인니 ᄃ로(大怒) 왈,

"네 안니 가져왓시면 엇지 네 방의 드러왓는뇨?"

ᄒ고 바로 승샹 계신 ᄃᆡ 와 엿ᄌ오되,

"울리는 슉향 샤랑ᄒ미 혈육(血肉)도곤 더 즁(重)히 너겨 가업(家業)를 다 젼(傳)코쟈 ᄒ여ᄶ더니, 져는 남의 쟈식(子息)인 타스로 날를 쇼겨니 두 가지 보비를 가져다가 제 함(函)의 너허시니, 엇지 쳐치(處置)ᄒ

<hr>

6) 뒤다: 무엇을 찾으려고 샅샅이 들추거나 헤치다. 뒤지다.

7) [교감] 쇼녜 아니 가져왓시면 뉘 가져갓실이잇가: 이대본 '니 아니 가져왓습거든 엇지 니 방의 잇ᄉ오릿가'.

리잇가?"

승샹니 듯고 디경(大驚) 왈,

"봉츠(鳳釵)는 녀즈(女子)의 쇽(屬)헌 거시니 어린 마음의 샤랑ᄒ여 고이(怪異)치 안이련이와, 쟝도칼은 제게 쇽(屬)지8) 안인 거시니 가쟝 고이ᄒ거이와, 아직 싱각ᄒ여 보셔이다."

샤향니 겻틔 셧짜가 엿즈오되,

"요샤히 슉향씨 슈(繡)도 노흐며 글도 지어 밧게 샤람를 쟈로 쥬고, 밧 샤람도 규규히9) 츌입(出入)ᄒ오니 그 뜻들 아지 못ᄒ너이다."

승샹니 디경(大驚) 노왈(怒曰),

"그러ᄒ면 일졍(一定), 그러ᄒ면 밧게 샤람으로 샤통(私通)ᄒ는 일니 잇시니, 집 안의 두면 불측(不測)흔 변(變)를 볼 거시니 ᄲᆞᆯ니 니여보니쇼셔."

부인이 나오니 슉향니 제 방의 드러가 머리를 싸고 업픠여 울거눌, 부인니 불러 디척(大責) 왈,

"우리 무쟈식(無子息)ᄒ야 쥬야(晝夜) 셜워ᄒ다가 늣기야 너를 어드미 얼골과 ᄒ는 일니 비상(非常)ᄒ여, 양반(兩班)의 자식인가 하여 품 샤히예 길너 친쟈식(親子息)갓치 귀(貴)히 샤랑하여 가중사(家中事)를 다 맛기고, 우리 집과 갓튼 가문(家門)를 듯보와 아름다온 비필(配匹)를 구(求)ᄒ여 후사(後事)를 다 젼(傳)코쟈 ᄒ여쓰니, 네 쓰지 변(變)ᄒ여 져러틋 불의(不義)를 힝(行)하는야? 닉 집니 비록 가난ᄒ나 노비(奴婢)가 샴쳔여 구(三千餘口)요, 젼답(田畓)이 슈만 셕(數萬石) 직니10)요, 금은(金銀)니 슈십만(數十萬) 슈리니, 이만ᄒ흐여11) 네 일싱(一生)이야 안니 편(便)ᄒ랴! 네 봉차(鳳釵)를 가지고즈 ᄒ면 날다려 일으면 그여셔12) 더흔 거

---

8) [교감] 쇽지: 심씨B본 '當치'. 이대본 '당치'.
9) [교감] 규규히: 심씨B본 '窺窺히'. 이대본 '심히'.
10) 직니: 지기. (곡식의 양을 나타내는 명사구 뒤에 붙어) '그 정도 양의 씨앗을 심을 수 있는 논밭의 넓이'의 뜻을 더하는 접미사.
11) [교감] 이만ᄒ흐여: 심씨B본 '이만ᄒ여도'. 이대본 '이만ᄒ여도'.

40

슬 엇지 관계(關係)ᄒ며, ᄯᅩ 겸(兼)ᄒ여 봉ᄎᆞ(鳳釵)는 계집의게 속(屬)ᄒ
거시니 어린 마음의 샤랑ᄒ여 가져가련이와, 쟝도(粧刀)는 네게 속지
안인 거슬 무어세 쓰려 ᄒ고 가져온다? 나는 너와 졍(情)니 지극(至極)
히 즁(重)ᄒ나 승샹니 져러틋 노(怒)ᄒ여 계시니, 뉘 타시리요? 승샹니
노(怒)를 푸실 샤이예 근쳐(近處)의 잠간 나가 잇시면 죵용(從容)니 승
샹게 엿자와 다려오마"
ᄒ시고, 슬푸믈 이긔지 못ᄒ야 눈물을 흘이거늘, 슉향니 지비(再拜) 왈,
 "나는 젼싱(前生)의 죄(罪) 즁(重)ᄒ와 어려셔 부모를 일코 동셔(東西)
의 긔걸(丐乞)ᄒ야 졍쳐(定處) 업시 단니며 밤니면 덤불 쇽긔 의지(依支)
ᄒ여 지니옵고, 긔한(飢寒)를 이긔지 못ᄒ와 지니옵써니, 하늘리 도으샤
부인 은덕(恩德)으로 귀(貴)ᄒᆫ 의복(衣服)과 죠흔 음식(飮食)의 품 샤이
에 길으시니, 나흔 쟈식(子息)인들 그(其)여셔 더ᄒᆞ올잇가? 니 마음의는
외히려 과(過)ᄒ고 더 발알 길 업샤와 평싱(平生)를 뫼시고 지셩(至誠)
으로 셤기옵ᄯᅡ가, 만셰(萬歲) 후(後)의 니 졍셩(精誠)과 갓치 졔사(祭祀)
나 극진(極盡)히 ᄒ옵고, 쥭어 지ᄒ(地下)의 흙니 되와도 하늘갓쟈온 은
혜(恩惠)를 만분지일(萬分之一)니나 갑삽고쟈 ᄒ는 ᄶ지 일편간담(一片肝
膽)의 밋쳐샵거든, 엇지 감히 부인를 쇼겨 츄호지13) 말리온들 마음을
요동(搖動)ᄒ오리잇가?14) 부인니 샤랑ᄒ시는 듯들15) 밧ᄌᆞ오면 봉ᄎᆞ 하
나히야 구타야 앗기지 안니ᄒ오려든, 허믈며 쟝도는 남ᄌᆞ(男子)의게 속
흔 거시라, 규즁(閨中) 여아(女兒)의 힝실(行實)노셔 바로 보도 못ᄒ오려
든 참아 숀의 젹셔 가져올리잇가? 반드시 샤이에 샤람니 반간(反間)ᄒ
와샵거나, 그러 안니ᄒ오면 귀신(鬼神)의 지변(災變)이기로 쳡(妾)의 함
(函)의 드럿샵썬니와, 쳔지(天地) 귀신(鬼神)니 말리 업사온즉 달리는 발

12) 그여셔: 그보다.
13) 추호지: '부추키는'의 뜻인 듯.
14) [교감] 츄호지 말리온들 마음을 요동ᄒ오리잇가: 심씨B본 '一刻 ᄉ이예 天映닙ᄉᆞ올 일을 ᄒ리
  잇가'. 이대본 '일각 ᄉ이의 쳔잇입불 일을 ᄒ옵고'.
15) 듯들: '뜻들'의 오기.

명(發明)ᄒ올 길 업샤오니, 부인 안젼(眼前)의 쟈슈(自手)16)ᄒ여 죽샤오든 부인니 평일(平日)의 쇼녀(小女)를 샤랑ᄒ시든 졍(情)를 싱각ᄒ옵셔.17) 쇼녀의 원(願)ᄃ로 비를 헤쳐 네 길거리예 다라두시면 왕ᄂᆡ(往來)ᄒ는 샤람 즁(中)의 ᄒ나히나 쇼녀의 이ᄆᆡ(曖昧)ᄒᆫ 줄 아올 거시오니, 그ᄶᆡ를 당(當)하와야 이ᄆᆡ(曖昧)ᄒᆫ 악명(惡名)를 씻사오면 지ᄒᆞ(地下)의 가와도 눈를 감고 원혼(冤魂)니 안이 되오리이다"

ᄒ고 하눌를 부르며 우다가 쟈슈(自手)ᄒ여 쥬그려 ᄒ니, 부인니 슉향의 샤ᄉᆡᆨ(辭色)니 죠곰도 변(變)치 안니ᄒ고 일르는 말이 다 맛ᄶᆞ하거ᄂᆞᆯ, ᄶᆡ다라 싱각ᄒ되,

'일졍(一定) 샤람니 샤이예셔 모함(謀陷)ᄒ는ᄯᅩ다'

ᄒ고 슉향니 죽을가 두려워 갈오되,

"네 말리 분명히 맛ᄶᆞ하니 ᄂᆡ 싱각ᄒ여 승샹게 샬와18) 안졍(安定)ᄒᆯ 거시니,19) 너무 슬허 말나."

슉향니 감격(感激)ᄒ야 울며 샤례(謝禮)ᄒ더니, 샤향니 밧게셔 엿듯ᄶᅡ가 급(急)히 드러와 거즛 승샹 말샴으로 부인게 고(告)ᄒ되,

"'슉향의 ᄒᆡᆼ실(行實)리 불측(不測)ᄒ니, ᄂᆡ 발셔 ᄂᆡ여보ᄂᆞ라 ᄒ여거ᄂᆞᆯ 뉘라셔 ᄂᆡ 영(令)를 거슬려 지금 두엇ᄂᆞ뇨?' ᄒ시고, ᄃᆡ로(大怒)ᄒ여 계시니, 어셔 ᄂᆡ여보ᄂᆡ쇼셔."

부인니 망극(罔極)ᄒ야 눈믈 흘니며 왈,

"승샹니 져다지 노(怒)ᄒ여 계시니 아직 입을 거시나 가지고 문밧 죵(從)의 집니 나가 잇거라. ᄂᆡ 밤의 죵용(從容)니 승샹게 샬와 다려올 거시니 죠곰도 슬허 말나"

ᄒ시거ᄂᆞᆯ, 슉향니 두 번 졀ᄒ고 사례(謝禮) 왈,

---

16) [교감] 쟈슈: 이대본 '즈결'.
17) [교감] 부인니 평일의 쇼녀를 샤랑ᄒ시든 졍를 싱각ᄒ옵셔: 심씨B본과 이대본에는 없음.
18) 샬와: 사뢰어, 아뢰어.
19) [교감] 안졍ᄒᆯ 거시니: 심씨B본 '怒를 프러시게 ᄒᆯ 거시니'. 이대본 '노를 풀게 할 거시니'.

"부인 은덕(恩德)니 망극(罔極)ᄒ오니 이싱에셔는 다 갑기 어렵도쇼이다. 쇼녀(小女)의 일노 승샹의 경칙(警責)20)를 당(當)ᄒ시니, 쇼녀의 몸니 만 번 죽ᄉ와도 앗갑지 안니ᄒ도쇼이다"

ᄒ고 쟈결(自決)코쟈 ᄒ거늘, 부인니 슉향의 손를 잡고 왈,

"슬푸다! 널노 ᄒ여곰 이러틋 급(急)ᄒ문 니 가뷔야니 승샹게 샬온 타시로다."

ᄒ시고 무한(無限)니 한탄(恨歎)ᄒ시더니, 샤향니 나갓ᄯᅡ가 ᄯᅩ 드러와 샬오되,

"승샹의 분부(分付) 니예 '양반(兩班)의 쟈식(子息)니면 현마 21) 그려 ᄒ랴. 반드시 샹한(常漢)22)의 쟈식인가 시부니, 집니 두면 일졍(一定) 큰 환(患)를 볼 거시미 슈히 니여보니라' 하고, 직삼(再三) 독촉(督促)ᄒ 시더니다"

ᄒ거늘, 부인니 더옥 망극ᄒ야 금향 23)이란 죵를 불너,

"슉향의 입쩐 의복(衣服)과 쓰던 거슬 니여다가 쥬라"

ᄒ시니 슉향니 통곡(痛哭) 왈,

"져젹의24) 쟌치홀 졔 져약 가치25) 니 압헤 와 고이(怪異)히 울고 가거늘, 스스로 혀오되,26) '하누임니 무슨 일노 무이 넉이샤 직앙(災殃)니 이러ᄒ니, 무삼 변(變)를 볼고?' 의심(疑心)ᄒ여샵쩌니, 이런 익미(曖昧)ᄒ 익명(厄命)를 엇게 ᄒ여샤온니, 엇지 하눌 ᄯᅳᆺ을 거슬리잇고? 의복(衣服) 한 가진들 가져갈가 보온잇가? 다만 모친(母親) 갈 졔 쥬교 가온 옥지환(玉指環) 학27) ᄶᅡᆨ를 쥬고 가옵기로 두엇샵쩌니, 모친 뵈온 드시

20) 경책(警責): 정신을 차리도록 꾸짖음.
21) 현마: '설마'의 옛말.
22) 샹한(常漢): 상놈.
23) [교감] 금향: 이대본 '금향'.
24) [교감] 져젹의: 이대본 '져졉게'. '지난번에'라는 뜻.
25) [교감] 져약 가치: 이대본 '젼역 간치'.
26) [교감] 혀오되: 이대본 '싱각ᄒ되'.
27) 학: '한'의 오기.

가져샵써가 쥬글 제 가지고 죽기샵너이다"

호고 방으로 드러가니, 부인니 참담(慘憺)호여 바로 보지 못홀네라. 부인니 즉시 승상게 드러가 살오되,

"고쳐 싱각호오니 쟝도(粧刀)와 봉차(鳳釵)를 쳡(妾)니 가쳣써가 슉향의 방(房)에 두고 와서 망년(茫然)이 싱각지 못하고 익미(曖昧)혼 슉향를 너치랴 호오니, 슉향니 발명(發明) 못호와 죽으려 호는 일니 쟌잉호오니, 승상은 쳡(妾)를 위로(慰勞)호여28) 아직 짐쟉(斟酌)호쇼셔."29)

승샹 왈,

"앗가 샤향니 와서 젼갈(傳喝)호오되, 부인니 호시기를, '슉향의 힝실(行實)리 통분(痛憤)호오니 부디 너치고쟈 호더라' 호미, 니 부인 쯧을 바다 너여보너랴 호여시나, 구틱야 너치고쟈 혼 쯧지 비히 업셔시니, 부인 마음디로 호쇼셔"

호거눌, 부인니 가쟝 깃거 즉시 나와 슉향다려 일르고쟈 홀셰, 승샹니 부인를 말뉴(挽留)30) 왈,

"간밤 쭘에 홍도화(紅桃花) 혼 가지에 잉무(鸚鵡)시를 바다 길흘 드리더니, 한 즁31)니 와서 도치32)로 홍도화 가지를 버히니 잉무시 날아 나온즉, 그 엇진 몽시(夢事])33)온지 오늘은 죵일(終日)토록 무어슬 일흔 듯호여 셥셥호오니, 슐리나 가져오라 호야, 니 마음을 위로호쇼셔."

부인니 즉시 급향를 명(命)호야 슐과 안쥬를 ᄀᆞ쵸와 승샹를 권(勸)호시더니, 이러굴 졔 샤향니 엿듯다가 슉향를 도로 두믈 알고, 슉향의 방의 드러가 일르되,

---

28) 위로(慰勞)호여: '위하여'의 오기인 듯.
29) [교감] 승샹은 쳡를 위로호여 아직 짐쟉호쇼셔: 이대본 '승승은 용셔호오쇼셔'.
30) [교감] 말뉴(挽留): 이대본 '머물너'.
31) 즁: '즁'의 오기.
32) 도치: '도끼'의 방언.
33) [교감] 몽시: 이대본 '징죠'.

"승상니 부인다려 ᄒᆞ시기를, '슉향를 그져 두엇ᄯᅡ' ᄒᆞ시고, ᄃᆡ로(大怒)하샤 날노 ᄒᆞ여, '슈히 다려다가 근쳐(近處)의 두지 말고, 가쟝 멀리 두라' ᄒᆞ시니, 만일(萬一) 더듸 가면 나도 죄(罪)를 면(免)치 못홀 거시니 밧비 가ᄌᆞ"

ᄒᆞ고 독촉(督促)ᄒᆞ거눌, 슉향니 울며 왈,

"부인니 나오시거든 망종하직(亡終下直)34)니나 ᄒᆞ고 가ᄌᆞ"

ᄒᆞᆫᄃᆡ, 샤향니 구박(驅迫) 왈,

"금의옥식(錦衣玉食)의 ᄡᅡ혀 그런 몹쓸 일를 ᄒᆞ고, 부인죠차 곤ᄎᆡᆨ(困責)를 보게 ᄒᆞ고 어늬 낫츠로 다시 하직이나 ᄒᆞ리요? 부인도 노(怒)ᄒᆞ여 고쳐 나와 보실 세 업스니, 어셔 가쟈, 밧비 가쟈"

ᄒᆞ고 셩화(成火) 독촉ᄒᆞ며 손목를 잡아 잇글거눌, 슉향니 부인게 하직 못ᄒᆞ믈 슬허, 즉시 손가락를 ᄭᆡ무러 피를 닉여 니별(離別)ᄒᆞ는 글를 챵젼(窓前)의 쓰고 눈물를 ᄲᅮ리고 나오니, 샤향니 더옥 지촉ᄒᆞ며 욕(辱)된 말을 무슈(無數)히 ᄒᆞ고, 등를 밀며 손목를 ᄭᅳ러 밋쳐 발리 ᄡᅡ혜 붓지 안니케 독촉ᄒᆞ니, 슉향니 망극즁(罔極中) 샤향의 구박(驅迫)니 ᄐᆡ심(太甚)ᄒᆞᆫ 고(故)로, 더옥 망극ᄒᆞ여 ᄶᅩ치여35) 업더지며 나오니, 엇지 동셔남북(東西南北)를 분별(分別)ᄒᆞ리요?

샤향니 등를 미러 ᄃᆡ문(大門) 밧게 닉쳐 왈,

"승상니 가쟝 노(怒)ᄒᆞ여 계시니, 근쳐(近處)의 잇지 말고 멀니 가라. 만일 갓가이 잇짠 말샴 말샴36)을 드르시면 잡아다가 죽일 거시니, 멀리 가라"

ᄒᆞ고 ᄃᆡ문(大門)를 닷고 드러가거눌,

---

34) 망종하직(亡終下直): 죽을 때 웃어른께 작별을 고하는 것.
35) ᄶᅩ치여: 쫓기어.
36) 말샴 말샴: 중복의 오류.

슉향, 포진강에 투신하다

숙향니 망극(罔極)ᄒ여 목니 머여 울고 늣기며, 지향(指向)업시 가며 승상 집를 쟈로 도라보며, 희음업시 늣기고 목 노화 울고 가더니, 합혜 큰 믈니 가로졋거늘 믈에 ᄲᅡ져 죽으려 ᄒ고 하늘를 부르지져 앙천탄식(仰天歎息) 왈(曰),

"쇼쳡(小妾)은 젼싱(前生)의 무슨 죄(罪)로 니 몸니 되여 나셔, 다슷 샬의 부모(父母)를 일코 혈혈단신(孑孑單身)니 의지(依支) 업시 단니다가, 나지면 길노 바쟝니고 밤니면 슈풀과 덤불를 의지ᄒ여 한슘과 눈믈노 일월(日月)을 보니더니, 쳔ᄒᆡᆼ(天幸)으로 쟝승샹(張丞相) 부인(夫人)를 만나 십년(十年)을 의탁(依託)ᄒ여ᄯᅡ가 몸의 지은 죄(罪) 업시 이미(曖昧)ᄒᆫ 악명(惡名)를 어더 죠치믈 보니, 눌를 의지ᄒ리잇가? 부모를 다시 못 보고 니 믈의 ᄲᅡ져 죽ᄉ오니, 쳥쳔(靑天)과 일월셩신(日月星辰)은 숙향의 이미(曖昧)한 졍샹(情狀)를 샬피스 쟝승샹 딕으로 ᄒ여곰 샹하(上下) 업시 나의 이미ᄒᆫ 쥴를 알게 ᄒ옵쇼셔"

ᄒ고, 한참 통곡ᄒ야 슬피 우니, 건곤(乾坤)이 다 슈심(愁心)를 품은 듯하고, 만믈쵸목(萬物草木)과 금슈지믈(禽獸之物)니 다 슬허ᄒ는 듯하더

라. 이럿틋 익곡(哀哭)ㅎ니, 길 가는 힝인(行人)들이 길를 가지 못ㅎ고 다 눈믈을 쑤리며 잔잉히 너기더라.

 이러구러 날리 임의 셔산(西山)의 기울고 잘 식[1]는 슈풀를 챠즈들며, 츄풍(秋風)의 지는 나무입흔 샤람의 슈심(愁心)를 더욱 돕는지라. 슉향니 슬푼 마음를 금(禁)치 못ㅎ여 한 손의는 깁슈건[2]를 쥐고 한 손의 치마를 뷔여잡고, 옥(玉) 갓튼 귀 밋틱 진쥬(眞珠) 갓튼 눈믈리 비오듯 ㅎ며, 인(因)ㅎ여 믈의 쒸여드니, 샨쳔쵸목(山川草木)이 일시(一時)에 앗 츳 ㅎ고 놀나는 듯ㅎ며, 믈결니 뒤누어[3] 쓸는 듯ㅎ니, 길 가는 샤람들리 놀라 구(救)코쟈 ㅎ나 밋지 못ㅎ더라.

 이윽고 샤면(四面)으로 오싴(五色)구름니 일어나며 샤양머리[4] 쑉진 녀 동(女童)니 연녑쥬(蓮葉舟)[5]를 트고 밧비 오며 왈,

 "용녀(龍女)는 부인(夫人)를 뫼셔 밧비 비예 올이라"

ㅎ딕, 문득 거문 널판 갓튼 거시 변(變)ㅎ여 고은 녀쥐(女子ㅣ) 되여 슉 향을 안고 비예 올르니, 그 아희들리 슉향를 보고 두 번 절ㅎ고 왈,

 "부인이 엇지 쳔금(千金) 갓튼 몸를 가뷔야니 브리랴 ㅎ시는요? 우리 는 월궁항아(月宮姮娥)의 명(命)를 밧자와 부인를 구(救)ㅎ라 오다가 옥 하슈(玉河水)[6]의셔 녀동빈(呂東賓)[7] 션싱(先生)를 만나오니, 슐를 너라 하고 잡고 노치 안니ㅎ시미 진시(趁時)[8] 오지 못하여샵써니, 용여(龍女) 곳 안이런들 하마[9] 구(救)치 못홀 번ㅎ여이다"

───

1) 잘 새: 자러 가는 새.
2) 깁수건: 비단수건.
3) 뒤누어: 뒤집혀.
4) 사양머리: '새앙머리'의 잘못. 예전에 여자아이가 예장(禮裝)할 때에 두 갈래로 땋은 머리.
5) 연엽주(蓮葉舟): 연잎으로 만든 배. 또는 연잎처럼 생긴 배.
6) 옥하수(玉河水): '은하수(銀河水)'를 일컫는 듯.
7) 여동빈(呂東賓): 당나라 경조(京兆) 사람. 과거에 낙방하여 벼슬을 못했으며, 64세 때 강호를 방 랑하던 중에 종리권(鍾離權)을 만나서 연명지술(延命之術)과 상진비결(上眞秘訣)을 전수받아 득도 (得道)했다고 한다. 스스로는 회도인(回道人)이라 일컫고, 세상 사람들은 팔선(八仙)의 하나로 여 겼다.
8) 진시(趁時): '진작'의 잘못.
9) 하마: '벌써'의 방언(강원, 경상, 충북). 여기서는 '하마터면'의 생략된 형태.

ᄒ며 ᄯ 용녀(龍女)게 샤례(謝禮) 왈,

"엇지 밋쳐 와 구ᄒ신잇가?

뇽녜(龍女ㅣ) ᄯᅩᄒᆫ 빈샤(拜謝) 왈,

"옛날의 샤ᄒᆡ(四海) 용왕(龍王)니 슈정궁(水晶宮)10)의 모다 잔치ᄒᆞ올
제, 너 샤랑ᄒᆞ는 시녜(侍女ㅣ) 유리병(琉璃瓶)를 ᄭᅵ여거늘, 힝혀 죄(罪)
입을가 ᄒᆞ여 감쵸고 즉시 고(告)치 안니타 ᄒᆞ고, 용왕(龍王)니11) 노(怒)
ᄒᆞ야 쳡(妾)를 반하믈ᄀᆞ12)의 ᄂᆡ치거늘, 믈가의 ᄂᆞ왓ᄯᅥ니13) 어부(漁夫)
의 그믈을 걸여 거의 죽게 되어ᄯᅥ니, 천힝(天幸)을 입샤와 김샹셔(金尙
書) 은덕(恩德)으로 샤라나니, 그 은혜(恩惠)를 갑고자 ᄒᆞ되 길흘 못 어
덧ᄯᅥ니, 마츰 어제 용왕니 옥경(玉京)14)의 올나가 죠회(朝會)ᄒᆞ고 믈너
올 ᄯᅦ예 옥졔(玉帝) 말ᄉᆞᆷ를 듯ᄌᆞ온즉, '월궁쇼애(月宮素娥)15) 천샹(天上)
의 득죄(得罪)ᄒᆞ여 인간(人間)의 ᄂᆡ치이미 남양(南陽) ᄯᅡ 김젼의 집으로
귀향 보니여ᄯᅥ니, 반야산(般若山)의 가 도적(盜賊)의 죽을 익(厄)을 보고,
후토부인(后土夫人)게 가 죽을 번ᄒᆞ고, ᄯᅩ 포진16) 믈가의 가 죽을 번ᄒᆞ
고, 노젼(蘆田)의 가 화덕진군(火德眞君)17)게 가 죽을 번ᄒᆞ고, 낙양(洛
陽)18) 옥즁(獄中)의 가 죽을 번ᄒᆞ고, 반년(半年) 고힝(苦行)를 ᄒᆞ다가,
틱을션군(太乙仙君)를 다시 만나 아들 형졔(兄弟)예 ᄯᅡᆯ ᄒᆞ나 나흔 후(後)
귀(貴)히 되리라' ᄒᆞ시기로, 용왕니 즉시 ᄂᆞᆯ려와 믈 직힌 관원(官員)19)
를 불너, '딕후(待候)ᄒᆞ여ᄯᅡ가 평안(平安)니 구(救)ᄒᆞ여 보니라' ᄒᆞ시미,

---

10) 수정궁(水晶宮): 용왕이 산다는, 수정으로 장식한 바다 속의 화려한 궁전.
11) [교감] 용왕니: 심씨A본 '父王이'. '이대본 '부왕이'.
12) [교감] 반하믈ᄀᆞ: 심씨A본 '盤河水'.
13) [교감] ᄂᆞ왓ᄯᅥ니: 심씨A본 '나왓다가'. 이대본 '나왓다가'.
14) 옥경(玉京): 옥황상제가 산다는 가상의 서울.
15) 월궁소아(月宮素娥): 달나라에 산다는 선녀.
16) [교감] 포진: 심씨A본 '表津'. 국립도서관본(한48-188) '瓢津'. 이대본 '포진'.
17) 화덕진군(火德眞君): 불을 맡아 다스린다는 신령.
18) 낙양(洛陽): 중국 하남성 서부에 있는 도시. 중국의 7대 고도(古都)로 꼽히며, 장안(長安)과 더
    불어 중국 역사상 자주 국도(國都)가 된 곳으로 유명하다.
19) [교감] 관원: 이대본 '용신'.

첩(妾)니 김샹셔 은혜를 갑고쟈 ᄒ여 쟈원(自願)ᄒ고 왓삽떠니, 이졔 옥 녜(玉女ㅣ)20) 와 다려가오니, 첩은 믈러가너이다"

ᄒ고 슉향다려,

"다시 보쟈"

ᄒ직(下直)ᄒ고 가더라. 잇ᄯ 슉향은 아모란 줄 몰나 그 아희다려21) 문 왈(問曰),

"져 쳐녀는 엇썬 샤람이완더 믈를 평지(平地)갓치 단이는고?"

옥녜(玉女ㅣ) 답왈(答曰),

"그는 동ᄒᆡ(東海) 용왕(龍王)의 셰지 ᄯᆞᆯ이오 포진 용왕의 부인이니, 부인의 부친(父親)22) 은혜를 입어 살아낫기로 이졔와 부인를 구ᄒ고 가 너이다."

슉향니 쏘 문왈,

"나는 어려서 부모를 여희고, 남의 집니 의탁(依託)하여짜가 이믜ᄒᆞᆫ 익명(厄命)를 싯고,23) 츠마 셰샹(世上)의 잇지 못ᄒ여 이 믈의 ᄲᅡ져 죽 으려 홀 츠(次)의 구제(救濟)ᄒ시고, 쏘 부인(夫人)니라 칭(稱)ᄒ시니, 지 극 황숑(惶悚)ᄒ여이다."

션녜(仙女ㅣ) 쇼왈(笑曰),

"부인(夫人)니 인간의 날려와 더러온 닉24)와 더러온 믈를 쟈시니, 우 리를 몰나보시는쏘다"

ᄒ고 이슬 갓튼 츠(茶)를 드리니, 그졔야 월궁션녜(月宮仙女)로 샹졔(上 帝) 압헤서 ᄐᆡ을션군(太乙仙君)과 글 지어 화답(和答)ᄒ고, 월연단(月緣 丹)25) 도젹(盜賊)ᄒ여 쥬고, 인간의 귀향 온 일를 역역(歷歷)히 알며, 그

---

20) [교감] 옥녜: 심씨A본 '仙女'. 이대본 '션녀'.
21) [교감] 아희다려: 이대본 '션녀다려'.
22) [교감] 부친: 이대본 '아반님'.
23) [교감] 익명를 싯고: 심씨A본 '惡名을 싯고'. 이대본 '익명을 싯지 못ᄒ고'.
24) 내: 냄새.
25) 월연단(月緣丹): 남녀의 인연을 맺어준다는 선약(仙藥).

아희들은 월궁(月宮)의 잇실 제 쟈갸26) 부리던 시녜(侍女ㅣ) 줄 알고, 붓뜰고 통곡ᄒ며 반가온 마음를 측양(測量)치 못ᄒ야, 이윽키 잇짜가 왈,

"니 죄(罪)는 천상(天上)의셔 즁(重)ᄒ거이와, 인간(人間)의셔 고쵸(苦楚)ᄒ는 가온디 더옥 망극(罔極)ᄒ온 바는 부모를 이별(離別)ᄒ고 다시 못 본 일과 쟝승샹 집니 와 악명(惡名) 실은 일27)은 죽어 모로고즈 ᄒ노라."

그 옥녜(玉女ㅣ) 공슌(恭順) 디왈(對曰),

"그는 죠곰도 넘녀(念慮) 마르쇼셔. 발셔 천상(天上)의셔 마련ᄒ신 일니미 다시 고칠 길 업건이와, 부인의 부모도 젼성(前生) 죄로 부인을 일코 간쟝(肝腸)을 셕이며, 고ᄒᆼ(苦行)으로 지니여 젼성 죄를 쇠멸(消滅)ᄒ게28) ᄒ여시니 엇지 흔탄(恨歎)ᄒ오며, 쟝승샹 딕(張丞相宅)은 다만 십년(十年)만 동쥬(同住)ᄒ게29) 졍(定)ᄒ여시니 그도 흔(恨)치 못ᄒ시련이와, 오직 샤양30)니는 부인 모함(謀陷)ᄒ 죄를 항애(姮娥ㅣ) 알으시고 샹졔(上帝)게 엿즈와 별악를 치게 ᄒ여시니, 부인이 익미(曖昧)ᄒ 줄은 쟝승샹(張丞相) 부쳐(夫妻)와 샹하노속(上下奴屬)니 다 알고, 즉시 죵(從)를 보니여 이 믈가의 와 부인를 촛짜가 못 어더 갓시니, 그는 넘녀(念慮)치 말으쇼셔. 다만 니졔 셰 번 익(厄)은 임의 지니여썬이와, 이졔 두 번 익(厄)니 잇시니 ᄀ쟝 죠심(操心)ᄒ쇼셔."

슉향 왈,

"무슨 익니 또 잇실고?"

옥녜 디왈(對曰),

---

26) 쟈갸: '자기가'의 오기.
27) [교감] 악명 실은 일: 심씨A본 '惡名을 어더 싯치 못ᄒ 일'. 이대본 '익명 입고 싯지 못ᄒ난 일'.
28) [교감] 쇠멸ᄒ게: 심씨A본 '贖게'. 이대본 '속ᄒ게'.
29) 동쥬(同住)ᄒ게: 함께 살게.
30) 샤양: '샤향'의 오기.

"노젼(蘆田)의 가 화지(火災)를 보고, 낙양(洛陽) 옥즁(獄中)의 가 굿기시고,[31] 반년(半年) 고힝(苦行)ᄒ신[32] 후(後)의야 틱을션군(太乙仙君)를 만나 영화(榮華)를 보실이다."

슉향니 탄왈(歎曰),

"지닌 고힝도 싱각ᄒ면 쳔지(天地) 망극ᄒ거든, 이졔 두 익(厄)를 엇지ᄒ리요? 쟝승상 부인니 날를 지극(至極)키 혜아리시더니, 애미(曖昧)한 줄을 아르시거든 도로 그리 가셔 두 익를 면(免)홀가 ᄒ노라."

그 옥녜(玉女ㅣ) 쇼왈(笑曰),

"하눌리 발셔 졍(定)ᄒ신 일니오미 다시는 임의(任意)로 못 ᄒ올 거시니 넘녀 마르쇼셔. 이졔는 비록 돌가슬 쓰고 무쇠 두멍[33] 안에 드나오는 익를 엇지 면(免)ᄒ실이잇가? ᄯᅩ 쟝승상 집은 십연(十年)뿐이오, ᄯᅩ흔 게 계시면 틱을션군를 보량이면 삼쳔삼빅육십오 리(三千三百六十五里)니 죠련(卒然)니[34] 못 만날 거시오, ᄯᅩ흔 틱을션군 곳 안니면 부인 힘으로는 부모을 다시 만나지 못하리이다."

슉향니 애연(哀憐) 탄왈(歎曰),

"그러ᄒ면 션군(仙君)니 인간 왓짜 ᄒ니, 인간 셩명(姓名)은 뉘라 ᄒ는요?"

옥녜 ᄃᆡ왈(對曰),

"져젹의 항아(姮娥)의 말삼를 듯ᄌᆞ오니, '낙양(洛陽) ᄯᅡ의 니위공(李魏公) ᄌᆞ졔(子弟) 되여시미, 일홈은 션(仙)이오, 자(字)는 틱을(太乙)인니, 부귀공명(富貴功名)니 쳔하(天下)의 읏뜸니 되리라' ᄒ시더이다."

슉향 왈,

"한가지로 득죄(得罪)ᄒ야 인간의 귀향 왓짜 ᄒ되, 션군(仙君)은 호

31) [교감] 굿기시고: 심씨A본 '受刑ᄒ실 厄 보시고'. 이대본 '수형할 일은 보시고'. '굿기다'는 '언짢거나 나쁜 일을 당하다'는 뜻인 '궂기다'의 옛 표기.
32) [교감] 고힝ᄒ신: 심씨A본 '空房으로 지나신'. 이대본 '공방을 지니신'.
33) 두멍: 물을 많이 담아두고 쓰는 큰 가마나 독. 또는 '깊고 먼 바다'를 비유해 이르는 말.
34) 졸연(卒然)히: 끝내. 마침내.

환35)으로 지니게 호고,36) 나는 엇지 고힝(苦行)으로 지니게 호엿는고?"

옥녜 디왈(對曰),

"처음의 천샹(天上)의셔 득죄(得罪)홀 졔 부인니 먼져 희롱(戲弄)호온 죄로 즁(重)호고, 쏘흔 션군은 샹졔(上帝) 압혜셔 일긱(一刻)도 쩌나지 안이호는지라. 샹졔 가쟝 샤랑호시되, 월궁항애(月宮姮娥ㅣ) 졍죄호시민37) 마지못호여 인간의 구향 보닉시나, 지금이라도 샤랑호시는 쓰지 즁(重)호시기로 귀(貴)히 되게 호엿너이다."

슉향니 탄왈(歎曰),

"날은 엇지 그다지 심니 호실샤?"

호며 왈,

"션군 계신 딕 가기 그리 머다 호니 언졔나 추즈보며, 맛나지 못흔 젼(前)은 어딕 가 의탁(依託)호며, 부모는 언졔나 만나보리오?"

옥녜 왈,

"그는 근심 마르쇼셔. 부인니 혼쟈 육노(陸路)로 가시면 일이 년(一二年)이라도 가시기 얼여오려니와, 이 압흔 우리 연렵쥬(蓮葉舟)를 타실 거시니 슌식(瞬息)의 가실 거시오, 쏘한 쳔틱산(天台山)38) 마고션녜(麻姑仙女ㅣ)39) 부인를 구(救)호랴 호고 인간(人間)의 날려왓시니, 발셔 기다린 지 오릭온지라 의탁호기 어렵지 안일 거시오, 션군를 만나신 후의야 부모를 만나보시오리다"

호고 말을 마츠며, 두 션녜(仙女ㅣ) 등파곡40)를 불며 연렵쥬를 닉혀노흐

---

35) 호환: '호사스럽고 성대하다'는 뜻의 '호화(豪奐)'인 듯.

36) [교감] 호환으로 지니게 호고: 심씨A본 '貴히 되게 호시고'. 이대본 '귀히 되게 호고'.

37) [교감] 졍죄호시민: 심씨A본 '請罪호시니'. 이대본 '청죄호시니'.

38) 천태산(天台山): 중국 사천성 공래시(邛崍市) 부근에 위치한 산. 도교, 불교, 유교가 병존하며 번성하던 시기에는 130여 개의 도교사원과 사찰이 있었으며, 현재에도 48여 곳이 남아 있다.

39) 마고션녀(麻姑仙女): 전설 속에 나오는 신선 할미. 흔히 '마고할미'라 일컬으며, 한나라 환제(桓帝) 때에 고여산(姑餘山)에서 수도했는데, 길고 새 발톱처럼 생긴 손톱으로 가려운 데를 긁어주면 한없이 유쾌하다고 한다.

40) [교감] 등파곡: 심씨A본 '凌波曲'. 이대본 '능파곡'. '능파곡'은 배를 타고 가면서 부르는 노랫가락을 일컫는다.

니, 빠르기 살 가듯 ᄒ더라. 이윽고 ᄒ 가의 다다르니, 션녜 왈,

"볼셔 다 왓스오니, 부인은 비예 날려 동(東)다히⁴¹⁾로 가쇼셔. 자년
(自然) 구졔(救濟)홀 샤람니 잇스오리니다"

ᄒ고 동졍귤(洞庭橘)⁴²⁾ 갓튼 거슬 주며 왈,

"가다가 시졍⁴³⁾ᄒ시거든 니거슬 쟈시쇼셔"

ᄒ고 니별(離別)ᄒ기를 가쟝 슬허ᄒ더라. 슉향니 비예 나려 도라보니
볼셔 간ᄃ업거늘, 아년(啞然)⁴⁴⁾ᄒ나 헐일업는지라. 동(東)을 향(向)ᄒ여
두어 거름은 가더니 비 심히 곱흐거놀, 그 귤(橘) 갓튼 거슬 먹으니 쳔
샹사(天上事)는 아득ᄒ야 긔록지 못ᄒ고,⁴⁵⁾ 인간의 눌려와 국기는⁴⁶⁾ 일
만 싱각홀네라. 슉향니 혜오되,

'져문거시⁴⁷⁾ 식(色)옷 입고 가다가 길의셔 욕(辱)볼가'

ᄒ야 마을의 드러가 헌옷과 밧고와 입고, 낫츨 검게 ᄒ고 ᄒ 눈 멀고
ᄒ 다리와 ᄒ 팔 져는 체ᄒ고, 막더 집고 동(東)다히로 향ᄒ여 가니,
길 가는 ᄒᆡᆼ인(行人)들리 셔로 일오되,

"져문거시 얼골 민돌리⁴⁸⁾는 가쟝 묘(妙)니 되어시나, 져다지 검고 가
즌 병(病)도 드럿다"

ᄒ고 챠탄(嗟歎)ᄒ더라.

---

41) 동(東)다히: '동녁'의 옛말.
42) 동졍귤(洞庭橘): 품종(品種)이 좋은 귤을 이르는 말.
43) [교감] 시졍: 이대본 '시즁'.
44) 아연(啞然): 너무 놀라거나 어이가 없어 또는 기가 막혀 입을 딱 벌리고 말을 못 하는 모양.
45) [교감] 긔록지 못ᄒ고: 심씨A본 '닛치고'. 이대본 '잇치고'.
46) 국기는: '굿기는'의 오기.
47) [교감] 져문거시: 이대본 '졀문 게집아ᄒᆡ'.
48) 맨드리: 옷을 입고 매만진 맵시. 여기서는 '생김새'를 뜻함.

천벌을 받는 사향

화셜(話說)이라. 이젹의 쟝부(張府)[1]의셔 승샹부인(丞相夫人)니 승샹(丞相)을 뫼시고 잔(盞)를 밧드더니, 승샹니 반취(半醉) 후(後)의 부인(夫人)니 엿즈오되,

"닉 이즈미 혼망(昏忘)ᄒ와[2] 슉향니 이미(曖昧)ᄒᆫ 말를 듯고 ᄆ음를 구치니[3] 쟌잉ᄒ여이다."

승샹니 쟈셔(仔細)히 드른 후 크게 놀나 왈(曰),

"어엿불샤! 어린거시 쟉히[4] 슬허하리잇가? 가쟝 불샹ᄒ오니, 오라 ᄒ여 위로(慰勞)ᄒ쇼셔."

부인니 감은(感恩)ᄒ여 즉시 시여(侍女)로 ᄒ여곰 부르시니, 샤향니 밧그로셔 드러와 거즛 한탄(恨歎) 왈,

"그런 불측(不測)ᄒᆫ 일 업다"

ᄒ거늘, 부인니 문왈(問曰),

---

1) 쟝부(張府): 장승상 집안.
2) [교감] 이즈미 혼망ᄒ와: 심씨A본 '니줌허란 토사로'. 이대본 '이짐헐흔 타시로'
3) 구치니: 언짢게 하니. '구치다'는 '언짢게 하다'의 옛말.
4) 쟉히: '어찌 조금만큼만', '얼마나'의 뜻으로 희망이나 추측을 나타내는 말.

"무샴 일고?"

샤향니 답왈(答曰),

"쇼비(小婢) 등(等)은 슉향씨를 양반(兩班)의 아기넨가 넉여쩌니, 샹거세 쟈식(子息)일넌가 시버이다. 부인니 승샹게 드러오신 후(後)의 무어슬 만히 가지고 감쵸며 밧그로 너닷거늘, 무어신고 보랴 ᄒ오니, 슉향씨 듥킈가5) ᄒ야 더옥 급(急)히 다르니6) 볼 길리 업습기로 외어 일오되, '부인게 하직(下直)도 안니ᄒ고 가는다?' ᄒ온즉, 디답(對答)ᄒ옵기를, '구박(驅迫)ᄒ야 너치는디 하직ᄒ야 무엇ᄒ리?' ᄒ고, 엇썬 총각(總角) 아희를 ᄯ라라 하7) 급(急)히 가기로 못 밋쳐 갓너이다"

ᄒ거늘, 부인니 디경(大驚) 왈(曰),

"이 어인 말고? 니 부디 져를 보아 일를 말리 잇시니, 네 ᄲᆞᆯ리 가 다려오라"

ᄒ신디, 샤향니 부인 보는 디는 밧비 가는 쳬ᄒ고 마을 집니 안자ᄯᅡ가 급히 드러와 샬오되,

"발셔 멀리 가거늘, 발바당8)니 터지도록 간신(艱辛)니 ᄯ라라가 부인 말샴를 젼(傳)ᄒ온즉, 슉향니 도라보며 입를 빗젹이고 셩너며 ᄒ는 말리, '니 얼골과 니 지죠(才操) 가지고 어듸 가면 그만흔 디 의식(衣食)니야 못 어드리오?' ᄒ고, 온가지9)로 비방(誹謗)ᄒ고, 그 총각(總角)으로 엇게를 셔로 마쵸며 휘히쳐10) 웃고 가더이다. 울리는 남의 죵(從)이라도 힝실(行實)은 그러치 안니터이, 그 형샹(形狀)은 흔 입으로 다 층양(稱揚)치 못ᄒ올너니다"11)

5) 듥킈가: 들킬까.
6) [교감] 다르니: 이대본 '도망ᄒ오미'.
7) 하: 아주, 몹시.
8) 발바당: '발바닥'의 방언(경남, 평안).
9) 온가지: '온갖 종류'의 옛말.
10) 휘히쳐: 정확한 뜻은 알 수 없으나, '휘저으며'라는 뜻인 듯.
11) [교감] 그 형상은 흔 입으로 다 층양치 못ᄒ올너니다: 이대본 '힝실이 그리 칙칙ᄒ고 더러오물 춤아 입의 격셔 아뢰지 못할 쇼이다'.

ᄒ고 말리 치 맛지 못ᄒ여셔 난듸업슨 헛12) 누비옷 입은 즁니 드러오
거눌, 승샹(丞相)니 놀나 고이(怪異)히 넉여 문왈(問曰),

"그듸 어듸셔 살며, 무슨 일노 오신고?"

그 즁니 읍(揖)13)ᄒ고 답왈(答曰),

"나는 쳔승(天僧)일너니, 옥황샹졔(玉皇上帝)게 명(命)를 바다 왓사오
니, 승샹 딕의 옥셕(玉石)14)를 분별(分別)ᄒ올 거시민, 샹하(上下) 노쇼
남녀(老少男女)를 다 니여 셰우쇼셔"

ᄒ거눌, 승샹 왈,

"니 집니 긱별(各別) 옥셕 분별ᄒ올 이리 업거눌, 존승(尊僧)니 괴로
이15) 오시도다."

(일부 구절 누락)16)

언필(言畢)의 즁니17) 밋쳐 딕답(對答)지 못ᄒ여셔 샤향니 니다라 이로
되,

"승샹니 빌어먹는 슉향이를 어엿비 넉니ᄉ 깊흔 궁즁(宮中)18)의셔 죠
흔 의식(衣食)에 싸혀시되,19) 힝실(行實)이 불측(不測)ᄒ여 승샹게 샤송
(賜送)20)바든 옥쟝도(玉粧刀)와 부인게 송치(送綵)21)ᄒ신 금봉차(金鳳釵)
를22) 도젹(盜賊)ᄒ여짜가 들킈고, 제 붓쓰러워 십년(十年) 은혜(恩惠)를

12) 헛: '헌'의 오기.
13) 읍(揖): 두 손을 맞잡고 들어올리며 하는 인사.
14) 옥석(玉石): 구슬과 돌. 곧 좋은 것과 나쁜 것.
15) 괴로이: 공연히.
16) [교감] 누락 부분: 심씨A본 '그 듕이 니르되 玉石 골힐 일이 업다 ᄒ시나 淑香과 四香의 일을
즈시 아르시니잇가'. 이대본 '쳔승 왈 옥셕 분간할 일 업다 ᄒ나 슉향과 ᄉ향의 일을 즈셰 아
르시난잇가'.
17) [교감] 언필의 즁니: 심씨A본 '丞相이'. 이대본 '승승이'.
18) 궁즁(宮中): '규즁(閨中)'의 오기.
19) [교감] 깊흔 궁즁의셔 죠흔 의식에 싸혀시되: 심씨A본 '夫人 寢房의 두고 됴흔 옷밥의 親女ᄀ
치 ᄉ랑ᄒ시드니'. 이대본 '부인 침방의 쑤고 친ᄌ식갓치 ᄉ랑ᄒ더니'.
20) 사송(賜送): 임금이 신하에게 물건을 내려 보내줌.
21) 송채(送綵): 혼인 때에 신랑 집에서 신부 집으로 청색과 홍색의 채단(綵緞)을 보내는 일.
22) [교감] 승샹게 샤송바든 옥쟝도와 부인게 송치ᄒ신 금봉차를: 심씨A본 '丞相의 玉粧刀와 夫人
의 金鳳釵를'. 이대본 '승승의 옥즁도와 부인의 금봉치를'.

비반(背反)ᄒ고 하직(下直)도 안니ᄒ고, 길 가는 춍각(總角)를 다리고 가
며 희롱(戱弄)만 ᄒ고, 여러 번 불너도 오지 안니ᄒ더니, 이 밋친 즁놈
이 슉향의 쳥(請)를 바다먹고, 감히 지샹가(宰相家) 니실(內室)의 드러와
어즈러온 말노 슉향를 위(爲)ᄒ야 신원(伸寃)코져 ᄒ오니, 놈죵23)으로
ᄒ여곰 잡아 날리와 두 귀를 부븨고 돌슈박24) 디굴리25)를 박셕돌(薄石
ᄃᆞᆯ)26)의 문질너져 쥬어보쇼셔"
ᄒ거늘, 언필(言畢)의 그 즁니 디쇼(大笑) 왈,

"승샹 ᄃᆡᆨ(丞相宅) 셰간를 네가 맛타 가지고 옷갓 거슬 다 도젹(盜賊)
ᄒ여 니다가, 슉향니 맛튼 후로는 네 마음디로 못하기예, 글노 혐의(嫌
疑)ᄒ여 삼월(三月) 십샴일(十三日)의 영츈당(迎春堂)의 쟌치ᄒ라 간 샤
히예 쟝도(粧刀)와 봉ᄎᆞ(鳳釵)를 도젹ᄒ여다가 슉향의 함(函)의 너코, 도
로혀 이미(曖昧)ᄒᆫ 슉향니 도젹ᄒᆫ 양(樣)으로 부인게 모함(謀陷)ᄒ고, 쏘
위죠(僞造) 젼갈(傳喝)ᄒ여 무의(無疑)ᄒᆫ 샤람을 구박(驅迫)ᄒ여 니치고,
거즛 부르는 체하고 마을 집이 가 쟛바졋ᄯᅡ가 거즛말노 고(告)ᄒ여 네
간교(奸巧)ᄒᆫ 형젹(形迹)를 죵시(終是) 감쵸고, 이미ᄒᆫ 슉향를 악명(惡名)
를 짓게 ᄒ니, 승샹과 부인은 네게 쇼그런이와 하눌죠ᄎᆞ 쇽으랴?"
ᄒ고 언필(言畢)의 샤미27) 안ᄒ로셔 죠고만 슈리28)를 니여 공즁(空中)
의 더지고 그 우희 올나셔이, 믄득 쳔지(天地) 진동(振動)ᄒ며 하늘리
문허지는 듯ᄒ더니, 졈졈(漸漸) 쳔지(天地) 어두오며 큰 쇼낙기 박29)으
로 다마 붓드시 오고, 샤면팔방(四面八方)의 모도 번기빗치 쟈옥ᄒ거늘,
승샹(丞相) 부쳐(夫妻)와 샹하노쇽(上下奴屬) 등(等)니 혼비빅산(魂飛魄散)

23) [교감] 놈죵: 심씨A본 '스나히 從'. 이대본 '남죵'.
24) 돌슈박: 돌처럼 단단한 수박.
25) 디굴리: 대가리.
26) 박셕돌(薄石ᄃᆞᆯ): 얇고 넓적한 돌.
27) 사매: '소매'의 방언(경남, 함경).
28) 슈리: 수레.
29) 박: '바가지'의 준말.

ᄒᆞ야 ᄯᅡ헤 업씌여 축슈(祝手)ᄒᆞ더니, 문득 공중(空中)의셔 동희30) ᄀᆞᆺ튼
불덩니 날리 다르며31) 바로 사향의 더굴리를 씨치니, 승상 부처와 일
가(一家) 상해(上下ㅣ) 다 정신(精神)를 일코 긔절(氣絶)ᄒᆞ여ᄯᅡ가,32) 올리
게야33) 계유 정신를 챠려 울며 왈(曰),

"사향은 무죄(無罪)ᄒᆞᆫ 슉향를 모함(謀陷)ᄒᆞ다가 천벌(天罰)를 입어 죽
으니 그는 올커이와, 슉향은 뉘게 가 의지(依支)ᄒᆞᆫ고?"

ᄒᆞ고, 졔 방(房)의 드러가 보니 입쩐 의복(衣服)과 쓰든 거시 의구(依舊)
ᄒᆞ고, 피로 쓴 글지 챵젼(窓前)의 잇고, ᄌᆞ리예 ᄯᅥ러진 눈물 흔젹(痕迹)
니 말르지 안니ᄒᆞ여거ᄂᆞᆯ, 부인니 더옥 망극(罔極)ᄒᆞ여 그 글를 보니 ᄒᆞ
여시되,

"다슷 살의 부모를 일ᄒᆞ니, 하늘게 득죄(得罪) 즁(重)ᄒᆞ도다. 십연(十
年)를 승샹 덕의 의탁(依託)ᄒᆞ니, 부인 덕퇵(德澤)니 깁고 깁도다. 일죠
(一朝)의 악명(惡名)를 어드니, ᄎᆞ마 ᄉᆞ지 못ᄒᆞ리로다. 챵쳔(蒼天)니 무
심(無心)치 안니시면 원(寃)를 씨스리로다"

ᄒᆞ여ᄯᅥ라. 부인니 보기를 마치미 통곡(痛哭) 왈,

"반드시 죽을이라"

ᄒᆞ고 나와, 그 글를 승샹게 드리니, 보시고 쟌잉히 넉여 척감(戚感)ᄒᆞ
믈 마지안이ᄒᆞ더라. 마츰 승샹의 족하34) 쟝원35)니 왓ᄯᅡ가 이 말를 듯
고 왈,

"니 올 졔 포진믈ᄀᆞ의 다다른즉 거동(擧動)이 이러이러ᄒᆞᆫ 아희 하눌
게 빌며 울거ᄂᆞᆯ, 보고 왓ᄯᅥ니 일졍(一定) 그 아희로쇼이다"

---

30) 동이: 질그릇의 하나. 흔히 물 긷는 데 쓰는 것으로, 배가 둥글고 부르며 아가리가 넓고 양옆
　　으로 손잡이가 달려 있다.
31) [교감] 날리 다르며: 심씨A본 'ᄂᆞ려와'. 이대본 '나려와'.
32) [교감] 긔절ᄒᆞ여ᄯᅡ가: 심씨A본 '氣絶ᄒᆞ엿다가 이윽ᄒᆞ여 人事를 ᄎᆞ렷더라 夫人도'. 이대본 '긔
　　절ᄒᆞ엿다가 이윽ᄒᆞ여 인스를 ᄎᆞ리더라 부인도'.
33) 올리게야: 오래되어서야.
34) 족하: '조카'의 옛말.
35) [교감] 쟝원: 심씨A본 '張源'. 이대본 '중완'.

ᄒᆞ거ᄂᆞᆯ, 승샹니 듯고 즉시 죵(從)를 보니여 다려오라 ᄒᆞ시니, 죵들리 갓짜가 도라와 엿ᄌᆞ오되,

"그 근쳐(近處) 사람다려 뭇ᄌᆞ온즉 '불셔 믈의 ᄲᅡ져 죽다' ᄒᆞ더니다."

승샹니 챠탄(嗟歎)ᄒᆞ믈 마지안니ᄒᆞ시고, 부인은 통곡ᄒᆞ시며 시시(時時)로 긔졀ᄒᆞ거ᄂᆞᆯ, 승샹니 위로 왈,

"나혼 쟈식(子息)도 임의 죽으면 싱각니 부졀업거ᄂᆞᆯ, 남의 쟈식를 너모 글탄36) 마르쇼셔."

부인 왈,

"슉향니 잇실 졔는 온갖 일니 다 알옴답쩌니, 져 나간 후는 안져쯘 쟈리와 건니든 형용(形容)니 눈에 암암(暗暗)ᄒᆞ고, 말쇼리 귀예 징징(錚錚)ᄒᆞ오미, 심쟝(心腸)니 ᄆᆞᆽ는 듯ᄒᆞ와 진졍(鎭靜)치 못ᄒᆞ리로쇼이다"

ᄒᆞ고 인(因)ᄒᆞ여 통곡ᄒᆞ기를 마지안니ᄒᆞ시니, 승샹니 힝혀 병(病)들가 넘녀(念慮)ᄒᆞ여 스스로 혀오되,

'공교(工巧)혼 화원(畫員)를 어더 슉향의 얼골를 그려 부인게 드리면, 일졍 통곡ᄒᆞ기를 그칠가'

ᄒᆞ야 화원를 널니 구(求)ᄒᆞ더니, 죵(從) 쟝젹37)니 고왈(告曰),

"쇼인(小人)니 슉향씨 십셰(十歲) 젼(前)의 업고 노쥬졍38)의 츄쳔(鞦韆)굿 보라 갓쩌니, 쟝사(長沙)39) ᄯᅡ에 잇는 죠쟉40)이란 화원(畫員)니 보고 왈, '닉 쳔하(天下)의 국식(國色)41)을 다 보아시되, 이 아희 얼골 갓튼 이는 보지 못ᄒᆞ여노라' ᄒᆞ고, 즉시 모양(模樣)을 그려 갓ᄉᆞ오니, 죠쟉를 불너 그 화샹(畫像)를 구(求)ᄒᆞ쇼셔."

승샹(丞相)니 딕희(大喜)ᄒᆞ여 쟝젹를 보니여, 그 화원(畫員)를 보고42)

---

36) 글탄: '끌탕'의 방언(평북). '끌탕'은 '속을 태우는 걱정'을 뜻한다.

37) [교감] 쟝젹: 심씨A본 '張碩'. 이대본 '즁셩'.

38) [교감] 노쥬졍: 심씨A본 '綠柳亭'. 이대본 '노류젼'.

39) 장사(長沙): 중국 호남성에 있는 고을 이름.

40) [교감] 죠쟉: 심씨A본 '趙章'. 이대본 '도즁'.

41) 국색(國色): 나라 안에서 으뜸가는 미인.

그림를 구흐니, 쳐음은,

"다른 더 파란노라"

흐고 안니 쥰즉 그져 도라왓쩌니, 승샹 왈,

"갑슬 비(倍)나 더 쥴 거시니 도로 물너오라"

흐시니 그젹에야 죠쟉니 허락(許諾)흐고 보닌디, 슉향니 과년(果然) 샤
라온 듯흐더라. 부인(夫人)니 하 반겨 안고 구을며43) 통곡흐다가 방(房)
의 거러두고, 죠셕(朝夕) 밥을 싱시(生時)갓치 먹는 드시 허여노코 미일
(每日) 슬허흐시더라.

갈대밭에서 화재를 만나다

화셜(話說)이라. 이젹의 슉향이 월궁션녀(月宮仙女)를 니별(離別)ㅎ고, 병인(病人) 민두리 ㅎ고 동(東)다히를 바라고 가다가 날리 져믈미, 망년(茫然)ㅎ야 졍히 민망(憫惘)ㅎ더니, 문득 멀리 바라보니 샤면(四面)니 모도 시밧¹)치오, 큰 나무 ㅎ나희 업거놀, 헐일업시 슈풀를 의지(依支)ㅎ야 쟈더니, 밤즁은 ㅎ여셔 광풍(狂風)니 급히 일어나며 노젼(蘆田) 샤면(四面)으로 불니 일어나 하놀의 다하시니, 슉향이 아무리 홀 쥴 몰나 하놀를 우러러 비러 왈(曰),

"쳔신만고(千辛萬苦)ㅎ여 구챠(苟且)히 부지(扶支)홈은 아무커나 부모를 다시 만나 얼골을 알고쟈 ㅎ옵쩌니, 이 짜에 와 화지(火災)를 만나오니, 죽기는 셟지 안니ㅎ오되 부모의 얼골를 못 보오니 골슈(骨髓)의 한(恨)이로다"

ㅎ고 슬피 우더니, 홀연(忽然) 남(南)다히로 흔 노인(老人)니 막디 집고 셔셔 일오되,

---

1) 새밭: 띠나 억새가 우거진 곳.

"네 엇썬 아희건더 이리 깁흔 밤의 이러흔 고더 와 화지(火災) 만나는뇨?"

슉향니 츅슈(祝手) 왈,

"나는 부모 업슨 아희옵써니, 의탁(依託)홀 더 업셔 동셔(東西)로 바장니옵써니, 길흘 그룻 드러 죽게 되여샤오니 덕분(德分)의 구졔(救濟)흐와 쥬옵쇼셔."

그 노인(老人) 왈,

"네 일홈은 일르지 안니흐여도 알거니와, 발셔 화셰(火勢) 급(急)흐니 네 오슬 버셔 셧쓴 더 두고 몸만 니 등의 올으라"

흐거눌, 슉향니 힐일업시 오슬 버셔노코 노인의 등의 올르니, 불니 발셔 셧쓴 더 다다라 오시 다핫써라. 그 노인니 샤미로셔 홍션(紅扇)를 너여 부치니, 그 노인 셧는 더는 불이 갓가니 안니 오더라. 노인니 슉향를 업고 가다가 큰 들²)을 건너노코 옷샤미를 써여쥬며 왈,

"일노 아리를 가리오고 동(東)드히로 가르. 네 이졔논 화지(火災)을 면(免)흐여시니 귀(貴)히 되리라. 후일(後日)의 은혜(恩惠)를 잇지 말나"

흐거눌, 슉향니 샤례(謝禮) 왈,

"노인 계신 더는 어듸며, 셩휘(聖諱)³)는 뉘시니잇고?"

노인 왈,

"니 집은 천상(天上) 남쳔문(南天門) 밧 둘지 집니오, 나는 화덕진군(火德眞君)일너니, 나 곳 아이면 불은컨이와 노젼(蘆田) 샴빅 니(三百里)를 엇지 잘 지닐넌다?"

흐고 문득 간더업써라.

---

2) [교감] 큰 들: 심씨A본 '그 들'. 이대본 '노젼'.
3) [교감] 셩휘: 심씨A본 '尊號'. 이대본 '셩시'. '셩휘(聖諱)'는 본래 '셩인의 이름'을 뜻하는데, 여기서는 '셩과 이름'이라는 뜻의 '셩휘(姓諱)'로 보아야 할 듯.

술 파는 할미와 수놓는 낭자

숙향니 혼쟈 울며 동(東)다히 길노 가더니, 날리 임의 발그미 감(敢)히 벗고 갈 길도 업고, 坐 겸(兼)ᄒ야 발도 압푸고 비도 곱푸니, 헐일 업시 길가의 나무 덤불 미틔 드러가 화덕진군(火德眞君) 쥬든 옷쟈락으로 압만 가리오고 안즈쩌니, 문득 ᄒᆞᆫ 늘근 할미 딕광쥬리를 엽헤 씨고 지나가다가 숙향의 겻틔 안즈며 왈(曰),

"엇쩌ᄒᆞᆫ 아희완디 크다ᄒᆞᆫ 거시 벌거벗고 길가의 안즈 우는다? 부모(父母)의게 득죄(得罪)ᄒᆞ고 좃치여 나와는다? 남의 것 도젹(盜賊)ᄒᆞ다가 도쥬(逃走)ᄒᆞ여 왓는다? 불한당(不汗黨)를 맛고 나와는다?[1] 이웃집니 쟈라 갓짜가 화지(火災)를 만나 좃기여 왓는다?"

숙향 왈,

"나는 본디 부모 업슨 거어지니 닉친 비도 안이오, 남의 것 도젹ᄒᆞᆫ 비도 안니오, 이웃집니 가셔 쟌 일도 업고, 불한당 마즌 비도 안이로되, 쟈년(自然) 곤(困)ᄒᆞ여 안져너니다."

---

1) [교감] 불한당를 맛고 나와는다: 심씨A본 '불한당을 만나 닙엇던 옷을 다 아이고 왓는다'. 이 대본 '불한당을 만나 옷실 벗기고 왓난야'.

그 할미 쇼왈(笑曰),

"네 본디 부뫼(父母l) 업스면 어듸서 낫는다? 하늘노서 쩌러지며 싸 흐로서 쇼샤는다? 부뫼 바리고 가니 니치나 다르며, 쟝승상(張丞相) 집 니서 봉차(鳳釵)와 쟝도(粧刀) 쩌문의 나왓시니 도젹(盜賊) 득명(得名)ᄒ 고 쫏치여 오나 다르며, 노젼(蘆田)의서 화직(火災) 만나 오슬 다 틔여 시니 불한당(不汗黨) 마즌 쟉²)시나 달을숀야?"

슉향니 디경(大驚) 왈,

"할미는 엇지 그다지 쟈셔(仔細)히 아는뇨?"

그 할미 쇼왈(笑曰),

"남이 일르기로 쟈셔히 알앗노라. 그는 그러컨니와, 다만 이졔 어듸 로 가교져 ᄒ는다?"

슉향니 디왈(對曰),

"갈 곳도 업고, 니리 버셔시니 가지 못ᄒ너이다."

"그러ᄒ면 느도 무즈식(無子息)ᄒ야 혼즈 과뫼(寡母l)³)러니 날과 ᄒᆫ가 지로 가 살미 었더ᄒ뇨?"

슉향니 답왈(答曰),

"할미를⁴) 날를 바리지 안니ᄒ오면 쫏츠가오련니와, 집니 어듼지 일 이 벗고 비도 곱푸온즉 가기 민망(憫惘)ᄒ외다."

할미 우으며⁵) 디광쥬리로서 살문 나믈을 니여주며 왈,

"아직 이거시나 먹으라"

ᄒ거늘, 슉향니 바다먹으니 비도 불을 번 안이라 몸의 향니 나고 정신 (精神)니 싁싁ᄒ더라. 할미 오슬 버셔쥬며,

"입고 가쟈"

---

2) 쟉: ('무슨'이나 '그' 뒤에 쓰여) '꼴'의 뜻을 나타내는 말.
3) 과모(寡母): 홀어미.
4) 할미를: '할미가'의 오기.
5) 우으며: 웃으며.

ᄒ거눌, 할미를 ᄯᅡ라 두어 고기를 너머가니, 인개(人家ㅣ) 즐비(櫛比)ᄒ
고 풍셩(豊盛)ᄒ더라. 그 마으를6) 지나 큰 뫼 밋터 다다라는 할미 왈,

"이거시니 니 집이라"

ᄒ거눌, 드러가보니 그 집이 크지 안니되 가쟝 졍결(淨潔)ᄒ고, 셰간이
만치 안니ᄒ되 가쟝 쇼담ᄒ더라. 그 집니 아희도 업고, 다만 샤ᄌᆡ(獅子)
갓튼 쳥삽살기 ᄒ나히 잇ᄯᅡ가 슉향를 보고 마죠 나와 젼(前)에 보든
쥬인(主人)갓치 ᄭᅩ리치고 반겨ᄒ더라.

슉향니 그 집니 온 지 반월(半月)이 되야도 그져 병인(病人)인 체ᄒ고
잇써니, 홀논7) 홀미 일르되,

"그ᄃᆡ 얼골를 보니 가을 달리 거믄 구름의 ᄡᅡ힌 듯ᄒ고, 병체(病體)
를 보니 실병(實病)니 안인가 시부니, 날을난 그이지 말게 ᄒ라."8)

슉향니 웃고 답(答)지 안니ᄒ더,

"니 집니 슐집니라 마을 샬암니 ᄌᆞ로 단인니, 보면 더러이 역일 거
시니 셰슈(洗手)나 ᄒ고 잇거라"

ᄒ며 나가거눌, 슉향니 여러 날 샬피되 다른 남ᄌᆡ(男子ㅣ) 업고, 비록
마을 샤람이 츌입(出入)ᄒ나 낭ᄌᆞ(娘子) 잇는 ᄃᆡ는 간ᄃᆡ로9) 드러오지
안니커눌, 그졔야 아미(蛾眉)를 다슬이고 옷 가라입고 창(窓)를 의지(依
支)ᄒ야 슈(繡)질ᄒ더니, 할미 드러와보고 ᄃᆡ경ᄃᆡ희(大驚大喜)ᄒ여 드리
다라 안고 왈,

"어엿볼ᄉᆞ, 젼싱(前生)의 무슨 죄(罪)로 광한젼(廣寒殿)10)를 니별(離別)
ᄒ고 인간(人間)의 와셔 고ᄒᆡᆼ(苦行)를 그ᄃᆡ도록 ᄒᆞ던고?"

쇼져(小姐)11) 한슘지어 왈,

---

6) 마으를: '마을을'의 오기.
7) [교감] 홀논: 심씨A본 '홀논'. 이대본 'ᄒ로난'. '하루는'이라는 뜻.
8) [교감] 날을난 그이지 말게 ᄒ라: 심씨A본 '날을 소기지 말라'. 이대본 '나를 속이지 말나'.
  '그이다'는 '속이다'의 방언(평안).
9) 간대로: '망령되이' 또는 '함부로'의 옛말.
10) 광한젼(廣寒殿): 달 속에 있다고 전하는, 항아(姮娥)가 사는 전각(殿閣).

"할미 날을 친ᄌᆞ식(親子息)갓치 어엿비 넉이시니, 니 엇지 할미를 쇼겨 그일 말이 잇시리요? 과년(果然) 나도 양반(兩班)의 쟈식(子息)으로 난즁(亂中)의 부모를 일코 의탁(依託)홀 ᄃᆡ 업기로 노즁(路中)의 ᄇᆞ쟝이더니, 흔 샤슴니 업어다가 쟝승샹 딕(張丞相宅) 동산의 두고 가오니, 그 집니 십년(十年)를 잇짜가 샤향니 모함(謀陷)ᄒᆞ거늘 포진믈의 와 샌지오니, 마츰 치련(採蓮)흔은 아희덜니 구(救)ᄒᆞ옵거늘 샤라나오니, 동(東)다 회로 가라 ᄒᆞ옵기로 오다가 노젼(蘆田)이란 고딕 와 화지(火災)를 만나 거의 죽게 되여실 제, 화덕진군(火德眞君)이란 노인(老人)니 구(救)ᄒᆞ심을 힘입어 살아나셔, ᄯᅩ 홀미를 만나 니곳의 왓습썬이와, 할미를 보오니 날 ᄉᆞ랑ᄒᆞ오미 친자식(親子息)갓치 ᄒᆞ오니 나도 친부모(親父母)갓치 잇스올 거시니,12) 원(願)컨딕 니 몸를 어엿비 너겨 그릇 지시(指示) 말으시고, 셔로 쇠기지 말으셔이다. 힝혀 호탕(豪宕)흔 나뷔와 미친 벌리 희롱(戱弄)홀가 ᄒᆞ너이다."

할미 그 말를 듯고 옷기슬 염의고 쓸의 날려 절ᄒᆞ여 왈,

"낭ᄌᆞ(娘子ㅣ) 그리 아지 마르쇼셔. 니 엇지 낭ᄌᆞ를 쇼겨 남의 일싱(一生)을 그릇되게 ᄒᆞ리잇고? 죠곰도 염녀(念慮) 말으쇼셔"

ᄒᆞ고, 일후(日後)는13) 더욱 공경(恭敬)ᄒᆞ더라. 낭ᄌᆞ(娘子ㅣ) 죵명(聰明)ᄒᆞ야 인간(人間) 만ᄉᆞ(萬事)의 모를 거시 업고, 지죄(才操ㅣ) 놉하 쟈연(自然) 슈(繡)흘 노하 갑슬 만히 바드니, 할미 집니 졈졈(漸漸) 요부(饒富)ᄒᆞ더라.

11) [교감] 쇼져(小姐): 이대본 '슉향이'.
12) [교감] 나도 친부모갓치 잇스올 거시니: 이대본 '나도 할미를 친부모갓치 셤길지라'.
13) [교감] 일후(日後)는: 이대본 '이후로'.

꿈속에서 이선을 만나다

일일(一日)은 할미 집니 온 지 명연(明年) 샴월(三月) 망일(望日)의 홀미는 슐 풀나 가고, 낭즈(娘子) 홀노 쵸당(草堂)의셔 슈질ᄒ더니, 쳥쵀(靑鳥ㅣ) 날아와 미화(梅花) 가지예 안즈 울거눌, 낭지(娘子ㅣ) 왈(曰),

"져 시도 날과 갓치 부모(父母)를 여희엿는야? 엇지 혼쟈 우는다?"

ᄒ고, 눈물을 흘이다가 홀연(忽然) 죠을더니, 그 시 낭쟈(娘子)다려 왈,

"낭쟈의 부뫼(父母ㅣ) 져긔 계시니, 날과 혼가지로 가셔이다"

ᄒ거눌, 낭지 그 시를 짜라 흔 곳의 다다르니, 빅옥(白玉) 갓튼 연못 가온더 구슬더(臺)를 뭇고[1] 그 우희 누각(樓閣)를 지어시되, 만호지츄(瑪瑙之礎)[2]의 호박(琥珀)[3] 기동을 셰우고 유리(琉璃)로 이워시니[4] 광치(光彩) 챨난(燦爛)ᄒ야 바로 보지 못홀네라. 산호현판(珊瑚懸板)의 금쟈(金字)로 쎳시되, 뇨지(瑤池)[5]라 ᄒ엿시니, 셔왕모(西王母)[6]의 집일너라.

---

1) 뭇고: 모아쌓고.
2) 만호지쵸(瑪瑙之礎): 마노라는 보석으로 만든 주춧돌.
3) 호박(琥珀): 나무의 진 따위가 땅속에서 굳어진 누런색 광물. 보석의 일종으로 취급되었으며, 흔히 장식품이나 절연재 따위로 쓴다.
4) 이었으니: (지붕 따위를) 덮었으니.

낭ᄌᆞ(娘子ㅣ) 하 엄엄(嚴嚴)ᄒᆞ여 드러가지 못ᄒᆞ고 문(門) 밧게셔 쥬져(躊躇)ᄒᆞ더니, 문득 셔(西)다히로셔 오ᄉᆡᆨ(五色)구름니 일어나고 그이(奇異)ᄒᆞᆫ 향니 진동(振動)ᄒᆞ더니, 무슈(無數)ᄒᆞᆫ 션관(仙官) 션녜(仙女ㅣ) 용(龍)도 타시며 봉황(鳳凰)도 타며 쌍쌍(雙雙)니 드러가고, 쳥운(靑雲)니 어린 곳의 육용(六龍)이 옥년(玉輦)[7]를 뫼와[8] 황금(黃金) 슈리를 티왓시니, 이는 옥황샹졔(玉皇上帝) 타신 용(龍)니요, 그 뒤예 셔쳔(西天)[9] 셔긔여리(釋迦如來) 오신다 ᄒᆞ고 졔쳔졔불(諸天諸佛)[10]과 샴ᄐᆡ칠셩(三台七星)[11]과 관음나한(觀音羅漢)[12]과 보살(菩薩)이 시위(侍衛)ᄒᆞ야 오되, 각ᄉᆡᆨ(各色) 풍뉴(風流ㅣ) 구름의 어릐엿고 위의거동(威儀擧動)니 쳔지간(天地間)의 진동(振動)ᄒᆞ더라. 여러 ᄒᆡᆼᄎᆞ(行次) 차례(次例)로 드르시되[13] 오직 낭ᄌᆞ(娘子ㅣ) 알니 업ᄻᅥ니,[14] 이윽ᄒᆞ야 구름니 크게 일어나며 그 쇽의 빅옥교ᄌᆞ(白玉轎子) 탄 션녜(仙女ㅣ) 벽년화(白蓮花) 한 가지를 썻거 쥐고 단졍(端正)니 안ᄌᆞᆫ는ᄃᆡ, 좌우(左右)의 무슈(無數)ᄒᆞᆫ 션녜(仙女ㅣ) 시위(侍衛)ᄒᆞ야 오더니, 이는 월궁항아(月宮姮娥)의 ᄒᆡᆼᄎᆞ(行次)러라. 항애(姮娥ㅣ) 슉향를 보고 왈,

　　"반갑다, 쇼아(素娥)[15]야! 인간(人間) 고ᄒᆡᆼ(苦行)를 얼마나 겪거는다?

5) 요지(瑤池): 중국 곤륜산에 있다는 못. 신선이 살았다고 하며, 주나라 목왕이 서왕모를 만났다는 이야기로 유명하다.
6) 서왕모(西王母): 중국 신화에 나오는 신녀(神女)의 이름. 불사약을 가진 선녀라고 하며, 음양설에서는 일몰(日沒)의 여신이라고도 한다. 『산해경山海經』에서는 곤륜산(崑崙山)에 사는 인면(人面)·호치(虎齒)·표미(豹尾)의 신인(神人)이라고 했으며, 『목천자전穆天子傳』에 의하면 서주(西周)의 목왕이 서쪽 지방을 순수(巡狩)하는 도중에 곤륜산에서 서왕모를 만나 즐기다 돌아오는 것을 잊었다고 한다.
7) 옥련(玉輦): 임금이 타는 수레인 '연(輦)'을 높여 부르는 말.
8) 뫼와: 묶어 매어.
9) 서천(西天): 인도의 옛 이름.
10) 제천제불(諸天諸佛): 모든 천신(天神)과 부처.
11) 삼태칠성(三台七星): 삼태성과 북두칠성.
12) 관음나한(觀音羅漢): 관음보살(觀音菩薩)과 아라한(阿羅漢). 또는 '관음보살'로 볼 수도 있음. '아라한'은 '소승 불교의 수행자 가운데서 가장 높은 경지에 오른 이'를 말한다.
13) [교감] 드르시되: 이대본 '지니가되'.
14) [교감] 오직 낭ᄌᆞ 알니 업ᄻᅥ니: 이대본 '슉향을 본 체 아니ᄒᆞ더니'.
15) 소아(素娥): 본래 '달'을 달리 이르는 말이나, 여기서는 '숙향'을 지칭함.

날을 죠초 드러가 뇨지경(瑤池景)니나 보고 가거라"

ㅎ거늘, 슉향니 항아(姮娥)를 따라 드러가니, 그 집 형상(形狀)과 위의 거동(威儀擧動)은 일오 다 층앙(稱揚)치 못홀네라. 각식 풍뉴(風流ㅣ) 진동(振動)ㅎ 가온디 흔 보살리 져문 션관(仙官)를 압혜 셰우고 드러와 샹제(上帝)게 뵈오니, 샹제 그 션관다려 일르스되,

"퇴을(太乙)아, 인간 즈미 엇쩌ㅎ며, 쇼아(素娥)를 만나본다?"

그 션관니 복지(伏地)ㅎ고 무슈(無數)히 사죄(謝罪)ㅎ더라. 항애(姮娥ㅣ) 옥황(玉皇)게 엿즈오되,

"쇼애(素娥ㅣ) 네 번 죽을 익(厄)을 지니와스오니 그만ㅎ옵셔 복녹(福祿)16)를 졍(定)ㅎ쇼셔."

샹제(上帝) 허(許)ㅎ스 여러(如來)17)를 명(命)ㅎ야 슈흔(壽限)를 졍(定)ㅎ라 ㅎ시니, 여러 엿즈오되,

"칠십(七十)를 쳥(請)ㅎ너니다."

쏘 북두칠셩(北斗七星)를 명(命)ㅎ야 쟈숀(子孫)를 졍(定)ㅎ라 ㅎ시니, 칠셩(七星)니 엿즈오되,

"아들 형졔(兄弟)예 딸 ㅎ나를 졍ㅎ너니다."

쏘 남두칠셩(南斗七星)을 명(命)ㅎ야 복녹(福祿)를 졍(定)ㅎ시이, 남두셩(南斗星)니 엿즈오되,

"두 아들은 졍승(政丞)니 되고, 흔 딸은 황휘(皇后ㅣ) 되게 졍ㅎ너니다."

샹졔(上帝) 쇼아(素娥)를 명(命)ㅎ샤 반도(蟠桃)18) 둘과 계화(桂花) 흔 가지를 퇴을션군(太乙仙君)를 쥬라 ㅎ시니, 쇼애(素娥ㅣ) 샹졔 명를 밧쯔러 흔 숀의 반도를 옥반(玉盤)의 다마 들고, 흔 숀의 계화 흔 가지를 가지고 날려가 퇴을션군를 쥰디, 그 쇼애19) 두 숀으로 바드며 쇼애를

---

16) [교감] 복녹: 이대본 '귀즈와 복녹'.
17) [교감] 여러: 이대본 '북두칠셩'.
18) 반도(蟠桃): 삼쳔 년마다 흔 번씩 열매가 열린다는 션경에 있는 복숭아.

눈 쥬어 보거놀, 쇼애 붓쓰려 두리칠[20] 제 손의 찌인 옥지환(玉指環)의 진쥐(眞珠ㅣ) 계화의 걸려 쩌러지거놀, 쇼애 쥐고ㅈ[21] 홀 츠의 볼셔 그 션관니 쥐거놀, 쇼애 붓그려 두리혀 드러가고져 홀 졔, 할미 드러와 낭ㅈ(娘子)를 찌와 왈,

"봄날이 곤(困)ᄒ건이와 무슨 낫잠를 그다지 오리 쟈는뇨?"

ᄒ며 찌오거놀, 쇼져(小姐) 그 쇼리예 놀나 찌여 일어 안즈니, 요지경(瑤池景)니 눈에 명명(冥冥)[22]ᄒ고, 천샹(天上) 풍뉴(風流) 쇼리 귀예 징징(錚錚)ᄒ더라. 할미 왈,

"천샹(天上)를 보오니 인간(人間)과 엇쩌ᄒ던고?"

낭ㅈ(娘子ㅣ) 놀나 왈,

"니 꿈에 천샹 본 일를 엇지 알르시는잇고?"

할미 쇼왈(笑曰),

"낭ㅈ 청죠(靑鳥)를 짜라가 계시던가? 청죄(靑鳥ㅣ) 날다려 일으거든 알아너이다."

낭ㅈ 크게 놀나고 그이(奇異)히 넉여 꿈말을 일으니, 할미 왈,

"그런 귀(貴)ᄒ 경(景)를 보고 그져 바리리오? 낭ㅈ(娘子)는 그 경(景)를 슈(繡)노하 후셰(後世)예 젼(傳)ᄒ쇼셔."

낭ㅈ 가쟝 올히 넉여 그 경(景)를 슈노흐니, 할미 보고 디경(大驚) 왈,

"낭ㅈ는 진실(眞實)노 고금(古今)의 업는 스람이로다. 아모커나 셰샹(世上)의 니 그림 아라보 리 잇실가 파라보셔이다"

ᄒ디, 낭ㅈ 왈,

"니 경기(景槪)는 만금(萬金)니 쓰고 공녁(功力)은 천금(千金)니 쓰건이와 인간(人間) 샤람니 뉘 알아보리오? 오십금(五十金)니나 쥬거든 파라

---

19) [교감] 쇼애: 이대본 '션관'. '쇼애'는 '션관'의 오기.
20) [교감] 두리칠: 이대본 '도로힐'. '두리다'는 '돌이키다'의 뜻인 듯.
21) [교감] 쥐고ᄌ: 이대본 '줏고져'.
22) 명명(冥冥): 겉으로 나타남이 없이 아득하고 그윽한 모양.

오쇼셔."

할미 쇼왈(笑曰),

"두어 즈 비단 삿틀 뉘라셔 오십금를 쥬리오? 아모커나 프라보셔이 다"

ᄒ고 져쟈의 가 보이되 아모도 아라보 리 업쩌니, 쟝ᄉ(長沙)23) 따의 ᄉ는 죠쟉24)이란 샤람니 본디 믈싁(物色)를 아라보는지라. 그 슈(繡)를 보고 문왈(問曰),

"니 슈(繡)노혼 비단니 어듸셔 낫는고?"

할미 답왈(答曰),

"어린 딸리 노하쩐이와, 어이 뭇는고?"

죠쟉 왈,

"할미는 어듸셔 샤는고?"

답왈(答曰),

"낙양(洛陽) 북쵼(北村)25) 니화졍(梨花亭)의셔 슐 프는 할미로라."

죠쟉니 슈(繡) 갑슬 뭇거늘, 할미 디왈(對曰),

"그디 쇼견(所見)디로 쥬고 가져가라."

죠쟉 왈,

"니 경(景)은 비록 만금(萬金)니 싸나 공역(功力)은 쳔금(千金)니 싼니, 공역 갑슬 쥬노라"

ᄒ고 쳔금를 쥬며 왈,

"니 그림 쓰즐 인간(人間) 샤람니 뉘 알아보리오? 쳔샹(天上) 요지연 (瑤池宴)의셔 셔왕뫼(西王母ㅣ) 반도(蟠桃) 진샹(進上)ᄒ는 경(景)인니, 엇 지 할미 딸의 솜씨리요?"

ᄒ고

23) [교감] 쟝ᄉ(長沙): 이대본 '남경'.
24) [교감] 죠쟉: 이대본 '됴쥰'. 국립도서관본(한48-188) '趙章'.
25) [교감] 북쵼: 이대본 '동쵼'. 해본에서도 이후에는 '동쵼'으로 나온다.

"일정(一定) 긔특(奇特)혼 샤람도 셰샹의 낫쏘다"

ᄒ며, 가지고 가더라.

할미 도라와 낭ᄌ다려 일르니, 낭ᄌ(娘子ㅣ) 탄왈(歎曰),

"인간의도 믈싞(物色) 아는 사람니 잇도다"

ᄒ더라. 할미 금(金)를 ᄑ라 낭ᄌ의 의복(衣服)과 긔믈(器物)를 갓쵸더라.

이젹의 죠쟉니 그 슈(繡)흘 어든 후(後)는 마음니 가쟝 깃거 문쟝(文章)과 명필(名筆)을 어더 그 글임 쓰들 글 지어 졔목(題目)를 쓰니고져 ᄒ되, 엇지 못ᄒ야 샤방(四方)의 방문(訪問)ᄒ더니, 낙약[26] 북쵼(北村) 니위공(李魏公)[27]의 아들 니션(李仙)이 비록 쇼년(少年)니나 ᄌ죄(才操ㅣ) 니젹션(李謫仙) 두목지(杜牧之)[28]의게 지지 아니코, 필법(筆法)은 왕희지(王羲之) 죠밍보(趙孟頫)의 넘단 말을 듯고, ᄀ쟝 깃거 녜물(禮物)을 갓쵸와 가지고 낙양 북쵼으로 간니라.

26) 낙약: '낙양(洛陽)'의 오기.
27) [교감] 니위공: 이대본 '니승셔'.
28) 두목지(杜牧之): 중국 당나라 말기의 시인인 두목(杜牧, 803~852)의 자. 호는 번쳔(樊川). 두보(杜甫)에 상대하여 소두(小杜)라 불렸으며, 시풍은 호방하면서도 청신(淸新)했다.

　각셜(却說)[1]이라. 잇찐 낙양(洛陽) 북촌(北村)의셔 샤는 니졍[2]이란 사
람니 졀머셔부터 문무지지(文武之才) 잇셔, 일즉 급졔(及第)ᄒ야 병부샹
셔(兵部尙書)[3]로 여러 번 나라의 큰 공(功)를 일우더니, 샹(上)니 아롬다
니 넉니ᄉ 위공(魏公)[4]를 봉(封)ᄒ시고 졍ᄉ(政事)을 다 맛기려 ᄒ시니,
위공니 후셰(後世)에 시비(是非) 잇실가 두려워 칭병(稱病)ᄒ고 고향(故
鄕)의 도라와 샤더니, 샹(上)니 위공의 츙셩(忠誠)과 지죠(才操)를 앗기
ᄉ 벼슬를 굴지 안니ᄒ시니, 쳔하(天下)에 병권(兵權)를 잡아시미 위엄
(威嚴)니 사ᄒᆡ(四海)예 진동(振動)ᄒ고 금은보ᄇᆡ(金銀寶貝)는 쳔ᄌ(天子)나
다르미 업스되, 다만 슬하의 ᄌ식(子息) 업스믈 한탄(恨歎)ᄒ더니, 무ᄌ
년(戊子年) 칠월(七月) 망간(望間)의 부인 왕씨(王氏)로 더부러 완월누(玩
月樓)의 올나 명월(明月)을 완경(玩景)ᄒ더니, 위공니 부인(夫人)다려 왈,
　"우리 부귀(富貴)ᄒ미 죠졍(朝廷)의 읏씀이오, 부인의 인믈(人物)과 지

---

1) 각셜(却說): 화제를 돌릴 때 쓰는 말.
2) [교감] 니졍: 국립도서관본(한48-20) '李靖'.
3) 병부상서(兵部尙書): 군사를 맡아보는 관아의 으뜸 벼슬.
4) 위공(魏公): 위나라의 공작(公爵). 공작은 다섯 등급으로 나눈 작위 중 첫째 작위.

죄(才操ㅣ) 천하(天下)의 짝니 업스되, 다만 즈식(子息)니 업스니 후셰(後世)예 션령향화(先靈香火)5)를 뉘게 젼(傳)ᄒ리오? 니 벼슬이 두 부인를 어더도 죡(足)ᄒ리니, 부인은 원(怨)치 말으쇼셔. 아모나 즈식 나흘 부인를 엇고즈 ᄒ니이다."

왕씨 슬허 왈,

"샹셔(尚書)의 위염(威嚴)이야 두 부인 안니라 열 부인인들 못 엇스올 잇가만은, 쳡(妾)니 무즈(無子)ᄒ미 안니오라 샹셔 무즈ᄒ시면 엇지ᄒ시리오?"

샹셔 쇼왈(笑曰),

"부인를 쪼 어더 무즈ᄒ면 현마 엇지ᄒ리오?"

부인은 우승상(右丞相) 왕핀6)의 쌀니라. 샹셔 두 부인 어드믈 애달나7) 밤믜 쟘를 쟈지 안니코, 잇튼날 친졍(親庭)의 가 샬오되,

"샹셔 날을 무즈식(無子息)ᄒ다 ᄒ고 다른 부인를 어드려 ᄒ오니, 엇지ᄒ올잇가?"

그 부친(父親) 왈,

"불효 샴쳔(不孝三千)의 무즈식흔 죄(罪) 크다 ᄒ니, 네 박복(薄福)ᄒ야 쟈식 업스니, 현마 엇지ᄒ리오?"

그 쟈친(慈親) 왈,

"드르니 디셩ᄉ8) 부쳐 가쟝 명감(明鑑)ᄒ야 무즈식한 샤람이 지셩(至誠)으로 빌면 혹 쟈식(子息)를 낫는다 ᄒ니, 너도 게 가 지셩으로 비러보아라."

왕씨 즉씨 모욕즈계(沐浴齋戒)ᄒ고 디셩ᄉ의게 극진(極盡)히 빌고 도라왓쩌니, 그날 밤 꿈의 한 즁니 와 일오되,

---

5) 션령향화(先靈香火): '조상의 영전(靈前)에 향불을 피운다'는 뜻으로, 곧 '조상의 제사를 모신다'는 뜻임.
6) [교감] 왕핀: 국립도서관본(한48-188) '王播'.
7) [교감] 어드믈 애달나: 이대본 '어드러 흐믈 듯고'.
8) [교감] 디셩ᄉ: 국립도서관본(한48-188) '大成寺'.

"샹셔(尚書) 젼싱죄(前生罪) 안이라 형벌(刑罰)을 죠히 넉여 무죄(無罪)흔 빅셩(百姓)를 만히 죽기미, 글노 쟈식를 못 보게 ᄒ여써니, 그디 졍셩(精誠)니 지극(至極)ᄒ미 귀ᄌ(貴子)를 쥬너니, 여긔 잇지 말고 샹셔 집으로 슈히 도라가라"

ᄒ거놀, 쑴를 쎄여 ᄒ눌게 축슈(祝手)ᄒ고 부모게 ᄒ직(下直)흔 후 집니 도라오니, 샹셔 왈,

"부인은 무슨 년고(緣故)로 그리 여러 날 만의 오신잇고?"

부인니 쇼왈(笑曰),

"샹셔 날을 무ᄌ식ᄒ다 ᄒ시고 경(輕)히 넉니시미, 이달ᄉ와 천샹(天上)의 귀ᄌ(貴子)를 빌나 갓씁ᄂ니이다."

샹셔 쇼왈,

"천샹의거지 가셔 쟈식를 비러 나흘진디, 천하(天下)의 뉘 무ᄌ식ᄒ오리오?"

부인 왈,

"계집니 무ᄌ식ᄒ면 닉칠진디, 셰상(世上)의 무ᄌ식흔 계집니 지아비 다리고 살니 멋치나 되리오?"

ᄒ며 셔로 희롱(戲弄)ᄒ더니, 그날 밤 쑴의 오식구름니 일어나며 그 속으로 홍포관디(紅袍冠帶)9)흔 져문 션관(仙官)니 옥홀(玉笏)10)을 쥐고 ᄂ려와 샹셔 압헤 와 직비(再拜) 왈,

"나는 샹졔(上帝) 압헤셔 근시(近侍)ᄒᄂ 티을션관(太乙仙官)이옵써니, 천궁(天宮)의 득죄(得罪)ᄒ야 인간(人間)의 닉치시미 갈 고슬 몰나 ᄒ옵써니, 마츰 디셩ᄉ 부쳐 지시(指示)ᄒ거놀, 이리 왓ᄉ오니 어엿비 너기쇼셔"

ᄒ고 부인 침방(寢房)으로 바로 드러가거놀, 샹셔 쎄다라11) 즉시 부인

---

9) 홍포관대(紅袍冠帶): 삼품 이상 벼슬아치의 공식 예복.
10) 옥홀(玉笏): 임금을 알현할 때 손에 쥐던 옥패.
11) [교감] 쎄다라: 이대본 '쑴을 쎄여'.

다려 문왈(問曰),

"부인니 천상(天上)의 가셔 비러노라 흐더니, 디셩슈의 비러는잇가?"

부인니 디경(大驚) 왈,

"엇지 알으신이잇고?"

샹셰(尙書ㅣ) 꿈말을 일으니, 부인니 신긔(神奇)히 넉여 디셩슈의 가 비던 일과 꿈의 부체 일어던 말을 다 젼(傳)흐디, 샹셔(尙書) ㄱ쟝 신긔히 넉여쩌니, 과연 그달부터 퇴긔(胎氣) 잇셔 긔츅년(己丑年) 샤월(四月) 쵸팔일(初八日)의 다다라 샹셔는 황셩(皇城)에 가고 부인니 혼쟈 잇쪄니, 그날부터 오식구름니 집 안를 둘너쓰고 긔이(奇異) 향니 진동(振動) 흐거늘, 부인니 가쟝 슈샹(殊常)히 너겨 시녀(侍女)를 명(命)흐야 시녀를 명흐야[2] 집 안를 졍쇄(精麗)히 흐여쩌니, 오후(午後)는 흐여 부인니 긔운(氣運)의 불평(不平)흐믈 못 이긔여 침실(寢室)의 드러가 안셕(案席)의 지혀[13] 죠오더니, 창(窓)밧게 학(鶴)의 쇼리[14] 나며 션녜(仙女ㅣ) 둘이 드러와 일오되,

"쩨 느겨 가오니, 부인은 쟘간(暫間) 편(便)히 누으쇼셔"

흐고 오슬 벗기거늘, 부인니 쟈리 우희 누으며 일기(一介) 옥동(玉童)을 탄싱(誕生)흐니, 두 션녜 옥호(玉壺)의 향다(香茶)[15]를 짜라 아기를 씨겨 누이고 밧비 가려 흐거늘, 부인니 문왈(問曰),

"그디는 엇쩌흐신 이완디, 슈고를 만히 흐시고 그리 급(急)히 가시려 흐시는잇고? 불너 졍표(情表)코쟈 흐너이다."

그 션녜 답왈(答曰),

"우리는 희산(解産) 가음아는[16] 션례(仙女ㅣ)러니, 샹셔[17]게 명(命)를

밧ᄌ와 아기 낫는 양(樣)를 보라 왓습떠니, 이 아기 부인은 남양(南陽) 짜에셔 나시기로 밧비 가ᄂᆞ이다."

부인니 샤례(謝禮) 왈,

"션녜 날을 위ᄒᆞ야 더로온 인간(人間)의 ᄂᆞ려와시니 지극 감ᄉᆞ(感謝)ᄒᆞ옵떠니와, ᄂᆡ 아기 부인 되 리ᄂᆞᆫ 뉘라 ᄒᆞ오며, 뉘 집 녀ᄌᆞ(女子)이잇고?"

그 션녜 답왈,

"젼싱(前生) 일홈은 월궁쇼익(月宮素娥)오, ᄂᆡ싱 일홈은 남양 짜 김샹셔(金尙書)의 녀ᄌᆞ(女子) 슉향니로쇼니다"

ᄒᆞ고, 문득 간듸업떠라. 부인니 즉시 시녀를 명ᄒᆞ여 필묵(筆墨)를 갓짜가 그 션녀의 말을 긔록(記錄)ᄒᆞ여 깁히 간슈ᄒᆞ니라. 이날 위공(魏公)니 궐즁(闕中)의 번(番)[18]을 드러짜가 나와 쟈더니 ᄭᅮᆷ에 부인니 벼락을 ᄆᆞᆽ 뵈거놀, 놀라 죠회(朝會)에 드러가 황졔(皇帝)게 엿잡고 집니 도라오려 ᄒᆞᆫ즉, 황졔 갈오샤되,

"경(卿)의 부인니 잉틱(孕胎)ᄒᆞ여ᄂᆞᆫ다?"

위공니 쥬왈(奏曰),

"과년(果然) 틱긔(胎氣) 잇습떠이다."

샹(上)니 딕희(大喜) 왈,

"밤의 쳔문(天文)을 보니 틱을셩(太乙星)니 낙양 북촌의 ᄭᅥ러져 뵈니, 일졍(一定) 인간(人間)의 긔이(奇異)ᄒᆞᆫ 샤람이 나리로다 ᄒᆞ여떠니, 과년(果然) 반드시 경(卿)의 집니 낫쏘다. 귀(貴)히 길너 샤직(社稷)[19]를 평안(平安)케 ᄒᆞ라."

위공니 샤은(謝恩)ᄒᆞ고 집니 도라오니, 과년(果然) 일기(一介) 옥동(玉童)를 탄싱(誕生)ᄒᆞ여거놀, 마음의 즐거오믈 비홀 듸 업셔 나아가 아희

---

18) 번(番): 차례로 숙직이나 당직을 하는 일.
19) 사직(社稷): 국가 또는 조정.

를 보니 과연 꿈의 뵈던 션관(仙官)의 얼골니 완년(宛然)ㅎ거늘, 일홈을 션(仙)이라 ㅎ고 자(字)는 틱을(太乙)이라 ㅎ다. 이튼날 승상(丞相)니 득남(得男)흔 표(表)20)를 올인디, 상(上)니 디희(大喜)ㅎ샤 크게 즁상(重賞)ㅎ시고, 위공 부텨(夫妻) 가ᄌᆞ(加資)21)를 도도와쥬시이라.

일일(一日)은 션(仙)니 한 샬 먹어 거름ㅎ니 보리에22) 풍셩(豊盛)ㅎ고, 두 샬 먹어 말 비ㅎ니 쇼진(蘇秦)23) 쟝의(張儀)24) 구변(口辯)이오, 셰 샬 먹어 잇ᄉᆞ25) 안이 효졔충신(孝悌忠信) 겸비(兼備)로다. 네 샬 먹어 글 비ㅎ니 모를 일니 업스며, 다슷 샬의 보지 못ㅎ든 글를 역역(歷歷)히 외화니고,26) 일곱 샬의 천하문쟝(天下文章) 명필(名筆)이 미칠 이 업스니, 샤람니 다 일으되,

"두목지(杜牧之) 셰샹(世上)의 다시 나왓짜"

ㅎ더라.

일일(一日)은 션(仙)니 미양(每樣) 희롱(戲弄) 왈(曰),

"니 안히는 월궁션녜(月宮仙女ㅣ) 안니면 니 배필(配匹) 업스리라"

ㅎ더라.

홀는 션니 위공(魏公)게 샬오되,

"동당(東堂)27) 긔별(寄別)이 잇샤오니 쇼ᄌᆞ(小子)도 보려 ㅎ너이다"

<hr>

20) 표(表): 마음에 품은 생각을 적어서 임금에게 올리는 글.

21) 가자(加資): 조선시대에 관원들의 임기가 찼거나 근무 성적이 좋은 경우 품계를 올려주던 일. 또는 그 올린 품계. 왕의 즉위나 왕자의 탄생과 같은 나라의 경사스러운 일이 있거나, 반란을 평정하는 일이 있을 경우에 주로 행했다.

22) 보리에: '보기에'의 오기인 듯.

23) 소진(蘇秦, ?~?): 중국 전국시대의 유세가. 진(秦)에 대항하여 산동(山東)의 6국인 연(燕), 조(趙), 한(韓), 위(魏), 제(齊), 초(楚)의 합종(合從)에 성공했으며, 이로써 혼자서 6국 재상의 인장(印章)을 가지게 되었고, 스스로 무안군(武安君)이라 칭해 이름을 떨쳤다.

24) 장의(張儀, ?~BC 309): 중국 전국시대 위(魏)나라의 정치가. 귀곡선생(鬼谷先生)에게서 종횡(縱橫)의 술책을 배우고, 뒤에 진(秦)나라의 재상이 되었다. 이후 연횡책을 주창하면서 위(魏), 조(趙), 한(漢)나라 등 동서로 잇닿은 6국을 설득, 진나라를 중심으로 하는 동맹관계를 맺게 했다.

25) 잇사: '인사(人事)'의 오기인 듯.

26) 외화내고: 외워내고.

27) 동당(東堂): 조선시대 때의 식년과(式年科, 3년마다 정기적으로 시행된 과거시험)와 증광시(增廣

ᄒ거늘, 공(公)니 왈,

"네 지죠(才操)는 니젹션(李謫仙)의게 지지 안니ᄒ니 동당(東堂)를 보면 일졍(一定) ᄒ련니와, 샤람이 너무 죠달(早達)ᄒ면 단명(短命) 타도(打倒)ᄒ고, ᄯ또 벼슬ᄒ면 부모를 ᄌ로 보기 쉽지 안니ᄒ니, 우리 너를 그리워 엇지ᄒ리요? 아지²⁸⁾ 날회라²⁹⁾"

ᄒ시니 션니 과거(科擧)도 보라 가지 못ᄒ고

試, 즉위경卽位慶이나 30년 등극경登極慶과 같은 큰 경사가 있을 때 또는 작은 경사가 여러 번 겹쳤을 때 임시로 실시한 과거)를 함께 이르는 말.

28) 아지: '아직'의 오기.

29) 날회라: '기다려라'의 옛말.

요지연을 수놓은 비단을 얻다

　심심ᄒ야 근쳐(近處)의 죠혼 산슈풍경(山水風景)를 일삼아 완경(玩景)
ᄒ더니, 삼월(三月) 망일(望日)의 디셩사의 올나가니, 몸니 곤(困)ᄒ여
죠을니여 난간(欄干)를 의지(依支)ᄒ야 잠간(暫間) 잠를 드러쩌니, 쑴에
부체 와 일오되,

　"오늘 셔왕뫼(西王母ㅣ) 요지(瑤池)에셔 잔치ᄒ니 그디도 날을 죠츠 완
경(玩景)ᄒ쟈"

ᄒ거늘, 니션(李仙)이 가쟝 깃거 부쳐를 따라 흔 곳의 다다르니, 션녜
(仙女ㅣ) 무슈(無數)히 뫼야[1] 분쥬(奔走)ᄒ며, 긔이(奇異)흔 화각(畫閣)과
빗난 구름과 아롬다온 향늬는 일오 다 층양(稱揚)치 못홀네라. 부쳐 니
션다려 갈으쳐 왈,

　"북역[2] 옥륜디(玉輪臺)[3] 우희 놉히 안즌 이는 옥황샹졔(玉皇上帝)시
고, 그 뒤혜는 삼티칠셩(三台七星)니 모든 별을 거늘엿고, 동편 빅옥교

---

1) 뫼야: 모여.
2) 북역: 북녘.
3) [교감] 옥륜디: 이대본 '오운 모든 탑'. '옥륜(玉輪)'은 '달'을 아름답게 이르는 말.

위(白玉交椅)예는 셔가여리(釋迦如來) 모든 부처를 거늘이시고 챠례(次例)로 안즈시니, 니 몬져[4] 드러가거든 그디는 미죠츠[5] 드러와 몬져 샹제(上帝)게 뵈옵고, 좌우(左右)로 츠례(次例)로 뵈오라."

니션 왈,

"하 엄엄(嚴嚴)ᄒ오니 동셔(東西)를 분별(分別)치 못홀가 ᄒᄂ니다."

부쳐 웃고 샤미 안흐로셔 디쵸 갓튼 실괴(實果)를 쥬며 왈,

"이거슬 먹으면 쟈년(自然) 알이라"

ᄒ거늘, 션니 바다먹으니 전싱(前生)의셔 ᄒ든 일니 어졔 갓튀야, 모든 션관(仙官)니 다 젼(前)의 친(親)ᄒ든 벗일네라. 시로이 반가온 마음을 금(禁)치 못ᄒ여 부쳐게 샤례(謝禮)ᄒ니 부쳬 먼져 드러가거눌, 션니 미죠츠 드러가 샹졔(上帝)게 슉비(肅拜)ᄒ고 모든 션군(仙君)게[6] 츠례로 뵈온니, 다 반겨ᄒ더라. 샹졔 전교(傳敎)ᄒ시되,

"틱을(太乙)아, 인간(人間) 즈미 엇쩌ᄒ더뇨? 네 쇼의(素娥)를 만나본다?"

션니 복지샤죄(伏地謝罪)ᄒ더니, 샹졔 ᄒ 션네(仙女ㅣ)를 명(命)ᄒ샤 반도(蟠桃) 둘과 계화(桂花) ᄒ 가지를 쥐고 날려오거눌, 니션이 복지(伏地)ᄒ고 두 손으로 바드며 션녀를 얼푸시 보니, 션녜 븟그려 몸를 두루혈[7] 졔 손의 씬 옥지환(玉指環)의 진쥐(眞珠ㅣ) 계화의 걸여 션의 압헤 쩌러지거눌, 가마니 ᄒ 손으로 쥐고 다시 희롱(戲弄)코쟈 ᄒ더니, 디셩스 즁드리 지식(齋食)[8] 밥 먹노라 ᄒ고 셕죵(夕鐘)[9]를 치니, 그 쇼리예 놀라 씨미 요지경(瑤池景)니 눈의 버러는 듯ᄒ고, 쳔샹(天上) 풍뉴(風流)

---

4) 몬져: '먼저'의 방언(전라).

5) 미죻아: '뒤미처 좇아'의 옛말.

6) [교감] 션군게: 이대본 '션관게'.

7) [교감] 두루혈: 이대본 '도라셜'.

8) 재식(齋食): 불가(佛家)에서 일컫는 식사(食事).

9) 셕죵(夕鐘): 저녁에 치는 종. '셕죵(石鐘)'은 '부도(浮屠)'의 한 양식(樣式)으로, 종 모양으로 만들어 고승의 유골(遺骨)을 안치(安置)한 돌탑'을 말함.

소리 귀예 징징(錚錚)ᄒ며 손의 진쥐 분명(分明)니 쥐여거늘, 하 신긔(神奇)ᄒ야 즉시 글을 지어 몽중ᄉ(夢中事)를 긔록(記錄)ᄒ고, 부쳐게 하직(下直)ᄒ 후 집니 도라온니라. 이후(以後)로는 부귀공명(富貴功名)의 ᄯ지 업고, 일념(一念)의 쇼익(素娥)를 잇지 못ᄒ야 글을 지어 마음을 위로(慰勞)ᄒ더니, 홀는 동지(童子ㅣ) 보(報)ᄒ되,

"쟝ᄉ10) ᄯ의 샤는 죠쟉니란 샤롬니 뵈와지라11) ᄒ고 녜단(禮緞)12)를 드리너이다"

ᄒ거늘, 즉시(卽時) 드러오라 ᄒ여 보니, 죠쟉니 드러와 졀ᄒ고 왈,

"나는 ᄒ 명화(名畫)를 그려 슈(繡)노흔 비단(緋緞)를 어더시되, 졔목(題目)를 짓지 못ᄒ야 문쟝(文章) 명필(名筆)를 구(求)ᄒ오되, 공ᄌ(公子)의셔 지나 리 업ᄯ ᄒ오미 불원쳔리(不遠千里)ᄒ고 왓샤온니, 쳥(請)컨디 슈고를 앗기지 마르쇼셔"

ᄒ고 슈단(繡緞)를 니여노커늘, 니션이 ᄒ번 보미 꿈의 뵈든 뇨지경(瑤池景)를 그려시되 명명(明明)ᄒ고 신긔(神奇)ᄒ거늘, 니션이 디경(大驚)왈,

"그디 니 그림를 어듸 가 어더온다?"

죠쟉이 니션의 놀나믈 보고, 그 할미 니 딕 거슬 도젹(盜賊)ᄒ여ᄯ가 의심(疑心)ᄒ여 왈,

"공지(公子ㅣ) 엇지 이 슈단(繡緞)를 보시고 그디도록 놀나시ᄂᆫ뇨?"

니션 왈,

"그림이 하 명화(名畫)기로 그리ᄒ엿건이와, 그림은 션비예게 맛짱ᄒ 거시라 그디게 가(可)치 아니ᄒ니, 너게 죠흔 족지(簇子) 잇시니 밧고거나 즁가(重價)를 밧고 팔미 엇쩌ᄒ뇨?"

죠쟉 왈,

10) [교감] 쟝ᄉ: 이대본 '남경'.
11) 뵈와지라: 뵈려. 만나보려.
12) 예단(禮緞): 남의 집을 방문할 때 가지고 가는 비단.

"나는 쟝시라 니(利)를 보는 스람이오니, 쳔금(千金)를 쥬어시민 갑절만 쥬시면 팔이니다."

니션이 즉시 니쳔금(二千金)를 쥬고 샤셔, 디셩수 부쳐 와셔 꿈 꿔여 지은 글을 금ᄌ(金字)로 써 족자(簇子)를 민드러 쟈는 방(房)의 거러두고 죠셕(朝夕)으로 디(對)ᄒ야 보니, 몸은 비록 인간(人間)의 잇시나 마음은 요지(瑤池)예 잇는 듯ᄒ야 진셰(塵世)예 다른 쓰지 업시, 다만 쇼아(素娥) 잇는 곳만 촛고쟈 ᄒ더라.

이선을 시험하는 술 파는 할미

홀는 스스로 싯다라 왈(曰),

"나는 꿈의 요지(瑤池)에 가 단녀왓쩌니와, 이 슈(繡)노흔 니는 엇쪄 흔 샤람이완디 인간(人間)의 잇셔 쳔샹(天上) 일을 녁녁(歷歷)히 그리는 고? 일졍(一定) 비샹(非常)흔 샤람인니 긔여이 챠즈보다가 못흐면 부모 (父母)의게 불효(不孝)를 씨칠지라도 보고 오리라"

흐고, 잇튼날 쩌날랴 흘세,

'동쵼(東村) 니화졍(梨花亭)의 술 프든 할미 푸더라 흐여시니, 우션 게 가 무러보리라'

흐고 즉시 니화졍으로 가니라.

각셜(却說)이라. 이젹의 슉향 쇼져(小姐) 누샹(樓上)의셔 슈(繡)노터니, 푸른 시 셕뉴(石榴)꼿츨 물고 낭즈(娘子)의 압헤 안즈다가 북녁흐로 날 아가거놀, 낭지(娘子ㅣ) 고이(怪異)히 넉여 시 가는 디를 보려 흐고 북녁 쥬렴(珠簾)를 쟘간(暫間) 들고 발아보니, 흔 쇼년(少年)니 머리예 쇼요관 (逍遙冠)[1]를 쓰고 몸의 쳥나삼(靑羅衫)[2]를 입고 빅(白) 노싀를 타고 할

---

1) 소요관(逍遙冠): 선비들이 평상시에 쓰던 두건.

미 집를 향(向)호여 오거눌, 낭지 살펴보니 요지(瑤池)에셔 반도(蟠桃) 밧썬 션관(仙官) 갓거눌, 마음의 반갑고 놀나와 쥬렴(珠簾)를 노코 안잣 쩌니, 그 쇼년니 할뮈 집 문박게 와,

"쥬인(主人)니 잇는야?"

호거눌, 할미 보니 북촌(北村) 니샹셔 딕(李尙書宅) 쟈졔(子弟)여눌, 할미 반겨 외당(外堂)의 쳥(請)호여 좌졍(坐定)흔 후(後)의,

"낭군(郎君)니 더러온 딕 오시니 지극(至極) 감사(感謝)호여이다."

니싱(李生) 왈(曰),

"마쳠 지나더니 할미 집 슐리 믹호 죠타 호기로 왓시니, 한 쟌 슐를 앗기지 말나."

할미 쇼왈(笑曰),

"닉 집니 슐이 비야흐로 이거시되 늘근니 버지 업셔 혼쟈 먹지 못호 더니, 오늘날 쳔힝(天幸)으로 낭군(郎君)를 만나오니 죵일(終日)토록 먹 셔이다"

호고 드러가더니, 이윽고 쟈라반3)의 오싴(五色) 그르슬 노코 온갓 음식 (飮食)니 인간(人間)의셔는 보지 못호든 거시여눌, 싱(生)니 마음의 슈샹 (殊常)히 너겨 슐리 취(醉)호기를 기다려 말를 니고쟈 호더니, 슐리 반 취(半醉)호미 할미 쇼왈,

"낭군니 샹셔 딕(尙書宅) 귀공지(貴公子)라, 골양진미(膏粱珍味)4)예 무 쳐 계시다가 촌가(村家)의 이런 쵸쵸(草草)5)흔 음식 마슬 엇지 알르시 리요만은, 그러나 마시ᄂᆞ 보쇼셔."

니싱(李生) 왈,

"인간(人間)의셔 보지 못호든 음식를 먹기 미안(未安)호미6) 알고 먹

2) 쳥나삼(靑羅衫): 푸른색의 얇고 가벼운 비단(緋緞)으로 지은 적삼.
3) [교감] 쟈라반: 이대본 '즈기판'. 자개로 만든 소반.
4) 고량진미(膏粱珍味): 기름진 고기와 좋은 음식으로 만든 맛있는 음식.
5) 초초(草草): 간략하거나 거친 모양.

고쟈 흐노라."

할미 왈,

"늘그니 헐 일이 업셔 엊그제 남의 집니셔 비러온 거실너니, 엇지 다 알니오?"

니싱 왈,

"옛글의 일너시되, '일홈 모로는 음식을 먹지 말나' 흐여시니, 근본(根本)를 알고야 먹으리라"

흔디, 할미 웃고 마지못흐여 갈으치되,

"져 유리잔(琉璃盞)의 노혼 거슨 야광쵸(夜光草)[7]니 동히(東海) 용궁(龍宮)의셔 어더왓습고, 져 산호(珊瑚) 그르셰 담은 거슨 금광쵀(金剛草)[8]니 영쥬산(瀛州山)[9] 구류선(佝僂仙)[10]의게 어더왓습고, 호박(琥珀) 그르셰 담은 거슨 신광쵀(神光草)[11]니 쳔틱산(天台山) 마구할미게 가 어더왓습고, 디모(玳瑁)[12] 그르셰는 쳥광쵀(天光草)[13]니 만슈산(萬壽山)[14] 지원션[15]의게 가 어더왓샵고, 만호(瑪瑙) 그르셰는 반되(蟠桃)니 요지(瑤池) 셔왕모(西王母)의게 가 어더왓스오니, 비록 쵸쵸(草草)흐오나 먹어 상(傷)치 아니흐올 거시오니, 죠곰도 의심(疑心) 마르쇼셔."

니싱니 쳥파(聽罷)[16]의 할믜 말리 화려(華麗)흐믈 보고 더욱 고니(怪異)히 너기는 즁(中) 슈상(殊常)히 너겨 왈,

---

6) [교감] 미안흐미: 이대본 '의심되어'.
7) 야광초(夜光草): 어두운 밤에도 빛이 난다는 전설상의 신이한 풀.
8) 금강초(金剛草): 전설상의 신이한 풀.
9) 영주산(瀛州山): 삼신산(三神山)의 하나로, 중국의 진시황과 한무제가 불사약(不死藥)을 구하러 사신을 보냈다는 가상의 선경(仙境).
10) 구루선(佝僂仙): 등이 곱사등이처럼 굽었다는 신선의 이름.
11) 신광초(神光草): 전설상의 신이한 풀.
12) 대모(玳瑁): 바다거북과에 딸린 거북. 또는 그 껍질.
13) [교감] 쳥광쵀: 이대본 '쳔광초'. 전설상의 신이한 풀.
14) 만수산(萬壽山): 중국 북경 근처에 있는 산. 여기서는 신선이 산다는 전설상의 산.
15) 지원선: 신선의 이름이나, 어떤 신선인지는 확인하기 어려움.
16) 쳥파(聽罷): 듣기를 마침.

"할미 말은 비록 화려(華麗)ᄒ나 진실(眞實)치 안인가 ᄒ노라. 할미는 인간(人間) 샤람이오, 용궁과 영쥬산(瀛州山), 만슈산(萬壽山)과 천ᄐᆡ샨(天台山) 요지연(瑤池宴)은 다 션경(仙境)니라. 진시황(秦始皇)[17] 한무졔(漢武帝)[18]의 위엄(威嚴)으로도 보지 못ᄒᆞ엿거든, 할미 글역(筋力)[19]으로 엇지 갓실리요?"

할미 디쇼(大笑) 왈,

"닉 비록 나히 만하 근력(筋力)니 업스나 ᄂᆞᆫ 샤ᄒᆡ팔방(四海八方)을 임의(任意)로 단니건이와, 낭군(郎君)갓치 남의 인도(引導)ᄒᆞ무로 단니지 안니ᄒᆞ너이다."

니싱(李生) 왈,

"닉게 쳘리(千里) 가는 노시 잇시니 가교져 ᄒᆞᄂᆞᆫ 딕는 임의로 단니더이, 인도ᄒᆞ여 단니기는 안니ᄒᆞ노라."

할미 디쇼 왈,

"낭군니 그런 노시를 두어도 요지(瑤池)예 가실 졔는, 딕셩ᄉᆞ 부쳐를 ᄯᅡ라갈 졔는 엇지 거러가셔쩐고?"

니싱니 그젹의야 범인(凡人)니 안인 쥴를 쾌(快)히 알고 크게 놀나, 즉시 일어나 공슌(恭順)니 졀ᄒᆞ여 왈,

"할미 말ᄉᆞᆷ니 지극 맛쌍ᄒᆞ여이다. 닉 쑴의 요지예 갓쓴 쥴을 엇지 알르시ᄂᆞ잇고?"

할미 우어[20] 왈,

"샹졔(上帝) 쥬신 반도(蟠桃)와 계화(桂花)는 엇지ᄒᆞ며, 월궁쇼익(月宮

---

17) 진시황(秦始皇): 중국 진(秦)나라의 제1대 황제(BC 259~BC 210). 이름은 정(政). BC 221년에 중국을 통일하고 스스로 시황제라 칭했다. 중앙 집권을 확립하고, 도량형과 화폐의 통일, 만리장성의 증축, 아방궁의 축조, 분서갱유 따위로 위세를 떨쳤다.

18) 한무제(漢武帝): 중국 전한(前漢)의 제7대 황제(BC 156~BC 87). 성은 유(劉), 이름은 철(徹), 묘호는 세종(世宗)이다. 중앙 집권을 강화하고 흉노를 외몽고로 내쫓는 등 여러 지역을 정벌했으며, 중앙아시아를 통하여 왕성한 동서 교류를 추진했다.

19) [교감] 글역: 이대본 '긔력'.

20) 우어: 웃으며.

素娥)는 만나보시온잇가?"

〈니싱 왈〉

"꿈이란 거슨 허사(虛事)온지라, 아모란 줄 모로너이다."

할미 왈,

"그쩌 일은 허사라 하니 그러타 ᄒᆞ련니와, 죠쟉의게 샤신 슈단(繡緞)도 쑴니온잇가?"

니싱니 더옥 디경(大驚)ᄒᆞ야 쏘 일어 지비(再拜)ᄒᆞ고, 공경(恭敬) 문왈(問曰),

"인간(人間) 불미(不美)ᄒᆞ온 인사(人事ㅣ) 여러 번 범죄(犯罪)ᄒᆞ고, 존위(尊位)를 몰나뵈와스오니 샤죄(謝罪)ᄒᆞ옵고, 쇼애(素娥ㅣ) 인간의 완다21) ᄒᆞ오미 츳고쟈 ᄒᆞ야 왓스오나 만나볼 길 망년(茫然)ᄒᆞ오니, 오늘 할미게 쟉ᄌᆞ(簇子) 난 곳을 뭇고ᄌᆞ 왓스오니, 할미는 긔이지22) 말으시고 갈으쳐쥬쇼셔."

할미 이윽고 미우(眉宇)23)를 씽긔고 왈,

"쇼애 이시는 곳은 알건이와, 다만 낭군니 쇼애를 츳자 무엇ᄒᆞ시려 ᄒᆞ는이잇가?"

니싱 왈,

"쇼애는 하늘리 졍(定)ᄒᆞ신 비필(配匹)이온지라, 부디 츠즈려 ᄒᆞ노라."

한미24) 왈,

"군25)니 비필을 샴으려 ᄒᆞ시거든 아죠 츳지 말으쇼셔."

니싱 왈,

"쇼애(素娥ㅣ) 무슨 허믈이 잇는이잇가?"

---

21) 완다: '왔다'의 오기.
22) 긔이지: 속이지.
23) 미우(眉宇): 이마의 눈썹 근처.
24) 한미: '할미'의 오기.
25) 군: '낭군'의 '낭'이 누락됨.

할미 왈,

"낭군은 샹셔 되(尙書宅) 귀공지(貴公子)라, 가문(家門)과 부귀(富貴) 천하(天下)에 웃씀인니, 부매(駙馬 l)26) 안니 되시면 일졍(一定) 공후(公侯)27)의 알옴다온 샤회 되실 거시니, 엇지 쇼애 갓튼 거슬 비필 샴으시리잇가?"

니싱 왈,

"쇼애 무슨 허믈이 잇삽는잇가?"

한미 쇼왈(笑曰),

"쇼애 천샹(天上)의셔 득죄(得罪)ᄒ야 인간(人間)의 날여와 샹인(常人)의 쟈식(子息)니 되어쩌니, 다슷 쌀의 부모를 난즁(亂中)의 일코 빌어먹어 졍쳐(定處) 업시 단니다가 도젹(盜賊)의 칼의 마즈 흔 팔 업고, 포진 믈의 쌔져 죽게 되여실 졔 힝인(行人)니 구(救)ᄒ야 니니 두 눈니 쳥밍관니28) 되엿쩌니, 노젼(蘆田)의 가 화지(火災)를 만나 불에 더여 한 달리 쩌러져 붓터쩌니,29) ᄯᅩ 기후(其後)의 후토셩황(后土城隍)30)를 덧니여31) 두 귀가 마즈 먹어시니, 구틔여 그런 병인(病人)를 만나 비필를 샴으려 ᄒ시니 진실(眞實)노 헛쏘여32) 들니너이다."

싱 왈,

"젼싱(前生)의 무슨 죄(罪)로 그디도록 되엿는고 알고즈 ᄒ너이다."

할미 왈,

"쇼애는 젼싱의 월궁션녜(月宮仙女)로셔 옥황샹졔(玉皇上帝) 압헤서 신임(信任)33)ᄒ다가 티을션군(太乙仙君)를 금단(金丹)34) 두 긔 도젹(盜賊)

---

26) 부매(駙馬): 임금의 사위.
27) 공후(公侯): 지체 높은 신분.
28) 쳥맹과니: 겉으로 보기에는 눈이 멀쩡하나 앞을 보지 못하는 눈. 또는 그런 사람.
29) [교감] 한 달리 쩌러져 붓터쩌니: 이대본 '흔 다리 졀고'.
30) 후토셩황(后土城隍): 후토부인을 모신 서낭당.
31) 덧니여: 덧나게 하여. 여기서는 '잘못 건드려'라는 뜻으로 쓰임.
32) 헛쏘여: 헛되이.
33) [교감] 신임: 이대본 '근시'.

원본 숙향전 | 89

ᄒᆞ여 쥰 죄(罪)로 인간(人間)의 구향 왓짜 ᄒᆞ더니다."

싱니 길리 탄식(歎息) 왈,

"인년(因緣)니 즁(重)ᄒᆞ면 엇지 빈부(貧富)를 갈희며,35) 셜ᄉᆞ 병인(病人)인들 엇지ᄒᆞ리잇가?"

"낭군은 비록 지셩(至誠)으로 ᄎᆞ즈셔도 그런 병인(病人)를 샹셔(尙書) 반드시 며늘리 샴지 안니실 거시니, 슈고로이 찻지 마르쇼셔."

니싱니 하눌을 가르쳐 밍셰(盟誓) 왈,

"부뫼(父母ㅣ) 허(許)치 안니시고 비록 공후(公侯) 부마(駙馬)를 샴으셔도 나는 결단코 셰상(世上)의 잇지 안니ᄒᆞ올 거시오니,36) 할미는 하히(河海) 갓ᄌᆞ온 은퇴(恩澤)를 날리오ᄉᆞ 쇼아(素娥) 잇는 곳만 덕분(德分)의 갈으쳐쥬시오면, 싱젼샤후(生前死後)의 은혜(恩惠)를 갑ᄉᆞ오리이다."

한미 왈,

"나도 쇼아(素娥) 이별(離別)ᄒᆞᆫ 지 오리오니 니졔 ᄌᆞ셔(仔細)히 모로건니와, 남양(南陽) 짜 김젼의 집니 가본 연후(然後)에, 그곳의 업거든 남군(南郡) 짜 장승샹 퇴(張丞相宅)의 가 ᄎᆞ자보시되, 니싱 일홈은 슉향니오미 아모커나 졍셩(精誠)를 드려 ᄎᆞ자보쇼셔."

---

34) [교감] 금단: 이대본 '옥퇴의 약'. '신선이 만든다는 장생불사의 영약(靈藥)'.
35) 갈희며: 가리며. 따지며.
36) [교감] 셰상의 잇지 안니ᄒᆞ올 거시오니: 이대본 '췩쳐치 안니ᄒᆞ리라'.

슉향의 흔적을 찾아서

싱니 일어 두 번 절ᄒᆞ야 ᄒᆞ직(下直)ᄒᆞ고, 즉시 집니 도라와 부모(父母)긔 쇼겨 왈(曰),

"형쵸(荊楚) 짜의 긔특(奇特)ᄒᆞᆫ 문쟝(文章)니 낫짜 ᄒᆞ고 쳔하(天下) 명시(名士ㅣ) 만히 가본다 ᄒᆞ오니, 쇼ᄌᆞ(小子)도 가보고 오리이다"

ᄒᆞ고, ᄒᆞ직(下直)ᄒᆞᆫ 후 황금(黃金) 일빅양(一百兩)를 요하(腰下)에 둘너ᄎᆞ고 쳘리(千里) 노시를 모라 바로 남양(南陽) 짜 김젼의 집를 ᄎᆞᄌᆞ가니, ᄒᆞᆫ 노옹(老翁)니 나와 맛거눌, 니싱(李生) 왈,

"나는 낙양(洛陽) 북쵼(北村) 니위공(李魏公)의 쟈졔(子弟)러니, 김젼를 보라 왓노라"

ᄒᆞᆫ디, 그 노옹(老翁) 왈,

"김젼은 운슈션싱(雲水先生)의 쟈졔(子弟)라, 황졔(皇帝) 어진 샤람의 쟈손(子孫)를 쓰고자 ᄒᆞ시미, 이졔 낙양영(洛陽令)으로 갓시미 보시든 못 ᄒᆞ련이와, 디져 무슨 일노 와 계신이잇가?"

싱 왈,

"이 집니 슉향니 잇짠 말를 듯고 왓노라"

혼디, 그 노옹 왈,

"슉향은 김젼의 딸니라. 다슷 살의 난리(亂離)를 만나 반야산(般若山)의 가 일코, 지금 샤싱(死生)를 아지 못ᄒ너니다."

싱니 쏘 문왈(問曰),

"그디는 뉘라 ᄒ는뇨?"

그 노옹니 디왈(對曰),

"쇼인(小人)은 김젼의 집 직힌 죵(從)니로쇼이다"

ᄒ거눌, 헐일업셔 그리로셔 남군(南郡)를 ᄎ자 쟝승샹 딕(張丞相宅)의 가 젼보(轉報)1)를 드리니, 승샹니 즉시 나와 마즈 드러가 좌졍(坐定)ᄒ은 후의 승샹니 문왈,

"공즈(公子)는 어듸 계시며, 무슨 일노 누츄(陋醜)ᄒ은 디 오신잇가?"

니싱(李生)이 일어 지비(再拜) 왈,

"쇼즈(小子)는 낙양 북촌 니위공의 아들이옵써니, 남양 짜 김젼의 딸 슉향니는 젼싱년분(前生緣分)이 잇짜 ᄒ옵는 고(故)로, 승샹 딕(丞相宅)의 잇짠 말삼 듯줍고 구혼(求婚)코즈 왓스오니 허(許)ᄒ쇼셔."

승샹니 쳥파(聽罷)의 눈믈를 흘녀 길리 슬허 왈,

"과년(果然) 슉향니 다슷 샬의 한 샤슴니 어버다가 니 집 동산의 두고 가거눌, 우리 무즈식(無子息)ᄒ기로 다려다가 친즈식(親子息)갓치 길너 십년(十年)를 혼디 잇습써니, 가운(家運)니 불힝(不幸)ᄒ야 샤향이란 죵년니 샤오나와 모함(謀陷)ᄒ여 니치인니, 포진믈의 갓써라 ᄒ거눌, 샤람를 보너여 갓짜가 엇지 못ᄒ여 지금가지 슬허ᄒ더니다."

니싱니 디왈,

"이곳의 분명(分明)니 잇는 쥴 알고 불원쳔리(不遠千里)ᄒ옵고 왓스오니, 쇼즈(小子ㅣ) 비록 미쳔(微賤)ᄒ오나 죤공(尊公)를 겨발리지 안니ᄒ오리니, 원컨디 취탁(推託)2) 마르쇼셔."

1) 젼보(轉報): 남을 통해 소식을 알림.

승샹 왈,

"슉향니 비록 친쌀이라도 니 힘으로는 위공(魏公)과 감(敢)히 혼스(婚事)를 바라지 못ᄒᆞ올디, 허믈며 바린 아희를 길너 위공의 며누리 되면 일졍(一定) 은현3)를 갑흘 거시오, 공즈(公子)의 풍도(風度)를 보오니 진짓4) 슉향의 쨕이럿다만은, 우리 박복(薄福)ᄒᆞ야 일허시니, 아무리 애달나도 쇽젹5)업스외다."

싱니 쏘 갈오되,

"슉향니 병인(病人)이라 혼 거름의 옴기지 못혼다 ᄒᆞ오니, 샤향니 아무리 박챤들6) 졔 혼쟈 어듸로 가올잇가?"

승샹 왈,

"부인(夫人)니 슉향를 일코 너모 슬허ᄒᆞ거늘, 병(病)들가 두려워 화샹(畵像)를 쳔금(千金)를 쥬고 샤다가 부인게 드리니, (반 줄 판독 불능)7) 공즈는 노부(老夫)의 말를 밋지 안잇커든 날과 드러가 보쇼셔"

ᄒᆞ고, 싱(生)의 숀를 쟙고 부인 침쇼(寢所)로 드러가니, 과년(果然) 혼 녀지(女子ㅣ) 모란화(牧丹花)를 쥐고 셧거늘, 보니 쑴의 요지(瑤池)에셔 보든 션녜(仙女) 갓튼지라. 반가온 마음를 이긔지 못ᄒᆞ여 왈,

"나는 드르니 슉향니 병인(病人)니라 ᄒᆞ더니, 이 화샹의 병쳬(病體)가 업스오니, 그 엇진 일인이잇고?"

승샹 왈,

"슉향니 본디 병쳬 업고, 져 화샹은 십셰(十歲) 젼(前)의 그린 거시나 십셰 후(後)는 얼굴리 더욱 풍양(豊穰)8)ᄒᆞ더이다."

---

2) 추탁(推託): 다른 일을 핑계로 거절함.
3) 은현: '은혜'의 오기.
4) 진짓: '짐짓'의 잘못.
5) 쇽젹: '쇽졀'의 오기.
6) [교감] 박챤들: 이대본 '구박혼들'.
7) [교감] 판독 불능 부분: 이대본 '부인니 벽승의 거러쭈고 쥬야 산 것갓치 보니'.
8) 풍양(豊穰): 얼굴이나 사람 됨됨이가 원숙하여 뛰어남.

니션(李仙)이 왈,

"슉향를 위ᄒ와 슈쳘리(數千里) 밧게 왓습짜가 종시(終是) 못 보고 그져 가게 되오니, 져 화상(畫像)이나 싱(生)의게 파쇼셔."

승샹 왈,

"공자(公子)의 말를 듯ᄌ오니 정셩(精誠)이 지극ᄒ되, 부인 곳 안니면 그져도 드릴 거시로되, 화상를 마ᄌ 업시 하오면 부인니 반드시 죽을 거시니 포지는 못ᄒ리로쇼니다."

싱니 헐일업셔 인(因)ᄒ여 하직ᄒ고 도라오는 길의 포진믈의 와 츳ᄌ되 알 니 업쩌니, 한 노인(老人) 왈,

"년젼(年前)⁹⁾ 월일(月日)의 모양(模樣)니 이러이러흔 아희 승샹 딕(丞相宅)으로셔 나와 이 믈가의 와 울며 일오되, '승샹 딕 샤향니로 ᄒ여 이미(曖昧)흔 악명(惡名)을 싯고¹⁰⁾ 비명(非命)의 죽노라' ᄒ고, 이 믈의 ᄲᅡ져 죽엇너이다"

ᄒ거늘, 싱니 참담(慘憺)흔 정ᄉ(情思)를 이긔지 못ᄒ여 가졋쓴 금(金)를 푸라 향쵹(香燭)를 갓쵸고 졔문(祭文) 지여 믈가의셔 졔(祭)ᄒ더니, 문득 믈 우희셔 졋소리¹¹⁾ 나거늘, 싱니 눈를 드러 보니 쳥의동ᄌ(靑衣童子ㅣ) 일엽션(一葉船)를 타고 옥져를 불며 오거늘, 싱니 갈 길흘 뭇고져 ᄒ더니 그 동ᄌ(童子ㅣ) 왈,

"샹공(相公)¹²⁾은 슉향를 보고쟈 ᄒ시거든 니 ᄇᆡ예 올나 날을 죠ᄎ가셔이다"

ᄒ거늘, 니싱이 가쟝 깃거 노시를 ᄇᆡ예 올이니, 동ᄌ 졀¹³⁾을 그치고 왈,

9) [교감] 년젼: 이대본 '숨 연 젼'.
10) 싯고: '쓰고' '입고'의 오기. 또는 '싣고'로 볼 수 있음.
11) 졋소리: 피리 소리. '저[笛]'는 가로로 불게 되어 있는 관악기를 통틀어 이르는 말.
12) [교감] 샹공: 이대본 '낭군'.
13) 졀: '저[笛]'의 오기.

"나는 니 믈 직큰 신령(神靈)일러니, 져즘게 슉향니 이 믈의 쌘지거놀, 우리 구(救)ᄒ여 져 길노 보ᄂᆡ여쩌니, 샹공(相公)은 져 길노 ᄎᆞᄌᆞ가쇼셔"

ᄒ거놀, 싱니 샤례(謝禮)ᄒ고 빈예 눌려 노시를 타고 동ᄌᆞ(童子) 갈으치던 길노 가더니, 망망(茫茫)ᄒᆞᆫ 큰 들에 씌쓸리 ᄌᆞ옥ᄒ고 인젹(人跡)니 업스니 믈을 고지 젼혀 업셔 방황(彷徨)ᄒᆞ더니, 문득 ᄒᆞᆫ 즁니 지나다가 싱(生)을 보고 문왈(問曰),

"공ᄌᆞ(公子)는 어듸로셔 오시며, 어듸를 향(向)ᄒᆞ시는뇨?"

싱니 가쟝 반겨 도라갈 길을 무르니 답왈(答曰),

"니 압헤 가다가 노감탁니[14] 쓴 할아비 바회 우희 안ᄌᆞ시니, 게 가 무러보쇼셔. 그는 화덕진군(火德眞君)이라, 지셩(至誠)으로 무르면 갈 길도 갈으칠 거시오, 보고 시푼 샤람도 보실이이다"

ᄒ거놀, 싱니 그 즁를 니별(離別)ᄒ고 노시를 지쵹ᄒ여 가더니, 큰 쇼나무 졍ᄌᆞ(亭子)의 너분 반셕(盤石) 우희 ᄒᆞᆫ 노옹(老翁)니 노감토를 슉니[15] 쓰고 안ᄌᆞ 죠올거놀, 싱니 나아가 ᄌᆡ빈(再拜)ᄒ되 본 쳬 안니커놀, 다시 ᄭᅮ러 고(告)ᄒ되,

"지나가는 힝긱(行客)니올너니 갈 길흘 뭇ᄌᆞᆸ너이다."

그 노옹니 그젹의야 쟘간(暫間) 눈를 쩌보고 왈,

"무삼 일노 곤니 쟈는 늘근 어룬을 씨와 무슨 잡말을 ᄒᆞ는다? 내 귀가 먹어시니 크게 일너라."

니랑(李郞)이 다시 ᄭᅮ러 고왈(告曰),

"쇼ᄌᆞ(小子)는 낙양 북쵼 니위공(李魏公)의 아들 니션(李仙)이옵쩌니, 남양 짜 김젼의 ᄯᅡᆯ 슉향를 젼싱년분(前生緣分)이라 ᄒᆞ옵기로 불원쳔리(不遠千里)ᄒᆞ고 ᄎᆞᄌᆞ오되 죵젹(蹤迹)를 모로더니, 젼ᄎᆞ(前次)로 듯ᄌᆞ오니

<hr>

14) 노감탁이: '노끈으로 만든 감투'인 '노감투'의 옛말.
15) 슉니: 숙여.

노션싱(老先生)이 알르신다 ᄒᆞ옵기로 뭇잡너니, 어엿비 너기스 갈으쳐 쥬시믈 발아너니다."

노인니 눈섭흘 찡긔고 왈,

"닉 이곳의 이션 지 슈쳔 년(數千年)니 넘어시되 너도 젼일(前日) 본 비 업고 슉향니란 말도 듯지 못ᄒᆞ여거든, 어듸셔 밋친 즁놈의 말을 듯고 이리 깁히16) 드러와 단쟘를 ᄭᅢ와 괴로온 말을 뭇는뇨?"

니싱이 교쳐 졀ᄒᆞ고 왈,

"포진믈 직힌 신령(神靈)니 이리 지시(指示)ᄒᆞ기로 왓스오니, 덕분(德分)의 쇼기지 말으쇼셔."

노인니 쟘간 우의며17) 셩니여 왈,

"젹젹의 엇쩐 아희 포진믈 ᄲᅡ져 죽다 ᄒᆞ거늘 드럿더니, 일졍(一定) 포진 용왕니 그딕게 졔(祭)를 바다먹고 그져 잇기는 넘치(廉恥) 업스이ᄭᅡ 쇼겨셔 닉게로 지시(指示)ᄒᆞ도다."

니랑(李郎) 왈,

"과년(果然) 슉향니 믈의 ᄲᅡ져거눌, 용왕니 구ᄒᆞ야 이리로 보닉다 ᄒᆞ더이다."

노인 왈,

"그리면18) 져금긔19) 예 와셔 불에 타 죽은 아휜가보다. 그딕 졍 보고즈 ᄒᆞ거든 져 지무덕이20)에 가셔 ᄲᅧ다귀 탄 거시ᄂᆞ 보고 가거라" ᄒᆞ거늘, 니랑이 가보니 과년 녀즈(女子)의 의복(衣服) 탄 ᄌᆞ는 분명ᄒᆞ되 ᄲᅧ21) 탄 거슨 업거날, 도라와 노인다려 왈,

"슉향니 진실(眞實)노 불의 타 죽어시면 의복 탄 ᄌᆞ만 잇고 ᄲᅧ 탄 ᄌᆞ

---

16) [교감] 이리 깁히: 이대본 '이 집푼 갈밧틱'.
17) 우의며: '우으며'의 오기. 웃으며.
18) 그리면: 그러하면.
19) [교감] 져금긔: 이대본 '져졈게'.
20) 지무덕이: 잿더미.
21) [교감] ᄲᅧ: 이대본 '희골'.

는 업는이잇가? 쇼기지 말으시고 어여비 너기스 바로 가려쳐쥬쇼셔."

그 노옹니 가쟝 오릭 죠올다가 왈,

"그디 흔 간권(懇勸)니 구니 니 쟘을 드러 쑴에 가 슉향니 잇는 디를 알아올 거시니, 그디는 니 발바당22)를 두 숀으로 부뷔라"

흐고 바회예 눕거눌, 싱니 노인의 발를 부뷔더니 이윽고 노23) 씨여 안즈며 왈,

"그디를 위(爲)흐야 샴신산(三神山)24) 십쥬(十洲)25)와 샤히(四海) 팔황(八荒)26)를 다 도라도 슉향를 보지 못흐여 후토부인(后土夫人)게 무르니, '쳔틱산(天台山) 마고할미 다려다가 낙양(洛陽) 동쵼(東村) 니화졍(梨花亭)의 갓짜' 흐거눌, 쏘 그곳들 츠즈가니 지금 누 우희셔 비단에 슈(繡)노커눌, 니 불꼿츨 날리쳐 봉(鳳)의 날애깃 슷츨 죠곰 틱오고 왓시니, 그디 마고할미를 츠즈 슉향의 종젹(蹤迹)를 무른 후(後)난, '봉(鳳) 슈노흔 거슬 보쟈' 흐여, 보27) 연후(然後)의 니 갓쩐 쥴을 알나"

흐거눌, 니션(李仙) 왈,

"니화졍 할미 쳐음의 남양 김젼의 집를 가르치거눌, 그리로셔 남군짜 쟝승샹 집으로셔 이리 왓너니, 다시 싱각흐와 명박(明白)히 가르쳐 쥬옵쇼셔. 만일 니화졍의 갓스오면 한미 엇지 날을 그디도록 쇠기올잇가?"

노인니 쇼왈(笑曰),

"마구홀미는 인간(人間) 범인(凡人)니 안이라 쳔틱산(天台山) 챠지(次

22) [교감] 발바당: 이대본 '발바다'.
23) [교감] 노: 이대본 '노중이'. 해본은 '노인니'에서 '인니'가 탈락된 것임.
24) 삼신산(三神山): 중국 전설에 나오는 봉래산, 방장산, 영주산을 통틀어 이르는 말.
25) 십쥬(十洲): 바다 가운데 신선이 산다는 열 개의 주(洲). 한무제(漢武帝)가 서왕모(西王母)에게 들은 이야기로, 팔방(八方)의 큰바다 가운데에는 조주(祖洲), 영주(瀛洲), 환주(幻洲), 염주(炎洲), 장주(長州), 원주(元洲), 유주(流洲), 생주(生洲), 봉린주(鳳麟洲), 취굴주(聚窟洲)라는 열 개의 주가 있는데, 이곳은 인적(人跡)이 희절(稀絶)한 곳이라고 한다.
26) 팔황(八荒): 여덟 방위의 멀고 너른 범위라는 뜻으로, 온 세상을 이르는 말.
27) 보: '본'의 오기.

知)28) 션녀(仙女)로 슈만 년(數萬年)니 너무29) 지닉여시되 일싱(一生)
그디로 잇떠니, 금번(今番)의 슉향를 위ᄒᆞ야 천명(天命)를 바다 인간(人間)의 잠시(暫時) 날려와 그디 인년(因緣)를 믹고 가랴 ᄒᆞ고 왓시나, 그
디 정셩(精誠)를 보랴 ᄒᆞ고 그리 ᄒᆞ여시니 너무 번화(繁華)니 구지 말
나. 그디 부뫼(父母ㅣ) 알면 딕환(大患)니 날 거시니 샴가 죠심(操心) 죠
심ᄒᆞ라"

ᄒᆞ거ᄂᆞᆯ, 싱니 감은(感恩)ᄒᆞ여 다시 일어 하직ᄒᆞ랴 ᄒᆞᆫ즉 발셔 간 고지
업거ᄂᆞᆯ, 공즁(空中)를 향(向)ᄒᆞ여 무슈(無數) 비례(拜禮)ᄒᆞ고, 나귀30)를
직쵹ᄒᆞ야 집니 도라와 부모게 뵈온디, 승샹 부뷔(夫婦ㅣ) 경희(驚喜) 왈,

"네 그ᄉᆞ히 어듸가 그리 올러 잇떤다?"

싱니 복지(伏地) 디왈(對曰),

"버즐 보려 갓떠니이다"

ᄒᆞ더라.

---

28) 차지(次知): 각 궁방(宮房)의 일이나 벼슬아치의 집일을 맡아보던 사람.
29) 너무: 여기서는 '넘게'의 뜻으로 쓰임.
30) 나귀: '노식'의 오기.

원앙새가 푸른 물에 노닐다

각셜(却說)이라. 이젹의 할미 싱(生)를 보니고 낭ᄌᆞ(娘子)다려 왈(曰),

"그 소년(少年)의 얼골를 보시니잇가?"

낭지(娘子ㅣ) 왈,

"불견(不見)이로쇼이다."

한미 왈,

"그 쇼년(少年)니 젼싱(前生)의셔 샹졔(上帝) 압헤서 셩신(星辰) 가음아
는 틱을션군(太乙仙君)이오, 니싱의 □□□ 니위공(李魏公)의 □□□□
□□1) 낭ᄌᆞ(娘子)의 비필(配匹)이라. 다만 젼싱죄(前生罪)로 눈의 알히
박히이고 코말리2) 흔편으로 빗쑤져시며 흔편 코굼기3) 머여4) 코씽씽
니5) 되엿고, 쏘 흔 팔과 흔 다리 져는 병인(病人)니 되어시니, 그 아니
츄(醜)ᄒ리요"

---

1) [교감] 니싱의 □□□ 니위공의 □□□□□□: 이대본 '이싱의셔난 니슝셔의 귀동ᄌᆞ니 진즛'.
2) 코말리: 코끝이.
3) 코굼기: 콧구멍.
4) 머여: 막혀.
5) 코씽씽이: 코가 막혀 말소리가 씽씽하거나 코가 찌그러진 사람을 놀림조로 이르는 말.

ᄒ거늘, 낭지(娘子ㅣ) 왈,

"진실(眞實)노 티을션군(太乙仙君)이면 두 눈 먼 쳥밍관인들 관겨(關係)ᄒ리요. 다만 티을(太乙)인지 엇지 분명(分明)이 알이닛가?"

한미 왈,

"그 쇼년의 말을 드르니, 디셩ᄉ의 부쳐를 따라 요지(瑤池)에 가 반도(蟠桃)와 계화(桂花)를 바든 일을 이르고, ᄯᅩ 죠쟉의게 판 슈(繡)를 어던노라 ᄒ니, 일졍(一定) 티을일시 분명ᄒ온가 ᄒ너이다."

낭지 왈,

"셰샹ᄉ(世上事)를 아지 못ᄒ너니, 할미는 ᄌ셔(仔細)히 샬피게 ᄒ쇼셔.6) 닉 그러치 안이면 규즁(閨中)7)의셔 늙을이로쇼이다."

할미 왈,

"그런 마음 두신 줄 아옵기로 닉 그 졍셩(精誠)를 보려 ᄒ고, '남양(南陽)과 남군(南郡)의게 가셔 ᄎ자보라' 하여시니, 티을일시 올ᄒ면 일졍(一定) 게 가 단녀올이니다."

낭지 왈,

"그는 밋지 말으쇼셔. 티을일시 올ᄒ면 닉 옥지환(玉指環)의 진쥬(眞珠)를 어더실 거시오니, 그거슬 본 후(後)의야 닉 몸를 허(許)홀이니다."

할미 왈,

"닉8) 말이 올타"

ᄒ고, 닉렴(內念)의 가장 깃거ᄒ더라.

훌는 낭지 누(樓) 우희셔 난봉슈(鸞鳳繡)를 노터니, 호련(忽然) 바롬길의 난디업슨 불니 공즁(空中)의셔 날려셔 봉(鳳)의 날릭 기시 죠곰 타겨놀, 놀나 홀미를 쳥(請)ᄒ여 보인디, 할미 왈,

"난곳업슨 불인니 필년(必然) 화덕진군(火德眞君)의 죠홰(造化)라. 타

6) [교감] ᄌ셔히 샬피게 ᄒ쇼셔: 이대본 'ᄌ세 술피쇼셔'.
7) 규즁(閨中): 부녀자가 거처하는 방.
8) [교감] 닉: 이대본 '낭ᄌ의'.

일(他日)의 즈연(自然) 그 년고(緣故)를 알이라"

ᄒ더라.

츠셜(且說)이라. 니ᄉᆡᆼ(李生)이 집니 도라와 샴일(三日) 모욕ᄌᆡ계(沐浴齋戒)ᄒ고 죠쟉의게 샨 죡즈(簇子)와 황금(黃金) 일쳔양(一千兩)를 가지고 할미 집으로 가니, 홀미 마츰 밧게 나왓짜가 ᄉᆡᆼ(生)를 보고 마즈 쵸당(草堂)의 드러가 좌졍(坐定) 후(後)의 왈(曰),

"져즘게 공즈(公子)를 만나 ᄎᆔ(醉)ᄒᆞᆫ 슐니 엇그졔 ᄭᅵ여시되,9) 노인(老人)니 버지 업셔 혼즈 먹지 못ᄒ엿쓰니, 오늘 공즈를 ᄯᅩ 만나ᄉᆞ오니 ᄎᆔ(醉)토록 다시 먹어보셔이다."

니ᄉᆡᆼ(李生)이 ᄌᆡ비(再拜) 왈,

"젼일(前日)의도 노션(老仙)의 슐를 만히 먹습고 쥬차(酒債)10)를 갑지 못ᄒ와 진쟉 보닐 거시로되, 노션의 쇽이시는 말ᄉᆞᆷ를 고지 듯고 남양(南陽) 남군(南郡)과 표진·노젼(蘆田)의로 두로 단니다가 엇그졔야 도라왓습기로 슐갑슬 진시(趁時) 보ᄂᆝ지 못ᄒ여쩌니, 이졔야 은즈(銀子) 쳔양(千兩)니 왓시이 비록 약쇼(略少)ᄒ오나 졍표(情表)나 ᄒᆞᄂᆞ이다."

할미 왈,

"쥬시는 거시니 샤양(辭讓)치 안니ᄒᆞ건이와, 니 집니 비록 가난ᄒᄂᆞ 슐독 아릭는 쥬쳔당(酒泉塘)11)니 잇고 슐독 우희는 쥬셩(酒星)12)니 비ᄎᆔ여시니, 유쥬영쥰(有酒盈樽)13)ᄒ지라. 무슨 갑 밧도록 ᄒ리잇가? 커니와 공즈는 무샴 일노 그리 먼 ᄯᅡ헤 가셔쩐니잇고?"

ᄉᆡᆼ(生)니 길리 타루(墮淚) 왈,

"슉낭즈(淑娘子)를 위(爲)ᄒᆞ여 갓습쩐이다."

9) [교감] ᄭᅵ여시되: 이대본 'ᄭᅵ여시민 ᄒᆡ즁코져 ᄒ되'.
10) 주채(酒債): 술값으로 진 빚. 술빚.
11) 주천당(酒泉塘): 술이 샘처럼 솟아나는 연못.
12) 주성(酒星): 술에 관한 일을 맡고 있다는 별.
13) 유주영쥰(有酒盈樽): 술동이에 술이 가득함.

할미 왈,

"공주는 진실노 신직(信者)로다. 그런 병인(病人)를 위학야 쳔 리(千里)를 지쳑(咫尺) 숨아 갓시니, 슉향니 알면 우연니[14] 감격(感激)히 넉니리이다."

싱(生)니 디왈(對曰),

"슉낭즈를 보아시면 혹 감격킈도 너기려이와, 죵시(終是) 못 보아스오니 제 어니[15] 알리잇고?"

할미 짐즛 놀나는 체학고 왈,

"그러면 죽어쩐이닛가? 발셔 다른 디로 갓쩐잇가?"

싱니 왈,

"죵젹(蹤迹)를 두로 츳즈 노젼(蘆田)의 가 화덕진군(火德眞君)를 만나 보오니, '낙양 동쵼(東村) 니화졍(梨花亭)의 잇는 마고션녜(麻姑仙女ㅣ) 다려다가 시방[16] 누(樓) 우히셔 슈질학기로 불꼿츨 쩌리쳐 난봉(鸞鳳)의 날이 곳츨 틱와시니, 빨리 가셔 보라' 학온즉 다시 와스오되, 동쵼 니화졍은 예밧쯴 업샤오니, 일졍(一定) 노션(老仙)의 집니 두고 쇼기시는쏘다."

할미 왈,

"화덕진군은 쳔상(天上) 남문(南門) 밧게셔 불 가음아는 신션(神仙)이미 공직(公子ㅣ) 보실 길 업슬 거시오, 마고할미는 쳔틱산(天台山)의 션약(仙藥)을 모도 츳지학여 가음아는 션녀(仙女)니, 인간(人間)의 날려왓짠 말리 아죠 헨말[17]이오, 슉향를 다려갓짠 말은 더욱 발간 거짓말이로쇼이다."

니션(李仙)이 왈,

14) 우연니: '매우'라는 뜻의 '우연(優然)히'로 쓰인 듯.
15) 어니: '어느'의 방언(평안). 여기서는 '어찌'의 뜻으로 쓰였다.
16) 시방: '지금'의 방언(경상, 전라).
17) 헨말: 가당치도 않은 말.

"화덕진군니 ᄒᆞ옵기를, '난봉슈(鸞鳳繡) 타온 거스로 증험(證驗)ᄒᆞ라' ᄒᆞ여시니, 노션(老仙)은 쇼기지 말으쇼셔."

할미 디왈(對曰),

"진실노 그러ᄒᆞ면 니화정의셔 샤는ᄯᅩ다마은, 슉향니 왓시면 공ᄌᆞ(公子ㅣ) 져리 지셩(至誠)으로 못 어더 ᄒᆞ시는디 일ᄀᆨ(一刻)인들 감쵸아두리 잇가?"

ᄉᆡᆼ(生)니 언파(言罷)의 훌훌(欻欻)[18]ᄒᆞ야 슐를 먹지 안니코 길리 함누(含淚)ᄒᆞ고 왈,

"삼신산(三神山) 샤ᄒᆡ팔방(四海八方)을 다 도라도 슉향를 못 만나면 니션(李仙)은 죽을 ᄯᆞ름이로다"

ᄒᆞ고 가거늘,[19] 할미 위로(慰勞) 왈,

"공ᄌᆞ는 샹셔 딕(尙書宅) 귀공ᄌᆞ(貴公子)라, 아름다온 빅필(配匹)를 구(求)ᄒᆞ야 향니 나는 방(房) 안혜 원앙금침(鴛鴦衾枕)[20]의 츄월츈풍(秋月春風)[21]의 흔가(閑暇)로니 지너실 거시어늘, 무슨 일노 병(病)든 슉향를 츠즈려 ᄒᆞ시는고? 니 몸 괴로운 줄 ᄭᅢ닷지 못ᄒᆞ오니 도로혀 민망(憫惘)ᄒᆞ여니다."

니ᄉᆡᆼ 왈,

"니 부귀(富貴)를 낫바 ᄒᆞ오며 빅필(配匹)을 못 어더 ᄒᆞ미 안니오라, 젼ᄉᆡᆼ(前生) 일를 모를 졔는 무심(無心)ᄒᆞ더니, 아온 후는 슉향를 위ᄒᆞ야 침식(寢食)니 불안(不安)ᄒᆞ고, ᄯᅩ 날노 ᄒᆞ여곰 인간(人間)의 날려와 병인(病人)니 되여 고ᄒᆡᆼ(苦行)를 지닌다 ᄒᆞ오니,[22] 니 간쟝(肝腸)니 비록 쳘셕(鐵石)인들 엇지 쟌잉치 안니ᄒᆞ리요? 슉향를 못 만나면 결단코 인간

---

18) 훌훌(欻欻): 문득. 갑자기. 여기서는 '아쉽거나 섭섭한 모양을 뜻함.

19) [교감] ᄒᆞ고 가거늘: 이대본 'ᄒᆞ고 이러나 가려 ᄒᆞ거날'.

20) 원앙금침(鴛鴦衾枕): 원앙을 수놓은 이불과 베개.

21) 추월춘풍(秋月春風): 가을달과 봄바람으로 흘러가는 세월을 뜻함.

22) [교감] 병인니 되여 고ᄒᆡᆼ를 지닌다 ᄒᆞ오니: 이대본 '빈쳔흔 스람 되엿다 ᄒᆞ고 ᄯᅩ 병인도 되엿다 ᄒᆞ니'.

(人間)의셔 잔명(殘命)를 부지(扶支)치 못ᄒ리로쇼이다."

할미 왈,

"하 용녀(用慮) 말으쇼셔. 지셩(至誠)이면 감쳔(感天)이라 ᄒ오니, 아무
려나 두로 단니며 듯보리이다."

니싱이 샤례(謝禮)ᄒ고 왈,

"그리면 뇌 목슘니 노션(老仙)의 슈즁(手中)의 달여스오니 어엿비 너
기쇼셔"

ᄒ고 하직(下直)ᄒ 후 집니 도라와 죠쟉의게 어든 죡즈(簇子)만 뒤(對)
ᄒ여23) ᄒ슘짓고 슬허ᄒ더라.

홀는 니싱(李生)이 문 박셰 나와 비회(徘徊)ᄒ더니 할미 나귀를 타고
지나가거늘, 싱(生)니 보고 반겨 손쳐24) 불으니 드러오거늘, 은근(慇懃)
ᄒ 별당(別堂)을 슈쇄(掃灑)ᄒ고 별미(別味) 챠담(茶啖)25)를 졍쇄(精灑)히
추라 뒤졉(待接)ᄒ 후 문왈,

"노션(老仙)니 어듸로 가시던잇가?"

할미 왈,

"슉향이란 일흠 가진 뇌 셰히 잇시니, 공즈는 마음뒤로 퇵(擇)ᄒ쇼
셔."

싱(生)니 반겨 문왈,

"어듸어듸 잇스오며, 나흔 몟식니나 되야떤잇고?"

할미 왈,

"ᄒ나흔 간의틱우 진담26)의 ᄯ랄인니 나흔 십팔셰(十八歲)요, ᄒ나흔
병부샹셔(兵部尚書) 왕건27)의 ᄯ랄인니 나흔 십샤셰(十四歲)요, ᄒ나흔 빌

---

23) [교감] 뒤ᄒ여: 이대본 '뒤ᄒ여 보고'.
24) 손쳐: 손을 흔들며.
25) 챠담(茶啖): 손님을 대접하기 위하여 내놓은 다과(茶菓) 따위.
26) [교감] 간의틱우 진담: 이대본 '간의틱부 지담'.
27) [교감] 병부샹셔 왕건: 이대본 '병부시랑 황권'.

어먹은 아희라, 나흔 십뉵셰(十六歲)라 ᄒᆞ고, 그 어버니 근본(根本)를 ᄌᆞ셔(仔細)히 모로더이다. 그러컨니와 공ᄌᆞ(公子)를 위(爲)ᄒᆞ야 셰 곳의 긔별(寄別)흔즉 다 응답(應答)ᄒᆞ되, 다만 빌어먹은 아희는 응답(應答)지 안니코 일오되, '니 비필(配匹) 되 리는 요지(瑤池)예셔 옥지환(玉指環)의 진쥬(眞珠) 가진 샤람인니, 그 진쥬를 보고야 니 몸를 허(許)ᄒᆞ리라' ᄒᆞ더이다."

성(生)니 듯고 더희(大喜) 왈,

"니야28) 진즛 월궁쇼애(月宮素娥)로쇼이다. 요지(瑤池)예 갓실 졔 반도(蟠桃) 쥬든 션녜(仙女) 진쥬(眞珠)를 어더 왓너이다"

ᄒᆞ고 드러가더니 져비알만흔 진쥬를 양슈(兩手)로 공슌(恭順)히 드려 왈,

"노션은 날를 위ᄒᆞ여 니거슬 가져다가 쥬고 퇵일(擇日)ᄒᆞ야 긔별ᄒᆞ며, 혼ᄉᆞ(婚事)의 쓸 거슨 니 다 슬리리이다."

할미 응답(應答)ᄒᆞ고 도라와 낭ᄌᆞ다려 니르고 그 진쥬를 뵈인니, 낭ᄌᆞ 보고 눈믈지며 왈,

"니 진쥬(眞珠ㅣ) 분명ᄒᆞ오니 이졔는 할미 마음더로 ᄒᆞ쇼셔."

잇튼날 할미 또 가셔 니셩다려 왈,

"그 아희 진쥬 젹실(的實)타 ᄒᆞ거늘 다려다가 니 집니 두엇썬이와, 얼굴이 하 츄비(醜卑)ᄒᆞ고 몸슬29) 병(病)니 드러는가 시부니 비필(配匹) 샴기 가(可)치 안이코, 공지(公子ㅣ) 보시면 비록 연분(緣分)이 즁(重)ᄒᆞ시나 일졍(一定) 눈압혜 두지 안일 듯ᄒᆞ오니, 그러타 ᄒᆞ고 다른 디 가지 못ᄒᆞ고30) 져문 거시 일싱(一生) 혼ᄌᆞ 늘그면 도로혀 공ᄌᆞ를 원망(怨望) ᄒᆞᆯ 듯ᄒᆞ오니, 샤셰(事勢) 난쳐(難處)ᄒᆞ여이다."

싱 왈,

---

28) 니야: 이 아이가.
29) 몸슬: '몸쓸'의 오기.
30) [교감] 그러타 ᄒᆞ고 다른 디 가지 못ᄒᆞ고: 이대본 '만일 바리실진디 긔가 못 ᄒᆞ고'.

"할미는 무슴 말솜를 과도(過度)히 호시는고? 슉낭주(淑娘子)의 병(病)니 제 죄(罪)가 안니라 모도 다 날노 호여 그리 되어스오니, 니 엇지 박디(薄待)호올잇가?"

〈할미 왈〉

"그 아희 쏘 호기를, '례(禮)디로 안니 갓쵸면 듯지 안니호려' 호더니다."

니싱이 쏘 갈오되,

"비필(配匹)를 샴으면 엇지 무례(無禮)히 호리요?"

할미 왈,

"그러면 공주(公子) 부모게 알외려 호실이잇가?"

"부뫼(父母ㅣ) 호 극념(極念)호시니31) 알외지 못호오나, 고뫼(姑母ㅣ)32) 계시니 게 가 녜(禮)디로 호리이다."

할미 응낙(應諾)고 답왈(答曰),

"그러면 납치(納采)는 금월(今月) 십샤일(十四日)노 호고, 전안(奠雁)33) 길일(吉日)은 십오일(十五日)노 정(定)호너니다."

싱니 우션(于先) 황금(黃金) 오빅양(五百兩)를 쥬며 왈,

"노션(老仙)니 가난호야 혼스(婚事)의 쓸 거시 업스리니, 아직34) 가져다가 보틱여 쓰쇼셔."

할미 쇼왈(笑曰),

"니 비록 간고(艱苦)호나 쟈년(自然) 어더홀 도리(道理) 잇스오니, 이는 두엇짜가 공자(公子)의 셰스35)ㄴ 보틱쇼셔"

호고 아니 가져가더라.

---

31) 극념(極念)호시니: 너무 걱정하시니.
32) [교감] 고뫼: 이대본 '동셩슉모'.
33) 전안(奠雁): 혼례 때, 신랑이 기러기를 가지고 신부 집에 가서 상 위에 놓고 절함. 또는 그런 예(禮).
34) [교감] 아직: 이대본 '위션'.
35) 셰사: 살림살이, 또는 세간살이.

니젹의 싱(生)니 고슉모(姑叔母)는 좌복아(左僕射)[36] 녀홍[37]의 부인(夫人)니 되엿쩌니, 쇼시(少時)에 일즉 과뷔(寡婦ㅣ) 되여 무주식(無子息)ᄒ니 싱(生)를 친주(親子)갓치 스랑ᄒ더라. 싱니 슉모(叔母) 집니 가온디, 부인 왈,

"밤에 괴니(怪異)흔 꿈를 뀌고 너를 불너 뭇고주 ᄒ든 ᄎ(次)의 잘 오도다."

싱 왈,

"무삼 꿈이시온잇가?"

부인 왈,

"꿈에 옥용(玉龍)[38]를 타고 광한젼(廣寒殿)의 올나가니, 흔 션녜(仙女ㅣ) 일오되, '니 사랑ᄒ는 쇼애(素娥)를 그디를 쥬너니 며늘리 삼으라' ᄒ거늘, 니 너를 쥬려 ᄒ고 그 션녜을 다려와 뵈니,[39] 네 아롬다온 안희를 어들가 깃거ᄒ노라"

ᄒ신디, 싱니 슉향의 일과 할미 말를 주셔(仔細)히 고(告)흔디, 부인니 탄왈(歎曰),

"네 부친(父親) 셩품(性品)니 남과 다르니 남의 말을 고지듯고 의지(依支) 업시 미쳔(微賤)흔 사람을 며늘리 삼을 셰 업스니, 엇지려 ᄒ는다?"

싱니 샬오되,

"죽기는 쉬워도 슉향를 ᄇ리고는 다른 디는 아니 취(取)ᄒ려 ᄒ는이다."

부인 왈,

"네 급제(及第)ᄒ여 벼슬리 놉흐면 두 부인(婦人)를 엇고 날 거시

---

36) 좌복야(左僕射): 조선 전기에 삼사(三司)에 속한 정이품 벼슬. 정종 2년(1400)에 좌사(左使)로 고쳤다.
37) [교감] 녀홍: 이대본 '녀혼'.
38) 옥룡(玉龍): 옥으로 만든 용의 형체.
39) [교감] 니 너를 쥬려 ᄒ고 그 션녜을 다려와 뵈니: 이대본 '쩌다르니 남가일몽이라'.

니,40) 샹셔(尚書)는 경셩(京城)의 가시고 업스니, 이번 혼인(婚姻)은 너 쥬혼(主婚)ᄒ고, 둘지 혼인은 네 부친니 쥬혼ᄒ다야 관겨(關係)ᄒ랴!"

"고모(姑母)임 덕퇵(德澤)의 션(仙)의 원(願)를 푸러쥬쇼셔."

부인 왈,

"네 집니셔 알면 일졍(一定) 쟉희(作戱)41)ᄒᆯ 거시니, 너는 집니 도라 갓짜가 보름날니 나와셔 가거라. 납치(納采)는 니게셔 촬여 보니마"

ᄒ시거ᄂᆞᆯ, 싱(生)니 깃거 도라와 보름날를 기다리더라.

니젹의 부인니 혜오되,

'슉향니 마을 집42)니 닛짜 ᄒ이 긔귀(器具ㅣ) 의젼ᄒ랴'43)

ᄒ고, 납치를 가쟝 만히 보너니라. 이윽고 납치에 갓쩐 하인(下人)니 도라왓거ᄂᆞᆯ, 부인니 문왈(問曰),

"그 집니 샹인(常人)의 집이라 ᄒ더니 긔귀(器具ㅣ) ᄒ더뇨?"44)

죵(從)드리 엿ᄌᆞ오되,

"쇼인(小人) 등(等)니 두로 혼ᄉᆞ(婚事)를 만히 귀경ᄒ와셔도 그 집갓치 긔구(器具) 거룩ᄒᆫ 집은 쳐음 보왓너이다"

〈하니〉, 부인니 가쟝 깃거ᄒ시더라.

이러구러 보름날리 당(當)ᄒᆞ미 니랑(李郎)이 부인게 ᄒ직(下直)ᄒ고 위 의(威儀)를 갓쵸와 할미 집니 가이, 구름 챠일(遮日)은 반공(半空)의 놉 히 치고 운무(雲霧) 병풍(屛風)은 겹겹니 둘너시며, 젼후좌우(前後左右) 의 쟝막(帳幕) 포진(鋪陳) 등믈(等物)리 휘황(輝煌)ᄒᆫ디, 각쉭(各色) 그림 슈(繡)노흔 휘쟝(揮帳) 범졀(凡節)과 온갓 거시 다 인간(人間)의는 보지 못ᄒᆞᆫ 거실네라. 좌우(左右)의 션는 빈긱(賓客)들은 다 요지연(瑤池宴)

---

40) [교감] 엇고 날 거시니: 이대본 '쓸 만ᄒ고'. 여기서는 '엇게 될 거시니'로 보아야 할 듯.
41) 쟉희(作戱): 방해놓음.
42) [교감] 마을 집: 이대본 '늘근 할미 집'.
43) [교감] 의젼ᄒ랴: 이대본 '업실지라'.
44) [교감] ᄒ더뇨: 이대본 '엇더ᄒ던다'. 해본은 '많더냐'로 볼 수도 있음.

의셔 보든 션관(仙官) 션녜(仙女) 갓쩌라. 니랑(李郎)이 례(禮)를 밧쓰러 가는 허리를 굽혀 낭ᄌᆞ(娘子)와 교비(交拜)ᄒᆞ니, 진짓 요지(瑤池)예셔 반도 쥬든 션녜(仙女ㅣ) 완연(宛然)터라. 니랑이 딕희(大喜)ᄒᆞ야 견권(繾綣)45)ᄒᆞ니, 원앙(鴛鴦)니 녹슈(綠水)의 놀고 비췌(翡翠) 연니지(連理枝)예 깃드림 갓쩌라.

싱니 이튼날 도라와 고모(姑母)게 뵈옵고 하례(賀禮)ᄒᆞ오니, 부인니 크게 깃거 왈,

"낭지(娘子ㅣ) 병인(病人)니라 ᄒᆞ더니 엇쩌ᄒᆞ더뇨? 즉시 불너 보고ᄌᆞ ᄒᆞ되 네 부친니 아직 몰나시니 젼ᄎᆞ(前次)로46) 긔별(寄別)ᄒᆞ고 다려오리라."

싱 왈,

"고모(姑母)임 보시고ᄌᆞ 하시거든 질(姪)의 족ᄌᆞ(簇子)를 보쇼셔"

ᄒᆞ고 갓짜가 드리니, 부인니 보고 크게 깃거 왈,

"낭ᄌᆞ는 진짓 꿈의 뵈든 쇼익(素娥)로다"

ᄒᆞ고 샹셔(尙書) 도라오기를 기다려 죠토록 일너 슈히 다려다가 보고ᄌᆞ 하더라.

---

45) 견권(繾綣): 생각하는 정이 두터워 서로 잊지 못하거나 떨어지지 않음.
46) [교감] 젼ᄎᆞ로: 이대본 '종ᄎᆞ'. 해본은 '장차(將次)'의 뜻으로 쓰인 듯.

슉향을 죽이랴

니젹의 샹셔(尙書) 경셩(京城)의셔 황졔(皇帝)를 뫼셔 변방(邊方) 일를 의논(議論)ᄒ더니, 일일(一日)은 샹셔의 부인(夫人)니 싱(生)의 긔샹(氣像)니 젼(前)과 다르믈 보고, ᄌ로 츌입(出入)ᄒ믈 슈샹(殊常)히 넉녀 죵(從)다려 무르신디, 죵들리 긔이지 못ᄒ야 올흔 디로 알외니, 부인니 디경(大驚)하야 즉시(卽時) 샹셔게 긔별(奇別)ᄒ온디, 샹셔 듯고 크게 놀나 혜오되,

"이는 져져(姐姐)¹⁾ 쥬혼(主婚)흔 일니오, ᄯ오 션(仙)니 호탕(豪宕)흔다²⁾ ᄒ니, 달니는 금(禁)홀 슈 업스니, 그 녀ᄌ(女子ㅣ) 의지(依支) 업따 ᄒ믈 듯고 가마니 낙양녕(洛陽令)의게 긔별(奇別)ᄒ니라.³⁾"

니젹의 싱(生)이 고모(姑母) 집니 가고 업써니, 져약 갓치 낭ᄌ(娘子)의 창(窓) 압헤 와 울고 가거눌, 낭ᄌ(娘子ㅣ) 디경(大驚) 왈(曰),

"젼(前)의도 져리 우더니 불측(不測)흔 지변(災變)를 보왓더니, ᄯ오 무

---

1) [교감] 져져: 이대본 '매시'.
2) [교감] 호탕흔다: 이대본 '그 게집을 죠와 흔다'.
3) [교감] 긔별ᄒ니라: 이대본 '긔별ᄒ여 그 게집을 죽여 업시 ᄒ리라 ᄒ더라'.

슨 변(變)니 잇실고?"

호야 근심호더니, 밤즁의 관차(官差)4) 와셔 잡아다가 쓸이고, 원(員)니
문왈(問曰),

"네 엇쩐 샤람이완디 샹셔 딕(尙書宅) 귀공즈(貴公子)를 혹(惑)호는다?
니게 긔별(寄別)호야 죽이라 호여시니, 날을난 죠곰도 원(怨)치 말나"
호고, 결박(結縛)호야 치라 호니, 슉향니 통곡(痛哭) 왈,

"어려서 부모(父母)를 난즁(亂中)의 일코 정쳐(定處) 업시 단니다가
마츰 니화정(梨花亭) 홀미를 의탁(依託)호여습써니, 샹셔 딕 니공지(李
公子ㅣ) 구혼(求婚)호오시민, 샹인(常人)의 집이라 공즈(公子)의 말슴를
거스지 못호와5) 니싱(李生)의 비필(配匹)이 되오니, 쳡(妾)의 죄(罪)는
안니로쇼이다."

부시(府使ㅣ)6) 왈,

"네 죄 안인 쥴은 알건이와, 샹셔의 긔별이라 닌들 엇지호리요? 슈히
치라!"

호시니 집장샤령(執杖使令)7)니 미를 들여 호니 풀리 앞푸고 미 무거워
감히 드지 못호거늘, 다른 샤령(使令)다여 스슬가라8) 치라 호되 혼갈
것거늘, 부시(府使ㅣ) 왈,

"무죄(無罪)혼 스람를 죽기려 혼이 그러호건만은, 샹셔의 말 뉘 감히
거슬이오. 아니 듯지 못하리니 동혀서 깁흔 믈을 너호라"
호더라.

니젹의 원(員)의 실닉(室內) 장부인(張夫人) 꿈의 슉향이 와셔 디셩통
곡(大聲痛哭) 왈,

---

4) 관차(官差): 관아에서 파견하던 군뢰(軍牢), 사령(使令) 따위의 아전.
5) [교감] 샹인의 집이라 공즈의 말슴를 거스지 못호와: 이대본 '샹인의 집의 의탁혼 몸이 감히
   스부가 영을 거역지 못호여'.
6) [교감] 부시: 이대본 '관원'. 조선시대의 지방수령.
7) 집장사령(執杖使令): 장형(杖刑)을 집행하던 사람.
8) 스슬가라: 서로 바꾸어.

"부친(父親)니 날를 죽이려 ᄒ시는디 모친(母親)니 엇지 구(救)치 안이 ᄒ시는이닛가?"

부인니 놀나 찌여 시녀(侍女)를 불러 문왈(問曰),

"샤㐅 어듸 계시뇨?"

시녜(侍女)ㅣ 왈,

"외당(外堂)의 좌긔(坐起)9)ᄒ시고, 니샹셔(李尙書)의 말삼으로 그 딕 며눌리를 죽이려 ᄒ시니, 샤령(使令)니 민를 치지 못ᄒ기로 믈의 너흐라 ᄒ너니다."

부인니 딕경(大驚)ᄒ여 즉시 부사(府使)를 쳥(請)ᄒ여 울며 왈,

"슉향를 니별(離別)혼 지 십년(十年)니 넘어시되 한 번도 ᄭ움에 뵈지 안니터이, 앗까 잠간(暫間) 잠를 드온즉 졔가 와셔 일니일니 ᄒ여 뵈오니 고이(怪異)ᄒ오며, 그 집은 무삼 일노 며누리를 죽이려 ᄒ시며, 그 며눌리는 뉘 집 쟈숀(子孫)이며, 나흔 언마나 ᄒ옵고, 일홈은 무어시라 ᄒ더니잇가?"

부시(府使)ㅣ 왈,

"니션(李仙)은 니위공(李魏公)의 아들이라, 지죄(才操)ㅣ 쳔하(天下)의 비길 듸 업스니 위공니 가장 스랑ᄒ는 자라. 만누의 동싱 녀부인(呂夫人)니 위공다려 일르지 안니코 니션을 져 샤람의게 취쳐(娶妻)ᄒ니, 션이 혹(惑)ᄒ야 학업(學業)를 전폐(全廢)ᄒ는지라. 위공니 맛동싱의 헌 일니기로 그르다 못ᄒ고, 션비는 두 번 쟝가 못 보닐 거시니 져 샤람를 죽이고 다른 공후(公侯)의 ᄯᆞᆯ를 다려올여 ᄒ고 무죄(無罪)혼 샤람를 죽이려 ᄒ여시민, 불샹흔 쥴은 임의 아오되 당시(當時) 니샹셔 말를 뉘 감히 듯지 안니ᄒ리오. 년고(緣故)로 죽이려 ᄒ너니다."

쟝부인(張夫人) 왈,

"니션의 안희라 ᄒ오니 져를 죠곰 보고 시푸오니, 아직 두엇짜가 니

9) 좌기(坐起): 관아의 으뜸 벼슬에 있던 이가 출근하여 일을 시작함.

일(來日) 니졍(內庭)의 좌긔(坐起)ᄒᆞ고 올려보게 ᄒᆞ쇼셔."

김젼니 즉시 분부(分付)ᄒᆞ야,

"아직 가도라"

ᄒᆞᆫ디, 낭지(娘子ㅣ) 옥즁(獄中)의 나오니[10] 모든 하리(下吏)[11]드리 보고 쟌잉히 너겨 챠탄(嗟歎) 왈,

"어엿불샤 져문 아기네야. 너일(來日)니면 죽으리로다."

낭지 왈,

"니 짜흔 어듸라 ᄒᆞ는뇨?"

모다 일오되,

"낙양(洛陽) 고을이로쇼이다."

낭지 죽는 쥴이나 니싱(李生)게 젼(傳)코쟈 ᄒᆞ되 필묵(筆墨)도 업스니 쳔지(天地) 망망(茫茫)ᄒᆞ여 망극이통(罔極哀痛)ᄒᆞ더니, 날리 시미 쳥죄(靑鳥ㅣ) 날아와 낭자(娘子)의 무릅 우희 안즈 울거늘, 낭지 즉시 깁젹솜를 ᄶᅥ혀 손가락를 ᄶᅵ무러 필을 니여 글을 ᄶᅥ시 다리예 미니, 그 시 두어 번 울고 나라가더라.

잇ᄶᅥ 니싱(李生)이 고모 됙(姑母宅)의셔 자더니, 밤의 마음니 번렬(煩熱)ᄒᆞ고 쟈로 놀나며 잠를 일우지 못ᄒᆞ야 고모 계신 디 드러가니, 부인니 문왈(問曰),

"오늘날 무어슬 일허ᄂᆞ야? 낭즈를 그리워 그리ᄒᆞ는야? 엇지 낫치 슈식(愁色)니 만코 넉슬 일흔 것 갓튼뇨? 아마도 고이(怪異)ᄒᆞ다."

싱(生) 왈,

"각별(各別) 일흔 것도 업삽고, 낭진들 하로 샤이에 무슴 그리오리잇가만은 ᄌᆞ년(自然) 그러ᄒᆞ와이다"

ᄒᆞ더니 문득 쳥죄(靑鳥ㅣ) 날아와 압헤 안ᄶᅥ늘 놀나 보니, 다리예 피 무

---

10) [교감] 나오니: 이대본 '드러가니'.
11) [교감] 모든 하리(下吏): 이대본 '옥즁 죄인'.

든 깁 솟치 미혀거늘 글너보니, 그 글에 ᄒ여시되,

"슉향은 전싱죄(前生罪)를 니싱 와도 갑기 어렵쏘다. 금셕(金石) 갓튼 인년(因緣)이 변(變)ᄒ야 바람니 되엿쏘다.12) 향긔(香氣)로운 솟치 속졀업시 낙양(洛陽) 옥즁(獄中)의 흙기 되리로다. 슬푸다, 니랑(李郞)를 다시 못 보고 쥭게 되니 지하(地下)에 가도 눈를 감지 못ᄒ리로다"

ᄒ여거늘, 싱(生)니 디셩통곡(大聲痛哭)ᄒ고 글를 고모게 드린 후의 낙양 오즁13)의 가셔 낭즈와 홈게 쥭으려 ᄒ거늘, 부인 왈,

"아모란 쥴 모로고14) 전도(顚倒)히 구지 말나"

ᄒ고 일변(一邊) 할뮈 집니 샤람 부려 알아오라 ᄒ며, 쏘 원통이란 비부(婢夫)15)를 불너 왈,

"너는 고을에 가 ᄲᆞᆯ니 아라오라"

ᄒ거늘, 원통니 본니(本來) 낙양고을 아젼(衙前)니라. 도라와 고왈(告曰),

"낙양영(洛陽令)의게 샹셔(尙書)의 긔별(奇別)이 올시16) 올삽쩌니다.17)"

부인니 듯고 디경(大驚) 디로(大怒) 왈,

"닉 친(親)히 경셩(京城)의 올나가 샹셔(尙書)긔 일너 듯지 안니커든, 닉 궁즁(宮中)의 드러가 황후(皇后)긔 샤년(事緣)를 쟈셔(仔細)히 쥬(奏)ᄒ야 황제(皇帝)게 전보(傳報)18)ᄒ리라"

ᄒ고 니날 힝장(行裝)19)를 찰려 가며 왈,

"아모려나 죠토록 홀 거시니, 너는 하 용녀(用慮) 말나"

ᄒ고 ᄯᅥ나시니, 싱(生)은 집니 도라와 머리를 ᄡᆞ고 누어 낭지(娘子ㅣ) 곳

---

12) [교감] 바람니 되엿쏘다: 이대본 '모진 광풍의 ᄯᅥ러졋도다'.
13) 오즁: '옥즁(獄中)'의 오기.
14) [교감] 아모란 쥴 모로고: 이대본 '아즉 ᄌᆞ세 아도 못ᄒ고'.
15) [교감] 비부: 이대본 '고을 슈리'.
16) 올시: '이미' 또는 '얼마 전에'라는 뜻인 듯.
17) 올삽쩌니다: '왔삽쩌니다'의 오기인 듯.
18) 전보(傳報): 아래 관아에서 위 관아를 통해 임금에게 보고하던 일.
19) 행장(行裝): 여행할 때 쓰는 물건과 차림.

죽으면 갓치 죽으려 ㅎ더라.

이날 김젼이 너졍(內庭)의 좌긔(坐起)ㅎ고 낭즈(娘子)를 올인니, 낭지 잔약(孱弱)ㅎ 몸의 큰칼를 메고 옥(玉) 갓튼 귀 밋티 진쥬(眞珠) 갓튼 눈물를 흘이고 샤람의게 붓쓸여 드러오니, 샹하(上下) 관속(官屬)[20]들리 보고 안니 울 리 업써라. 김젼 왈,

"네 본향(本鄕)은 어듸며, 일홈은 무어시며, 뉘 집 쟈숀(子孫)니며, 나흔 멧치나 ㅎ다?"

낭지 졍신(精神)를 계유 챨여 왈,

"다슷 살의 부모를 일코 유리기걸(流離丐乞)[21]ㅎ야 단니기로 본향(本鄕)과 부모의 셩명(姓名)를 모로더니, 쟈란 후 젼츠(前次)로 듯즈오니 김샹셔(金尙書)의 딸이라 ㅎ오며, 일홈은 슉향(淑香)니옵고, 나흔 십뉵셰(十六歲)로쇼이다."

실너(室內)[22] 듯고 눈물을 머금고 김젼게 고(告)ㅎ되,

"져 샤람의 얼골니 일흔 딸 갓고 일홈과 나히 갓트되, 김샹셔의 녀 익(女兒)라 하오니 근본(根本)를 쟈셔(仔細)히 아지 못ㅎ오나, 하 잔잉ㅎ 오니 죽니지 말고 샹셔긔 다시 긔별ㅎ야 달리 쳐치(處置)ㅎ쇼셔."

김젼니 올히 너겨 그 년고(緣故)를 샹셔긔 회보(回報)ㅎ니라. 쟝부인(張夫人)니 낭즈를 보믹 슉향를 더욱 싱각고 왈,

"니 딸도 어듸 가 져리 되엿는가? 죽어 흙니 되어는가?"

목노하 통곡(痛哭)ㅎ다가, 김젼게 쳥(請)ㅎ야 칼를 벗기고 녀비(女婢)를 블너 낭자를 식킈게 ㅎ고, 시녀로 ㅎ여곰 먹을 거슬 쟈로 보니며 넘여(念慮) 말나 위로(慰勞)ㅎ더라.

---

20) 관속(官屬): 관아의 아젼과 하인.
21) 유리개걸(流離丐乞): 정처 없이 떠돌아다니며 빌어먹음.
22) [교감] 실너: 이대본 '김젼의 안회'.

여부인이 상서를 꾸짖다

니젹의 샹셔(尚書) 김젼의 셔찰(書札)을 보고 디로(大怒)ᄒᆞ여 김젼를 벌(罰)노 계양티슈(桂陽太守)를 ᄒᆞ니고, 다른 샤람를오 낙양영(洛陽令)를 보닉여 긔여히 죽니려 ᄒᆞ더니, 문득 녀부인(呂夫人)니 오신다 ᄒᆞ거늘, 샹셰(尚書ㅣ) 크게 놀나 반겨 마쟈 드러오니, 부인니 발연(勃然) 노왈(怒曰),

"이져는 벼슬리 놉고 위엄(威嚴)니 즁(重)ᄒᆞ면 부모(父母)와 동ᄉᆡᆼ(同生)를 ᄇᆞ리는가?"

샹셔 황공(惶恐)ᄒᆞ야 돈슈(頓首) 고왈(告曰),

"니 엇지 일르시는 말솜인니잇가?"

부인 왈(曰),

"샹셰 지샹(宰相)니 되면 천하(天下)를 다슬이믹, 일륜(人倫)를 살피되 무슨 일노 웃쯤를 샴는고?"

샹셔 왈,

"오륜(五倫)¹⁾니 웃쯤인니이다."

부인 왈,

116

"그리면 샹셔(尚書)와 날과 소니도 오륜(五倫)의 참녜(參預)ᄒ엿는가?"

샹셰(尚書ㅣ) 왈,

"형우졔공(兄友弟恭)2)이라 ᄒ여시니 오륜의 드지 안니리잇가?"

부인 왈,

"샹셰 비록 벼슬리 놉흐나 너게 다숫지 아니3)라. 부뫼(父母ㅣ) 다 업스시고 다만 니 어버니 버금이로되, 샹셔 날 보기를 길 가는 샤롬 보듯 ᄒ니, 그 욕(辱)를 보고 살아 쓸 고지 업스미 찰리 샹셔의 ᄆ음니 싀훤토록 압헤셔 죽으리라."

샹셰 ᄃᆡ경실식(大驚失色)4)ᄒ여 관(冠)를 벗고 싸헤 날려 샤죄(謝罪)ᄒ여 왈,

"쇼졔(小弟) 작죄(作罪)ᄒ믈 아지 못ᄒ오니, 원(願)ᄒ ᆫ디 어셔 이르쇼셔."

부인 왈,

"션(仙)니 비록 샹셔의 아들이나, 어려셔부터 니 슈양(收養)으로 길너시니5) 니 ᄌᆞ식(子息)나나 다르지 안닌지라. 져젹의 ᄒᆞᆫ 꿈를 이리이리 쒸교 션를 불너 꿈말을 일으니, 져도 '이러ᄒᆞᆫ 이리 잇셧다' ᄒ고, '진실(眞實)노 니 샤람과 비필(配匹)리 되지 못ᄒ면 밍셰(盟誓)코 셰샹(世上)의 잇지 못ᄒ려노라'6) ᄒ미, 니 혜오되, '션니 급졔(及第)ᄒ여 벼슬ᄒ면 두 부인(婦人)를 둘 거시니, 이는 하늘리 졍(定)ᄒ신 비필(配匹)'이미, 졔 쇼원(所願)니 그러ᄒ기로 쥬혼(主婚)은 너가 ᄒ ᆫ 거시오, 샹셔 쥬혼ᄒ나 달음니 업는 거슬 그다지 통분(痛忿)ᄒ야 긔여히 낭ᄌᆞ(娘子)를 죽이

---

1) 오륜(五倫): 유학에서 사람이 지켜야 할 다섯 가지 도리.

2) 형우졔공(兄友弟恭): 형은 아우를 사랑하고 동생은 형을 공경한다는 뜻으로, 형제간에 서로 우애 깊게 지냄을 이르는 말.

3) 아니: '아이'로서, 여기서는 '아우'를 뜻함.

4) 대경실색(大驚失色): 크게 놀라 얼굴빛이 하얗게 변함.

5) [교감] 슈양으로 길너시니: 이대본 '양ᄌᆞ를 숨아시니'.

6) [교감] 셰샹의 잇지 못ᄒ려노라: 이대본 '다른 곳의 췸쳐치 아니리라'.

려 ㅎ니 그 무슴 도리(道理)며, 너 비록 잘못ㅎ여셔도 날다려 일르고 죵요로니[7] 쳐치(處置)홀 거시어눌, 날를 쇼겨 가마니 낙양영(洛陽令)의게 긔별(奇別)ㅎ여 무죄(無罪)ㅎ 샤람를 임의(任意)로 죽이려 ㅎ니 되는 일인가? 딕장부(大丈夫)의 도리(道理)예 광명졍다(光明正大)히 쳔햐(天下)를 다슬릴 거시어눌, 어디 그다지 무례(無禮)ㅎ 일를 ㅎ여 후셰(後世)예 시비(是非)를 듯고ㅈ 쟈쳥(自請)ㅎ는고?"

ㅎ며 무한(無限)니 칙(責)ㅎ디, 샹셰(尙書ㅣ) 아모 말도 못 ㅎ고 이윽키 싱각다가 엿ㅈ오되,

"져져(姐姐)[8] 그리ㅎ신 줄은 아지 못ㅎ고, 져즘긔 양왕(梁王)니 구혼(求婚)커눌 너 허락(許諾)ㅎ여ㅆ써니, 요샤히 션(仙)니 미쳔(微賤)ㅎ 샤람를 부뫼(父母ㅣ) 모로게 어덧짜 ㅎ니, 죠졍(朝廷)의 시비(是非) 붕등(奔騰)ㅎ오미[9] 낙양영의게 긔별(奇別)ㅎ엿ㅆ써니이다."

부인 왈,

"부부지간(夫婦之間)은 쳔졍(天定)이미 이즁(愛情)니 업는지라.[10] 옛날 숑(宋) 황졔(皇帝)도 졍궁(正宮)[11]를 폐(廢)ㅎ고 후궁(後宮)를 죵신(終身)ㅎ니,[12] 비록 부뫼 모로나 너 쥬혼(主婚)ㅎ여시니 쳡(妾)과는 다른지라. 쏘 션(仙)니 급졔(及第)ㅎ여 벼슬리 놉흐면 안히 둘 엇기는 어렵지 안니ㅎ니, 샹셔는 그쩨예 ㅎ고ㅈ 하는 가문(家門)를 갈희여 지닐 거시오, 무죄(無罪)ㅎ 낭ㅈ는 죽이지 말나."

샹셔는 본디 츙효(忠孝)의 샤람니라,[13] 안마음의 크게 미안(未安)ㅎ나 맛동싱의 말리미 감(敢)히 거스지 못ㅎ여,

---

7) 죵요로니: 조용하게.
8) [교감] 져져: 이대본 '누우님'.
9) [교감] 붕등ㅎ오미: 이대본 '크게 이러나미'.
10) [교감] 이즁니 업는지라: 이대본 'ᄋ정은 쳔졉이 업난지라'.
11) 졍궁(正宮): 제왕(帝王)의 정실(正室). 곧 왕비(王妃)나 황후(皇后)를 후궁(後宮)에 대해 이르는 말.
12) [교감] 죵신ㅎ니: 이대본 '마즈스니'.
13) [교감] 츙효의 샤람니라: 이대본 '츙효 겸젼ㅎ 스람이라'.

"그리ᄒ오리다"

ᄒ고 시로 보니랴 ᄒ든 낙양영(洛陽令)를 보와 왈,

"그 녀ᄌ(女子)를 부ᄃ 죽이려 ᄒ여쩌니 우리 져져(姐姐) 하 말리시니, 죽이지 말고 노ᄒ되 그 근쳐(近處)의 잇게 말나"

ᄒ니라.

녀황후(呂皇后)는 녀부인(呂夫人)의 싀미[14]라. 부인니 왓단 말를 드르시고, 즉시 쳥(請)ᄒ야 보시고 반겨 달포[15] 머물너 보니지 안니ᄒ시어 도라오지 못ᄒ고, 니션(李仙)의게 낭ᄌ(娘子) 노힐 긔별(奇別)만 ᄒ시니, 션니 듯고 크게 깃거ᄒ더라.

14) [교감] 녀부인의 싀미: 이대본 '슉부인의 씨누우'.
15) 달포: 한 달이 조금 넘는 기간.

어디로 가서 의탁하오리까

상셔(尙書) 혜오되,

'션(仙)니 그곳의 잇시면 낭즈(娘子)를 다려올까'

넘여(念慮)ᄒ야 샤람를 부려 경셩(京城)으로 다려가니, 션니 낭즈를 다시 못 보고 가게 되미 슬푼 마음을 졍(定)치 못ᄒ야 디부인(大夫人)[1] 게 하직(下直)ᄒ며 눈믈을 흘니거늘, 부인(夫人) 왈(曰),

"네 마음으로[2] 부모(父母) 모로게 미쳔(微賤)혼 샤람를 어더두고, 부친(父親)니 부르시는디 가지 안이ᄒ는다?"

싱(生)니 그겨야 슉향 어든 샤년(事緣)를 다 알외여 왈,

"김낭지(金娘子ㅣ) 비록 쥭기를 면(免)ᄒ여시나 쇼즈(小子) 곳 업ᄉ오면 의탁(依託)홀 고지 업ᄉ올 거시오니, 모친(母親)은 쟈식(子息)의 졍(情)를 싱각ᄒ옵셔셔 어엿비 너기쇼셔."

부인니 눈믈 흘녀 왈,

---

1) 대부인(大夫人): 남의 어머니를 높여 부르는 말. 따라서 여기서는 '모친(母親)' '부인(夫人)'이라 해야 맞는데, 이대본 역시 '디부인'으로 표기되어 있다.
2) 마음으로: 마음대로.

"진실(眞實)노 네 말 갓트면 하눌리 정(定)ㅎ신 비필(配匹)인니 임의
(任意)로 못 ㅎ련니와, 네 부친 쯧들 모로니,3) 넘녀(念慮) 말고 잘 갓짜
가 급졔(及第)를 슈히 ㅎ여 벼슬ㅎ면 네 마음디로 ㅎ고 부모도 금(禁)
치 못ㅎ리라."

싱(生)니 할미나 보고 가고져 ㅎ나 샹셔(尙書) 보니신 하인(下人)니 샹
셔 말샴으로,

"'부디 바로 다려오라' ㅎ시더라"

ㅎ민, 거스리지 못ㅎ여 할미게 편지(便紙) 쎠 보니고, 경셩(京城)의 가
셔 샹셔게 복지비알(伏地拜謁)ㅎ온디, 샹셔 디로(大怒) 즐왈(叱曰),

"혼인(婚姻)은 인간디식(人間大事)라, 부뫼(父母)라도 네 비필(配匹)은
졍(定)ㅎ여쥴 거시어눌, 보모4)도 모로게 네 쇼견(所見)으로 미쳔(微賤)ㅎ
디 취쳐(娶妻)ㅎ니 맛짱니 죽일 거시로되, 져져(姐姐)의 낫츨 보아 샤
(赦)ㅎ너니 급졔(及第)ㅎ기 젼(前)의는 니 눈의 뵈지 말고 티학(太學)5)의
가 잇으라"

ㅎ시니 션(仙)이 통곡(痛哭) 샤죄(謝罪)ㅎ고 티학으로 가니라.

이젹의 샹셰(尙書ㅣ) 궐하(闕下)의 나아가 하직(下直)ㅎ고 집니 도라와
여부인(呂夫人) 말샴으로 슉향를 쥭니지 못ㅎ믈 한탄(恨歎)ㅎ더라.

이젹의 김젼은 계양티슈(桂陽太守)로 올마가고, 신관(新官)이 도임(到
任)ㅎ야 즉시 낭즈(娘子)를 불너올여 왈,

"네 엇썬 샤람이완디 샹셔 딕(尙書宅) 귀공즈(貴公子)를 혹(惑)ㅎ야 학
업(學業)를 젼폐(全廢)케 ㅎ니 쇼당(所當)6) 죽일 거시로되, 특별(特別)이
안샤(安赦)ㅎ너니7) 근쳐(近處)의 잇지 말고 멀니 가라."

3) [교감] 모로니: 이대본 '모르니 답답ㅎ다만은'.
4) 보모: '부모'의 오기.
5) 태학(太學): 고구려의 소수림왕(小獸林王) 2년(372)에 설립해 중앙 귀족의 자제에게 유학(儒學)을
   가르치던 최고의 교육기관. 조선시대 때는 성균관(成均館)의 별칭으로 쓰였다.
6) [교감] 쇼당: 이대본 '마땅히'.
7) [교감] 안샤ㅎ너니: 이대본 '용서하나니'. 특별히 용서하여 풀어줌.

분부(分付)ᄒ여 니치거눌, 문(門) 밧게 나오니 할미 울며 다리고 집니 도라와 니랑(李郞)의 편지(便紙)를 니여 보이니, 기셔(其書)의 ᄒ여시되,

"니션(李仙)은 근지비(謹再拜)ᄒ고 낭ᄌ(娘子)게 올니너이 감(鑑)ᄒ쇼셔. 전성(前生) 니싱이 다 날로 ᄒ여곰 심(甚)니 괴로오믈 보니, 참괴(慙愧)ᄒ믈 측양(測量)치 못ᄒ던 ᄎ(次)의 부친(父親)니 부르시미 다시 못 보고 ᄂ려가옵쩐니와, 흥진비리(興盡悲來)[8]예 고진감너(苦盡甘來)[9]라 ᄒ여시니, 낭ᄌ의 괴로온 익(厄)이 거의 다 진(盡)ᄒ여스오니 과도(過度)히 용녀(用慮) 말으시고, 나의 급제(及第)를 슈히 홀 ᄶ시오니, 아무커나 천금(千金) 갓튼 몸를 가부야이 바라지 말으스, 다시 니션를 만나 영화(榮華)를 보고, 부모 만나기를 평싱(平生) 원(願)ᄒ던 간장(肝腸)을 풀고, 흔날흔시에 갓치 죽어 한디 놀기를 싱각ᄒ오셔. 부디 샴가 즁(重)헌 몸를 가뷔야니 말으쇼셔"

ᄒ엿쩌라.

낭지(娘子ᅵ) 견필(見畢)의 통곡 왈,

"니졔 낭군(郎君)니 경셩(京城)에 가시고 고을에셔는 이 ᄯㅏ에 잇지 말나 ᄒ니, 어듸 가 의탁(依託)ᄒ올잇가?"

할미 왈,

"니곳의 올리 잇시면 환(患)를 볼 거시니 다른 디 올무리라[10]"

ᄒ여 즉시 집를 허러 가지고 다른 디 가 샤더니,

---

8) 흥진비래(興盡悲來): 즐거운 일이 다하면 슬픈 일이 닥쳐옴.
9) 고진감래(苦盡甘來): 고생 끝에 즐거움이 옴.
10) 올무리라: 옮기리라.

이화정 할미, 하늘로 돌아가다

할는 할미 크게 슬허ᄒᆞ거눌, 낭ᄌᆞ(娘子ㅣ) 문왈(問曰),

"무슴 일노 져러틋 슬허ᄒᆞ시는고?"

한미 왈,

"나는 과연(果然) 쳔틱산(天台山) 마구션녜(麻姑仙女)로 월궁항아(月宮姮娥)의 명(命)를 바다 낭ᄌᆞ(娘子)를 구(救)ᄒᆞ려 인간(人間)의 나려왓습써니, 져격의 낭지 요지연(瑤池宴)의 갓실 졔도 니 청죄(靑鳥ㅣ) 되여 인도(引導)ᄒᆞ야 다려가고, 낭군(郎君) 오실 졔도 니 샴신산(三神山) 션관(仙官)를 모도 청(請)ᄒᆞ야 위유(慰諭)ᄒᆞ고, 낙양(洛陽) 옥즁(獄中)의 갓쳐 잇실 졔도 니 청죄(靑鳥ㅣ) 되여 낭ᄌᆞ(娘子)의 셔찰(書札)를 니랑(李郎)게 젼(傳)ᄒᆞ고, 낭ᄌᆞ의 온갓 일을 돌보더니, 이제는 낭ᄌᆞ의 고익(苦厄)니 다 진(盡)ᄒᆞ고 낭ᄌᆞ와 동쥬(同住)홀 인년(因緣)니 다 진(盡)ᄒᆞ여시니 슬허ᄒᆞ너니드."

낭지(娘子ㅣ) 츠언(此言)를 듯고 황망(遑忙)니 당(堂)의 날려 ᄌᆡ비(再拜)왈,

"인간(人間) 무지(無知)ᄒᆞ온 눈니 엇지 할미 션녜(仙女)신 쥴 아올잇

가? 슉향은 전싱(前生)에 죄(罪) 즁(重)ᄒ와 어려서 부모를 여희고 천만신고(千萬辛苦)ᄒ다가 천ᄒᆡᆼ(天幸)으로 할미를 맛나오ᄆᆡ, 샤랑ᄒ시기를 친ᄌᆞ식(親子息)도곤 더 이휼(愛恤)ᄒ시는 고(故)로 나도 할미를 전싱(前生) 부뫼(父母ㅣ)런가 ᄒ와 일렴(一念)의 ᄒᆞᆫ탄(恨歎)ᄒ기는, '낭군를 만나 죠흔 시졀(時節)를 보거든 할미 즁(重)ᄒᆞᆫ 은혜(恩惠)를 만분지일(萬分之一)이나 갑ᄉᆞ올가' 바라쩌니, 낭군도 안니 오시는ᄃᆡ 할미죠ᄎᆞ 버리고 갈려 ᄒ시니 나는 눌을 의탁(依託)ᄒᆞ옷잇가?"

할미 위로(慰勞) 왈,

"인연(因緣)니 진(盡)ᄒᆞᆫ 하늘리 졍(定)ᄒᆞ신 쉬(數)오니 한(恨)치 말으쇼셔. 낭ᄌᆞ 낭군를 뫼시고 쌍뉴(雙遊)ᄒ는 양(樣)를 보랴 ᄒᆞ얏더니, 하늘 명(命)를 어기지 못ᄒᆞ야 가오니, 이 압헤는 낭군를 만나 영화(榮華)를 보실 날리 머지 안니코, 부모 만나실 ᄯᆡ도 머지 안니ᄒᆞ오리니 넘녀(念慮) 마르쇼셔."

낭ᄌᆞ 왈,

"어려서 부모를 일어시니 얼골과 성명(姓名)를 긔록(記錄)¹⁾지 못ᄒᆞ와ᄉᆞ오ᄆᆡ 부모를 만나온들 엇지 알리잇가?"

할미 왈,

"져즘긔 낙양영(洛陽令)으로 낭ᄌᆞ를 죽이려 ᄒᆞ든 김젼니 낭ᄌᆞ의 부뫼(父母ㅣ)런이다."

낭ᄌᆞ(娘子ㅣ) ᄃᆡ경(大驚) 왈,

"그러ᄒᆞ면 엇지 진시(趁時) 일르지 안니ᄒ왓는잇가?"

할미 왈,

"셔로 만나보실 ᄯᆡ 안니오ᄆᆡ 하늘 명(命)를 범(犯)치 못ᄒᆞ야 일르지 못ᄒᆞ엿너니다. 그ᄯᆡ예 낭ᄌᆞ를 믈의 너흐라 홀 졔도 니 낭ᄌᆞ의 혼빅(魂魄)를 인도(引導)ᄒᆞ여 그ᄃᆡ 모친(母親)임 꿈²⁾의 비러 구(救)ᄒᆞ고, 낭ᄌᆞ를

---

1) 긔록(記錄): '기억(記憶)'의 오기인 듯.

치려 홀 졔도 닉 샤령(使令)의 팔의 올나 안스오니 민질 못 하엿너니다."

"할믜 은혜는 닉싱의셔는 다 못 갑스올 거시니 후싱(後生)이나 갑사오런니와, 이졔 바리고 가려 ᄒ시니 의탁홀 고지 업스오믹 부모나 ᄎ즈 가긔스오니 길히나 가르치쇼셔."

할미 왈,

"낭즈의 부뫼 이졔 계양티슈(桂陽太守ㅣ) 되어시니, 이곳셔 계양니 샴쳔오빅 니(三千五百里)라 낭지 혼쟈 가기 어렵고, 쏘 낭군를 만나 가시면 어렵지 안니ᄒ런니와, 혼쟈 가시면 낭군를 영결(永訣)ᄒ고 싱젼(生前)의 다시는 못 만날 거시오믹, 낭자의 고익(苦厄)니 다 진(盡)ᄒ여스오니 오리지 안니ᄒ여 죠흔 시졀를 만나 영화복록(榮華福祿)를 누리실 거시믹, 하 용녀(用慮)치 말ᄋ쇼셔. 져 긔를 두고 가오니 날 본드시 어엿비 너기쇼셔. 낭즈의 어려운 일은 돌보리이다."

낭지 왈,

"할미 가시는 듸는 얼마나 ᄒ오며, 언졔 가랴 ᄒ시는고?"

할미 왈,

"나 가는 듸는 쳔틱산(天台山)인니 이곳셔 오만 팔쳔(五萬八千)이오, 가기는 금시(今時)로³⁾ 가려 ᄒ너니다."

낭지(娘子ㅣ) 셔운 낙담(落膽)ᄒ여 울며 왈,

"가시는 듸 갓갑스오면 싸라가고즈 ᄒ오되, 길리 요원(遙遠)ᄒ오니 할이나⁴⁾ 머믈너 회포(懷抱)나 풀고 가쇼셔."

한미 기리 탄식(歎息) 왈,

"닉 낭즈(娘子)를 다려갈 졔면 엇지 ᄎ마 발리고 가오며, 니 마음에는 낭군 오실 날리 머지 안니ᄒ여스오니 머물너 보고 가련만은 쩌 느

---

2) [교감] 닉 낭즈의 혼빅를 인도ᄒ여 그듸 모친임 꿈: 이대본 '닉 혼빅이 낭즈 모친 꿈'.
3) [교감] 금시로: 이대본 '이졔'.
4) [교감] 할이나: 이대본 'ᄒ로나'.

져가오니 밧비 가거이와, 니 옷 ᄒ나흘 두고 가오니 빙염(殯殮)5)ᄒ고 관곽(棺槨) 갓쵸와 져 기를 ᄯ라가 제 부리로 허위는 ᄃᆡ6) 무드시고, 힝여 얼여온 일니 잇거든 니 분묘(墳墓)로 오쇼셔. 영혼(靈魂)이라도 돌보리이다"

ᄒ고 입쎤 젹슘를 버셔쥬고 두어 거름의 문득 간 고지 업쩌라. 낭지 망극(罔極)ᄒ야 할뮈 젹샴를 붓뜰고 실셩(失性)7) 쳬읍(涕泣)ᄒ야 통곡(痛哭)ᄒ니 혈뉘(血淚ㅣ) 낭즈(狼藉)ᄒ더라.

이일은8) 한미 일르는 ᄃᆡ로 의복(衣服)을 갓쵸와 빙념(殯殮)ᄒ고 관곽(棺槨) 갓쵸와 영장(永葬)ᄒᆞᆯ 셰 낭지 친(親)히 가보려 ᄒ니, 그 기 낭즈의 치마를 무려 당긔여 안치거늘, 낭지 영장(永葬)ᄒ라 가는 샤람다려 쳥(請)ᄒ여 왈,

"할미 죽을 제 유원(遺願)9)ᄒ되, '져 개 부리로 허위는 ᄃᆡ 무드라' ᄒ여시니 부ᄃᆡ 그리ᄒ여 달나"

ᄒᆞᆫᄃᆡ, 그 샤람드리 듯고 개를 ᄯ라가니 낙양 북쵼 니샹셔 ᄃᆡᆨ(李尙書宅) 동샨 셔편(西便) 언덕의 가 퍼거늘, 샤람드리 고이(怪異)히 넉여 그 고ᄃᆡ 영장(永葬)ᄒ고 도라와 낭즈(娘子)다려 일은ᄃᆡ, 낭지 듯고 울며 왈,

"한미 죽어도 날를 잇지 못ᄒ여 낭군의 왕닉(往來)ᄒ는 양(樣)나나 보려 ᄒ고 게 가 무치도다"

ᄒ며 죠셕(朝夕) 졔ᄉᆞ(祭祀)를 극진(極盡)히 지닉더라.

일일(一日)은 낭지 그 개를 벗 샴아 잇쩌니, ᄒᆞᆯᄂᆞᆫ 달리 밝고 잠니 오지 안이ᄒ거눌, 챵젼(窓前)의 지혀 울며 글 지어 셔안(書案)의 노코 잠간(暫間) 잠를 드러ᄯᅡ가 ᄭᅵ여보니 글도 업고 기도 업거늘, 더욱 망극ᄒ

---

5) 빙염(殯殮): 죽은 사람의 몸을 씻긴 뒤에 옷을 입히고 염포로 묶어서 안치하는 일.
6) [교감] 제 부리로 허위는 ᄃᆡ: 이대본 '발 헤비난 곳ᄃᆡ'.
7) 실셩(失性): 미친 듯이.
8) 이일은: '일일(一日)은'의 오기.
9) 유원(遺願): 소원을 남김. '유언(遺言)'의 오기일 수도 있음.

여 울며 왈,

"심(甚)홀샤 팔지(八字)야. 샤람은컨니와 개죠추 업스니 이 밤의 휘휘
ᄒ여10) 엇지 보닐이오"

ᄒ며 슬피 울다가 무슈(無數)히 통곡(痛哭) 긔졀(氣絶)ᄒ더라.

슉향을 도와주는 청삽사리

각셜(却說)이라. 니젹의 니랑(李郞)이 티학(太學)의 간 후(後)로 낭자(娘子)의 쇼식(消息)를 일졍(一定) 몰나 쥬야(晝夜) 념녀(念慮) 무궁(無窮)ᄒ더니, 홀는 낭지(娘子ㅣ) 옥면(玉面)의 빗최는 듯ᄒ거놀, 슬푼 ᄆ음을 이긔지 못ᄒ야 칙(冊)를 덥고 쓸의 날여 비회(徘徊)ᄒ더니, 멀리 ᄇ라본즉 쳥ᄉ직(靑獅子) 갓튼 거시 성(生)를 바라보고 울며 오거놀, 성니 혼ᄌ 일오되,

'고이(怪異)ᄒ다. 낭ᄌ(娘子)의 집 쳥습샤리 갓짜만은 졔 엇지 슈쳔리(數千里) 밧게, ᄒ믈며 황셩(皇城) 억만 가구(億萬家口) 즁(中)의 나 잇는 곳를 졔 엇지 ᄎᄌ올이오?'

ᄒ더니 졈졈(漸漸) 갓차니[1] 오미 꼴리를 치며 반겨ᄒ거놀, 살펴보니 과연 낭쟈의 집 기여놀, 하 반가와 얼오만지며 왈,

"너는 즘싱이라도 날를 와셔 보는디 나는 샤람이라도 낭ᄌ를 못 가 보니 너만 못ᄒ다"

---

1) 가차이: '가까이'의 방언(경상, 전라).

ᄒᆞ고 무슈(無數) 탄식(歎息)ᄒᆞ더니, 그 긔 입으로셔 글쓴 거슬 토(吐)ᄒᆞ 거ᄂᆞᆯ, 놀나 즉시(卽時) 바다보니 낭ᄌᆞ(娘子)의 필젹(筆跡)니 분명(分明)ᄒᆞ 거ᄂᆞᆯ, 반겨 즉시 ᄶᅥ혀보니 ᄒᆞ여시되,

"슬푸다, 슉향아. 심(甚)홀샤 팔ᄌᆞ(八字)야. 다셧 쑬의 부모(父母)를 여희고 십년(十年)니 지ᄂᆡ도록 동셔(東西)를 모로고 기걸(丐乞)ᄒᆞ야 단기니,2) 남이 쳔(賤)히 넉니ᄂᆞᆫ쏘다. 십년를 남의 집니 잇시니3) 참쇼(讒訴)는 뮤샴 일고? 악명(惡名)를 싯고4) 그다지도 고ᄒᆡᆼ(苦行)을 ᄒᆞ여쩐가? 월하(月下)의 년분(緣分)으로 니랑(李郎)을 만나 빅년(百年)를 의탁(依託)고져 ᄒᆞ엿쩌니, 원앙금침(鴛鴦衾枕)니 덥지 못ᄒᆞ야셔 니별(離別)은 무샴 일고? 오작(烏鵲)은 ᄭᅳᆫ쳐지고 볼 길히 아득ᄒᆞ니, 쇠식(消息)조ᄎᆞ 뉘 젼(傳)ᄒᆞᆯ고? 혈혈(孑孑)흔5) 니 닉 몸이 할미를 의지(依支)ᄒᆞ야 죠셕(朝夕)를 일우더니, 할미죠ᄎᆞ 죽어시이 눌을 의탁홀고? 슉향아, 심홀샤 팔지(八字)야. 쳔히(天下) 비록 크다 ᄒᆞ건만은 죠고만 일신(一身)이 의탁홀 고지 업도다. 살아싱젼(生前)의 니랑(李郎)를 기다릴 길 업스니 지하(地下)에 가도 눈를 감지 못ᄒᆞ리로다"

ᄒᆞ엿쩌라.

싱(生)니 간필(看畢)6)의 쥬근7) 쥴 알고,

'닝ᄌᆞ(娘子ㅣ) 의탁홀 고지 업셔 죽으리로다.'

ᄒᆞ고 우다가 졔 밥를 먹인 후8) 셔찰(書札)를 개 목의 걸고 경계(警戒) 왈(曰),

"이제 할미 죽어시니 낭ᄌᆞ의 의탁홀 고지 업셔 오직 너를 의지(依支)

---

2) 단기니: '다니니'의 방언(경상, 전라).
3) [교감] 남의 집니 잇시니: 심씨B본 '고공사리ᄒᆞ니'.
4) 싯고: 악명을 입었다는 뜻.
5) 혈혈(孑孑)흔: 의지할 데 없는 홀몸.
6) 간필(看畢): 보기를 마침.
7) [교감] 쥬근: 심씨B본 '할미 죽은'. 이대본 '할미 죽은'.
8) [교감] 졔 밥를 먹인 후: 심씨A본 '개롤 밥 주어 먹이고'. 이대본 '제 밥을 닉여 기를 쥬고'.

ᄒᆞ여시니, 쌜리 도라가 낭ᄌᆞ를 안보(安保)ᄒᆞ게 ᄒᆞ라."

그 개 머리예 털를 흔드며 고기 죠아 응낙(應諾)고 가니라.

각셜(却說)이라. 니젹의 낭ᄌᆞ(娘子ㅣ) 혼ᄌᆞ 안ᄌᆞ 우더니, 날은 졈졈(漸漸) 어두어가고 인젹(人跡)은시로니9) 싀 쇼리도 듯지 못ᄒᆞ고, 고단(孤單)ᄒᆞᆷ믈 이긔지 못ᄒᆞ여 스스로 죽으려 ᄒᆞ고 깁슈건으로 손에 감처쥐고 챵젼(窓前)의 지혀 안ᄌᆞ쪄니, 믄득 무슨 쇼리 잇거ᄂᆞᆯ, 낭ᄌᆞ 더욱 두려워 우름을 그치고 샬펴보니, 쇼리는 나무 쓰으는 쇼리 갓10) 얼골을 샤지 갓거ᄂᆞᆯ, 고히(怪異)니 넉여 챵(窓)를 닷고 가마니 슈머 보니, 그거시 방문(房門)를 발노 허위거ᄂᆞᆯ,11) 그졔야 샵살긴 줄 알고 반겨 니달아 등를 쓸며 왈,

"너죠츠 바리고 어듸 갓쩐다?"

그 개 목를 늘흐여 낭ᄌᆞ의 팔의 언거ᄂᆞᆯ 보니, 목 아리 셔찰(書札)리 미여거ᄂᆞᆯ, 즉시 글너보니 과년(果然) 니랑(李郎)의 셔간(書簡)이어ᄂᆞᆯ, 반겨 쩌혀보니 긔셔(其書)의 왈,

"니션(李仙)은 근ᄌᆡ비(謹再拜)ᄒᆞ고 김씨(金氏) 옥낭ᄌᆞ(玉娘子) 좌하(座下)의 부치너니, 젼싱(前生) 후싱(後生)의 낭ᄌᆞ의 괴로온 일니 다 니션의 죄(罪)로쇼이다. 니졔 지닌 일은 다 일으지 못ᄒᆞ련니와, 흔 번 니별(離別)흔 후(後)의 은하쉬(銀河水ㅣ) ᄀᆞ리오고 쳥죠(靑鳥)도 쓴쳐지미, 쇼식(消息)니 돈졀(頓絶)ᄒᆞ기로, 다만 셔산(西山)의 지는 ᄒᆡ와 동편(東便)의 쓰는 달은 쇽졀업시 혼빅(魂魄)과 간장(肝腸)를 썩일 ᄯᆞ름일너니, 쳔만몽미(千萬夢寐)예12) 쳥ᄉᆞ지(靑獅子ㅣ) 쇠식(消息)를 젼(傳)ᄒᆞ오미, 낭ᄌᆞ의 필젹(筆跡)를 보오니 반가오미 예로셔13) 더 밋칠 듯ᄒᆞ오나, 할미 죽다

9) 새로니: (조사 '은' '는'의 뒤에 붙어) '고사하고' '그만두고' '커녕'의 뜻을 나타내는 보조사.
10) 갓: '같고'의 오기.
11) 허위거늘: '허비거늘'의 옛말.
12) [교감] 천만몽미예: 심씨B본 '千萬意外예'. 이대본 '천만몽외(千萬夢外)의'.
13) 예로셔: '옛날보다'의 뜻인 듯.

ㅎ오니 간쟝(肝腸)니 타는 듯ㅎ고, 눌를 의탁ㅎ시는고? 낭ᄌ의 고쵸(苦
楚)ㅎ고 지니는 일은 외오셔도14) 보는 듯ㅎ여 틱산(泰山)니 기우러지며
니즈러지는 듯ㅎ야, 부슬 드러 죠희15)예 임(臨)ㅎ니 정신(精神)니 훗터
지고 눈물이 쇼샤나니 젼후ᄉ(前後事)의 아무 말도 못 ㅎ건이와, 고진
감니(苦盡甘來)오 홍진비리(興盡悲來)라 ㅎ여ᄉ오니, 동당(東堂)16) 긔별
(奇別)이 들어오미 쳔힝(天幸)으로 용문(龍門)17)의 참녜(參詣)ㅎ오면, 나
의 평싱(平生) 쇼원(所願)를 일우고 낭ᄌ의 고힝(苦行)ㅎ든 원(怨)를 일
변(一邊) 위로(慰勞)ㅎ오리니, 쳔금(千金) 갓튼 몸를 가뷔야니 발리지18)
말고 션(仙)니 도라가는 날를 잠간(暫間) 기다려, ㅎ날ㅎ시예 죽어 ㅎ곳
에 놀기를 츅원(祝願)ㅎ너이다"
ㅎ엿써라.

  낭ᄌ(娘子ㅣ) 보고 개를 위로 왈,

  "황셩(皇城)니 예셔 슈쳔 리(數千里)라 하는디 엇지 잘 ᄎ자갓쩐뇨?
네 갈 줄 알아쩌면 니 일편간담(一片肝膽)의 믹친 만단회포(萬端懷抱)를
다 젹어 보닐 거슬, 너는 낭군(郎君)를 보고 왓시되 나는 무슴 죄(罪)로
못 보는고?"
ㅎ며 실셩통곡(失性痛哭)ㅎ더니, 잇튼날부터는 그 개 샤면(四面)를 파거
늘, 고이(怪異)히 녁여 보니 집 안 거슬 다 무러다가 뭇거늘, 낭ᄌ 고
이히 녁여 혜오되,

  '니 개는 비샹(非常)ㅎ 즘싱인니 일졍(一定) 아무 일이나 잇실이로다'
ㅎ고, 의복(衣服)과 긔명(器皿)를 다 뭇고 잇써니, 삼일(三日) 만의 문
(門) 밧게 샤람니 와 유유(悠悠)히 단니거늘19) 낭ᄌ(娘子ㅣ) 아모란 줄

14) 외오셔도: 먼 곳에서도
15) 죠희: '종이'의 방언(경남, 충남).
16) 동당(東堂): 조선시대에 3년마다 실시하던 식년과(式年科)와 나라에 큰 경사가 있을 때 실시하
    던 증광시(增廣試)를 통칭하여 이르는 말.
17) 용문(龍門): 등용문(登龍門). '입신출세의 관문(關門)'을 비유하여 이르는 말.
18) 발리지: '버리지'의 방언이나 또는 옛말인 듯.

몰나 의심(疑心)ᄒ더니, 이윽ᄒ야 ᄒᆫ 아희 쇼를 타고 가며 일로되,

"그놈드리 오늘 밤의 니 집니 와 도적(盜賊)질ᄒ려 ᄒᄂᆫ가 시부다"

ᄒ거ᄂᆯ, 낭지(娘子ㅣ) 그 아희를 불너 그 년고(緣故)를 무른디, 그 아희 답왈(答曰),

"올 졔 드르니 어쩐 샤람니 가며 왈, '이 집니 보비 만ᄒ니 □□□ □□□□ □□□□ 녀ᄌ(女子)는 졔 계집 샴으려 ᄒ더라.'[20]"

낭지(娘子ㅣ) 그 말을 듯고 황겁(惶怯)ᄒ야 아무란 쥴 몰나 망극(罔極)ᄒ더니, 날리 졈졈(漸漸) 어두오미 낭지 더욱 챵황급급(悄遑急急)ᄒ야 개달여 경계(警戒) 왈,

"오늘 밤의 도젹(盜賊)니 와 슈탐(搜探)ᄒ련다 ᄒ니, 욕(辱)보고 죽너니 찰아리 할믜 무덤 겻티 가셔 죽ᄌ"

ᄒ고 울며 왈,

"너는 할미 분묘(墳墓)를 가르치라."

그 개 머리 죠아 응답(應答)ᄒ거ᄂᆯ, 낭지 쥬글 졔 입으려 ᄒ고 옷 두어 가지를 보(褓)예 쓰메고 나온디 그 개 눕고 이지 안니터이, 날리 황혼(黃昏)의 그 개 일어나 낭ᄌ(娘子)의 멘 보를 무러 당긔거ᄂᆯ, 낭지 왈,

"바리고 가쟈 ᄒᄂᆫ야?"

ᄒ고 글너노ᄒ니, 믈어다가 졔 등의 엇거ᄂᆯ, 낭지 긔특(奇特)이 너겨 노ᄒ로[21] 미고 막디 집고 개를 ᄯ라가더니, 한 뫼 밋티 다달아 안거ᄂᆯ, 보니 한 무덤이 잇ᄂᆫ지라.

'일졍(一定) 할미 분묘(墳墓)로다'

<hr />

19) [교감] 문 밧게 샤람니 와 유유히 단니거ᄂᆯ: 심씨B본 '서너 사롬이 ᄀ만이 와 여어보다가 가거ᄂᆯ'. 이대본 '밧그로 여러 스람이 와 슈숭이 단여가거날'.

20) [교감] □□□□□□□ □□□□ 녀즈는 졔 계집 삼으려 ᄒ더라: 심씨B본 '其寶貨난 劫奪ᄒ여 논호고 其女은 逸色이라 ᄒ니 其女를 ᄃ려다가 겨집 삼쟈 ᄒ더이다'. 이대본 '오늘 밤의 겁탈ᄒ여 보비와 게집을 다려가ᄌ'.

21) 노ᄒ로: 노끈으로

ᄒ고, 분묘를 두달이며 애훼(哀毁)22) 통곡(痛哭)ᄒ니, 그 쇼리 애원(哀
怨)ᄒ야 챵쳔(蒼天)의 샤못쩌라.

22) 애훼(哀毁): 몹시 야윌 만큼 부모의 죽음을 몹시 슬퍼함.

하늘이 정해준 인연

화셜(話說)니라. 이젹의 낙양(洛陽) 동쵼(東村) 니샹셔(李尙書)의 부인(夫人)니 완월누(玩月樓)의 올나 명월(明月)을 귀경ᄒ더니, 고이□□ 암길의¹⁾ 인원(哀怨)ᄒ고 슬푼 곡셩(哭聲)니 들이거ᄂᆞᆯ, 부인 왈(曰),

"이러틋 깁흔 밤의 엇떤 녀ᄌᆞ(女子ㅣ) 이러틋 슬피 우는요?"

ᄒ시며, 우는 곳을 차쟈가보라 ᄒ시거ᄂᆞᆯ, 마츰 니싱(李生)의 유뷔(乳父ㅣ)²⁾ 안젼(眼前)의 잇짜가 분부(分付)를 듯고 가니, ᄒᆞᆫ 쳥츈(靑春) 쇼년(少年) 녀ᄌᆞ(女子ㅣ) 안져 울거ᄂᆞᆯ, 졀ᄒ고 문왈(問曰),

"엇더ᄒᆞ신 이완더 이 뫼혜 와셔 울으시는잇가?"

낭ᄌᆡ(娘子ㅣ) 쳐음은 겁칙ᄒᆞᆯ³⁾ 샤람만 너겨 고기를 슈기고 울며 가마니 보니 나히 만커ᄂᆞᆯ, 그져야 울음를 그치고 니젼(以前) 일을 디강(大綱) 일으니, 그 샤람이 놀나 지비복지(再拜伏地) 왈,

"쇼인(小人)은 니공ᄌᆞ(李公子)의 유부(乳父)옵쩌니, 앗가 디부인(大夫人)

---

1) [교감] 고이□□ 암길의: 심씨B본 '고요ᄒᆞᆫ 밤의 ᄇ람길의'. 이대본 '문득 풍편의'.
2) 유뷔(乳父): 유모의 남편.
3) [교감] 겁칙ᄒᆞᆯ: 이대본 '겁탈할'.

니 곡셩(哭聲)를 드르시고, '가셔 보라' 호시거눌, 왓샵써니 천만의외(千萬意外)로쇼이다. 니 산즁(山中)의 잇지 말으시고 쇼인의 집으로 가셔이다."

낭지(娘子ㅣ) 왈,

"그더 공재(公子)의 유뷔(乳父ㅣ)라 호니 낭군(郎君)를 본 듯호미 니제 죽어도 눈를 감으리로다만은, 샹셰(尙書ㅣ) 날를 죽니고쟈 호시는더 그더 집니 가면 나 죽기는 불관(不關)호건니와, 그더 날노 호여 죄(罪)를 면(免)치 못홀 거시니 못 가리로다."

유뷔(乳父ㅣ) 복지(伏地) 왈,

"말삼니 올샤오니 도라가 부인게 알외여 회보(回報)호오리니다"
호고 다름쳐 가더라.

이젹의 그 개 보(褓)흘 낭즛(娘子)의 압헤 노코 입과져 흐거눌,4) 낭지 울며 왈,

"네 니 오슬 입으라 하니 일정(一定) 니 죽을 쥴노 아는 거시민, 나 무칠 고들 파쥬면 니 드러 죽을 거시니 너는 흙으로 덥흐라"
호되, 그 개 굿5) 팔 형샹(形狀)니 업써라. 낭지 혜오되,

'샹셔(尙書) 알으시면 죽이실 거시니 샹셔긔 누덕(累德)6)니 될 거시오, 나도 남의 손의 죽느니 찰아리 쟈결(自決)호여 죽으리라'
호고 나건(羅巾)으로 목를 미려 흐거눌, 그 개 슈건를 물어뜻고 못 미게 흔더, 낭지 왈,

"네 무들 고들 파라 호여도 아니 포고 죽지 못호게 호니, 힝여 낭군를 다시 보리라 흐거든 할미 분묘(墳墓)의 올나짜가 날려서 분묘를 향(向)호야 세 번 졀 곳 하면 날를 죽지 말나 호는 일인니, 니 네 뜻더로

4) [교감] 입과져 흐거눌: 심씨B본 '입과쟈 흐는 形狀이 잇거눌'. 이대본 '입으라 흔난 모양 갓거 날'.
5) 굿: 뫼를 쓸 때 널이 들어갈 만큼 알맞게 파서 다듬은 속구덩이.
6) 누덕(累德): 덕을 욕되게 함. 또는 그런 행위.

아니 죽으리라."

그 개 그 말를 듯고 즉시 할미 분묘의 올나짜가 느려셔며 셰 번 절 호거눌, 낭지 왈,

"네 비록 즘싱니라도 하 비샹(非常)호니, 네 마음디로 호쟈"

호며 우더니, 그 유뷔(乳父ㅣ) 제 집니 가 제 할미다려 낭즈의 말를 즈셔(仔細)히 일으고,

"부인게 고(告)홀 샤히예 힝혀 죽으셔도 밧비 가셔 직히라"7)

니르고, 부인게 드러가 낭즈의 말슴을 쟈셔(仔細)히 엿즈온디, 부인니 디경(大驚) 왈,

"어와, 이것쏘다"

호시고 샹셔(尙書)게 고왈(告日),

"션(仙)을 나흘 젹의 션녀(仙女)의 말을 긔록(記錄)호여쪄니, 보쇼셔"

호고 너여 드리니, 샹셔 펴보시미 그 글의 호여시되,

"니 아기 비필(配匹)은 남양(南陽) 짜 김젼의 짤 슉향(淑香)이라"

호여쪄라. 샹셔 왈,

"어인 말샴인니잇고?"

부인 왈,

"니 여자(女子)의 일홈니 슉향이라 호오니, 이는 쳔졍(天定)이온지라. 아모려나 다려다가 제 근본(根本)를 즈셔(仔細)히 드른 후(後)의 션(仙) 니 도라와 쳐치(處置)호게 호쇼셔"

호고 즉시 시녀(侍女) 열과 교즈(轎子)를 보니여,

"달여오라"

호신디, 시녜(侍女ㅣ) 승명(承命)호고 가니라.

이젹의 낭지 혼즈 우더니, 한 할미 와셔 절호고 왈,

---

7) [교감] 힝혀 죽으셔도 밧비 가셔 직히라: 이대본 '힝여 죽어도 너난 빗비 가 직키라'. 심씨본 '萬一 自決호셔도 밧비 가 직희라'. 이 대목은 세 이본이 모두 오류를 범하고 있는데, 본래 내용은 '행여 죽으실지도 모르니, 너는 바삐 가서 지키라'는 정도로 보아야 한다.

"쇼인(小人)은 낭군(郎君)의 유뫼(乳母)올넌니, 앗가 할아비 말샴를 듯스오니, '낭지(娘子ㅣ) 예 와 계시더라' 호고 '급(急)히 가셔 뫼시라' 호옵기로, 쌜니 오노라 호와도 늣샤이다. 져즘게 낭군니 비필(配匹)를 어드시다 호오되, 녀부인(呂夫人) 쥬혼(主婚)호시미 보옵지 못호고, 기후(其後)의 낙양(洛陽) 옥즁(獄中)의 가 굿기신다 호옵쩐니, 노히시다 호오되 아무 디 계신 줄 모로와 할아비와 챠탄(嗟歎)뿐이올넌이니다."

낭지 울며 왈,

"낭군의 유뫼라 호니 낭군를 본 듯호여라"

호고 니젼(以前) 고힝(苦行)호든 말을 디강(大綱) 호니, 유뫼 듯고 통곡(痛哭)호더라. 이윽고 유뷔(乳父ㅣ) 교ㅈ(轎子)를 디령(待令)호고 부인 말숨으로 쳥(請)호거눌, 낭지 가장 샤양(辭讓) 왈,

"샹셔 비록 죽이실지라도 부인니 부르시는디 안니 가면 죽기를 두려 싀부모(媤父母)의 명영(命令)를 어긔는 쟉시[8]라 가련니와, 쳔(賤)혼 몸의 교ㅈ 타기는 더옥 불감(不堪)호니 거러가리라"

혼디, 〈유부(乳父) 엿ㅈ오되〉,

"부인의 명(命)니 잇스오니 거러가시면 쇼인(小人) 등이 죄(罪)를 면(免)치 못홀 거시니, 어셔 교ㅈ를 타쇼셔."

낭지 샤양(辭讓)치 못호야셔 교ㅈ의 올르니 좌우(左右)의 향닉와 등쵹(燈燭)니 휘황(輝煌)호더라. 낭지 엄엄(嚴嚴)호야 즁문(中門)의 다다르니, 시녀(侍女ㅣ) 나와 부인 말숨으로,

"발오 완월누(玩月樓)로 뫼시라"

혼디, 죵(從)들니 교ㅈ을 누하(樓下)의 노흐니, 낭ㅈ 시녀의 쵹불을 짜라 드러가니, 샹셔와 부인니 한디 안즈 계시고 좌우(左右)의 화쵸[9] 든 시녀(侍女ㅣ) 슈십인(數十人)니 버러셧시니, 붉기 낫 갓쩌라. 낭지 멀리셔

---

8) 쟉시: '짓'의 방언(전라).
9) [교감] 화쵸: 이대본 '화쵹'. 심씨B본 '香燭'

비례(拜禮)ᄒ니, 샹셔와 부인니,

"갓가니 나아올라"

ᄒ여 보시고, 디경(大驚)ᄒ여 갈오되,

"져러ᄒ거든 션(仙)니 안이 혹(惑)ᄒ야시랴."

부인니 눈물을 지어 왈,

"어엿불샤. 홍안박명(紅顔薄命)니라 ᄒ니, 슈심(愁心)의 싸혀셔도 져러ᄒ니 마음니 편(便)ᄒ면 양퇴진(楊太眞)[10] 죠비션[11]이라도 밋지 못ᄒ리로다"

ᄒ시며 문왈(問曰),

"너의 집은 어듸며, 부모(父母)는 뉘라 ᄒ며, 나흔 몃치나 ᄒ뇨?"

낭지 절ᄒ고 고쳐 안즈 엿즈오되,

"오세(五歲)예 부모를 난즁(亂中)의 일습고 노즁(路中)의 왕니(往來)ᄒ옵짜가 흔 즘싱니 어버다가 남군(南郡) 짜 장승샹 딕(張丞相宅)의 두오니, 그 집니 무즈식(無子息)ᄒ여 십년(十年)를 기르시니, 지명(地名)[12]도 아지 못ᄒ옵고 부모의 셩명(姓名)도 모로너이다."

샹셰(尙書ㅣ) 왈,

"장승샹(張丞相)은 남군(南郡) 짜 쟝숑[13]인니 그 밧끈 업는듸, 게 잇짜가 엇지ᄒ여 니화졍(梨花亭) 할뮈 집니로 온다?"

낭지 디왈(對曰),

"승샹 딕(丞相宅)의 샤향이란 죵(從)이 쳡(妾)을 모함(謀陷)ᄒ여 부인 봉ᄎ(鳳釵)를 갓짜가 쳡(妾)의 그르세 너코 쳡니 도젹(盜賊)흔 양(樣)으

---

10) 양태진(楊太眞): 중국 당나라 현종(玄宗)의 비(妃)였던 양귀비(楊貴妃, 719~756)의 이름. 춤과 음악에 뛰어나고 총명하여 현종의 총애를 받았으나 안사(安史)의 난 때 살해당했다.

11) [교감] 죠비션: 이대본 '묘비연'. 조비연(趙飛燕)은 한나라 성양후(成陽侯) 조림(趙臨)의 딸로, 가무를 배워 몸이 가볍기가 나는 제비 같았으므로 비연이라 했다. 절세의 미인으로서 여동생 합덕(合德)과 함께 성제(成帝)의 후궁이 되었으며, 뒤에 황후(皇后)가 되었다가 평제(平帝) 때 서민으로 내침을 받고 자살했다.

12) [교감] 지명: 이대본 '고향'.

13) [교감] 쟝숑: 심씨B본 '張松'.

138

로 참쇼(讒訴)ᄒ여 늬치거눌, 포진이란 물의 와 싸지온니, 마츰 치련(採
蓮)ᄒ는 아희더리 구(救)ᄒ여 동(東)다히로 가르치옵거눌,[14] 오다가 노
전(蘆田)의 와셔 화지(火災)를 마나와[15] 거의 죽게 되엿삽쩌니, 화덕진
군(火德眞君)이란 노옹(老翁)니 구(救)ᄒ모로 샤라낫삽쩌니, 이화정(梨花
亭) 할미 지나가다가 보고 다려오니이다.”

샹셰 왈,

“장승샹 집니셔 할미 집 오기를 멧칠 만의 온다?”

낭지 왈,

“노전(蘆田)의 와셔 ᄌ고 잇튼날 오니이다.”

샹셰 디경(大驚) 왈,

“장승샹 집니셔 예 오기 샴쳔샴ᄇᆡᆨ오십 니(三千三百五十里)어든 비록
쳔리말(千里馬)을 타셔도 그리 슈히 못 올 터의, 잇틀에 왓짜 ᄒ니 가
쟝 고니(怪異)ᄒ다.”

부인 왈,

“네 일홈은 무어시며, 어늬 ᄒᆡ 어늬 달의 낫는다?”

낭지 왈,

“일홈은 슉향(淑香)니옵고 나흔 십뉵세(十六歲)온디, 긔츅년(己丑年)
샤월(四月) 쵸팔일(初八日) ᄒᆡ시(亥時)예 낫습너이다.”

부인니 문왈(問曰),

“부모 셩명(姓名)도 아지 못ᄒ면셔 싱월(生月)은 엇지 그리 ᄌ셔(仔細)
히 아는다?”

낭지 왈,

“부모 여희올 졔 금낭(錦囊)를 치오고 갓삽기로 쟈란 후(後) 보온니
싱월일시(生月日時)를 젹어 너헛더이다”

---

14) [교감] 가르치옵거눌: 심씨B본 ‘가라ᄒ옵거눌’.
15) 마나와: ‘만나와’의 오기.

ᄒᆞ고 글너드리거ᄂᆞᆯ, 보시니 비단 쥬머이예 풀고 본즉 홍공단(紅貢緞) 곳헤 쓴, '일홈은 슉향(淑香)이오, ᄌᆞ(字)는 월궁션(月宮仙)이라 ᄒᆞ고, 긔 츅년(己丑年) 삼월(三月)16) 쵸팔일(初八日) ᄒᆡ시ᄉᆡᆼ(亥時生)이라' 금ᄌᆞ(金字)로 썻써라. 부인니 크게 깃거 왈,

"니 아들과 동연(同年)이오 일홈도 션녀(仙女ㅣ) 일으든 말과 갓트되, 다만 부모를 모로노라 ᄒᆞ니, 그 안니 답답ᄒᆞ냐?"

샹셔 왈,

"니 글을 금ᄌᆞ로 써시니 일졍(一定) 셩(姓)은 김씨(金氏)가 ᄒᆞ노라."

낭지 왈,

"쟈란 후의 젼ᄎᆞ(前次)로 듯ᄌᆞ오니, 져즘게 낙양영(洛陽令) 왓쓴 김젼니 니 부뫼(父母ㅣ)라 ᄒᆞ던이다만은, 엇지 자셔(仔細)히 알어닛가?"

샹셔 왈,

"만일 그러ᄒᆞ면 쟉ᄒᆞ랴.17)"

부인 왈,

"그 샤람은 엇쩌ᄒᆞ이닛가?"

샹셰 왈,

"김젼은 니부샹셔(吏部尚書) 운슈션ᄉᆡᆼ(雲水先生)의 쟈제(子弟)라. 가문(家門)니 쟉히18) 거록ᄒᆞ리오?"

부인 왈,

"올리면19) 쟈년(自然) 알이이다"

ᄒᆞ고 션(仙)이 도라오기를 기다리며, 션니 잇든 부용졍(芙蓉亭)20)의 가 잇시라 ᄒᆞ거ᄂᆞᆯ, 낭지 부용당(芙蓉堂)의 날려가니, 싱(生)니 부리든 시녀

---

16) 삼월(三月): '사월(四月)'의 오기.
17) [교감] 쟉ᄒᆞ랴: 심씨B본 '죽ᄒᆞ랴'. 이대본 '축ᄒᆞ도다'. '쟉하다'는 '오죽하다'의 옛말.
18) 쟉히: '어찌 조금만큼만' '얼마나'의 뜻으로 희망이나 추측을 나타내는 말.
19) [교감] 올리면: 심씨B본 '오래면'.
20) [교감] 부용졍: 심씨B본 '鳳游亭'. 이대본 '봉황당'.

(侍女) 십여 인(十餘人)니 와 낭즈를 보고 가쟝 공경(恭敬)ᄒ며 극진(極
盡)니 뫼시더라. 잇튼날 부인니 낭즈을 불너 왈,

"네 잇쩐 집니 둔 거시ᄂ 업는야?"

낭지 디왈(對曰),

"입쩐 의복(衣服)과 쓰던 긔명(器皿)를 다 뭇고 왓삽더니, 도젹(盜賊)
니 안이 가져 갓스오면 안이 잇사올이잇가?"

부인 왈,

"그리면 네 하인(下人)를 거늘이고 가셔 무든 고들 가르치라."

낭지 왈,

"쇼녜(小女ㅣ) 안이 가와도 개만 다리고 가오면 다 가르치올이다"
ᄒᆫ디, 승상(丞相)[21]과 부인이며 샹하(上下) 노복(奴僕)니 다 긔이(奇異)희
넉니더라. 이날 하인(下人)니 그 개를 다리고 가셔 무든 거슬 다 ᄎᆞᆽ
가지고 오니 그르시 다 인간(人間) 보홰(寶貨ㅣ) 안이오, 겸(兼)ᄒ야 하인
니 와셔 개 ᄑ든 셜화(說話)를 다 알외오니, 승상(丞相) 부뷔(夫婦)[22]와
샹하(上下) 노속(奴屬)니 다 낭즈는 범인(凡人)니 안인 쥴을 알고 각별
(各別)위 디(對)ᄒ더라.

---

21) 승상(丞相): '상서(尙書)'의 오기.
22) 승상(丞相) 부뷔(夫婦): '상서(尙書) 부뷔(夫婦)'의 오기.

낭자는 진실로 신선이로다

일일(一日)은 부인(夫人)니 낭ᄌ(娘子)를 불너 문왈(問曰),

"쟈질1)의 무어슬 비화는다?"2)

낭지(娘子ㅣ) 디왈(對曰),

"얼어셔 부모(父母)를 일샵고 동셔개걸(東西丐乞)ᄒ야 단니오니 무삼일를 비화샤올잇가만은, 아모 거시라도 본 곳 잇샤오면 그디로 ᄒ오리이다."

부인니 낭지 엇지ᄒ는고 보려 ᄒ여 비단(緋緞) 흔 필(疋)를 나여쥬며 왈(曰),

"샹셔(尙書)의 관디(冠帶) 더러워시되 요사히 황셩(皇城)의 갈야 ᄒ오시나 나는 눈이 어두워 잘 짓지 못ᄒ니, 져 관디를 본(本)를 샵고 그디로 지으시라"

ᄒ시거늘, 낭지 가지고 방(房)의 가 비단를 보니 챰혹(慘酷)ᄒ거늘, 싱각ᄒ되,

---

1) 쟈질: '자슈(刺繡)를 놓는 일' 또는 '자질(資質)'로 생각되나, 정확한 뜻은 알 수 없음.
2) [교감] 쟈질의 무어슬 비화는다: 심씨B본 '그디 계집의 일의 므슴 일을 비힛는다'.

'일노[3] 참아 엇지 관디(冠帶)를 지을이오만은, 일졍(一定) 닉 지죠(才操)를 보랴 시험(試驗)ᄒ시는ᄯᅩ다'

ᄒ시고[4] 손죠[5] 짠 비단를 닉여 잇틀 만의 지여ᄂᆞ니, 시녜(侍女ㅣ) 보고 부인게 고왈(告曰),

"관디를 발셔 다 지엿ᄂᆞ이다"

ᄒ거늘, 부인니 쇼왈(笑曰),

"관디는 다른 옷과 달으니 닉 쇼시(少時) 제 침재(針才)를 남의게셔[6] 숌씨 쌜으다 ᄒ되 밤낫 지여도 닷시 맛ᄎᆞ거든, 아무리 지죄(才操ㅣ) 능(能)ᄒᆞᆫ들 잇틀니 치 못 ᄒᆞ야셔 지여시리오. 거즛 거슬 짓는 쳬ᄒᆞ엿ᄯᅩ다"

ᄒ고 즉시 낭ᄌᆞ(娘子)를 불너 무르신디, 낭직(娘子ㅣ) 디왈(對曰),

"짓는 쳬ᄒᆞ여ᄉᆞ오나 처음이온즉 졔되(制度ㅣ) 엇쩌ᄒᆞ올지 아지 못ᄒᆞ리로쇼이다"

ᄒ고 드리거늘, 부인니 보시고 디경실ᄉᆡᆨ(大驚失色)ᄒᆞ여 칭찬(稱讚) 왈,

"졔도(制度)와 슈품(手品)이 젼(前)의 관디예셔 십비(十倍)나 더홀 분 안이라, 비단도 닉 쥰 거슨 안이로다."

낭지 왈,

"쥬시든 비단이 졍(精)치 안이ᄒᆞ옵거늘, 젼(前)의 할뮈 집니셔 숀죠 짠 비단이 잇삽거늘, 마츰 동ᄉᆡᆨ(同色)니온 고(故)로 갓삽거든 밧고와 지엿ᄂᆞ이다."

부인니 크게 칭찬(稱讚)ᄒᆞ시고 샹셔(尙書)긔 입으쇼셔 드리니, 샹셔 입고 왈,

"부인니 연만(年晚) 후(後)는 맛쌍ᄒᆞᆫ 관디를 못 입어ᄯᅥ니, 이 관디는

---

3) 일노: 이것으로.
4) ᄒ시고: 'ᄒ고'의 오기.
5) 손조: '손수'의 옛말.
6) 남의게셔: 남보다.

부인의 솜씨도곤 더 긔특(奇特)이 지여시니, 늙기야 호샤(豪奢)ᄒᆞ너이다."

부인 왈,

"비단도 낭지(娘子ㅣ) 짠 솜씨오, 짓기도 낭즈(娘子)의 솜씨로쇼이다."

샹셔(尙書ㅣ) 크게 놀나고 칭챤 왈,

"낭자는 진짓 긔특(奇特)ᄒᆞᆫ 지죄(才操)로다"

ᄒᆞ시고 크게 듕샹(重賞)ᄒᆞ시니, 부인니 더욱 두굿기더라7).

할는 황졔(皇帝ㅣ) ᄉᆡ(使)를 불여8) 샹경(上京)ᄒᆞᄆᆞᆯ 직쵹ᄒᆞ여 계시거늘, 샹셔(尙書ㅣ) 힝장(行裝)를 챠려 갈려 ᄒᆞ실세 흉비(胸背)9)를 보고 왈,

"이런 죠흔 관ᄃᆡ예 흉비 무ᄉᆡᆨ(無色)ᄒᆞ니 아무 ᄃᆡ나 죠흔 흉비를 사오라"

ᄒᆞ시니 부인 왈,

"샹셔(尙書)의 품(品)의 무슨 흉비를 부치는이잇고?"10)

낭지 겻티 뫼셧따가 왈,

"샹셔의 품의는 엇떤 흉비를 부치시는이잇가?"

부인 왈,

"샹셔는 일품(一品)11)이민 빅학(白鶴)를 부치는이라."

낭지 왈,

"쳡(妾)니 슈(繡)노키를 잠간(暫間) 아옵써니 노하보셔이다"

ᄒᆞᆫ디, 부인 왈,

"흉비(胸背)는 다른 슈법(繡法)과 다르니 놋는 이라도 져마다 못 놋너

---

7) [교감] 두굿기더라: 이대본 '긧거ᄒᆞ시더라'. '두굿기다'는 '매우 기뻐하다'라는 뜻인 듯하나, 정확한 뜻은 알 수 없음.

8) [교감] ᄉᆡ를 불여: 심씨B본 '命牌ᄒᆞ여'. 이대본 'ᄉᆞ관을 보ᄂᆡ여'.

9) 흉배(胸背): 조선시대에 문무관(文武官)이 입는 관복의 가슴과 등에 학이나 범을 수놓은 네모난 표장(表章).

10) [교감] 샹셔의 품의 무슨 흉비를 부치는이잇고: 심씨B본 '아모 만갑슬 주온들 尙書品의 둘 胸背 쉬오리잇가'. 이대본 '슝셔 붓치난 흉비 엇지 쉽소오릿가'.

11) 일품(一品): 문무관 품계의 첫째. 정일품과 종일품의 구별이 있었다.

144

니〈라〉. 그러나[12] 가실 날리 임박(臨迫)ㅎ여시니, 지죄(才操) 아무리 샐
나도 밋지 못ㅎ리라."[13]

낭지(娘子ㅣ) 방(房)의 드러가 혜오되,

'어렵지 안인 쉬(繡)로다'

ㅎ고 시도록 노하드리니, 샹셔와 부인니 보시고 디경실식(大驚失色)하면
서 크게 칭찬 왈,

"낭즈는 진짓 션인(仙人)니로다"

ㅎ시고 못닉 칭찬ㅎ시더라.

샹셰(尙書ㅣ) 황셩(皇城)의 드러가 황상(皇上)게 뵈온니, 샹(上)이 인견
(引見)[14]ㅎ시고 직삼(再三) 반기신 후, 샹셔의 관디와 흉비를 보시고
왈,

"경(卿)니 관디와 흉비를 어듸 가 어더온다?"

샹셰 쥬왈(奏曰),

"신(臣)의 며눌이 솜씨로쇼이다."

샹(上)니 갈오샤되,

"그리ㅎ면 경의 아들이 죽어는야?"

샹셔 답쥬(答奏) 왈,

"샤라너이다."

샹(上)니 가로샤되,

"짐(朕)니 경의 관디를 보니, 비단은 은하슈(銀河水) 믈결을 향(向)ㅎ
야 쉬(繡)를 노핫고, 흉비는 짝 일흔 학(鶴)의 형상(形象)을 향ㅎ야 슈를
노하시니,[15] 큰바다 가온디 외로온 학(鶴)니 고단(孤單)ㅎ 형상(形象)니

---

12) 그러나: 문맥상 '게다가'나 '쏘'를 써야 함.
13) [교감] 흉비는 다른 슈법과 다르니 눗는 이라도 져마다 못 눗너니〈라〉. 그러나 가실 날리 임
박ㅎ여시니, 지죄 아무리 샐나도 밋지 못ㅎ리라: 심씨B본 '그디 才操 비록 非常ㅎ나 胸背는
녜스 繡와 다르고 行次 臨迫ㅎ여시니 미ㅊ ㅎ지 못ㅎ리라'. 이대본 '슈난 져마다 못 눗코 쏘
가실 날이 급ㅎ니 네 지죠 아모리 능흔들 밋쳐 못ㅎ리라'.
14) 인견(引見): 윗사람이 아랫사람을 불러들여 봄.

라. 경(卿)니 아들이 샤라시면 엇지 그 녀지(女子ㅣ) 실절(失節)흔16) 형용
(形容)를 남니 아라보게 흐엿는뇨?"

샹셰(尙書ㅣ) 디경(大驚)흐야 계하(階下)에 날려 복지(伏地) 쥬왈(奏曰),

"셩샹(聖上)은 진실로 일월(日月)의 졍긔(精氣)를 가져 계시도쇼이다.
쇼신(小臣)은 눈이 잇사와도 신(臣)의 며놀리 천신(天神)인 쥴 아지 못
흐왓너이다"

흐고 션(仙)니 낭즈 어든 스년(事緣)를 즈시17) 쥬달(奏達)흐니, 샹(上)이
갈오샤되,

"니 샤람은 절힝(節行)18)니 고금(古今)의 업스니, 이는 위공(魏公)의
츙효(忠孝) 지극(至極)흐기로 흐날이 어진 샤람를 쥬시도다"

흐시고 샹스(賞賜)를 만히 흐시니, 샹셰 하직(下直)흐고 집니 도라와 황
졔(皇帝) 일으시던 말삼를 다 일으고, 샹스(賞賜)흐신 보비을 다 낭즈를
쥬고, 이후(以後)로는 더옥 샤랑흐시미 지즁(至重)흐시니, 일가(一家) 샹
하노쇼(上下老少) 업시 칭찬 경복(敬服)흐믈 비(比)헐 디 업쩌라.

---

15) [교감] 비단은 은하슈 물결을 향흐야 슈를 노핫고, 흉비는 쌍 일흔 학의 형상을 향흐야 슈를
노하시니: 심씨B본 '비단 紋은 銀河水를 向흐엿고 胸背는 雙 일흔 鶴의 形狀이니'. 이대본 '비
단은 은하슈 물결을 응흐엿고 흉비난 쪽 일은 학의 형샹이믜'.
16) [교감] 실절흔: 심씨B본 '失雙흔'.
17) 자시: '자세히'의 방언(경남, 평남).
18) 절행(節行): 절개를 지키는 행실.

이선과 숙향, 다시 만나다

챠셜(且說)이라. 이젹의 니랑(李郎)이 틱학(太學)의셔 개를 보낸 후(後)의 낭즈(娘子)의 쇠식(消息)를 몰나 가고즈 흐는 마음니 더옥 샬갓쩌니, 잇쩌예 틱샤관(太史官)1)이 탑젼(榻前)2)의 쥬왈(奏曰),

"요샤히 쳔문(天文)를 보오니 틱을셩(太乙星)니 틱학(太學)의 비취엿스오니, 일졍(一定) 긔니(奇異)흔 샤롬이 잇는가 흐너이다."

쳔직(天子ㅣ) 즉시 죠셔(詔書)3)을 날리와 알셩과거(謁聖科擧)4)를 뵈여 어진 샤람을 어드려 흐신디, 쳔하(天下) 션비 구름 못듯 흐여쩌라.

이젹의 니션(李仙)니 과장(科裝)5)를 챠려 쟝즁(場中)의 드러가니 만쟝(滿場)6) 가온디 글졔를 거러시되,

"강구(康衢)의 문동요(聞童謠ㅣ)라"7)

---

1) 태사관(太史官): 천문(天文)을 관장하는 태사국의 관리. 일식 등 천문에 관한 일을 담당했다.
2) 탑전(榻前): 왕의 자리 앞.
3) 조서(詔書): 임금의 명령을 일반에게 알릴 목적으로 적은 문서.
4) 알성과거(謁聖科擧): 알성시(謁聖試). 조선시대에 임금이 문묘에 참배한 뒤 실시하던 비정규적인 과거시험.
5) 과장(科裝): 과거(科擧)를 보러 가기 위해 꾸민 행장(行裝).
6) 만장(滿場): 사람들이 회장(會場)에 가득 모임. 또는 그런 회장.

ㅎ여쩌라. 시지(試紙)를 펼쳐노코 히졔(解題)를 싱각ㅎ며 용문년(龍紋
硯)8)의 진홍묵(眞紅墨)를 흠벅 갈고, 당황모(唐黃毛)9) 무심필(無心筆)10)
를 즁둥11)를 흠셕 풀어 죠밍보(趙孟頫)의 필법(筆法)과 왕희지(王羲之)
체격(體格)으로 일휘니 췌지ㅎ니12) 용샤비등(龍蛇飛騰)13)ㅎ고 문불가졈
(文不加點)14)니랴. 일쳔(一天)15)의 선장(先場)16)ㅎ니, 쳔지(天子ㅣ) 친(親)
히 쏘누시다가17) 보시고 디경(大驚)ㅎ샤 무슈(無數)히 칭찬(稱讚)ㅎ시고,
"쟈쟈(字字)이 비졈(批點)18)이오, 귀귀(句句)마다 관쥬(貫珠)19)로다."
  샹지샹(上之上)의 쟝원(壯元)을 씝으신 후 비봉(秘封)20)를 개친21)ㅎ니,
"낙양(洛陽) 북쵼(北村) 니졍(李靖)의 아들 션(仙)니라"
ㅎ여쩌늘, 쳔지(天子ㅣ) 더욱 긔특(奇特)이 넉니슨 실니(新來)22)를 지쵹ㅎ
시니, 싱(生)이 심신(心身)니 쇄락(灑落)ㅎ야 시위(侍衛)를 짜라 옥계(玉
階) 하(下)의 나아가 복지(伏地) 샤은(謝恩)ㅎ온디, 샹(上)니 한 번 보시
미 인믈(人物)은 관옥(冠玉)23) 갓고 풍치(風采)는 두목지(杜牧之)라. 미간
(眉間)의 강산(江山) 졍긔(精氣)를 모도왓는 듯ㅎ고, 흉즁(胸中)의는 쳔지

7) 강구(康衢)의 문동요(聞童謠)라: '큰 길거리에서 동요 부르는 소리가 들린다'는 뜻으로, 태평성
   대(太平聖代)를 일컬음.
8) 용문연(龍紋硯): 용무늬가 새겨진 벼루.
9) 당황모(唐黃毛): 중국에서 나는 족제비의 누런 꼬리털. 좋은 붓을 매는 데에 쓴다.
10) 무심필(無心筆): 다른 종류의 털로 속을 박지 않은 붓.
11) 즁둥: '즁동'의 잘못. '즁동'은 '사물의 중간이 되는 부분이나 가운데 부분'을 일컬음.
12) 일휘니 췌지ㅎ니: '일필휘지(一筆揮之)ㅎ니'의 오기인 듯.
13) 용사비등(龍蛇飛騰): 용이 살아 움직이는 것같이 필력이 활기 있음.
14) 문불가졈(文不加點): 글이 완벽하여 점 하나 더할 것이 없음.
15) 일쳔(一天): 과거 때 맨 먼저 바치는 글장. '매우 짧은 시간'을 뜻하는 '일천(一喘)'으로 볼 수
   도 있음.
16) 선장(先場): 옛날 과거 때 문과(文科) 장중(場中)에서 가장 먼저 답안을 내던 일.
17) 쏘누시다가: '겨누시다가'의 방언(경남, 전남, 충남).
18) 비졈(批點): 시가나 문장 따위를 비평하여 아주 잘된 곳에 찍는 점.
19) 관쥬(貫珠): 글이나 시문을 하나하나 따져보면서 잘된 곳에 치던 동그라미.
20) 비봉(秘封): 남이 보지 못하게 단단히 봉함. 또는 그렇게 한 것.
21) 개친: '뜯어보다'라는 뜻인 '개탁(開坼)'의 오기인 듯. '몸소 뜯다'라는 뜻인 '친개(親開)'의 오
   기일 수도 있음.
22) 신래(新來): 과거에 급제한 사람.
23) 관옥(冠玉): 관의 앞을 꾸미는 옥. 또는 남자의 아름다운 얼굴을 비유적으로 이르는 말.

(天地) 죠화(造化)를 품은 듯ᄒ고, 두 눈의 안치(眼彩) 찰난(燦爛)ᄒ야 두우(斗牛)24)희 쏘ᄂ니는 듯, 지죠(才操)는 쥬(周)날아 강틱공(姜太公)25)과 한(漢)나라 쟝ᄌᆞ방(張子房)과 제갈량(諸葛亮)26)이라도 밋지 못ᄒᆯ네라. 쳔지(天子ㅣ) 디희(大喜)ᄒ샤 어쥬(御酒)27) 샴비(三盃)를 권(勸)ᄒ신 후 니원(梨園)28) 풍뉴(風流)와 무동(舞童)29) 쌍기30)와 어샤화(御賜花)31)를 날리시고, 쳘리(千里) 노시를 샤송(賜送)ᄒ시고, 즉시 한림학ᄉ(翰林學士)32)의 금은(金銀) 샤인(私印)과 옥당(玉堂)33)를 ᄒ니시이, 니션(李仙)니 샤은슉비(謝恩肅拜)ᄒ고 집으로 도라올ᄉᆡ, 녀부인(呂夫人)를 뫼시고 각싴풍뉴(各色風流)와 니션이 쎄여난 풍치(風采)에 □□□ 슈기고 황셩(皇城)으로셔 ᄯᅥ나오니, 쟝안(長安) 인민(人民)과 노샹(路上) 힝인(行人)들이 길히 메여ᄯᅥ라.

일일(一日)은 니션이 낙양(洛陽) ᄯᅡ에 들며 슉모34)긔 샬오되,

"쇼질(小姪)이 니리 되기는 디셩ᄉ(大成寺) 부쳐의 덕(德)인가 ᄒ오니, 가는 길헤 부쳐게 먼져 샤례(謝禮)ᄒ고 가올 거시오니, 슉모임은 먼져 가옵셔 경년긔구(慶宴器具)35)를 챨히옵쇼셔."

---

24) 두우(斗牛): 이십팔슈(二十八宿) 가운데의 두셩(斗星)과 우셩(牛星). 북두셩과 견우셩.

25) 강태공(姜太公): 중국 주나라 초기의 정치가. 본명은 여상(呂尙).

26) 제갈량(諸葛亮, 181~234): 중국 삼국시대 촉한(蜀漢)의 정치가. 자는 공명(孔明). 시호는 충무(忠武). 뛰어난 군사 전략가로, 유비를 도와 오(吳)나라와 연합하여 조조(曹操)의 위(魏)나라 군사를 대파하고 파촉(巴蜀)을 얻어 촉한을 세웠다. 유비가 죽은 후에 무향후(武鄕侯)로서 남방의 만족(蠻族)을 정벌하고, 위나라 사마의와 대전 중에 병사했다.

27) 어쥬(御酒): 임금이 신하에게 내리던 술.

28) 이원(梨園): 중국 당나라 때 현종이 몸소 배우(俳優)의 기술을 가르치던 곳. 조선시대 때의 장악원(掌樂院)이 이에 해당하며, 오늘날에는 뜻이 바뀌어 연예계, 극단, 배우들의 사회 따위를 이른다.

29) 무동(舞童): 조선시대에 궁중의 잔치 때 춤을 추고 노래를 부르던 아이.

30) 쌍개: '두 아이'를 뜻하는 '쌍개(雙個)'인 듯하나, '사람의 어깨 위에 여러 사람들이 2층, 3층으로 올라서서 일정한 모양을 만드는 재주'를 뜻하는 '무동쌍기'의 '쌍기'로 볼 수도 있음.

31) 어사화(御賜花): 조선시대 때 문무과의 급제자에게 임금이 내리던 종이꽃.

32) 한림학사(翰林學士): 중국 당나라 때 한림원에 속하여 조칙의 기초를 맡아보던 벼슬. 고려시대 때는 학사원·한림원에 속한 정사품 벼슬로, 임금의 조서를 짓는 일을 맡아보았다.

33) 옥당(玉堂): 홍문관의 부제학, 교리, 부교리, 수찬, 부수찬 따위를 통틀어 이르는 말.

34) [교감] 슉모: 이대본 '슉부인'. 심씨B본 '淑夫人'. 앞에서는 '고모(姑母)'라 지칭했다. '고모'를 '동성숙모(同姓叔母)'라고도 하는바, 여기서 '숙모'는 '동성숙모'를 뜻한다.

녀부인(呂夫人)니 허락(許諾)ᄒ시고 가시거ᄂᆞᆯ, 니션이 즉시 딕셩사(大成寺)의 드러가 부쳬게 비알(拜謁)ᄒ고 쎠나오다가 니화졍(梨花亭)의 오니, 샤람은식이로니 쑥밧치 되어거ᄂᆞᆯ, 망극(罔極)ᄒ야 통곡(痛哭) 왈,

"낭지(娘子ㅣ) 날을 위(爲)ᄒ야 고힝(苦行)ᄒ다가 죽어시니, 닉 이졔 비록 몸니 공휘(公侯ㅣ) 되여시나 무어시 귀(貴)ᄒ리오. 부모게 뵈온 후는 낭ᄌ의 분묘(墳墓)를 ᄎᆞ쟈 한가지로 죽으리라"

ᄒ고 집니 도라오이, 상셔(尙書)와 부인(夫人)니 과망36) 딕영(大迎)ᄒ여 즁문(中門)의 나와 마즈되 션(仙)니 죠곰도 희식(喜色)니 업거ᄂᆞᆯ, 샹셔 가쟝 고이(怪異)히 넉여 문왈(問曰),

"네 쳥연(靑年)의 급졔(及第)ᄒ야 부모게 영화(榮華)를 뵈니 일졍(一定) 즐거올 거시어ᄂᆞᆯ, 무슨 일니 부죡(不足)ᄒ야 눈의 눈믈 흔젹(痕迹)과 낫쳬 슈식(愁色)니 만ᄒ뇨?"

니션이 앙쳔(仰天) 탄식(歎息)ᄒ고 답(答)지 안니ᄒ거ᄂᆞᆯ, 부인니 션의 ᄶᅳ들 알고 왈,

"네 낭지를 죽은가 ᄒ야 시름ᄒᄂᆞᆫ야? 닉 네 ᄶᅳ들 바다 드려온 지 오릭니 근심 말나."

션니 밋지 안니ᄒ고 샬오되,

"먼 길의 구치(驅馳)37)ᄒ야 오다가 노즁(路中)의 슐을 만히 먹샤오니, 몸니 곤(困)ᄒ야 그러ᄒ와이다"

ᄒ고 관딕(冠帶)도 벗지 안이코 난간(欄干)의 지혀짜가 눕거ᄂᆞᆯ, 부인니 시녀(侍女)를 명(命)ᄒ야,

"낭쟈(娘子)를 밧비 뫼시라"

ᄒ고 드러가시니, 낭지(娘子ㅣ) 슈명(受命)ᄒ고 즉시 나와 타년(歎然)니

---

35) 경연기구(慶宴器具): 경사스런 잔치에 쓰이는 여러 가지 세간이나 물건.

36) 과망: '과거에 급제하리라고 뭇사람으로부터 받는 신망'을 뜻하는 '과망(科望)', '분수에 넘치게 바람'을 뜻하는 '과망(過望)'으로 볼 수도 있으나, 정확한 뜻은 알 수 없음.

37) 구치(驅馳): 말이나 수레를 몰아 빨리 달림.

학사(學士)의 샤미를 붓뜰고 슬허ᄒ거ᄂᆞᆯ, 학ᄉᆡ(學士ㅣ) 쳔만의외(千萬意外)예 낭ᄌᆞ(娘子)를 보고 꿈인가 샹시(常時)[38]가 반가온 마음을 금(禁)치 못ᄒᆞ야, 밋친 듯 ᄎᆔ(醉)ᄒᆞᆫ 듯 실혼(失魂)ᄒᆞᆫ 듯 인ᄉᆞ(人事)를 챠리지 못ᄒᆞ고, 다만 낭자(娘子)의 옥슈(玉手)를 잡고 항여[39] 일흘가 노칠가 단단니 쥐며 슬피 늣기고 말를 못 ᄒᆞ거ᄂᆞᆯ, 낭지 쇼리를 가다드머 위로(慰勞) 왈,

"쳔리(千里) 원노(遠路)의 곤핍(困乏)ᄒᆞ와 계시거ᄂᆞᆯ, 몸를 바리지 말고 침쇼(寢所)로 오쇼셔"

ᄒᆞ거ᄂᆞᆯ, 학ᄉᆡ(學士ㅣ) 계유 졍신(精神)를 챨려 쟈셔(仔細)히 보니 분명(分明)ᄒᆞᆫ 쟈가[40] 집니오, 좌우(左右) 시녀(侍女)와 일가(一家) 노쇼샹하(老少上下) 업시 젼후(前後)의 옹위(擁衛)ᄒᆞ여 학샤의 실혼(失魂)ᄒᆞᆷ믈 위로ᄒᆞ미 분명ᄒᆞ거ᄂᆞᆯ, 다시 졍신(精神)를 강잉(强仍)[41]ᄒᆞ야 낭쟈의게 샤례(謝禮)ᄒᆞ야 왈,

"쳔힝(天幸)으로 급졔(及第)ᄒᆞ여 벼슬ᄒᆞ오니 몸은 곤(困)치 안니ᄒᆞ오되, 낭ᄌᆞ를 위(爲)ᄒᆞ야 죠셕(朝夕)의 간쟝(肝腸)을 썩이다가 올 길혜 니화졍(梨花亭)에 오니, 인젹(人跡)은커니와 시 쇠[42]라도 업삽기로 반나마 썩은 간쟝(肝腸)니 거의 ᄭᆞᆫ케 되엿쩌니, 낭ᄌᆞ를 쳔힝(天幸)으로 다시 만나 보아ᄉᆞ오니, 이졔야 무슨 부죡(不足)ᄒᆞ미 잇ᄉᆞ오리오"

ᄒᆞ고 ᄒᆡ음업시 슬허ᄒᆞ니, 보는 샤람니 다 일오되,

"년분(緣分)이 져러ᄒᆞ거든 샹셰(尙書ㅣ) 엇지 말이리오?"

ᄒᆞ더라.

학ᄉᆡ(學士ㅣ) 낭쟈(娘子)의 곤궁(困窮)ᄒᆞ던 일를 무른디, 낭지(娘子ㅣ) 한

---

38) 샹시(常時): '생시(生時)'의 오기로 볼 수도 있음.
39) 항여: '행여(幸→)'의 잘못.
40) 쟈가: '자기'의 오기.
41) 강잉(强仍): 억지로 참음. 여기서는 '애써 (정신을) 차린다'는 뜻으로 쓰임.
42) 쇠: '소리'의 오기.

슘짓고 왈,

"오늘은 틱평(泰平)이오니 첩(妾)의 고힝(苦行)흘 말샴 안니오미,[43] 훗날 종용니 옛 말샴 ᄒᆞ셔이다"

ᄒᆞ고 학사의 관디(冠帶)를 가라입핀디, 학시 샹셔(尚書) 계신 디 드러가니 승샹(丞相) 부뷔(夫婦) 보시고 못니 두굿겨ᄒᆞ시더라. 샹셔 딕(尚書宅)의셔 샴일(三日) 경연(慶宴)ᄒᆞ고 슉모 딕(叔母宅)에셔 샴일 경년(慶宴)ᄒᆞ니, 원근(遠近) 친척(親戚)과 향니(鄕里) 샤람니 칭찬(稱讚) 아니ᄒᆞᆯ 리 업쩌라.

일일(一日)은 샹셰(尚書ㅣ) 학사(學士)를 불너 왈,

"요사이 낭ᄌᆞ를 집니 두고 보이 힝모(行貌)와 례졀(禮節) 범빅(凡百)니 극진(極盡)ᄒᆞ고 죠곰도 죠곰도[44] 부죡(不足)흔 일니 업스되, 다만 남 모르는 취쳐(娶妻)를 ᄒᆞ여시니 일졍(一定) 샤람의 시비(是非) 잇실 듯ᄒᆞ고,[45] ᄯᅩ 양왕(梁王)니 구혼(求婚)ᄒᆞ는 거슬 니 허락(許諾)ᄒᆞ여쩌니, 네 급졔(及第)ᄒᆞ여시니 일졍 혼인(婚姻)를 지쵹홀 거시니 엇지ᄒᆞ리오?"

학시(學士ㅣ) 왈,

"그는 아죠 믈일칠 묘칙(妙策)이 쉽샤오니 죠토록 ᄒᆞ리이다"

ᄒᆞ고 즉시 샹경(上京)ᄒᆞ야 황졔(皇帝)게 드러가 샤비(四拜) 복지(伏地)ᄒᆞ온 후 낭ᄌᆞ 어든 샤년(事緣)를 쟈셔(仔細)히 베퍼 샹쇼(上疏)ᄒᆞ온디, 샹(上)니 젼일(前日)의 낭ᄌᆞ의 일를 다 알아 계신지라, 션(仙)의 샹쇼(上疏)를 보시고 졔신(諸臣)다려 일오샤되,

"니 여자(女子)의 졀힝(節行)니 비록 옛샤람이라도 밋지 못ᄒᆞ리니, 특별(特別)니 졍렬부인(貞烈夫人)[46]를 봉(封)ᄒᆞ라"

---

43) [교감] 오늘은 틱평이오니 첩의 고힝흘 말샴 안니오미: 심씨B본 '오늘은 榮華로 지낼 날이오니 妾이 셜온 懷抱란'.

44) 죠곰도 죠곰도: 중복 필사됨.

45) [교감] 일졍 샤람의 시비 잇실 듯ᄒᆞ고: 이대본 '시비 잇실 덧ᄒᆞ며'. 심씨B본 '士林의 是非 잇고'.

46) 졍렬부인(貞烈夫人): 조선시대에 정조와 지조를 굳게 지킨 부인에게 내리던 칭호.

ᄒᆞ신디, 니부샹셰(吏部尚書ㅣ) 엿ᄌᆞ오되,

"무릇 녀ᄌᆞ(女子)의 벼슬리 그 가부(家夫)의 쟉품(爵品)으로 좃ᄉᆞ오니, 지금 니션(李仙)이 아직 오품(五品)의 잇샵거눌, 그 안희를 먼져 일품(一品)를 봉(封)ᄒᆞ오시면 미안(未安)홀가 ᄒᆞ너이다."

샹(上)니 젼교(傳敎) 왈,

"그리면 쳔하(天下)의 졀렬ᄒᆡᆼ(節烈行)은 엇지ᄒᆞ야 지아비 벼슬 업시 봉(封)ᄒᆞ문 엇진 일인고? 졀ᄒᆡᆼ(節行)니 잇셔도 봉(封)치 못ᄒᆞ랴?"47) ᄒᆞ시고 특지(特旨)48)로 니션를 간의ᄐᆡ우를 봉(封)ᄒᆞ시고 그 부인은 졍 렬부인 직첩(職牒)49)를 날리시니, 만죄(滿朝ㅣ) 경황(驚惶)ᄒᆞ야 감(敢)히 말를 못 ᄒᆞ더라. 니러모로 니션의 명망(名望)니 크게 즁(重)ᄒᆞ야50) 간의 ᄐᆡ우 옥당(玉堂) 할림학ᄉᆞ(翰林學士)를 겸(兼)ᄒᆞ시니, 죠졍(朝廷)니 안이 공경(恭敬)ᄒᆞ 리 업더라.

니젹의 양왕(梁王)니 샹셔(尚書)긔 샤람부려 혼ᄉᆞ(婚事)를 (반 줄 판독 불능) 념녀(念慮) 마르쇼셔 ᄒᆞ더라.51)

47) [교감] 그리면 천하의 졀렬ᄒᆡᆼ은 엇지ᄒᆞ야 지아비 벼슬 업시 봉ᄒᆞ문 엇진 일인고? 졀ᄒᆡᆼ니 잇 셔도 봉치 못ᄒᆞ랴?: 심씨B본 '그리면 獨女는 비록 節行이 이셔도 벼슬 못 ᄒᆞ려'. 이대본 '그러 ᄒᆞ면 쳔ᄒᆞ의 지이비 업난 동녀난 비록 효행이 잇셔도 벼슬 못 ᄒᆞ랴?'.

48) 특지(特旨): 임금의 특별한 명령.

49) 직첩(職牒): 조정에서 내리는 벼슬아치의 임명장.

50) [교감] 즁ᄒᆞ야: 이대본 '즁ᄒᆞ거날'.

51) [교감] 혼ᄉᆞ를 (반 줄 판독 불능) 념녀 마르쇼셔 ᄒᆞ더라: 이대본 '혼인을 지촉ᄒᆞ니, 슝셔 민망 ᄒᆞ여 ᄒᆞ거날, 션니 고왈, 니 ᄌᆞ연 공변되게 ᄒᆞ올 거시니 염여 마르소셔'.

은혜를 갚는 정렬부인

　이젹의 형쵸(荊楚) 짜히 년(連)ᄒ야 흉년(凶年)니 쟈로 들미[1] 도젹(盜
賊)니 만히 일어나니 샹(上)이 가쟝 근심ᄒ시거늘, 니션이 탑젼(榻前)의
쥬왈(奏曰),

　"쳔지(天地)[2] 변화(變化)ᄒ기는 인심(人心)으로죠챠 변화ᄒ오미, 형쵸
(荊楚)의 모든 관원(官員)니 어지지 못ᄒ와 빅셩(百姓)를 무휼(撫恤)치
안니ᄒ오미 쳔변(天變)이 쟈로 이러나옵고, 긔한(飢寒)를 이긔지 못ᄒ야
도젹(盜賊)니 일어ᄂᆞ 난(亂)를 지오니, 쇼신(小臣)니 비록 직죄(才操ㅣ) 업
샤오나 형쵸의 흔 원(員)니 되여 빅셩를 무휼ᄒ옵고 도젹를 평정(平定)
ᄒ오리이다"

　ᄒ온디, 샹(上)이 디히(大喜)ᄒ샤 즉시 니션(李仙)으로 형쥬(荊州)[3]쟈샤

---

1) [교감] 쟈로 들미: 이대본 'ᄌᆞ심ᄒ여'. '쟈로'는 '자주'의 방언인 듯.
2) [교감] 쳔지: 이대본 '쳔도'.
3) 형주(荊州): 중국의 고대 9주(州) 가운데 형산(荊山)의 남쪽 지방에 있던 주. 현재 호북성, 호남
　성, 광동성 북부, 귀주(貴州), 광서장족(廣西壯族) 자치구의 동부 지역이 이에 해당한다.

(刺史)4)를 ᄒ니시고,

"형쵸 짜흘 가음알아 군슈(郡守) 현령(縣令)의 능부(能否)를 보아 츌쳑(黜陟)5)를 임의(任意)로 ᄒ라"

ᄒ시니 쟈시(刺史ㅣ) 슈명(受命) 샤은(謝恩)ᄒ고 집니 도라와 그 샤년(事緣)를 부모게 엿쟈온디, 샹셰(尙書ㅣ) 왈,

"디쟝뷔(大丈夫ㅣ) 되여 부모 셤길 날은 젹고 임군 셤길 날은 만타 ᄒ니, 네 공명(功名)으로 가는 길히나6) 한(恨)치 안이ᄒ너니,7) 다만 쳘리(千里) 외(外)예 가니 니 마음니 결년8)ᄒ올 뿐 안니라, 그 짜헤 도젹(盜賊)니 만히 일어낫짜 ᄒ니 념녀(念慮) 무궁(無窮)ᄒ다."

쟈시(刺史ㅣ) 엿쟈오되,

"니번 길흔 날아흘 위(爲)ᄒ야 빅셩(百姓)를 안보(安保)ᄒ고,9) 아리로 양왕(梁王)의 혼사(婚事)를 거졀(拒絶)코져 ᄒ오니, 근심 마르쇼셔"

ᄒ고 부인다려 왈,

"나는 먼져 가오니 부인은 미죠츠10) 오쇼셔"

ᄒᆫ디, 졍렬부인(貞烈夫人) 왈,

"형쵸(荊楚)의셔 난계 고을니11) 얼마나 ᄒ오니잇가?"

쟈시(刺史ㅣ) 왈,

"난계는12) 형쥬(荊州) 쇼쇽(所屬)ᄒᆫ 고을이온지라 가는 길이니이다."

부인 왈,

---

4) 자사(刺史): 중국 한나라 때에 군(郡)·국(國)을 감독하기 위해 각 주에 둔 감찰관. 당나라·송나라를 거쳐 명나라 때 없어졌다.
5) 출척(黜陟): 못된 사람을 내쫓고 착한 사람을 올려 씀.
6) [교감] 길히나: 이대본 '질이니'. 심씨B본 '길히니'.
7) [교감] 공명으로 가는 길히나 한치 안이ᄒ너니: 심씨B본 '功名으로 가는 길히니 흔치 아니ᄒ거니와'.
8) 결연: 모자라서 서운하거나 불만족스러움.
9) [교감] 니번 길흔 날아흘 위ᄒ야 빅셩를 안보ᄒ고: 심씨B본 '此度 길은 우흐로 나라흘 위ᄒ미오'. 이대본 '이번 가옵난 길의 우흐로 나라흘 위ᄒ여 빅셩을 진무ᄒ고'.
10) 미좇아: '뒤미처 좇아'의 옛말.
11) [교감] 난계 고을니: 심씨B본 '南郡이'. 이대본 '남군니'.
12) [교감] 난계는: 심씨B본 '南郡은'.

"그러호면 쳡(妾)니 갈 길의 옛날 은혜(恩惠) 갑흘 고지 만스오니, 엇지호올잇가?"

쟈시(刺史ㅣ) 왈,

"그는 부인의 쇼견(所見) 잇는 일은 다호고 오쇼셔"13)

호고 즉시 부모게 하직(下直)호고 형쥬(荊州)로 나아가니라.

이젹의 그 짜혜 도젹(盜賊)니 혜오되,

'시 쟈시(刺史ㅣ) 오면 져희를 죽일가?'

져허호더니,14) 쟈시 친(親)히 각관(各官)의 슌힝(巡行)15)호야 슈령(守令)의 능부(能否)를 보아 츌쳑(黜陟)을 임의(任意)로 호며, 챵곡(倉穀)를 흣터 빅셩(百姓)를 난화쥬고 농업(農業)를 권(勸)호야 힘쓰게 호니, 도젹니 변(變)호야 양민(良民)니 되고 빅셩니 평안(平安)호니, 인심(人心)니 디치(大治)호야 쟈사(刺史)의 길리는 쇼리 원근(遠近)의 진동(振動)호더라.

니젹의 샹셰(尙書ㅣ) 황셩(皇城)으로셔 도라와 낭즈를 불너 왈,

"션(仙)니 형쵸(荊楚)의 가 도젹(盜賊)를 잘 다스려 양민(良民)니 되엿짜 호니, 이졔는 가기도 의심(疑心)니 업고, 쏘 션니 기달일 거시니 힝장(行裝)를 챠려 슈히 가라"

호시거늘, 낭지(娘子ㅣ) 즉시 시녀(侍女)를 명(命)호야 (반 줄 판독 불능) 식를 먹거놀,16) 정렬부인(貞烈夫人)니 개 등를 어루만지며 슬허 왈,

"내 견(犬)아! 너 곳 안일년들 니 짜히 진퇴(塵土ㅣ) 될낫다"17)

호며 전일(前日)를 싱각호고 슬허호더니, 문득 그 개 짜를 씨져기며18)

---

13) [교감] 그는 부인의 쇼견 잇는 일은 다호고 오쇼셔: 심씨B본 '任意로 호쇼셔'. 이대본 '부인의 원디로 호쇼셔'.

14) 져어하더니: 염려하거나 두려워하더니.

15) 순행(巡行): 여러 곳을 단속하기 위해 돌아다님.

16) [교감] (반 줄 판독 불능) 식를 먹거놀: 심씨B본 '祭奠을 갖초와 할믜 墳墓의 下直호고 삽살狗롤 飮食 만히 먹이고'. 이대본 '제물을 갓쵸와 제문 지어 졔호고 졔를 맛치민 졉술긔 분숭의 바린 음식을 먹으니'.

17) [교감] 니 짜히 진퇴 될낫다: 심씨B본 '此地 흙이 되어시라'. 이대본 '닉 엇지 스라시리요'.

18) 깨적이며: '그적이며'의 방언(경상, 전라).

156

울거눌, 부인니 살펴보니 글즈로 쎠시되,

"인년(因緣)니 진(盡)ᄒ여스오니 나는 예셔 니별(離別)ᄒ너이다"

ᄒ여쩌늘, 부인니 놀나 일로되,

"널노 더부러 고힝(苦行)를 ᄒ다가 이제는 귀(貴)히 되여시니 맛쌍니네 은혜(恩惠)를 갑흘가 ᄒ엿짜가,[19] 너죠츳 갈려 ᄒ이 슬푼 마음를 니긔지 못ᄒ리로다. 시방 가려ᄒ는야?"

그 개 입으로 할미 분묘(墳墓)를 가르치고 부인게 절ᄒ고 셔너 거름의[20] 부인를 쟈로 도라보고 소리를 우릐(雨雷)갓치 지르더니, 문득 흑운(黑雲)니 둘너쌰며 문득 갓[21] 곳지 업거눌, 부인니 눈믈를 머금고 왈,

"하눌개죠츳 내게 와 고힝(苦行)도 ᄒ엿쏘다!"

ᄒ고 그 개 셧쩐 디 의복(衣服)를 갓쵸와 뭇고, 개를 위(爲)ᄒ야 제(祭)ᄒ 후의 샹셔(尙書) 양위(兩位)게 하직(下直)ᄒ고, 그 길흘 쎠나가며 하인(下人)의게 분부(分付)ᄒ되,

"가는 길헤 제(祭)ᄒ 고지 만ᄒ니 졔믈(祭物)를 갓쵸와 가며, 지나가는 지명(地名)를 다 일으라"

ᄒ시니 노젼(蘆田)의 와[22] 화덕진군(火德眞君)게 은혜(恩惠)를 싱각고 졔문(祭文) 지여 친(親)히 제(祭)ᄒ더니, 잔(盞)의 부은 슐니 업고 게유[23] 알만ᄒ 거슬 담아거늘, 보니 긔니(奇異)ᄒ 구슐이라 가져가더니, ᄒ 믈ᄀ의 다다라는 부인니 문왈(問曰),

"니 물이 포진인야?"

하인니 엿즈오되,

"니 물이 포진를 년(連)ᄒ여시되 포진은 슈릐(水路 ㅣ) 쳔여 리(千餘里)

---

19) [교감] 갑흘가 ᄒ엿짜가: 심씨B본 '갑프려 ᄒ엿더니'.
20) [교감] 셔너 거름의: 심씨B본 '두어 거름을 가더니'.
21) 갓: '간'의 오기.
22) [교감] ᄒ시니 노젼의 와: 이대본 '여러 날 힝ᄒ여 노젼을 당ᄒ지라'.
23) 게유: '거위'의 잘못.

옵고, 믈 일홈은 양진[24]니라 ᄒᆞ녀이다."

부인 왈,

"그리ᄒᆞ면 너 믈노셔 양진[25]를 가는야?"

하인 왈,

"포진를 가려 ᄒᆞ시면 너 물길노 가시나 슈뢰(水路ㅣ) 하 긔험(崎險)ᄒᆞ오니, 이 믈 건너 육노(陸路)로 가너이다."

부인니 심(甚)히 홀연ᄒᆞ여 ᄒᆞ시더라.[26] 비를 반(半)은 건너더니 믄득 동풍(東風)니 ᄃᆞ작(大作)ᄒᆞ며 샤공(沙工)니 밋쳐 비를 것잡지 못ᄒᆞ야 노쳐발인니, 바람은 점점(漸漸) 크게 일어나고 믈결은 하늘의 다하ᄂᆞᆫ디 비는 셔(西)흐로 살 가듯 ᄒᆞ니, 션즁(船中) 샤람들리 넉슬 다 일코 죽기만 바라더니, 이윽ᄒᆞ야 바람니 쟈고 믈결이 고뇨[27]ᄒᆞ나, 너 비는 관션(官船)이라 블과 숏츨 싯지 못하여쩌니, 날리 점점 어두어가미 샤람니 다 쥬려 민망(憫惘)ᄒᆞ야 가혜 다니고즈[28] ᄒᆞ되, 가을[29] 보지 못ᄒᆞ야 민망(憫惘)ᄒᆞ더니, 믄득 믈 우희셔 져 쇼리의 길흘 뭇고쟈 ᄒᆞ더니,[30] 그 비 나ᄂᆞᆫ 드시 지나가며 그 아희 졀을 그치고 글을 을푸니, 그 글의 ᄒᆞ여시되,

"작년(昨年) 이날 이 믈의 와셔 슉낭ᄌᆞ(淑娘子)를 맛낫쩌니, 금년(今年) 오늘날의는 슉부인(淑夫人)를 만낫쏘다. 반가온 마음이야 옛날의셔 십비(十倍)나 ᄒᆞ되 잡인(雜人)니 만하 정언(正言)를 못 ᄒᆞ리로다. 어듸

---

24) [교감] 양진: 심씨B본 '揚津'. 이대본 '양양강'.

25) 양진: '포진'의 오기.

26) [교감] 홀연ᄒᆞ여 ᄒᆞ시더라: 심씨B본 '甚히 서운ᄒᆞ여 ᄒᆞ시더니'. 이대본 '셔우이 네기더니'. '홀연(欻然)'은 '어떤 일이 생각할 겨를도 없이 급히 일어나는 모양'을 뜻함.

27) [교감] 고뇨: 심씨B본 '고요'. 이대본 '고요'.

28) [교감] 다니고즈: 이대본 '다이고져'.

29) 가을: (물)가를.

30) [교감] 져 쇼리의 길흘 뭇고쟈 ᄒᆞ더니: 심씨B본 '뎌 소리 나거놀 夫人이 珠簾을 들고 보니 前의 裵津믈의 ᄲᆞ져실 제 건져낸 仙女러라 반겨 말을 뭇고져 ᄒᆞ더니'. 이대본 '제 쇼리 멀니 들니거날 부인니 바리보니 연엽쥬 탄 게집아희 두리 옥제를 불고 오거날 ᄌᆞ세 보니 포진의셔 구ᄒᆞ던 션녀 갓더라 가중 반가워 질을 뭇고져 ᄒᆞ더니'.

가 화덕진군의 구슬를 어더 모든 샤람의 쥬림을 구홀고?"

ᄒ며 지나가거늘, 부인은 그 아희 얼골과 쇼리를 다 드르되, 겻티 잇는 시녀(侍女)와 모든 션즁(船中) 샤람들은 보지는 못ᄒ되 져 쇼리는 다 듯ᄯ라. 부인니 헤오되,

'화덕진군의게 제(祭)ᄒᆯ 제 어든 구슬니 아니 화쥬(火珠)³¹⁾런가?'

ᄒ고 쌀를 씨셔 그르셰 담고 구슐를 그 우희 언져두니 스스로 익어 박³²⁾니 되거늘, 션즁인(船中人)들리 모다 신긔(神奇)히 넉여 왈,

"우리 졍렬부인(貞烈夫人)은 션인(仙人)니라!"

칭찬(稱讚)ᄒ더라.

이윽ᄒ야 포진의 다다르니, 샤공(沙工)이 놀나 일오되,

"양진니 예셔 일쳔구빅 니(一千九百里)라. 비록 슌풍(順風)를 만나도 오기 쉽지 안니ᄒ고, 슈뢰(水路ㅣ) 지극히 험(險)ᄒ니 빅(百)의 ᄒ나토 무ᄉ(無事)히 오기 어렵거늘, 오늘은 평명(平明)³³⁾의 빅를 타고 오후(午後)의 왓시니, 그런³⁴⁾ 이샹(異常)ᄒᆫ 일 업ᄯ라"

ᄒ더라.

부인(夫人)니 졔믈(祭物) 갓쵸아 졔문(祭文) 지여 용왕(龍王)게 친(親)히 제(祭)ᄒ더니, 믈쇼그로셔 오운(五雲)니 일어나며 션즁(船中)의 ᄌ옥 ᄒ엿ᄯ니, 이윽ᄒ야 구름이 것거눌 보니 졔믈은 아모것도 업고 그릇마다 은금(銀金) 보비 ᄀ득 담겨고, 슐쟌의 구슬리 담겨시되 불빗 갓고 크기는 올히³⁵⁾ 알만 ᄒ더라. 부인이 헤오되,

'분명 용왕의 부인니 흠양(歆饗)³⁶⁾ᄒ시도다'

ᄒ고 보비를 다 거두어 가지고 뭇헤 날리니,

---

31) 화쥬(火珠): 불을 때지 않아도 쌀을 저절로 익힌다는 신이한 구슬.
32) 박: '밥'의 오기.
33) 평명(平明): 해가 뜨는 시각. 또는 해가 돋아 밝아질 때.
34) [교감] 그런: 이대본 '이런'.
35) 올히: '오리'의 옛말.
36) 흠향(歆饗): 신명(神明)이 제물을 받아먹음.

소첩이 바로 슉향이로소이다

하인(下人)이 엿주오되,

"이 따흔 형쥐(荊州) 쇼쇽(所屬) 남군(南郡) 고을이라 ㅎ오니, 햐쳐(下處)¹⁾를 고을노 ㅎ너이다"

ㅎ거눌, 부인 왈,

"니곳의 쟝승샹 딕(張丞相宅)니 잇짜 ㅎ더니, 어듸 잇느뇨?"

하인니 엿주오되,

"져 바라보는 동산니 그 딕(宅)이로쇼이다."

부인 왈,

"니 몸이 곤(困)ㅎ야 멀니 못 갈 거시니, 그 고을의 긔별(奇別)ㅎ야 위의(威儀)를 찰혀오라"

ㅎ고,

"햐쳐(下處)는 쟝승샹 딕(張丞相宅)의 ㅎ라"

ㅎ시니, 하인(下人)니 즉시 남군틱슈(南郡太守)의게 긔별(奇別)흔더, 틱슈

---

1) 햐쳐(下處): 잘 곳을 정함.

(太守) 한복2)니 디경(大驚)ᄒ야 즉시 위의(威儀)를 챠려 장승샹 딕으로
디령(待令)ᄒᆯ셰, 시위(侍衛)ᄒᆫ 군시(軍士ㅣ) 다 오식(五色) 갑오슬 갓쵸고,
샴쳔(三千) 웅병(雄兵)니 옹위(擁衛)ᄒ여 디령ᄒ여시며, 향쵹(香燭) 든 시
녜(侍女) 이십여 인(二十餘人)니 다 칠보단쟝(七寶丹粧)ᄒ고,3) 젼후좌우
(前後左右)의 ᄭᆾ뺏치 되엿쩌라. 부인니 금뎡4)를 타시고 풍뉴(風流)를 갓
쵸아 드러가니, 잇쩨는 봄 시졀(時節)이라.

이젹의 쟝승샹(張丞相)니 디경(大驚)ᄒ야 각식(各色) 보진(寶珍)를 영츈
당(迎春堂)외 비셜(排設)ᄒ시고 졍렬부인(貞烈夫人) 힝ᄎᆞ(行次)를 되실셰,
일읍(一邑) 츈너(村內) 일경(一境)니 크게 진동(振動)ᄒ고, 굿 보는 샤람
이 틱산(泰山)갓치 뫼얏쩌라.

니젹의 승샹부인(丞相夫人)니 시녀(侍女) 츈향5)를 불너 말삼를 부리
시되,

"누츄(陋醜)ᄒ온 디 귀(貴)ᄒ신 힝ᄎᆞ(行次) 오시니 쥬인(主人)의게 광치
(光彩) 찰난(燦爛)ᄒ오나, 즉시 나와 뵈옵고쟈 ᄒ오되 마츰 졔사(祭祀)
지니는 일니 잇샤오민, 닉일(來日)노 나가 뵈오믈 쳥(請)ᄒ너이다"
ᄒ고 젼갈(傳喝)ᄒ시니, 졍렬부인니 답왈(答曰),

"지나가다가 귀(貴)ᄒ온 ᄯᅡ혜 죠흔 경긔(景槪) 보옵기도 과망(過望)ᄒ
옵거든, 먼져 믈르시니 너무 황숑(惶悚)ᄒ여이다. 갓튼 부인니6) 허믈이
업샤오리니 닉일(來日) 가올 졔 뵈올이다"
ᄒ고 답언(答言)를 젼(傳)ᄒ니, 승샹부인니 듯고 츈향다려 왈,

"그 부인니 얼굴이나 긔쟈7)ᄒ시더냐?"

츈향이 엿ᄌᆞ오되,

2) [교감] 한복: 심씨B본 '草伏'. 국립도서관본(한48-20) '韓福'.
3) [교감] 칠보단쟝ᄒ고: 이대본 '칠보단중ᄒ고 시위ᄒ여 드러가니'.
4) 금뎡(金-): 황금으로 호화롭게 장식한 가마.
5) [교감] 츈향: 심씨B본 '春紅'. 국립도서관본(한48-20) '春香'.
6) [교감] 갓튼 부인니: 이대본 '피츠 너ᄌᆞ라'. 심씨B본 'ᄀᆺᄌᆞ온 婦女'.
7) 개자: '용모와 기상이 화락하고 단아함'을 뜻하는 '개제(愷悌)'의 옛말.

"시녜(侍女ㅣ) 여러히 시위(侍衛)ᄒ여시니 말삼를 젼ᄎ(前次)로 젼(傳)ᄒ오미,8) 그 부인은 보지 못ᄒ오니 용모(容貌)는 엇쩌ᄒ신지 모로오나, 다마9) 듯ᄌ오니 그 부인니 영츈당(迎春堂)의 드르시며 풍월(風月)을 지여 계시다 ᄒ고 모든 시녜(侍女ㅣ) 외오거늘, 듯ᄌ오니 그를 잘ᄒ든가 시버이다."

부인 왈,

"네 그 글을 외올숀야?"

츈향니 즉시 외오니, 그 글 쓰즌,

"쟉년(昨年)의 영츈ᄯᅡ10) 봄를 마나니11) 져 옥계(玉階)의 꼿치 더듸 취(醉)ᄒ믈 웃쩌니,12) 금년(今年)의 쏘 영츈당(迎春堂) 봄를 만나니 져 옥계예 꼿치 다시 만나믈 반겨 웃는ᄯᅩ다. 꼿즌 반가오믈 이긔지 못ᄒ야 우스되 나는 옛일를 생각ᄒ니 마음이 시로니 굿부도다"13) ᄒ엿쩌라.

부인니 그 글의 니상(異常)흔 쓰즐 승샹(丞相)게 샬오니, 승샹니 놀나 왈,

"어와, 고니(怪異)ᄒ다. 그 부인니 영츈당(迎春堂)의 처음으로 와셔 젼일(前日)의 왓쓴 글노 지어 계시니, 그 쓰즌 아지 못ᄒ건이와 글 바듸14)는 문쟝(文章)의 지죄(才操ㅣ)로다"

ᄒ시고, 젹어 긔록(記錄)ᄒ시더라.

---

8) [교감] 시녜 여러히 시위ᄒ여시니 말삼를 젼ᄎ로 젼ᄒ오미: 심씨B본 '三千侍女 侍衛ᄒ엿고 말삼도 侍女로 傳ᄒ오니'.

9) 다마: '다만'의 오기.

10) 영츈ᄯᅡ: '영츈당'의 오기.

11) 마나니: '만나니'의 오기.

12) [교감] 옥계의 꼿치 더듸 취ᄒ믈 웃쩌니: 심씨B본 '옥계의 곳지 나의 더듸 醉홈을 웃더니'. 이대본 '계화꼿치 나를 보고 반기더니'.

13) [교감] 굿부도다: 심씨B본 '슬허ᄒ는ᄯᅩ다'. 이대본 '비감ᄒ도다'. '굿부다'는 '구쁘다'의 옛말로, '뱃속이 허전하여 자꾸 먹고 싶다'는 뜻임.

14) 바듸: 베틀, 가마니틀. 방직기 따위에 딸린 기구의 하나. 또는 판소리에서 명창이 스승으로부터 전승하여 한 마당 전부를 음악적으로 절묘하게 다듬어놓은 소리. 여기서는 '(글의) 짜임새'를 일컬음.

정렬부인(貞烈夫人)니 시녀(侍女)로 더부러 밤니 집도록15) 안졋짜가 잠간(暫間) 쟘를 드니, 꿈의 승샹부인(丞相夫人)긔 드러가니,16) 방 안의 화샹(畫像)를17) 걸고 옷갓18) 음식(飮食)를 쟝(壯)히 버리고, 부인니 울며 왈,

"슉향아, 슬푸다. 샤랴쩐들 귀(貴)흔 듸 보니여져 쟈샤부인(刺史夫人) 갓치 되는 양(樣)를 볼넌야?"

ᄒ고 울거늘, 부인니 듯고 찌치니 일몽(一夢)이라. 싱각ᄒ되,

'승샹부인과 날과는 흔 싱19) 년분(緣分)이 안니로다. 니 옛날 사향의게 구박(驅迫)ᄒ여 니쳐져 오늘 표진믈의 와 쌔져쩌니,20) 부인니 날를 위(爲)ᄒ야 싱각고 니 졔(祭)를 ᄒ시는쏘다'

ᄒ고 감격(感激)흔 마음과 슬푼 졍사(情思)를 이기지 못ᄒ시더라. 날리 붉으며 승샹부인니 나오신다 ᄒ거늘, 졍렬부인니 의복(衣服)과 위의(威儀)을 셩비(盛備)히 갓쵸와 마즈니, 승샹부인니 보시고 엄엄(嚴嚴)ᄒ야 갈오되,

"우리는 디국(大國) 디승샹(大丞相)의 부인니 되엿시되 이런 셩(盛)흔 위의(威儀)를 보지 못ᄒ야쩌니, 오늘은 숀임 덕(德)의 귀(貴)흔 경사(慶事)를 보오니 만힝(萬幸)이로쇼이다"

ᄒ시고 쟌치ᄒ시니, 음식(飮食)니 다 꿈의 뵈던 졔믈(祭物)일네라. 졍렬부인 왈,

"먼 길의 구치(驅馳)ᄒ야 오오니 몸니 곤(困)ᄒ와 고을가지 가지 못ᄒ와, 갓가니 쉬려 ᄒ와 하인(下人)니 승샹 딕(丞相宅)를 비러 햐쳐(下處)

---

15) 집도록: 깊도록.

16) [교감] 승샹부인긔 드러가니: 이대본 '승승부인 방의 드러가니'. 심씨B본 '丞相夫人 계신 듸 드러가니'.

17) [교감] 화샹를: 심씨B본 '제 畫像을'. 이대본 '제 모양갓치 그린 족즈를'.

18) 옷갓: '온갓'의 오기.

19) 한 생: 일생(一生).

20) [교감] 오늘 표진믈의 와 쌔져쩌니: 심씨B본 '오늘이 내 表津믈의셔 죽던 날이니'.

호오니, 천만(千萬)뜻밧게 귀혼 경(景)를 보옵고 깃버호옵는디, 부인니 이러틋 관디(寬待)호시니 지극 감격(感激)호와이다."

승상부인 왈,

"그디 년셰(年歲) 언만나 호온이니잇가?"

답왈(答曰),

"첩(妾)의 나흔 이십(二十)이로쇼이다."

승샹부인니 탄식(歎息)고 눈믈를 흘이거눌, 졍렬부인 왈,

"무샬21) 일노 져리 슬허호시는이잇가?"

승샹부인니 답왈,

"우리 젼싱(前生)의 죄(罪) 즁(重)호와 무자식(無子息)하옵쩌니 늣씨야 남의 쌀 자식(子息)를 어더 슈양(收養)으로 기르더니, 오년(五年) 젼(前)의 오늘 죽어시미 밤의 그 졔(祭)를 지녀엿삽쩌니, 부인의 년셰(年歲)를 드르니 쥬근 자식(子息)의 년갑(年甲)이미 자식를 싱각호옵고, '져도 잇쩌면 부인갓치 될넌가?' 호야, 스스로 비창(悲愴)호여이다"

호고 말를 맛치지 못호야셔 문득 가치 난간(欄干) 압헤셔 울거눌, 졍렬부인 왈,

"젼일(前日)도 졔 와 우더니 이미(曖昧)혼 슉향를 죽게 호고, 쏘 무슨 일노 우는다?"

승샹부인니 디경(大驚) 왈,

"그디 엇지 승샹부(丞相府)의 와셔 보지도 안이시고 슉향의 일를 자셔(仔細)히 알르시는이잇가?"

졍렬부인 왈,

"혼 샤람니 슈(繡)노흔 족자(簇子)를 풀거눌 샤온즉, 족자(簇子) 졔목(題目)의 '슉향(淑香)'이라 호여샤오미, 슉향의 일를 디강(大綱) 알아너이다."

21) [교감] 무샬: 이대본 '무슴'.

승샹부인 왈,

"힝여 그 죡쟈를 가져오신니잇가?"

정렬부인니 즉시 시녀(侍女)를 명(命)호야 죡쟈를 니여드리니, 그 죡
쟈 그림의 호여시되, 슉향를 샤슴니 어버다가 쟝승샹 덕(張丞相宅) 동
샨의 노흐니 슉향니 모란 덤불 밋틱 안즈 죠올거늘 승샹(丞相)니 보시
고 부인(夫人)를 쳥(請)호야 보인 일과, 부인니 품 샤이에 길으던 일과,
영츈당(迎春堂)의셔 쟌치호다가 가치로 호야 근심호던 일과, 사향이 모
함(謀陷)호니 부인 압혜셔 죽으려 호던 일과, (판독 불능)22) 울며 글 쓰
던 일과, 샤향니 구박(驅迫)호던 일과, 포진믈의 와 싼지던 형샹(形狀)
를 챠려(次例)로 그려시니, 그씨 일니 어졔런 듯 눈의 버럿쩌라.

승샹부인니 통곡(痛哭) 나는 쥴 모로고 울거늘, 정렬부인 왈,

"젼(前)의 이 그림를 이기 보앗시민 니 집 일홈이 영츈당(迎春堂)이
오, 쏘 갓치 와 울거늘 위년(偶然)이 호온 말샴이올너니, 부인니 하 슬
허호시민 도로혀 불안(不安)호와이다."

승샹부인니 늣겨 아모 말를 못 호다가 양구(良久) 후 갈오되,

"니 그림이 우리 집를 녁녁(歷歷)히 글여시니 그일23) 말샴이 죠곰이
나 잇시리요?"

호고 슉향를 어더 품쟈 기르며,24) 샤향니 모함(謀陷)호다가 별악 마즌
일이며, 샤람 보닉여 포지믈25)의 가 찻쩐 일이며, 슉향니 죽어쓰 통곡
(痛哭)호니 승샹(丞相)이 부인 병(病)들가 넘녀(念慮)호야 화샹(畫像) 구
(求)호야 어더온 일과26) 낫낫치 일르거늘, 정렬부인니 왈,

"비록 친쟈식(親子息)이라도 쥬근 후 히포27) 되오면 쟈년(自然) 잇샵

22) [교감] 판독 불능 부분: 심씨B본 '졔 房의셔'.
23) 그일: 속일.
24) [교감] 품쟈 기르며: 심씨B본 '기르던 일이며'. '품쟈'는 '품어'의 오기인 듯.
25) 포지믈: '포진믈'의 오기.
26) [교감] 일과: 심씨B본 '일을'.
27) 해포: 한 해가 조금 넘는 동안.

거늘, 부인은 남의 자식(子息)를 위(爲)ㅎ야 엇지 그다지 잇지 못ㅎ야 ㅎ시는이잇가?"

승샹부인니 답왈(答曰),

"이싱의셔는 시로이 후싱(後生)의 가도 슉향를 다시 어더보지 못ㅎ면 비록 쳔만년(千萬年)이라도 싱젼(生前)의 그리온 마음를 썩이지 못홀가 ㅎ여샵떠니, 쳔만몽미(千萬夢寐)예 부인 가지신 족즈(簇子)를 보오니 슉향를 보온 듯ㅎ온지라, 죽어도 눈를 감으려 ㅎ오니, 져 족즈를 너게 풀고 가쇼셔."

졍렬부인 왈,

"쥬인(主人)니 가지고쟈 ㅎ시니 그져도 들린련니와, 자식(刺史ㅣ) 사랑ㅎ야 중가(重價)를 쥬고 사신 거시오니, 무단(無斷)니 업시 ㅎ고 가기 고이(怪異)ㅎ오미 즁갑슬 쥬시면 풀고 갈이니다."

승샹부인 왈,

"내 집니 가난ㅎ야 즁(重)ㅎ 갑시 업썬니와, 슉향니 자라거든 쥬즈ㅎ고 황금(黃金) 일만 양(一萬兩)를 두고 노비(奴婢) 삼쳔(三千) 귀28)를 두엇써니, 이졔는 슉향니 죽어스오니, 무자식(無子息)ㅎ온 사람니 눌를 쥬올잇가? 그거슬 들일 거시니 족즈를 쥬고 가쇼셔."

졍렬부인니 쏘 갈오되,

"슉향의 얼골리 엇쩌ㅎ던지, 그 화샹(畵像)니 잇싸 ㅎ오니 보아지이다."

승샹부인니 답왈(答曰),

"닉 침쇼(寢所)의 걸어시니 보쇼셔"

ㅎ고 쳥(請)ㅎ거눌, 졍렬부인니 들어가보니 쟈쟈 얼골를 그려 부치고, 깁쟝29)를 들이오고, 압헤 탁샹(卓上)를 노코 온갓 음식를 먹는 양(樣)

---

28) 구: '식구', '사람'의 옛말.
29) 깁쟝: 비단으로 만든 휘쟝(揮帳).

으로 버려노하쪄라.

정렬부인 왈(曰),

"슉향를 지금 싱각ᄒ심은 져 이 용모(容貌)를 잇지 못ᄒ시미니, 첩(妾)이 비록 어엿부지 안니ᄒ오나 슉향과 엇쩌ᄒ고 보쇼셔"

ᄒ고 화관(花冠)를 벗고 아희 민도리[30]를 ᄒ고 쟝(帳)를 들고 화상(畫像) 겻틴 드러가 셔고 쟝(帳)를 거우니,[31] 모다 보고 디경실식(大驚失色) 왈,

"슉향씨(淑香氏) 화샹니 변(變)ᄒ야 부인니 되얏거ᄂ, 부인니 변ᄒ야 화샹니 되야쩌나 ᄒ다"

ᄒ니 승샹부인니 황홀(恍惚)ᄒ야 아모란 줄 몰나 눈믈만 흘이거눌, 정렬부인니 ᄂ려셔며 하당(下堂) 지비(再拜) 왈,

"부인니 지금가지 첩(妾)를 잇지 못ᄒ야셔 이디도록 지극(至極)히 싱각ᄒ시는 줄 엇지 알이잇가?"

ᄒ며 쟈던 방(房)을 갈으치며 왈,

"과년(果然) 쇼첩(小妾)이 슉향(淑香)이로쇼이다. 져 챵젼(窓前)의 피로 쓴 글씨를 보시온잇가?"

부인니 크게 놀라 긔졀(氣節)ᄒ엿짜가 씨여 안고 구을며 왈,

"닉 쌀아, 나는 너를 쥬근가 ᄒ여쪄니, 이러틋 귀(貴)히 되여 날를 ᄎᄌ볼 줄 엇지 뜻ᄒ야시리요?"

ᄒ시며 디셩통곡(大聲痛哭)ᄒ시니, 승상(丞相)도 드르시고 챵황(悄怳)니 드러와 붓뜰고 디곡(大哭)ᄒ시니, 정렬부인 왈,

"너무 슬허 말으쇼셔. 내 집니셔 승상(丞相) 양위(兩位)를 뫼셔 낙봉연(樂逢宴)[32]를 ᄒ오려 왓스오니, 오늘은 틱평낙(太平樂)[33]으로 노르

---

30) 민도리: '맨드리'의 잘못. '맨드리'는 '옷을 입고 매만진 맵시'를 뜻함.
31) 거우니: 거두니.
32) 낙봉연(樂逢宴): 헤어졌던 사람이 다시 만난 것을 축하하기 위해 벌이는 잔치.
33) 태평락(太平樂): 마음껏 즐김.

쇼셔"

ᄒ고, 시녀를 명(命)ᄒ야 입으실 옷 ᄒᆫ 벌식 드리고, 팔진미(八珍味)를 갓쵸와 근쳐(近處)의 모든 부인를 다 쳥(請)ᄒ야 샴일(三日) 쟌치ᄒ니, 원근(遠近)의 듯는 샤람니 뉘 안니 칭찬(稱讚)ᄒ리요. 모다 일오되,

"승샹(丞相)니 무ᄌᆞ식(無子息)ᄒ더니 유ᄌᆞ식(有子息)ᄒ니도곤[34] 더 호화(豪華)롭다"

ᄒ더라.

정렬부인니 승샹 ᄐᆡᆨ(丞相宅)으셔 일삭(一朔)[35]를 유(留)ᄒ야 ᄒ직(下直)ᄒ고 샬오되,

"예셔 형쥬(荊州)가 머지 안니타 ᄒ오니, 쟈사(刺史)게 가 하인(下人) 보ᄂᆡ옵거든 부ᄃᆡ 와 단녀가쇼셔"

ᄒ거늘, 승샹 부뷔(夫婦ㅣ) 응낙(應諾)ᄒ신디, 정렬부인니 가져온 보비를 무슈(無數)히 드리고, 인(因)ᄒ야 하직ᄒ시니, 승샹 부쳬(夫妻ㅣ) 영화(榮華)를 즐겨ᄒ시ᄂᆞ 니별(離別)ᄒ기를 가이업시[36] 슬허ᄒ시더라.

이날 정렬부인니 ᄯᅥ나 쟝ᄉ(長沙) ᄯᅡ의 니르러 한 뫼ᄒᆡ 쳥홍죠(靑紅鳥)와 황시 두루미 무슈(無數)히 뫼야 샤롬를 피치 안니ᄒᆞᆫ디, 하인(下人) 등이 궁시(弓矢)로 잡고ᄌ ᄒ거늘, 〈부인이〉

"져 즘싱들를 샹(傷)히오지 말나"

ᄒ시고 쟝사(長沙) 고을의 긔별(奇別)ᄒ야,

"빅미(白米) 십셕(十石)를 올이라"

ᄒ고 골 어귀에 (반 줄 판독 불능) 밥를 지여노코, 부인니 친히 경계(警戒) 왈,

"너희 날를 구졔(救濟)ᄒ엿거늘 니 밥를 먹으라"

ᄒ시니 각식(各色) 즘싱니 일시(一時)예 날아와 그 밥를 다 먹고 소리

---

34) 도곤: 비교격 '~보다'의 옛말.
35) 일삭(一朔): 한 달.
36) 가이없이: '가없이'의 잘못.

치며 부인를 즈로 도라보며 가더라. 부인 왈,

"니젼(以前)의 날 구(救)ᄒ던 은혜(恩惠)는 다 갑하시되 부모(父母)를 못 어더 보아시니, 부모의 은덕(恩德)를 어늬 시졀(時節)의 갑흐리요?"

ᄒ고 슬허ᄒ더니, ᄒᆫ 고디 다다르니 하인니 엿ᄌ오되,

"니 짜흔 계양(桂陽)고을이로쇼니다"

ᄒ거놀, 부인니 가쟝 깃거 왈,

"할미 니별(離別)홀 졔, '계양틔슈(桂陽太守) 김젼니 닌 부뫼(父母)라' ᄒ더니, 이졔야 닌 부모를 만나리로다"

ᄒ고 마음을 죄우더니,[37] 이젹의 계양틔슈(桂陽太守ㅣ) 쟈샤부인(刺史夫人)의 ᄒ힝츠(行次) 오신단 말를 듯고 일읍(一邑)니 크게 진동(振動)ᄒ여 즁노(中路)의 나와 명첩(名帖)를 드리거놀, 셩명(姓名)를 ᄶᅥ혀보니,

"계양틔슈(桂陽太守) 유되[38]라"

ᄒ얏거놀, 부인니 디경(大驚)ᄒ야 하인다려 문왈(問曰),

"닌 이젼(以前)의 드르니 계양틔슈는 김젼니라 ᄒ더니, 엇지 그 셩명 (姓名)니 달으뇨? 천하(天下)의 쏘 계양(桂陽)니란 고을니 잇는야?"

하인니 디왈(對曰),

"져즘게 김젼니 이 고을 틔슈(太守ㅣ) 되엿삽쩌니, 빅셩(百姓)를 쟐 다 스러짜 ᄒ고 시로 오신 쟈시(刺史ㅣ) 김젼의 벼슬을 도도와 양양틔슈(襄陽太守) ᄒ이니, 유도는 그ᄶᅥ예 왓짜"

ᄒ거놀, 부인니 가쟝 셔운ᄒ야 문왈(問曰),

"예셔 양양(襄陽)니 언마나 ᄒ뇨?"

하인 왈,

"삼빅 니(三百里)는 ᄒ여이다."

부인니 다시 분부(分付) 왈,

---

37) 죄우더니: 졸이더니.
38) [교감] 유되: 심씨B본 '劉道'.

"형쥐(荊州)로 가는 길헤 양양를 지니랴."

하인니 쏘 엿즈오되,

"그리로셔 갈려 호오면 가쟝 멀리 도너이다."

부인니 비록 그리로 가고져 호되 하인의게 폐(弊)도 되고, 부인의 힝 촉(行次) 직노(直路)로 안니가고 돌아가면 고을의도 폐가 될뿐더러 남의 시비(是非)를 면(免)치 못홀가 호여, 사셰(事勢) 난쳐(難處)히 역니시더라.

옥가락지와 비단주머니

각셜(却說)이라. 니젹의 김젼이 니위공(李魏公)의 며눌리 못 쥭인 년고(緣故)로 계양틱슈(桂陽太守)를 별(罰)노 갓쩌니, 잇쩌 니션(李仙)이 쟈사(刺史)로 날려와 각관(各官)의 순힝(巡行)ᄒ야 군슈(郡守) 현령(縣令)의 능부(能否)를 보아 벼슬를 도두와 다른 고을노 보ᄂ며, 혹 파직(罷職)도 ᄒ여 니치더니, 김젼니 ᄒᄂ 졍ᄉ(政事)ᄂ 가쟝 아롬다온지라, 빅셩(百姓) 등니 쟈사(刺史)게 츅슈(祝手)ᄒ거ᄂᆯ 쟈싀(刺史ㅣ) 벼슬를 도두와 양양틱슈(襄陽太守)를 ᄒ이시니, 양양은 형쥐(荊州) 버금이라 긔구(器具) 거록ᄒ더라.

할ᄂ 김젼니 형쥐의 가 쟈사(刺史)를 보고 (반 줄 판독 불능)[1] 바회 우회 거러안ᄌ거ᄂᆯ, 김젼니 살펴보니 죠곰도 움ᄌ기지 안니ᄒᄃ 하인(下人)니 잡아 날이오고쟈 ᄒ거ᄂᆯ, 김젼니 그 노인(老人)니 샹녜(常例) 샤람니 안인 줄 알고 하인를 ᄭ지져 물이치고 말게 날려 나아가 읍(揖)ᄒ니, 노인니 본 체 안이ᄒ고 더욱 교만(驕慢)ᄒ거ᄂᆯ, 김젼 가쟝 슈샹

---

1) [교감] 반 줄 판독 불능 부분: 심씨B본 '오더니 畔河믈ᄀᆞ의 오니 흔 老丈이'. 이대본 '도라오다가 반야물가의 다다르니 흔 노인니'.

(殊常)히 넉여 혀오되,

'니 샴쳔(三千) 쳘긔(鐵騎)를 거늘여 가니 범인(凡人)니면 일졍(一定) 두려홀 듯ᄒ되 더옥 교만(驕慢)ᄒ니, 실(實)노 신긔(神奇)ᄒᆫ 샤람니라' ᄒ고 합쟝(合掌)ᄒ고 공슌(恭遜)ᄒ니 ᄌ.ᄫᆡ(再拜)ᄒ니, 노인니 답녜(答禮)도 아니코 ᄒᆫ 발를 달리²⁾ 우희 언고 ᄒᆫ 팔 베고 누으며 왈(曰),

"가는 길니나 갈 거시어늘, 너 네게 졀 밧쟈 ᄒ는야?"

김젼니 답왈(答曰),

"지나가옵쩌니 노인의 나흘³⁾ 위(爲)ᄒ야 뵈옵너니다"

ᄒ거늘, 그 노인 왈,

"나 만흔 샤람를 공경(恭敬)ᄒ고 위(爲)홀 쟉시면 멀니셔 졀만 ᄒ고 갈 거시어늘, 네 '샤회 덕(德)의 벼슬ᄒ엿노라' ᄒ고, 어룬를 업슈히 넉여 오라ᄒᆫ 말를 업시 당도리 와셔 니 안젼(眼前)의셔 감(敢)히 무슨 말를 뭇고쟈 ᄒ는다?"

김젼 왈,

"니 노인의 나흘 공경ᄒ엿거늘 깃거는 안니ᄒ고, 엇지 욕(辱)ᄒ야 샤회 덕의 벼슬혼다 ᄒ는뇨? 나는 본디 무ᄌ식(無子息)혼 샤람이라" ᄒᆫ디, 노인니 셩니여 왈,

"네 무ᄌ식ᄒ면 슉향은 어듸셔 낫는뇨? 하늘노셔 쩌러지며, 짜흐로셔 쇼사시며, 돌 굼그⁴⁾로 뼈여져시며, 털 돗친 즘싱니 나핫는야? 너 모로는 슉향를 뉘 나핫는뇨?"

김젼니 ᄎ언(此言)를 듯고 디경(大驚)ᄒ여 고쳐 ᄌ.ᄫᆡ(再拜)ᄒ고 업씌여 익걸(哀乞) 왈,

"미거(未擧)ᄒᆫ 인싱(人生)니 눈니 잇셔도 망울리 업스와 실체(失體)⁵⁾

---

2) [교감] 달리: 심씨B본 '무룹'.
3) 나흘: 나이를.
4) 굼기: '구멍'의 방언(제주).
5) 실체(失體): 체면이나 면목을 잃음. '실례(失禮)'의 오기로 볼 수 있음.

를 만히 ㅎ와ᄉ오니 죄(罪)를 샤(赦)ㅎ쇼셔"

흔디, 노인니 낫빗츨 슌(順)히 ㅎ거눌, 그젹의야 김젼니 다시 ᄭ우러 고왈(告曰),

"젼싱(前生)의 죄(罪) 즁(重)ㅎ와 무ᄌ식(無子息)ㅎ옵쩌니, 늣기야 과년(果然) 녀식(女息)를 나오미, 일홈를 슉향(淑香)니라 ㅎ옵고 ᄌ(字)는 월궁션(月宮仙)니라 ㅎ와쩌니, 다ᄉ 살의 난(亂)를 만ᄂ 반야산(般若山) 바회 틈의 두엇ᄯ가 일흔 후는 죽은 줄노 아옵고 챳지 못ㅎ와ᄉ쩌니, 바라옵건디 노인게셔 슉향의 거쳐(居處)를 아옵거든 밝긔 갈으치믈 발아ᄂ니다."

노인 왈,

"슉향의 샤싱죤무(死生存無)는 잠간(暫間) 드러ᄊ니와, 비곱하 말를 못 ㅎ깃기로 일으지 못ㅎ리로다"

ㅎ거날, 김젼니 즉시 하인(下人)의게 (반 줄 판독 불능)[6] 흔디, 그 노인니 ᄯ 셩니여 왈,

"하인니 가져온 음식를 먹으면 하인의 졍셩(精誠)인니, 하인의 ᄣ 간 디를 일으리라"

ㅎ거날, 김젼니 친(親)히 졈(店)의 가 타고 간 말를 쥬고 살문 돗[7] ㅎ나와 죠흔 슐 일빅(一百) 디야를 가져다가 드리니, 노인니 죠곰도 샤양(辭讓)치 안니ㅎ고 다 먹은 후의 왈,

"니 슐리 취(醉)ㅎ여 못 일르기시니, 네 슉향 간 곳들 알고 갈야 ㅎ거든 달여온 아희를 다 보니고 내 슐 ᄭᅵ도록 예 잇거라"

ㅎ고 인(因)ㅎ야 눈를 감고 잠를 깁히 드러 코흘 울레갓치 고을거늘, 김젼니 모든 쇼솔(所率)를 다 보니여 졈(店)의 가 등디(等待)ㅎ라 ㅎ고, 혼쟈 팔쟝 ᄭᅩᆺ고 공슌(恭遜)히 셔쩌니, 문득 날리 어두오며 큰 쇼낙이

---

6) [교감] 반 줄 판독 불능 부분: 심씨B본 '店의 가 酒饌을 ᄎ초와 오라'. 이대본 '분부ㅎ여 쥬춘을 갓쵸와 오라'.

7) 돗: 돝. '돼지'의 옛말.

퍼붓드시 오더니 평지(平地)예 믈리 엇게예 넘어가되 김젼니 죠곰도 움
즈기지 안니ᄒ고 셧써니, 이윽ᄒ야 비는 그치고 챤바람니 다시 일어나
며 급(急)헌 눈니 담아붓드시 와셔 ᄯ한 엇게를 넘어가되 죠곰도 움즈
기지 안니코 셧시니, 오시 다 얼고 몸니 치워 인ᄉᆞ(人事)을 챨리지 못
ᄒ거눌, 그졔야 노인니 씨여 일어 안즈며 쇼왈(笑曰),

"닉 그딕 ᄒ는 거동(擧動)를 보랴 ᄒ고 그러틋 곤(困)ᄒ게 ᄒ여시니,
정셩(精誠)이 과년(果然) 지극(至極)ᄯ다"
ᄒ고 샤미 안흐로셔 홍션(紅扇)를 두어 번 부치니,[8] 그런 쟝셜(丈雪)[9]
리 일직(一刻)의 다 업셔지고 도로혀 여름니 되엿써라. 김젼니 그져야
범인(凡人)니 안인 쥴를 쾌(快)히 알고 더욱 공경(恭敬)ᄒ야 지비(再拜)
고왈(告曰),

"이져는 슉향를 간 고들 가르쳐쥬쇼셔."

"슉향니 여러 곳의 갓시니 이르기는 다 일으마는, 네가 쟐 ᄎᆞ즈갈쇼
야?"

김젼니 지비 왈,

"아무려나 알게 갈으쳐쥬쇼셔."

노인 왈,

"네 반야산(般若山) 돌 틈의 두고 가니 도젹(盜賊)니 달려가니라."

김젼 왈,

"그리ᄒ오면 도젹의 짜헤 샤랏넌니잇가?"

노션(老仙)니 ᄯ 갈오되,

"도젹니 ᄯ 달려다가 유곡역(幽谷驛) 마을의 두고 가니, 봉황금죠(鳳
凰禽鳥)가 인도(引導)ᄒ여 명ᄉᆞ계(冥司界) 후토부인(后土夫人) 궁즁(宮中)
의 갓시니, 게 가 ᄎᆞ쟈볼손야?"

---

8) [교감] 홍션를 두어 번 부치니: 심씨B본 '블근 부체롤 내여 브츠니'.
9) 쟝셜(丈雪): 한 길이나 되게 많이 내린 눈.

김젼 왈,

"그리면 죽엇샵느잇가?"

노인(老人) 왈,

"후토부인니 힌 샤슴를 틱와 남군(南郡) 짜 쟝승샹(張丞相) 집 동산의 두엇시니, 그 집니 무즈식(無子息)ᄒ야 슈양(收養)으로 길은다 ᄒ니, 게 가 츳자보아라."

김젼 왈,

"(반 줄 판독 불능)"10)

노인 왈,

"그후의 쟝승샹 집니 샤향니란 죵(從)니 모함(謀陷)ᄒ야 니치니, 갈 디 업셔 포진물의 싸져 용궁(龍宮)의 갓짜 ᄒ니, 게 가 츳쟈보아라."

김젼 왈,

"육지(陸地) 갓ᄉ오면 시신(屍身)이나 챠즈보오련만은 물쇽의 어듸 가 츳쟈보올잇가?"

노인 왈,

"옥하슈(玉河水)11)의 치련(採蓮)ᄒ는 아희덜리 연넙쥬(蓮葉舟)를 틱와 다가 북노즁(北路中)의 노ᄒ니, 길흘 그룻 드러 노젼(蘆田)의 가셔 쟈다 가 화지(火災)를 만나 불의 타 죽다 ᄒ니, 게는 육지(陸地)민 민골12) 탄 지나 잇실 거시니, 게 가 츳즈보아라."

김젼 왈,

"일졍(一定) 게가 죽어시면 진들 엇지 어더보올잇가?"

노인 왈,

"게셔 화지를 만나 거의 죽게 되여쩌니 화덕진군(火德眞君)니 구(救)

---

10) [교감] 반 줄 판독 불능 부분: 심씨B본 '一定 게 잇ᄉ오면 이리로셔 바로 가려 ᄒ노이다'. 이대본 '닉일이라도 게 가 츳즈보오릿가'.

11) [교감] 옥하슈: 심씨B본 '銀河水'.

12) [교감] 민골: 심씨B본 '埋骨'. 이대본 '힉골'.

ᄒ야 마구홀미 ᄃ려갓쩌라 ᄒ니, 인간(人間)의셔 부즈런니 ᄎᄌ보면 안
니 만나랴?"

김젼 왈,

"인간니 하 만스오니 어듸 가 ᄎᄌ보리잇가?"

노인니 졍식(正色) 왈,

"네 슉향를 부듸 어더보려 ᄒ는 뜻은 무샴 일고?"

김젼 왈,

"늣기야 흔 ᄯᆞᆯ를 어덧샵쩌니 샤랑ᄒ는 마음니 진(盡)치13) 못ᄒ여셔
일허샤오니, 싱각ᄒ오면 쳔지망극(天地罔極)ᄒ와 죠셕(朝夕)의 눈물노
지니옵쩌니, 오늘날 하늘리 도으샤 셩인(聖人)를 만나오니, 쳔만번(千萬
番) 빌건디 슉향를 ᄎᄌ보게 ᄒ옵소셔."

노인니 증(症)너여 변식(變色)ᄒ고 갈오되,

"네 슉향를 그다지 ᄎᄌ려 ᄒ면 무샴 일노 반야산(般若山)의셔 발리
고 가고, 낙양(洛陽) 옥즁(獄中)의 갓쳐실 졔 만나보지 안니코 도로혀
남의 말를 듯고 긔여히 쥭이려 ᄒ다가, 인졔 와셔 늘근 날다려 폐(弊)
로이 지근디며 챠쟈니라 ᄒ고, 어린 쟈식(子息) 보치듯 ᄒ는다?"

김젼니 ᄯᅩ 지비(再拜) 왈,

"반야산의 발리고 가옵기는 난즁(亂中)의 부쳬(夫妻ㅣ) 다 쥭기기로 망
극(罔極)키 바리고 간 일니오며, 낙양 옥즁의 갓쳐실 졔는 일홈과 나흔
갓스오되 쩌난 지 오리오미 분명(分明)니 니 쟈식인 쥴 ᄭᅢ닷지 못ᄒ와
챠쟈보지 못ᄒ오문 나의 어지지 못ᄒ온 일니온니, 졔발 덕분(德分)의
니졔나 분명(分明)니 가르쳐쥬옵시면 노인의 쟈식 되야 은혜(恩惠)를 갑
스오리이다"

ᄒ고 이걸(哀乞)ᄒ거늘, 그 노인니 웃고 왈,

"네 그릇흔 죄(罪) 안니라 하늘리 졍(定)ᄒ신 일니라. 과년(果然) 나는

13) [교감] 진치: 심씨B본 '가시지'.

니 물 직킨 용왕(龍王)일너니, 져즘게 너 쟈식(子息)니 거복니 되여 반 하물가의 갓다가 어부(漁夫)의 그물의 걸려 죽게 되여쩌니, 그디 구(救)ᄒ물 힘입어 살아시니, 쏘한 나도 쟈식를 위(爲)ᄒ야 그디 은혜를 갑고쟈 ᄒ는 고(故)로 샹제(上帝)게 엿잡고 슉향니 만나볼 길를 갈으치라 왓쩌니, 만일(萬一) 그디 졍셩(精誠)니 지극(至極)지 안니ᄒ던들 일으지 못ᄒ릿낫다"

ᄒ고 갈오되,

"그디는 쟈셔(仔細)히 드러보라. 슉향니 그 샤이예 다슷 번 죽을 익(厄)를 지니고 이제야 귀(貴)히 되엿시니 죠만(早晩)의 만나보련이와, 다만 슉향니 국기든 일를 몰나시니 비록 슉향를 만나도 그디 쟈식(子息)인 쥴를 아지 못홀 거시미, 슉향를 만나거든 말를 다 무러보아셔 닉 말과 갓거든 그디 쟈식인 쥴을 알나."

김젼니 사례(謝禮) 왈,

"슉향니 비록 너 쟈식이라도 쩌난 지 오리오니 셔로 만나와도 분별(分別)홀 길 업샵쩌니, 용왕임 덕퇴(德澤)니 지극 감샤(感謝)ᄒ옵쩐니와, 쏘 감히 뭇잡너니 이제는 쟈샤(刺史)의 부인(夫人)니 되야샵는잇가? 명빅(明白)히 일르옵쇼셔."

노인 왈,

"그디 쟈년(自然) 알 쩌 잇실 거시니, 다시 보쟈"

ᄒ고 문득 간디업거늘, 김젼니 가쟝 고이(怪異)히 넉여 쇼솔(所率)를 불너 거늘이고 본관(本官)의 도라와 부인다려 용왕(龍王)의 말를 쟈셔(仔細)히 일으니, 부인니 듯고 하놀게 츅슈(祝手) 왈,

"슉향를 다시 보오면 죽스온들 무슨 한(恨)니 잇스올이잇가만은, 다만 쟈샤(刺史)의 부인(夫人)니 되여 온들 어듸 가 감히 너 쟈식(子息)이라 ᄒ리오"

ᄒ며 슬픈 마음를 이긔지 못ᄒ야 ᄒ더라.

각셜(却說)이라. 니젹의 졍렬부인(貞烈夫人)니 양양(襄陽)으로 가고져 ᄒᆞ되 샤셰(事勢ㅣ) 비편(非便)ᄒᆞ야 민망(憫惘)니 넉이더니, 밤에 달리 발고 잠니 오지 안니커ᄂᆞᆯ, 챵젼(窓前)의 지혀 안쟈 길히 탄식(歎息) 왈,

"나의 부모는 져 달를 보건만은, 나는 보고 슬허ᄒᆞ는 쥴 엇지 알르실고?"

ᄒᆞ고 슬푼 마음를 금(禁)치 못ᄒᆞ야 눈물를 흘이며 비회(徘徊)ᄒᆞ더니, 문득 ᄒᆞᆫ 션녜(仙女ㅣ) 굴음 쇽그로 ᄂᆞ려와 부인를 향(向)ᄒᆞ여 오더니, 향ᄂᆡ 진동(振動)ᄒᆞ고 셔긔(瑞氣) 황홀(恍惚)ᄒᆞ며, 그 션녜 ᄂᆞ려와 갈오되,

"오리 니별(離別) 후 부인은 무양(無恙)ᄒᆞ신이잇가?"

졍렬부인니 급(急)히 일어 총망(悤忙)니 답녜(答禮)ᄒᆞ고 문왈(問曰),

"뉘시온지 밤니오미 쟈셔(仔細)히 아지 못ᄒᆞ오니, ᄀᆞ르치쇼셔."

그 션녜(仙女ㅣ) 왈,

"부인(夫人)니 그 샤히예 날를 이져 계시도다. 나는 달은 니 안이라 텬틱산(天台山) 마고한미로쇼이다. 녀동빈(呂洞賓) 젹숑자(赤松子)14)와 니젹션(李謫仙) (반 줄 판독 불능)15) 부인니 부모를 보려 ᄒᆞ시거든 니졔 바로 형쵸(荊楚)로 가시면 슈월(數月)이 못 ᄒᆞ여 보시리이다"

ᄒᆞ고 문득 간ᄃᆡ업쩌라. 부인니 눈물짓고 왈,

"할미 날를 잇지 안니ᄒᆞ시고 길을 갈으치니, 아무리 시비(是非) 잇셔도 형쵸 ᄯᅡ흘 다다라 부모를 츠즈리라"

ᄒᆞ고 잇튼날 하인의게 분부(分付)ᄒᆞ야 양양(襄陽)으로 노문(路文)16) 노코 지ᄂᆞ는 고을마다 원(員)의 실ᄂᆡ(室內)를 쳥(請)ᄒᆞ여 말삼ᄒᆞ고 가시더니, 양양 ᄯᅡ혜 다다라는 김젼니 부인ᄃᆞ려 일의되,

---

14) 젹숑자(赤松子): 신농(神農) 때 비를 다스렸다는 신선의 이름.

15) [교감] 반 줄 판독 불능 부분: 심씨B본 '더브러 期約ᄒᆞ고 밧비 가는 길이오되 네 恩情을 닛지 못ᄒᆞ여 暫間 뵈옵고 ᄒᆞᆫ 말슴을 엿ᄌᆞ오려 ᄒᆞᆫᄂᆞ이다'. 이대본 '언약ᄒᆞ고 빗비 가ᄂᆞᆫ 길의 부인을 잇지 못ᄒᆞ여 ᄒᆞᆫ 말을 이르고져 왓ᄉᆞ오니'.

16) 노문(路文): 조선시대에 공무로 지방에 가는 벼슬아치의 도착 예정일을 미리 그곳 관아에 알리던 공문.

"쟈사(刺史)의 부인(夫人)니 쳐음의 황셩(皇城) 디로(大路)로 오려 ㅎ면 쳐음의 양양(襄陽)으로 와야 길리 빨웃 듯ㅎ되, 남군(南郡) 쇼로(小路)로 드러시니 고이(怪異)ㅎ고, 계양(桂陽)으로 형쥐(荊州) 갈 길흘 도라가시니, 져즘게 반하 뇽왕(龍王)니 ㅎ기를, '슉향니 쟈샤의 부인니 되어 오리라' ㅎ더니, 슉향니 안니 울리를 보러 오는가 ㅎ너이다."

쟝부인(張夫人)니 탄식(歎息) 왈,

"간밤 꿈니 ㅎ 슈상(殊常)ㅎ오니 나도 반가온 일니 잇실가 ㅎ거이와, 그러나 그 부인의 근본(根本)를 듯볼 거시라"

ㅎ고 먼져 샤람 보너여 탐지(探知)ㅎ니, 남군(南郡) 싸 쟝승상(張丞相)의 녀지(女子)라 ㅎ거눌, 김젼 부쳐(夫妻) 가쟝 셔운ㅎ여 ㅎ더라.

니젹의 쟈샤부인(刺史夫人)니 갓가이 드러오신다 ㅎ고 진동(振動)ㅎ거눌, 쟝부인니 굿 보려 ㅎ고 즁노(中路)의 가셔 하쳐(下處) 잡고 귀경ㅎ더니, 문득 슈(繡)노흔 갑옷 입은 군사(軍士) 일만(一萬)은 압뒤헤 옹위(擁衛)ㅎ고, 슈빅(數百) 시녀(侍女)는 녹의홍샹(綠衣紅裳)의 칠보단쟝(七寶丹粧)ㅎ고 젼후좌우(前後左右)의 시위(侍衛)ㅎ여시며, 긔이(奇異)ㅎ 향너는 쵹비(觸鼻)[17]ㅎ고 가즌 풍뉴(風流)는 진동흔 가온디 졍렬부인(貞烈夫人)니 금덩를 타고 날호여[18] 들어오시니, 쟝부인니 보고 울며 왈,

"엇쩐 샤롬의 쟈식(子息)은 져럿듯 귀(貴)히 되엿는고? 우리 슉향니도 잇쩐들 져 부인갓치 될는가?"

ㅎ시고 못너 슬허ㅎ시더라.

니젹이 졍렬부인니 긱사(客舍)의 들며 쥬인(主人) 실너(室內)게 말삼 부리시되,

"젼(前)의 뵈온 일 업스오나 갓튼 부인니 혐의(嫌疑) 업샤올 거시니, 월야(月夜)의 심심ㅎ오민 말삼나나 ㅎ셔이다"

---

17) 쵹비(觸鼻): 냄새가 코를 찌름.
18) 날호여: 천천히. '날호다'는 '느리다'의 옛말.

ᄒᆞ여거늘, 쟝씨(張氏) 가쟝 감격(感激)ᄒᆞ야 회답(回答)ᄒᆞ시되,

"먼져 문안(問安)니ᄂᆞ 알외고쟈 ᄒᆞ오되 참아 황숑(惶悚)ᄒᆞ고 불감(不敢)ᄒᆞ야 못 보니엿샤쩌니, 이럿틋 먼져 물으시니 지극 감격ᄒᆞ여이다"

ᄒᆞ고 날호여 나오시니, 졍렬부인니 화관(花冠)를 쓰고 칠보쟝암¹⁹⁾를 ᄒᆞ고 자금(紫金)²⁰⁾ 교위(轎倚)예 안쟈짜가 급(急)히 날려 읍(揖)ᄒᆞ고, 팔를 밀어 동편(東便) 교위예 (반 줄 판독 불능)²¹⁾

"부인으로셔 싱심(生心)니나 쟈샤부인(刺史夫人)과 안젼(眼前)의 감(敢)히 ᄃᆡ좌(對坐)ᄒᆞ올이잇가? 평좌(平坐)를 ᄒᆞ셔이다."

졍렬부인 왈,

"쥬긱지도(主客之道)의 엇지 벼슬을 굴희여 샤면(事面)²²⁾ᄒᆞ오며, 또ᄒᆞᆫ 년셰(年歲)를 안니 볼리잇가?"

쟝씨(張氏) 샤양(辭讓)치 못ᄒᆞ야 동편(東便) 교위(轎倚)예 올나안고 문왈(問曰),

"부인의 년셰(年歲) 얼마나 ᄒᆞ신이잇가?"

답왈(答曰),

"이십(二十)이로이다."

쟝부인(張夫人)니 눈믈를 지어 탄식(歎息)ᄒᆞ거늘, 졍렬부인 왈,

"엇지 져리 슬허ᄒᆞ시ᄂᆞᆫ잇가?"

쟝씨 왈,

"다만 ᄒᆞᆫ ᄯᆞᆯ를 나핫샤쩌니 다슷 살 먹여 난즁(亂中)의 일샵고 지금 샤싱(死生)를 몰오더니, 부인의 년셰(年歲) 쟈식(子息)의 동갑(同甲)이시기로 져를 싱각고 슬허ᄒᆞ너이다."

졍렬부인 왈,

---

19) [교감] 칠보쟝암: 심씨B본 '七寶莊嚴'. 이대본 '칠보단중'.
20) 자금(紫金): 검붉은색이 나는 도자기 잿물의 빛깔.
21) [교감] 반 줄 판독 불능 부분: 심씨B본 '請하거늘 張氏 再三 辭讓ᄒᆞ여 굴오되 守令이 內室'. 이대본 '좌를 졍ᄒᆞ니 즁시 ᄉᆞ양 왈 ᄒᆞ관의'.
22) 샤면(事面): 사리(事理)와 체면(體面)을 아울러 이르는 말.

180

"나는 얼여셔 부모를 일허샵쩌니 울리 부모도 날을 싱각고 절어틋 슬허ᄒᆞ시는가?"

ᄒᆞ고 눈믈를 흘인니, 쟝씨 왈,

"감히 뭇잡는니 부인은 몃 살의 어듸 가 무산 일노 부모를 일샵고, 뉘 집니 가 쟈라셔 져러틋 귀(貴)히 되엿샵는잇가?"

졍렬부인 왈,

"다슷 살의 부모를 일샵고 노즁(路中)의셔 바쟝니옵쩌니, 한 샤슴니 어버다가 남군(南郡) ᄯᅡ 쟝승 딕23) 동산의 두오니, 그 딕(宅)이 무쟈식(無子息)ᄒᆞ야 슈양(收養)으로 길너 ᄂᆡ오이다."

쟝씨 반하 뇽왕(龍王)의 말를 드러시미 쟝승샹(張丞相)니 기르단 말를 반기 넉니되, 국기단 말를 안니ᄒᆞ미 급(急)히 ᄂᆡ ᄯᆞᆯ이라 말를 못 ᄒᆞ더니, 쟝씨 잔(盞)를 들고 부인 압혜 나아가 두 ᅀᅩᆫ으로 공슌(恭遜)니 쟌를 밧ᄯᅳ러 들일 졔, 졍렬부인니 ᄯᅩ한 몸를 일어 양슈(兩手)로 쟌를 바드니, 쟝씨 쟘간(暫間) 보미 ᅀᅩᆫ의 옥지환(玉指環) 한 ᄶᅡ니 ᄭᅵ여거늘, 문득 싱각ᄒᆞ니 슉향를 니별(離別)홀 졔 글너 ᄎᆡ와준 거시어늘, 놀나 문왈(問曰),

"부인 ᄭᅵ신 옥지환니 본니 한 ᄶᅡᆨ이신니잇가?"

졍렬부인 왈,

"부뫼(父母ㅣ) 쳡(妾)를 반야산(般若山) 바회 틈의 너코 가실 젹의 글너 옷고롬의 치오고 간 거시오미, 비록 흔 ᄶᅡᆨ니나 부모 뵈온 드시 샹시(常時)에 버슨 ᄶᅵ 업샵ᄂᆞ이다"

ᄒᆞ거늘, 쟝씨 그겨야 슉향인 줄 알되 닙쩌 일으지 못ᄒᆞ여, 즉시 시녀(侍女)를 명(命)ᄒᆞ여 성젹함(成赤函)를 ᄂᆡ여올아 ᄒᆞ고, 눈믈를 머금고 늣기며 왈,

"틱쉬(太守ㅣ) 쇼시(少時) 젹의 벗 보라 미쥬셩찬(美酒盛饌)를 가지고 반효24) 믈가를 지나더니 어부(漁夫)ᄃᆞ리 거복를 잡아 구어 먹으려 ᄒᆞ거

---

23) 쟝승 딕: '쟝승샹 딕'의 오기.

놀, 쟌잉히 넉여 반전(盤纏)25) 미쥬(美酒)를 쥬고 그 거복를 밧고와 믈의 너코 왓샵써니, 그후의 빅운교(白雲橋)를 건너다가 큰믈의 거의 죽게 되어써니, 그 거복니 와서 구(救)ᄒ고 진쥬(眞珠) 흔 쌍를 쥬고 가옵기로 보온즉, 그 진쥬 속의 글지 잇시되, 흐나흔 목슘 슈쪄(壽字)요 흐나흔 복 복쪄(福字)니, 틱쉬 니게 숑쳐(送綵)ᄒ엿거눌, 울리 부뫼(父母ㅣ) 보시고 신긔(神奇)히 넉여 즉시 옥쟝인(玉匠人)를 불너 옥지환(玉指環) 흔 쌍(雙)를 밍그러 쥬시거눌 가져써니, 늣기야 흔 쌀흘 나흐니 잉틱(孕胎)홀 제 하눌노서 달리 합혜 썰어지고 희산(解産)홀 제 향니 진동(振動)ᄒ거눌, 제 부친(父親)니 일홈를 슉향(淑香)니라 ᄒ고 재(字)는 월궁션(月宮仙)이라 ᄒ여샵써니, 다슷 샬의 올앙킈 난(亂)의 피란(避亂)ᄒ야 반야산(般若山)의 갓짜가, 도적(盜賊)니 급(急)히 ᄯᆞ르니 업고 가다가 못ᄒ야 반야산 바회틈의 안치고, 옥지환 한 ᄶᆞ를 글너 옷고롬의 치오고, 싱월일시(生月日時)를 써 치오고 갓샵써니, 지금 존망(存亡)를 아지 못ᄒ와 ᄒ옵짜가, 마츰 틱쉬(太守ㅣ) 형쥬쟈사(荊州刺史)를 뵈옵고 오다가 길가의 한 노인를 만나 이리이리 ᄒ더라 ᄒ고 틱슈(太守) 긔록(記錄)ᄒ여샵써니, 오늘날 부인의 가지신 옥지환니 니 쟈식(子息) 슉향를 쥬온 거시오니, 슬푸믈 졍(定)치 못ᄒ리로쇼이다"

ᄒ고 가졋든 옥지환 흔 ᄶᆞ과 반하 용왕(龍王)의 말 젹은 거슬 나여드리니, 졍렬부인니 이윽킈 보다가 교위(轎倚)예 날리달아 앙쳔통곡(仰天痛哭) 왈,

"어마야, 어마야. 니 슉향이로쇼이다"

ᄒ고 금낭(錦囊)를 닉여 일홈과 연월일시(年月日時) 젹은 거슬 드리니, 쟝씨(張氏) 보미 김젼의 글씨여눌, 쳔지(天地) 아득ᄒ야 안고 통곡(痛哭)ᄒ니, 좌우(左右)의 샴쳔(三千) 시녀(侍女)와 슈만(數萬) 갑병(甲兵)니며

24) 반효: '반하'의 오기.
25) 반전(盤纏): 먼 길을 떠나 오가는 데 드는 비용. 노자(路資).

원근(遠近)의 듯는 샤람니 안니 칭찬(稱讚)ᄒ 리 업쩌라.

니젹의 김견니 외막(外幕)의셔 지웅(支應)[26] 범빅(凡百)를 분별(分別)ᄒ며, 무슨 분뷔(分付ㅣ) 잇실가 일시(一時) 마음를 놋치 못ᄒ고 죠심(操心)ᄒ야 등딕(等待)하여쩌니, 쳔만몽외(千萬夢外)예 니 말를 들으믹, 마음니 밋친 듯 취(醉)흔 듯 진졍(鎭靜)치 못ᄒ야 불계염의(不計廉義)[27]ᄒ고 닉막(內幕)으로 드리다라 슉향를 안고 구을며 실셩딕곡(失聲大哭)ᄒ며 왈,

"낙약[28] 옥즁(獄中)의 갓쳐실 졔 씨닷지 못ᄒ믄 나의 불명(不明)이오, 네 일니 귀(貴)히 되여 오늘 날를 만나믄 너의 은근(慇懃)흔 효힝(孝行)를 하늘리 도으시미라"

ᄒ시고, 도로혀 마음를 졍(定)치 못ᄒ여 ᄒ더라.

이늘 졍렬부인니 쟈사(刺史)의게 부모 만난 샤년(事緣)를 쟈셔히 긔별(奇別)ᄒ니, 쟈시(刺史ㅣ) 듯고 딕희(大喜)ᄒ야 위의(威儀)를 거록키 차려 양양(襄陽)의 나아와 김젼 부쳐(夫妻)를 보고, 형쵸(荊楚) 짜 모든 관원(官員)의 실닉(室內)와 원근(遠近)의 □□□□□□□□□□ 부인(夫人)들를 다 쳥(請)ᄒ야 낙봉년(樂逢宴)를 비셜(排設)ᄒ야 닷시를 즐기니, 원근(遠近)의 듯는 샤람이 다 칭찬(稱讚) 안니 리 업쩌라.

잇쩨예 양능 짜헤 샤는 양회라 ᄒ는 샤롬니 간의틱우로셔 말뮈[29]ᄒ고 집니 왓쩌니, 이 글별[30]를 듯고 긔특(奇特)이 넉여 경셩(京城) 드러가 황졔(皇帝)게 엿쟈온딕, 황졔 위공(魏公)를 불러 무르시니, 위공니 젼후슈말(前後首末)를 쟈셔히 쥬(奏)ᄒ온딕, 황졔 가쟝 칭찬ᄒ시고 왈,

"니션(李仙)이 형쥐쟈사(荊州刺史) 되믹 도젹(盜賊)니 화(化)ᄒ야 양민(良民)니 되엿시니 맛당이 니션를 한 고을의 두기 앗가오믹, 반드시 쳔

---

26) 지웅(支應): 조선시대에 벼슬아치가 공무로 출장 갔을 때 필요한 물품을 대어주던 일. 출장지 지방 관아에서 맡아 했다.
27) 불계염의(不計廉義): 염치와 의리를 따지지 않음.
28) 낙약: '낙양'의 오기.
29) 말뮈: 말미. 일정한 직업이나 일 따위에 매인 사람이 다른 일로 말미암아 얻는 겨를.
30) 글별: '기별(奇別)'의 오기.

하(天下)를 다슬일 지죄(才操) 겸젼(兼全)ᄒ여시니 형쥬(荊州)의 올러 두
지 못ᄒ리라"

ᄒ시고 특지(特旨)로 니션를 례부샹셔(禮部尚書)[31]를 ᄒ이시고, 김젼으
로 형쥬쟈ᄉᆞ(荊州刺史)를 ᄒ이시다. 니션이 죠셔(詔書)를 보고 김젼게
고왈(告曰),

"황졔 불너 계시니 소셰(小壻)[32] 가오면 뎌인(大人)[33]를 경셩(京城)
으로 슈히 오시게 ᄒ올 거시니 평안(平安)니 계쇼셔."

김젼 부쳐(夫妻) 슉향를 만나믹 젹년(積年) 그리다가 반가온 마음를
쩌나게 되니[34] 결년(缺然)[35]ᄒᆞᆫ 졍(情)를 이긔지 못ᄒ고, 졍렬부인도 가
기를 슬허ᄒ거늘, 김젼이 위로(慰勞) 왈,

"우리 귀(貴)히 되기는 다 너희 덕(德)인니 경셩(京城)의 가셔 도모(圖
謀)ᄒ야 우리를 슈히 가게 ᄒ라"

ᄒ고 또ᄒᆞᆫ 슬허ᄒ니, 졍렬부인니 또ᄒᆞᆫ 슬허 왈,

"비록 벼슬리 귀ᄒ오나 부모를 뫼옵고[36] ᄒᆞᆫ티셔 늙기만 갓지 못ᄒ여
이다"

ᄒ고 가장 슬허ᄒ며 하직(下直)고 쩌나이라.

이젹의 니션(李仙)이 올나가 궐하(闕下)에 슉빈(肅拜)[37] 안니코 샹쇼
(上疏) 왈,

"신(臣)니 아뷔 벼슬과 동품(同品)니 되오니 신의 벼슬를 가라쥬옵
쇼셔"

---

31) 예부상서((禮部尚書): 의례를 맡아보던 관아의 으뜸벼슬.
32) 소서(小壻): 예전에, 사위가 장인과 장모를 상대하여 자신을 낮추어 이르던 일인칭 대명사.
33) 대인(大人): 남의 아버지를 높여 부르는 말. 여기서는 '장인(丈人)'을 일컬음.
34) [교감] 김젼 부쳐 슉향를 만나믹 젹년 그리다가 반가온 마음를 쩌나게 되니: 이대본 '좌ᄉᆞ 부
부 슉향을 만나 오리지 아니ᄒ여 졍회를 다 못 ᄒ고 불시의 니별을 둉ᄒ니'. 심씨B본 '金典의
夫妻 淑夫人을 叉 만나며 無窮ᄒᆞᆫ 懷抱도 다 못 베포러 쉬이 쩌나게 되니'.
35) 결연(缺然): 모자라서 서운하거나 불만족스러운 모양.
36) 뫼옵고: '모시옵고'의 오기.
37) 숙배(肅拜): 백성들이 왕이나 왕족에게 하던 절.

ᄒ온디, 천ᄌᆞ(天子ㅣ) 죠셔(詔書)를 날리와 갈오샤되,

"날아에 위공(魏公)니 공(功)이 즁(重)ᄒᆞ니, 위공은 다시 위공(魏公)38)를 봉(封)ᄒᆞ고, 니션(李仙)으로 병부샹셔(兵部尙書)를 겸(兼)ᄒᆞ야 쵸공(楚公)를 봉(封)ᄒᆞ시다."

위공(魏公) 부ᄌᆞ(父子ㅣ) 여러 번 샹쇼(上疏)ᄒᆞ야 시양(辭讓)ᄒᆞ다가 마지못ᄒᆞ야 샤은(謝恩)ᄒᆞ온디, 샹(上)니 인견(引見)ᄒᆞ시고 슉향 맛난 말삼를 물으시거눌, 쵸공(楚公)니 전후슈말(前後首末)를 다 쥬(奏)ᄒᆞ오니, 황졔(皇帝) 칭찬(稱讚) 왈,

"니는 다 경(卿)의 공(功)이로다. 짐(朕)니 ᄯᅩ한 경의 츙셩(忠誠)를 아너니, 힘쎠 도으라"

ᄒᆞ신디, 쵸공(楚公)이 사례(謝禮)ᄒᆞ고 복지(伏地) 쥬왈(奏曰),

"김젼의 ᄌᆡ죠(才操)를 보오니 쟈사(刺史)이 두기는 앗갑샵쩌이다."

천ᄌᆞ(天子ㅣ) 갈오샤되,

"짐(朕)니 경의 공(功)를 위(爲)ᄒᆞ야 디혜(大惠)를 쓸리라"

ᄒᆞ시고 쟝숑(張松)를 사(赦)ᄒᆞ샤 승샹(丞相)를 빗ᄒᆞ시고 김젼으로 례부샹셔(禮部尙書)를 ᄒᆞ이시니, 쵸공(楚公)니 샤은(謝恩)ᄒᆞ고 물너오오라.

쟝숑과 김젼니 죠셔(詔書)를 보고 경셩(京城)의 올나와 샤은슉비(謝恩肅拜)ᄒᆞ온디, 천ᄌᆞ(天子ㅣ) 인견(引見)ᄒᆞ시고 갈오샤되,

"경(卿) 등은 졍렬부인 김씨(金氏)예 덕(德)이라. 쵸공(楚公)과 ᄒᆞᆫ가지로 짐(朕)를 도을아"

ᄒᆞ시니 양인(兩人)니 샤은(謝恩)ᄒᆞ고 집니 도라오니라.

이젹의 쵸공(楚公)니 천자(天子)게 표(表)39)를 올이고 졔왕(諸王)과 만죠지샹(滿朝宰相)를 쳥(請)ᄒᆞ야 낙봉연(樂逢宴)를 챠렷쩌라. 이날 위왕(魏王)이 잔(盞)를 잡아 모든 부인(夫人)게와 쟝승샹(張丞相) 김샹셔(金尙書)

38) 위공(魏公): '위왕(魏王)'의 오기.
39) 표(表): 마음에 품은 생각을 적어서 임금에게 올리는 글.

게 샤례(謝禮)호시니, 쟝승샹 부인은 샤향이로 호여 슉향의 익미(曖昧)
혼 악명(惡名)를 못니 일으시고, 김젼 부쳐(夫妻)는 슉향를 일코 못 어
더 호든 말과, 졍렬부인은 쳐쳐(處處)의 가 굿기던 말를 호니, 모다 눈
믈 아니 흘이 리 업고, 쵸공(楚公)은 위왕(魏王) 궁젼(宮殿)과 쟝승샹 집
과 김샹셔 집과 녀부인(呂夫人) 집과 흔디 짓고, 네 집 부모를 흔디 뫼
셔쩌라.

양왕이 다시 청혼해오다

이젹의 양왕(梁王)은 쳔자(天子)의 셋지 아니[1]라. 다만 일녀(一女)를
두어시되 인물(人物)과 지죠(才操) 쎄혀나고 글를 쟐ᄒ니, 샤람마다 칭
찬(稱讚)ᄒ기를 녀즁군지(女中君子)라 ᄒ더라.

이 아기 슈티(受胎)홀 졔 양왕의 꿈의[2] 일위(一位) 노인(老人)니 일으
되,

"봉ᄂ니산(蓬萊山) 셜즁ᄆ니(雪中梅) 그ᄃᆡ 집이 쩌러지니, 외얏남게[3] 졉
(接)ᄒ면 가지 번셩(繁盛)ᄒ리라"

ᄒ더니 과년(果然) 그달부터 ᄐᆡ긔(胎氣) 잇셔 십삭(十朔) 만의 일긔(一介)
옥녀(玉女)를 탄ᄉᆡᆼ(誕生)ᄒ니, 얼골리 일월(日月) ᄀᆞᆺ고 쇼리 낭낭(朗朗)ᄒ
더라. 졈졈(漸漸) 쟈라ᄆᆡ 일홈를 ᄆᆡ향(梅香)이라 ᄒ고, 쟈(字)는 셜즁ᄆᆡ
(雪中梅)라 ᄒ다. 양왕니 샤회를 갈히더니, 일일(一日)은 니션(李仙)니
어지단 말를 듯고 친(親)히 위왕(魏王)을 보고 구혼(求婚)ᄒ니, 위왕이

---
1) 아니: '아우'의 오기.
2) [교감] 양왕의 꿈의: 이대본 '부인 꿈의'. 심씨B본 '梁王이 夢의'.
3) 외얏나무: '자두나무'의 옛말. 여기서는 성씨(姓氏)인 '이(李)'를 비유하여 일컬음.

허혼(許婚)ᄒ야 결속(結束)ᄒ얏쩌니, 션(仙)이 다른 듸 취쳐(娶妻)ᄒ단 말를 듯고 양왕이 디로(大怒)ᄒ야 다른 듸 구혼(求婚)ᄒ니, 미향(梅香)니 울며 왈(曰),

"쇼녀(小女)는 듯스오니, 어진 신하(臣下)는 두 임군를 안니 셤기고, 정렬(貞烈) 잇는 녀즈(女子)는 두 지아비를 안니 셤긴다 ᄒ오니, 만일(萬一) 다른 듸 구혼ᄒ시면 쇼녀는 쥭기는 쉽스와도 챠마 다른 가문(家門)의는 가지 못ᄒ리로쇼이다."

왕(王) 왈,

"위왕(魏王)니 니션(李仙)를 너게 먼져 허(許)ᄒ야 정혼(定婚)ᄒ야쩌니, 션(仙)이 샤오나와 졔 아비 모로게 취쳐(娶妻)ᄒ엿짜 ᄒ니, 너는 고집(固執)히 니션를 바라고 늙으려 ᄒ는다.4) 닌 아들리 업고 다만 너쑨인니 샤회나 어진 거슬 구(求)ᄒ야 후사(後事)를 (반 줄 판독 불능)."5)

미향니 고왈(告曰),

"부모(父母)임니 후사(後事)를 맛기고쟈 ᄒ시면 족하(足下)6) 여려이 잇샤온니 맛짱ᄒ 샤람를 양즈(養子)ᄒ시고, 쇼녀(小女) 갓튼 자식(子息)은 업슨 양(樣)으로 ᄒ오면 할니라도7) 부모를 뫼시련니와, 구틔여 쇼녀의 쓰들 어긔여 다른 듸 보니랴 ᄒ시면 인간(人間)의 잇지 안니ᄒ리이다."

양왕니 잔잉ᄒ야 넘녀(念慮) 무궁(無窮)ᄒ더니, 일일(一日)은 왕비(王妃) 갈오되,

"졔 마음니 발셔 쳘셕(鐵石)갓치 미쳐스옵고, 다시는 부뫼(父母)라도 고칠 셰 업스오니, 이졔 니션이 쵸공(楚公)이 되어시니 족(足)킈 두 부인(夫人)를 둘 거시오민, 왕(王)은 위왕(魏王)를 쳥(請)ᄒ야 혼사(婚事)를

---

4) [교감] 너는 고집히 니션를 바라고 늙으려 ᄒ는다: 이대본 '이난 고집할 빈 아니라'.
5) [교감] 반 줄 판독 불능 부분: 국립도서관본(의산古3636-5) '막기고즈 ᄒ늑이 이를 고집ᄒ여 부모의 뜻즐 어긔지 말라'.
6) 족하(足下): '조카'의 옛말.
7) [교감] 할니라도: 이대본 '종신토록'. '할리'는 '하루'의 방언(강원, 평안).

고쳐 정(定)ᄒᆞ오미 맛땅홀가 ᄒᆞ너이다."

왕(王) 왈(曰),

"왕의 ᄯᆞᆯ니 샹셔(尙書)의 둘ᄌᆡ 부인 되기는 남이 붓그러오니, 엇지ᄒᆞ리오?"

미향(梅香)니 갈오되,

"니션(李仙)의 쳡(妾)도 되지 말고 그 집 죵(從)니 되어도 붓그렵지 안니ᄒᆞ련니와, 다른 가문(家門)의 가면 남의게만 붓그렵지 안야 쇼녀(小女)의 ᄆᆞ음니 붓그러올 거시니, 엇지 남의 ᄌᆡ쳐(再妻) 되믈 한탄(恨歎)ᄒᆞ리잇가?"

왕 왈,

"네 ᄯᅳ지 그러ᄒᆞ면 ᄂᆡᆫ들 엇지ᄒᆞ리요? 아무려나 위왕(魏王)과 ᄯᅩ 쳥혼(請婚)ᄒᆞ쟈"

ᄒᆞ고 잇튼날 죠회(朝會)예 드러가 황졔(皇帝) 압헤셔 양왕니 위왕게 샬오되,

"젼(前)의 니션(李仙)를 ᄂᆡ게 ᄒᆞ고,[8] 엇지 다른 ᄃᆡ 혼인(婚姻)를 ᄒᆞ신뇨?"

위왕니 붓그려 답왈(答曰),

"ᄂᆡ 실긔(失期)ᄒᆞ오미 아니라, 그ᄯᅢ예 쳔ᄌᆡ(天子ㅣ) 부르시거ᄂᆞᆯ 경셩(京城)의 드러온 샤히예, 맛누의 무ᄌᆞ식(無子息)ᄒᆞ야 니션를 슈양(收養)으로 길으셧써니 츄혼(推婚)ᄒᆞ엿ᄉᆞ오나, ᄂᆡ 타시 안니로쇼이다."

황졔(皇帝) 드르시고 갈오샤되,

"니션이 경렬부인(貞烈夫人) 어드문 임의(任意)로 못 ᄒᆞ야 쳥졍[9]인니 셔로 닷토지 말나. 이졔 어진 샤람를 갈희지 못ᄒᆞ랴?"

양왕니 쥬왈(奏曰),

8) [교감] ᄒᆞ고: 심씨B본 '許ᄒᆞ여 두시고'.

9) 청정: '천정(天定)'의 오기.

"니리 슌(順)ᄒ오면 구티여 다토지 안일 거시로되, 신(臣)의 쟈식(子息)니 고집(固執)ᄒ와, '니션(李仙)의게 정혼(定婚)ᄒ엿썬 이라고 죽어도 다른 ᄃᆡ는 안니 가리라' ᄒ옵기로, 글노 민망(憫惘)ᄒ여이다."

천지(天子ㅣ) 갈오샤되,

"니션이 어진 연고(緣故)로 샤람마다 졀(節)를 직킈니, 이졔 니션의 벼슬리 쵸공(楚公)이 되어시미 두 부인(夫人)를 두어도 죡(足)ᄒ리니, 위 왕(魏王)니 아죠 혼샤(婚事)를 결단(決斷)ᄒ리로다"

ᄒ시거늘, 위왕니 두 번 졀ᄒ고 왈,

"폐하(陛下)는 졀를 부르샤 친(親)히 전교(傳敎)10)ᄒ쇼셔."

천지(天子ㅣ) 즉시 쵸공를 픽쵸(牌招)11)ᄒ샤 불으시니, 쵸공이 혀오되,

'양왕니 구혼ᄒ더니, 오늘 만죠(滿朝) 뫼햐 죠회(朝會)ᄒ는 ᄃᆡ 날를 블으실 일니 업슬 거시어늘, 명픽(名牌)로 부르시니 일졍(一定) 어젼(御前)에셔 양왕의 혼샤를 졍(定)ᄒ려 ᄒ는가 시부니, 안이 갈만 갓지 못ᄒ다'

ᄒ고 병탈(病頉)12)ᄒ고 안니 갈야 ᄒ거늘, 졍렬부인 왈,

"천지(天子ㅣ) 불으시되 칭병(稱病)ᄒ고 안니 가시문 어인 년괴(緣故)시니잇가?"

샹셔(尙書) 답왈(答曰),

"오늘 어젼(御前)의셔 양왕의 혼샤를 졍ᄒ려 ᄒ시는가 시부오니, 안니 가너이다."

부인니 졍싴(正色) 왈,

"샹셰(尙書ㅣ) 국명(國命)를 슈홰(水火)라도 샤양(辭讓)치 못ᄒ려든, 부인를 두려ᄒ고 어명(御命)으로 부르시는ᄃᆡ 거즛 칭병(稱病)ᄒ고 안니 가

---

10) 전교(傳敎): 임금이 명을 내림.
11) 패초(牌招): 조선시대에 임금이 승지를 시켜 신하를 부르던 일. '命'자를 쓴 나무패에 신하의 이름을 써서 원례(院隸)를 시켜 보냈다.
12) 병탈(病頉): 병을 핑계 삼음. 또는 병이라는 핑계.

시니, 이는 신자(臣者)의 도리(道理)에 맛땅치 안니ᄒᆞ여이다."

샹셰(尙書ㅣ) 왈,

"올치 안인 쥴은 아오되, 어젼의셔 혼인를 졍ᄒᆞ시면 마지못ᄒᆞ여 두 부인를 둘 거시니, 그ᄃᆡ 일졍(一定) 슬허ᄒᆞ실 거시민, 그ᄃᆡ를 위(爲)ᄒᆞ야 부인를 쇼(疎)ᄒᆞ면13) 져는 양왕(梁王)의 ᄯᆞᆯ니오 황졔(皇帝) 졍(定)ᄒᆞ신 비필(配匹)이온이 일졍 셰력(勢力)으로 가ᄂᆡ(家內) 불평(不平)ᄒᆞᆯ 듯ᄒᆞ오니, 쳐음의 거졀(拒絶)ᄒᆞᆷ만 갓지 못ᄒᆞ외다."

부인 왈,

"그러치 안이ᄒᆞ이다. 양왕니 당쵸(當初)의 샹셔(尙書) 부귀(富貴)ᄒᆞᆫ 일니 안이오라 샹셰 션비 시졀(時節)의 부친(父親)게 허락(許諾)바다 계신ᄃᆡ, 샹셰 부모(父母) 모로게 쳡(妾)를 ᄎᆔ(取)ᄒᆞ니, 쳡은 샹셔를 뫼셔 영화(榮華)를 만히 보앗샵고, 부모와 쟝승샹 덕(張丞相宅) 은혜(恩惠)를 갑하시니, 이 밧게는 다시 바랄 일니 업ᄉᆞ오니, 샹셰는 졍부인(正婦人)를 어드시고 쳡를 여염(閭閻)의 니쳐도 ᄒᆞᆫ(恨)이 업ᄉᆞ올 거시니, 죠곰도 넘녀(念慮) 마르쇼셔. 졔 비록 셰(勢)를 밋고 ᄎᆔ셰(趨勢)14)를 ᄒᆞ와도 쳡은 인의(仁義)로 ᄃᆡ졉(待接)ᄒᆞ오면 샹셔긔 무샴 불가(不可)ᄒᆞᆫ 일니 잇ᄉᆞ올리잇가?"

샹셰 왈,

"니 임의 ᄯᅳᆯ 졍(定)ᄒᆞ여ᄉᆞ오니 부인의 알 ᄇᆡ 업ᄉᆞᆯ이다"

ᄒᆞ고 죵시(終是) 안니 가니, 쳔ᄌᆞ(天子ㅣ) 어의(御醫)를 명(命)ᄒᆞ여 니션의 병(病)를 보라 ᄒᆞ신ᄃᆡ, 샹셰 병든 쳬ᄒᆞ고 누엇떠니, 어의 와셔 진믹(診脈)ᄒᆞ고 도라가 쥬왈(奏曰),

"병은 드러샤오나 즁(重)치 안니ᄒᆞ더이다."

쳔ᄌᆞ(天子ㅣ) 잠잠(潛潛)ᄒᆞ시고, 양왕은 발연ᄃᆡ로(勃然大怒)ᄒᆞ더라.

---

13) [교감] 그ᄃᆡ를 위ᄒᆞ야 부인를 쇼ᄒᆞ면: 심씨B본 '夫人을 爲ᄒᆞ여 跪對코져 ᄒᆞ여도'.
14) 추세(趨勢): 어떤 세력이나 세력 있는 사람을 붙좇아서 따름.

선약을 구해오면 천하를 나눠주리라

　일일(一日)은 황티휘(皇太后ㅣ) 여러 날 유종(乳腫)1)를 알터니, 그 증
(症)니 두로 펴져 두 귀와 눈를 보지 못ᄒᆞ고 말 못 ᄒᆞ는 병인(病人)니
되니, 샹(上)니 디경(大驚)ᄒᆞ샤 명의(名醫)를 모하 병(病)를 고치되 죠곰
도 효험(效驗)를 보지 못ᄒᆞ니, 죠졍(朝廷)니 경황(驚惶)ᄒᆞ고 샹니 용녀(用
慮)ᄒᆞ시더니, 일일(一日)은 ᄒᆞᆫ 도ᄉᆡ(道士ㅣ) 일으되,

　"화타(華陀)2)와 편쟉(扁鵲)3)이라도 침약(鍼藥)으로는 무효(無效)ᄒᆞᆯ 거
시니, 봉ᄂᆡ산(蓬萊山) 긔연쵸(開言草)4)를 어더다가 먹어야 말를 ᄒᆞ고,
쳔틱산(天台山)에 가 별니용(闢耳茸)5)를 어더 귀헤 너허야 음셩(音聲)를
아라듯고, 셔희(西海) 용왕(龍王)의 가셔 계안쥬(啓眼珠)6)를 어더 눈의

---

1) 유종(乳腫): 유방염으로 젖이 곪는 종기.
2) 화타(華陀, ?~208): 중국 후한(後漢) 말기에서 위나라 초기의 명의(名醫). 약제의 조제나 침질,
　뜸질에 능하고 외과 수술에 뛰어났으며, 일종의 체조에 의한 양생 요법인 '오금희(五禽戲)'를
　창안했다.
3) 편쟉(扁鵲, ?~?): 중국 전국시대의 의사. 성은 진(秦). 이름은 월인(越人). 임상 경험을 바탕으로
　치료했다. 장상군(長桑君)으로부터 의술을 배워 환자의 오장을 투시하는 경지에까지 이르렀다고
　전한다.
4) 개언쵸(開言草): 먹으면 막혔던 말문이 열린다는 전설상의 풀.
5) 벽이용(闢耳茸): 귀에 넣으면 막혔던 귀가 뚫려 잘 들린다는 전설상의 버섯.

쓰셔야 만물(萬物)을 아라보고 나흘 거시니, 어진 신하(臣下)을 보니여 약(藥)를 구(求)ᄒ야 쓰쇼셔"

ᄒ거늘, 천ᄌ(天子ㅣ) 빅관(百官)를 불너 감즉ᄒ 신하를 의논(議論)ᄒ시더니, 양왕(梁王)니 쥬왈(奏曰),

"죠졍(朝廷)의 니션(李仙)이만흔 신하 업샤오니, 니션를 보니여 어더오라 ᄒ옵쇼셔."

죠졍(朝廷) 문무빅관(文武百官)니 다 알외오되, 양왕의 말샴니 홀흔 쥴노 고(告)ᄒ니, 천ᄌ 니션를 불너 젼교(傳敎) 왈,

"짐(朕)니 본듸 경(卿)의 츙셩(忠誠)를 아너니, 이졔 황틴휘(皇太后ㅣ) 환휘(患候ㅣ) 위틴(危殆)ᄒ샤 빅약(百藥)니 무효ᄒ야 민망(憫惘)ᄒ니, 봉니산 기연쵸와 텬틴산 별니용과 셔희 용궁(龍宮) 계안쥬를 지셩(至誠)으로 어더오면, 짐니 천하(天下)를 반분(半分)ᄒ야 쥬리라"

ᄒ신듸, 샹셰(尙書ㅣ) 지빈(再拜) 왈,

"신하 되어 몸를 나라의 허(許)ᄒ야샤오니, 죽기를 엇지 샤양(辭讓)ᄒ오리니잇가? 죽도록 단니오며 구(求)ᄒ여 올런니와, 봉니산은 하늘 동남(東南)의 잇따 ᄒ옵고, 천틴산은 하늘 셔남(西南)의 잇따 ᄒ옵고, 셔희 용궁은 믈쇼기오니, 셰 고듸 단녀오노라 ᄒ오면 일연(一年)니 모쟈랄 듯ᄒ와이다"

ᄒ고 하직(下直)고 도라와 즉시 부모(父母)게와 녀부인(呂夫人) 김샹셔(金尙書) 쟝승샹(張丞相)게 각각 하직ᄒ니, 모든 집니셔 샹ᄉ(喪事) 난 집 갓쩌라.

졍렬부인(貞烈夫人)게 하직 왈,

"나는 몸를 나라의 하직흔7) 샤롬인니 나라흘 위(爲)ᄒ야 죽으러 가건이와, 그듸는 날를 위ᄒ야 쇽졀업시 슬허 말르시고 각딕(各宅) 부모

6) 계안쥬(啓眼珠): 먼눈을 뜨게 한다는 전설상의 구슬.
7) [교감] 하직흔: 심씨B본 '許하엿ᄉ오니'.

(父母)를 날 본드시 셤기쇼셔."

부인니 탄왈(歎曰),

"디쟝뷔(大丈夫ㅣ) 되어 임의 몸를 날아의 허(許)ᄒ여샤오니, 날아 명(命)으로 가시며 무삼 일노 그다지 슬허ᄒ시는이잇가? 부모는 쳡(妾)니 잇샤온니 념녀(念慮) 말르시고, 아모려나 평안(平安)니 단녀오쇼셔."

샹셔(尙書) 왈,

"니번 길혜 무사(無事)히 단녀오기는 긔밀[8]치 못할 거시니, 져 창(窓) 밧긔 동빅(冬栢)남기 입히 니울거든 병(病)든 쥴노 알고, 입히 누루거든 니 죽은 쥴노 알고, 가지 다 북(北)으로 향(向)ᄒ거든 니 무샤히 도라오는 쥴노 아옵쇼셔."

부인 왈,

"나도 샹셰(尙書ㅣ)게 표(標)[9]를 ᄒ셔이다"

ᄒ고 옥지환(玉指環) 한 쫙를 버셔쥬며 왈,

"니 진쥐(眞珠ㅣ) 누르거든 쳡(妾)니 병든 쥴노 알르시고, 빗치 검거든 죽은 쥴노 알르쇼셔"

ᄒ며 쏘 흔 봉(封) 글월를 쥬며 왈,

"니화졍(梨花亭)의 잇떤 할미 쳔틱산(天台山)의셔 치약(採藥)ᄒ는 마고션녜(麻姑仙女)니 차자셔 쳡(妾)의 셔간(書簡)를 젼(傳)ᄒ여쥬쇼셔"

ᄒ며, 샹셔 보는 디는 흔년(欣然)ᄒᄂ 안모음의 슬픈 졍(情)를 이긔지 못ᄒ야 눈물를 금(禁)치 못ᄒ더라.

샹셰(尙書ㅣ) 집를 쩌나 남히(南海)가의 다다르니 믈결은 하늘의 다핫고 풍셰(風勢)는 흉용(洶湧)ᄒ더라. 비를 잡아 탈셰 졔믈(祭物)를 크게 빈셜(排設)ᄒ야 슈신(水神)게 졔(祭)ᄒ고 즉시 쩌나더이, 비 노흔 보름만의 광풍(狂風)니 크게 일어나니 비 ᄀ쟝 위틱(危殆)ᄒ야 션즁(船中)

8) [교감] 긔밀: 심씨B본 '定지'. 이대본 '기약'.
9) 표(標): 준거가 될 만한 형적.

샤룹니 죽기를 졍(定)ᄒ고 우더니, 믄득 슈즁(水中)으로셔 큰 즘싱니 머리는 셔너 셤드리 뒤웅박10) 갓고, 눈니 너히뇨11) 몸니 화광(火光) 갓고, 크기 각지동12)만 ᄒ며, 길히 빅쳑(百尺)니나 ᄒᆫ 거시 쇼리 벽녁(霹靂) 갓쩌라. 그거시 쇼리 질너 왈,

"너히 엇쩐 거시완딕 지셰(地稅)도 안니 물고 남의 짜의 당도리 지나가려 ᄒᄂ다? 너희 가져가는 보비를 다 닉여라. 그러치 안인즉 션즁(船中) 샤람를 다 잡아먹으리라"

ᄒᄂ는 쇼리 쳔지(天地) 뒤눕거눌, 샹셰(尙書ㅣ) 죠곰도 두려 안니코 비러 왈(曰),

"나는 즁국(中國) 딕샤마(大司馬)13) 딕쟝군(大將軍) 쳔하도춍독(天下都總督) 병부샹셔(兵部尙書) 니션(李仙)일너니, 황팈휘(皇太后ㅣ) 병(病)니 즁(重)ᄒ미 봉닉산(蓬萊山)의 션약(仙藥) 어드러 가더니, 길을 빌이쇼셔."

그거시 왈,

"네 나라 병부샹셔를 귀(貴)히 넉인들 닉 바다 귀신(鬼神)죠츠 귀히 넉이랴? 잡말 말고 슈히 닐아"

ᄒ고 비를 업치락뒤치락 ᄒ거눌, 샹셰 민망(憫惘)ᄒ여 왈,

"닉 양식(糧食)밧게는 가진 거시 업셔이다"

ᄒ고 부인(夫人) 쥬던 옥지환(玉指環)를 닉여쥬니, 그거시 보고 딕로(大怒) 왈,

"니거시 셔희(西海) 용왕(龍王)의 계안쥬(啓眼珠)니, 네 어듸 가 도젹(盜賊)ᄒ여ᄂ다?"

ᄒ고 비를 쓰을고 달으니, 샹셔(尙書)와 모든 션즁(船中) 샤룹드리 망극(罔極)ᄒ야 아무리 홀 쥴 몰나 ᄒ더니, ᄒᆫ 궁젼(宮殿)의 다다르미 그거

---

10) 뒤웅박: 박을 쪼개지 않고 꼭지 근처에 구멍만 뚫어 속을 파낸 바가지.

11) 너히뇨: '네[四] 히요'의 오기.

12) 각지동: 각(角)이 진 기둥.

13) 대사마(大司馬): 중국 주나라 때에 육관(六官) 가운데 군사와 운수(運輸)를 맡아보던 벼슬. 삼공(三公)의 하나로, 후한(後漢) 때는 태위(太尉)라 불렸다.

시 비를 미고 션즁 샤룸를 다 잡아가지고 드러가 일오되,

"셔히 용궁 계안쥬(啓眼珠ㅣ) 도적ᄒᆞ여 가든 놈를 잡아왓너이다"

ᄒᆞ고 그 옥지환를 드려보니더니, 이윽ᄒᆞ야 한 관원(官員)니 나와 문왈(問曰),

"네 엇쩐 샤룸이완더 용궁 보비를 도적ᄒᆞ야 가지고 어듸로 가는다?"

상셰(尙書ㅣ) 답왈(答曰),

"나는 즁국 병부상셔 니션이옵쩌니, 황제(皇帝) 명(命)를 밧ᄌᆞ와 봉니 샨의 션약 어드러 가옵는 길이옵고, 옥지환은 닉 부인니 날를 니별(離別)ᄒᆞᆯ 졔 쥬며, '본드시 가져가라' ᄒᆞ거늘 가져와숩쩌니, 져거시 셰(稅) 니라 ᄒᆞ고 죠롱(嘲弄)ᄒᆞ거늘 쥴 거시 업셔 옥지환를 쥬엇노라"

ᄒᆞ고 일은더, 그 관원니 안흐로 드러가더니 이윽ᄒᆞ야 ᄯᅩ 나와 문왈,

"네 부인의 옥지환니라 ᄒᆞ이, 네 부인니 뉘 ᄯᆞᆯ이며 일홈은 무어시라 ᄒᆞ는뇨?"

상셰 답왈,

"닉 부인은 낙양(洛陽) ᄯᅡ 김젼의 ᄯᆞᆯ 슉향(淑香)이라 ᄒᆞ너이다."

그 관원니 드러가더니 이윽ᄒᆞ야 왕(王)니 나오신ᄃᆞ ᄒᆞ거늘, 보니 궁즁(宮中)이 진동(振動)ᄒᆞ며 용왕(龍王)니 몸의 곤룡포(袞龍袍)[14]를 입고 머리에 통천관(通天冠)[15]를 쓰고 빅옥홀(白玉笏)를 잡고 친(親)히 즁문(中門)의 나와 상셔(尙書)를 쳥(請)ᄒᆞ거늘, 상셰 가쟝 황공(惶恐)ᄒᆞ야 드러가 복지(伏地)ᄒᆞ니, 왕(王)이 친(親)히 붓쓰러 젼상(殿上)의 올이고 샤례(謝禮) 왈,

"나는 니 믈 직히 남히(南海) 용왕(龍王)일너니, 상셰(尙書ㅣ) 더러온 ᄯᅡ헤 지나가실 쥴 어니 알이닛가? 져즘게 내 누의 부왕(父王)게 득罪

---

14) 곤룡포(袞龍袍): 임금이 입던 정복. 누런빛이나 붉은빛의 비단으로 지었으며, 가슴과 등과 어깨에 용의 무늬를 수놓았다.

15) 통천관(通天冠): 황제가 정무(政務)를 보거나 조칙을 내릴 때 쓰던 관. 검은 깁으로 만들었는데 앞뒤에 각각 열두 솔기가 있고 옥잠과 옥영을 갖추었다.

(得罪)호야 반하믈의 귀향 갓쩌니, 어부(漁夫)의게 잡혀 거의 쥭게 된 거슬 김샹셰(金尙書ㅣ) 구(救)호야 살와너니, 그 은혜(恩惠) 갑흘 길히 업셔 져 구슬 한 쌍(雙)를 밧쓰러쩌니,16) 져 진쥬(眞珠)는 샹녜(上例) 진쥐(眞珠ㅣ) 안이라, 복 복자(福字)를 가져시면 몸의 잡거시 범(犯)치 못호고 쥭을 익(厄)를 만나도 졀노 면(免)호고, 목슘 슈짜(壽字)는 쥬근 샤롬를 눌너두면17) 비록 쳔년(千年)이라도 살히 썩지 안이호미, 용궁 (龍宮)예도 극(極)혼 보비라. 슈죨(守卒)리 다 아옵쩌니, 오늘 니 하죨 (下卒)리 슌힝(巡行) 갓삽짜가, '멀이셔 발아보니 보비 잇셔 긔운(氣運) 니 하눌의 쏘혀쩌라' 호거눌, 니 마츰 아스오라 호여쩌니, 샹셰 가져 가시는 줄을 엇지 알이잇가?"

샹셰 답왈,

"황틱후(皇太后) 병(病)니 즁(重)호무로 〈황제〉 날를 명(命)호샤 봉닉샨 (蓬萊山) 기년쵸(開言草)와 쳔틱산(天台山) 별니용(鼈耳茸)과 셔히(西海) 용궁(龍宮) 계안쥬(啓眼珠)를 어더오라 호시거눌, 봉닉샨니 힉즁(海中) 동남(東南)의 잇짜 호옵기로 이 믈를 ᄆᆞ춤 지나옵쩌니, 인간(人間) 미쳔 (微賤)호온 샤롬를 구(貴)히 딕졉(待接)호오시니 지극(至極) 감격(感激)호 와이다."

왕(王) 왈,

"샹셔(尙書)는 날를 몰나보셔도 나는 샹셔의 일를 ᄌᆞ셔(仔細)히 아옵 너니, 샹셔 봉닉샨의 가오면 게 잇는 신션(神仙)니 보시고 반겨 약(藥) 은 어더쥬련니와, 다만 봉닉샨니 예셔 슈로(水路) 삼쳔삼빅(三千三百)18) 인니 엇지 갈리잇가?"

샹셰(尙書ㅣ) 왈,

"굴리호오면19) 엇지호올리잇가?"

<hr>

16) [교감] 밧쓰러쩌니: 심씨B본 '드려숩더니'. 이대본 '듸려숩더니'.
17) [교감] 샤롬를 눌너두면: 심씨B본 '사롬의 우희 언져 두면'.
18) [교감] 삼쳔삼빅: 심씨B본 '三萬三千里'.

왕 왈,

"슈뢰(水路ㅣ) 험(險)ᄒ고 열두 나라ᄒᆞ 지나올 거시오니 죠심(操心)ᄒ쇼셔."

샹셰 왈,

"온 ᄃᆞᄂᆞᆫ 얼마ᄂ ᄒᆞ니잇가?"

왕 왈,

"중국(中國) 지경(地境)이 예셔 삼쳔삼ᄇᆡᆨ(三千三百)이니이다."

샹셰 왈,

"오기도 쳔신만고(千辛萬苦)ᄒᆞ야 왓삽ᄂᆞᆫᄃᆡ ᄯᅩ 삼쳔삼ᄇᆡᆨ 니(里)라 ᄒᆞ오니, 갈 길히 아득ᄒᆞ와 득달(得達)치 못ᄒᆞ와 ᄒᆞ너이다."

왕 왈,

"오신 ᄃᆡᄂᆞᆫ 험(險)ᄒᆞᆫ 곳 업삽쩐니와, 이 압흔 여러 나라ᄒᆞ 지나가올 거시니, 가쟝 험흔 ᄃᆡ 만코 약쉬(弱水ㅣ)[20] 년(連)ᄒᆞ야시니, 그 믈은 싯깃도 가라안ᄂᆞᆫ 믈이오니, 인간(人間) 비로ᄂᆞ 가지 못ᄒᆞ리이다. 내 샹셔(尙書)ᄅᆞ 위(爲)ᄒᆞ야 친히 가오면 약(藥)ᄅᆞ 슈히 어더올 거시로되, 하ᄂᆞᆯ 명(命) 업시 임의(任意)로 츌입(出入)지 못ᄒᆞ옵고, 쳔궁(天宮)의 계실 제 지은 죄(罪) 잇스오니, 고ᄒᆡᆼ(苦行)ᄅᆞ 지ᄂᆡ와야 젼싱죄(前生罪)ᄅᆞ 쇠멸(衰滅)ᄒᆞ올 거시오니 부디 친히 가시련이와, 이 압길히 하 험ᄒᆞ오니 가실 길ᄅᆞ 싱각ᄒᆞ오미 심녀(深慮)ᄒᆞ너이다"

ᄒᆞ고 큰 잔치ᄅᆞ 비셜(排設)ᄒᆞ야 ᄃᆡ졉(待接)ᄒᆞ더니, 밧그로 한 션관(仙官)니 녜(禮)ᄒᆞ고 안거ᄂᆞᆯ, 보니 나히 십오(十五)ᄂᆞᆫ ᄒᆞ더라.

용왕(龍王)니 문왈(問曰),

"네 어니[21] 온다?"

19) 굴리ᄒᆞ오면: '그러ᄒᆞ오면'의 오기.
20) 약쉬(弱水): 길이가 삼쳔 리이며 부력이 약해 기러기의 깃털도 가라앉는다는, 중국 서쪽의 전설상의 강.
21) [교감] 어니: 심씨B본 '어더로서'. 이대본 '어디로서'.

그 쇼년(少年)니 답왈(答曰),

"션싱(先生)임계옵셔 '네 공업(功業)은 다 일워시느, 마츰 쳔샹(天上)
틱을셩(太乙星)이 모든 셩신(星辰)과 션관(仙官)를 가음아더니, 샹졔(上
帝)거[22] 득죄(得罪)ᄒ야 인간(人間)의 귀향 왓시니, 이졔 오십여 년(五十
餘年)를 지닉면 도로 쳔샹으로 갈 거시니, 틱을션(太乙仙)니 와야 네 일
홈니 션관안(仙官案)에 올을 거시미, 이졔 틱을션니 황틱후(皇太后) 병
(病)를 구(救)ᄒ랴 ᄒ고 봉닉산(蓬萊山)으로 약(藥) 어드러 갈 졔 네 집
으로 지닐 거시니, 네 틱을(太乙)를 뫼셔 봉닉산의 가 공부(工夫)ᄒ야
약를 어더오면 션관(仙官)니 슈히 되리라' ᄒ시거놀, 도라왓너니다"
ᄒ온딕, 왕(王)니 딕희(大喜) 왈,

"니샹셔(李尙書)는 틱을(太乙)인니 네 뫼셔가면 의심(疑心) 업스리라.
길히 험(險)ᄒᆫ 고지 만스오니 샹셰(尙書ㅣ) 쇽킥(俗客)[23]의 의복(衣服)으
로는 가지 못ᄒ올 거시니, 션관(仙官)의 오슬 입으시고 닉 공문(公文)를
가져가쇼셔."

샹셰(尙書ㅣ) 딕희 왈,

"져 쇼년(少年)은 뉘시니잇가?"

왕 왈,

"닉 셋직 아들이올너니, 신션(神仙) 공부ᄒ려 ᄒ고 일광노(日光老)[24]
의 졔직(弟子ㅣ) 되엿샵쩌니, 져 션싱(先生)의 명(命)를 밧쟈와 샹셔를 뫼
셔가랴 와샵너니다."

샹셰 딕희 왈,

"져 쇼년(少年)과 ᄒᆫ가지로 가오면 닉 다려온 하인(下人)은 다 엇지ᄒ
리잇가?"

---

22) 거: '게'의 오기.

23) 쇽킥(俗客): 쇽셰에셔 온 손님.

24) 일광로(日光老): 일광보살(日光菩薩)인 듯함. 일광보살은 곧 일광편조보살(日光遍照菩薩)로, 약사
본의 왼쪽에 있는 보처존(補處尊).

용왕 왈,

"그 샬암들은 져희 타고 온 빈예 시러 쳐음에 샹셔를 잡아오던 바다 귀신(鬼神)으로 드려다가 두라 ᄒ샤이다"

ᄒ고 즉시 분부(分付)ᄒ야 보닉다.

용왕의 아들과 열두 나라를 통과하다

샹셰(尙書ㅣ) 용왕(龍王)게 샤례(謝禮)ᄒ야 하직(下直)ᄒ고 션관(仙官)의 의복(衣服)를 입고 믈ㅅ의 나오니, 용지(龍子ㅣ) 발셔 블근 죠롱박 ᄒ나흘 가지고 기달리더라. 샹셰 용쟈(龍子)로 더부러 그 박를 타고 가니 졋지 안니ᄒ여도 살 가듯 ᄒ더라.

용지(龍子ㅣ) 샹셔(尙書)다려 왈(曰),

"니 혼쟈 가는 길 갓ᄉ오면 아모 듸도 걸일 듸 업시 슌(順)으로 가오련만은, 샹공(相公)게셔 인간(人間)의 날려와 진긱(塵客)[1]니 되엿시니, 인간 샤람니 간듸로[2] 션간(仙間)의 드러가지 못ᄒ게 ᄒ야 지나가는 곳의 여러 실령(神靈)니 직히여시니, 게 가셔 부왕(父王)의 쥬신 공문(公文)를 들어 셩졉(成貼)[3]ᄒ며 갈 거시니, 아모 듸 가셔도 다 니 ᄒ는 듸로 ᄒ쇼셔."

샹셰 왈,

---

1) 진객(塵客): 속세의 사람.
2) 간듸로: '망령되이' '함부로' '되는대로'의 옛말.
3) 셩쳡(成貼): 문서에 관인(官印)을 찍던 일.

"슈궁(水宮)의는 용왕(龍王)니 웃씀인니 발로⁴⁾ 슈로(水路)로 가면 쉬오려든, 엇지 뉵노(陸路)로 가 폐(弊)로이 ᄒ여 공문(公文)를 셩졉(成貼)ᄒ며 머믈이오."

용지(龍子ㅣ) 왈,

"슈로로 가면 가마니 가련니와, 하늘리 알르시면 용궁(龍宮)의 큰 변(變)니 나고 지경(地境) 마튼 신령(神靈)이 다 죠치 못홀 거시니, 공문를 셩졉ᄒ야 후환(後患)를 업시 ᄒ리라"

ᄒ고 가더니, 혼 나라의 다다르니 일홈은 혼의국⁵⁾니라. 게 샬암은 발오 단니지 못ᄒ야 두로 단니지 못ᄒ야 ᄒ더니,⁶⁾ 게 직한 셩황(城隍)⁷⁾은 경셩(經星)⁸⁾이라. 용지 믈가의 비를 다히고 혼쟈 드러가 셩황를 보고 공문(公文)를 들리니, 셩황니 보고 왈,

"가는 힝치(行次) 터을셩(太乙星)인가?"

용지 디왈(對曰),

"긔로쇼이다."

셩황니 즉시 공문를 셩졉(成貼)ᄒ여 쥬며 나와 샹셔(尙書)를 보고 가쟝 반겨ᄒ되, 샹셔는 각별(各別) 공경(恭敬)ᄒ더라.

용지 하직(下直)ᄒ고 샹셔를 달이고 ᄯᅩ 혼 날아에 가니, 그 고든 합렬국⁹⁾이라. 게 샤람은 화식(火食)를 안니 먹고 쑬만 먹고 단니덜아. 그 ᄯᅡ 직힌 셩황은 필셩(畢星)¹⁰⁾니라. 용지 공문를 들인니 보고 왈,

---

4) 발로: '바로'의 오기.
5) [교감] 혼의국: 심씨B본 '回回國'. 이대본 '회회국'. '혼의국'은 미상이며, '회회국'은 7-15세기에 마호메트와 그 후계자들이 아라비아의 메디나를 중심으로 세운 중세 이슬람 국가인 사라센 제국을 일컬음.
6) [교감] 발오 단니지 못ᄒ야 두로 단니지 못ᄒ야 ᄒ더니: 심씨B본 '바로 돈니지 못ᄒ여 도라돈니더라'. 이대본 '바로 단니지 못ᄒ여 돌며 단니더라'.
7) [교감] 셩황(城隍): 토지와 마을을 지켜준다는 신인 '서낭'의 원말.
8) 경셩(經星): 이십팔수. 또는 고대 중국에서 '항성(恒星)'을 이르던 말.
9) [교감] 합렬국: 심씨B본 '舍蜜國'. 이대본 '함니국'. 가상의 나라.
10) 필셩(畢星): 이십팔수의 열아홉번째 별자리에 있는 별들. 주성(主星)은 황소자리의 엡실론 성(ε星)이다.

"그디 틱을셩를 달려 가거니와, 이 압히 가쟝 험(險)ㅎ니 죠심(操心)
ㅎ여라"

ㅎ고 공문를 번졉[11]ㅎ여 쥬거늘, 쏘 흔 날아에 가니 게는 위우국[12]니
라. 그 짜 샤람은 다 즁국(中國)과 갓트되 누리고 비린 거슨 아니 먹더
라. 그 짜 셩황신은 긔셩(箕星)[13]이라. 용지(龍子ㅣ) 공문를 들리니, 셩황
왈,

"션간(仙間)니 길히 달으거든 범인(凡人)니 임의(任意)로 들어오리오?"
ㅎ고 공문를 본 쳬 아니커늘, 용지 왈,

"틱을셩니 인간(人間)에 눌려와 즁국 병부샹셔(兵部尙書)를 ㅎ여쩌니,
황졔(皇帝) 명령(命令)를 밧ㅈ와 봉닉산(蓬萊山)의 기연쵸(開言草) 어드러
가옵짜가 므즘 울리 슈국(水國)의 와샵거늘, 쇼지(小子ㅣ) 되셔 가옵너니
쇼ㅈ(小子)를 보셔 허(許)ㅎ쇼셔."

셩황 왈,

"그는 글어ㅎ건이와 감히 쇽긱(俗客)니 짐쟉 드러오리오"[14]
ㅎ고 마지못ㅎ여 공문를 번졉ㅎ여 쥬거늘, 가지고 쏘 흔 날아에 가니
게는 교위국[15]이라. 그 날아 샬암은 곡식(穀食)를 안니 먹고 챠(茶)만
먹으니 몸니 가븨야와 나는 즘셩 갓쩌라. 그 짜흔 무샤(無事)히 지나갈
리 업는지라, 용지 샹셔(尙書)긔 샬오되,

"니 셩황이 가쟝 거북ㅎ여 쳔(千)의 ㅎ나토 무샤히 지나가 리 업스오
니, 나 ㅎ는 디로 ㅎ쇼셔"

---

11) 번졉: '반첩(反貼)'의 오기. '반첩'은 '공문서에 의견을 붙여 돌려보냄. 또는 그런 일'을 뜻함.
   '성첩(成貼)'과 같은 뜻이다.
12) [교감] 위우국: 심씨B본 '琉璃國'. 이대본 '유리국'. '유리국'은 중국 조주(潮州)와 천주(泉州)의
   동쪽에 있었다고 전해지는 나라. 일본 오키나와현에 있었던 왕국인 '유구국(琉球國)'을 일컫는
   다는 설도 있다.
13) 긔셩(箕星): 이십팔수의 일곱째 별자리의 별들. 주성(主星)은 궁수자리의 감마성(γ星)이다.
14) [교감] 감히 쇽긱니 짐쟉 드러오리오: 심씨B본 '이후라 汎濫흔 일 말나'. 이대본 '다시난 싱
   심도 그리 말나'.
15) [교감] 교위국: 심씨B본 '交義國'. 가상의 나라.

ᄒᆞ고 드러가 셩황게 뵈온니, 셩황 왈,

"남ᄒᆡ(南海) 용왕(龍王)의 셋지 아들은 무삼 일노 왓는다?"

용지(龍子ㅣ) 답왈(答曰),

"틱을셩(太乙星)를 뫼시고 봉ᄂᆡ산(蓬萊山)의 긔연쵸(開言草) 어들어 가옵ᄶᅥ니, 부왕(父王)의 공시[16] 왓스오니 셩졉(成貼)ᄒᆞ여 가지이다."[17]

셩황니 딕로(大怒) 왈,

"봉ᄂᆡ샨은 극(極)흔 명샨(名山)이라, 샹졔(上帝)의 명영(命令) 업시는 신션(神仙)도 임의(任意)로 츌립(出入)지 못ᄒᆞ건든, 틱을셩니 비록 쳔샹(天上)의셔는 읏뜸 신션(神仙)니나, 졔 임의 득죄(得罪)ᄒᆞ여 인간(人間)의 날려왓시니, 이졔는 진직(塵客)이 되엿는지라. 졔 임의로 드러가며, ᄯᅩ흔 너희 부왕(父王)니며 지나온 신령(神靈)인들 샹졔(上帝)의 명(命) 업시 감히 샹녜(常例) 샬암를 드려보ᄂᆡ엿시니, 너와 니션(李仙)를 잡아 가도고 샹졔게 쥬문(奏聞)[18]ᄒᆞ야 회답(回答) 보아 쳐치(處置)ᄒᆞ리라."

용지(龍子ㅣ) 민망(憫惘)ᄒᆞ야 빅 가지로 비러도 듯지 안니ᄒᆞ니 헐일업셔 앙앙(怏怏)[19]ᄒᆞ여 ᄒᆞ더니, 셩황신니 인(因)ᄒᆞ여 용ᄌᆞ(龍子)와 니션(李仙)를 구리셩[20]의 가도니, 그곳은 지함(地陷)[21] 갓트여 하늘도 보지 못ᄒᆞᆯ네라.

용지 샹셔달려 왈,

"셩황이 ᄀᆞ쟝 거북ᄒᆞ여 아무의 말리라도 듯지 안니ᄒᆞ니, 니 오늘밤의 도망(逃亡)ᄒᆞ여 울리 션싱(先生)게 샬와 친(親)히 와 쳥(請)ᄒᆞ여야 지나가리니다."

---

16) 공사: '공문(公文)'의 오기.

17) [교감] 부왕의 공시 왓스오니 셩졉ᄒᆞ여 가지이다: 심씨B본 '父王의 公文이 가오니 反粘ᄒᆞ여 가지이다'. 이대본 '부왕의 공문을 가져왓ᄂᆞ이다'.

18) 쥬문(奏聞): 임금에게 아룀. 쥬달(奏達).

19) 앙앙(怏怏): 매우 마음에 차지 아니하거나 야속하게 여김. 또는 그 모습.

20) 구리셩: 구리로 만든 셩(城).

21) 지함(地陷): 땅굴.

샹셰(尙書ㅣ) 두려 왈,

"하늘도 보지 못ᄒᆞᄂᆞᆫ 곳에 혼쟈 잇서 엇지ᄒᆞ며, 또 그ᄃᆡ 도망(逃亡) ᄒᆞᆫ 쥴 알면 셩황니 더욱 노(怒)ᄒᆞᆯ 거시니 엇지ᄒᆞᆯ리요?"

용지(龍子ㅣ) 왈,

"샹셔(尙書)는 넘녀(念慮) 말르쇼셔. 이졔 가면 날리 시지 안여셔 돌아올 거시니, 하 두려 말르쇼셔."

샹셰 왈,

"그ᄃᆡ는 슈히 단여오라"

ᄒᆞ고 더옥 겁(怯)ᄒᆞ더라.

용지 변(變)ᄒᆞ여 일진쳥풍(一陣淸風)니 되어 도망(逃亡)ᄒᆞ여 일광노(日光老)게 가니, 일광뇌(日光老ㅣ) ᄃᆡ경(大驚) 문왈(問曰),

"너를 ᄐᆡ을(太乙)을 죠ᄎᆞ 봉ᄂᆡ샨의 갈아 ᄒᆞ엿ᄯᅥ니, 어니 슈히 온다?"

용지 왈,

"규셩(奎星)22)의게 죽게 되엿ᄂᆡ이다"

ᄒᆞ거ᄂᆞᆯ, 일광뇌 우으며 왈,

"그 숀23)니 가쟝 거북ᄒᆞ니, 너 안니 가면 구(救)치 못ᄒᆞ리라"

ᄒᆞ시고 즉시 구름 타고 오시거ᄂᆞᆯ, 용지 먼져 달아와 샹셔게 살오고 잇ᄯᅥ이, 잇ᄯᅥ 일광뇌 근두운(筋斗雲)24)를 타고 슌식(瞬息)의 와 규셩(奎星)를 보고 갈오되,

"ᄐᆡ을(太乙)리 쳔샹(天上)의셔 득죄(得罪)ᄒᆞ야 인간(人間)의 ᄂᆞᆯ려와 고ᄒᆡᆼ(苦行)으로 지ᄂᆡ여 쇽죄(贖罪)ᄒᆞ노라고 봉ᄂᆡ샨으로 가게 ᄒᆞ엿ᄂᆞᆫ지라. 어니 가도고 놋치 안이ᄒᆞᄂᆞ뇨?"

규셩(奎星) 왈,

---

22) 규셩(奎星): 이십팔수의 열다섯번째 별자리에 있는 별들. 입하절(立夏節)의 중성(中星)으로 서쪽에 위치한다. 문운(文運)을 맡은 별로서, 이것이 밝으면 천하가 태평하다고 한다.
23) 숀: 손님. 또는 사람.
24) 근두운(筋斗雲): 마음대로 타고 다닐 수 있는 구름.

"나도 아옵썬이와 한참 곤욕(困辱)ᄒ여 보니랴 ᄒ와샵쩌니, 광뇌(光老ㅣ) 엇지 알르신이잇가?"

광뇌(光老ㅣ) 왈,

"남ᄒㅣ(南海) 용왕(龍王)의 아들리 니 졔ᄌ(弟子)민 알아너이다."

규셩 왈,

"샴일(三日)만 가도와두고 곤욕(困辱)ᄒ야 보니랴 ᄒ너이다."

일광뇌(日光老ㅣ) 왈,

"황티후(皇太后) 병(病)니 진25)ᄒ고 날리 머지 안녀시니, 티을이 더듸 가면 욕(辱)니 만흘 거시니 그만ᄒ여 보니라"

ᄒ듸, 규셩니 용ᄌ와 니션를 잡아드려 왈,

"너희 인간 샤람으로셔 당돌리 드러와 션경(仙境)를 더러인니, 그 죄(罪) 즁(重)흔지라. 가도고 만연(萬年)이라도 놋치 안이려 ᄒ여쩌니, 일광노(日光老) 션싱(先生)이 친(親)히 와 쳥(請)ᄒ시니, 이번은 노하 보니노라"

ᄒ고 마지못ᄒ여 공문(公文)를 셩졉(成貼)ᄒ여 쥬거눌, 용지(龍子ㅣ) 샹셔(尙書)를 달리고 믈가의 나오니, 믈 가온더 오쉭(五色)구름으로 더(臺)를 뭇고26) 구27) 우희 두 션관(仙官)이 풍뉴(風流)ᄒ거늘, 샹셔 용지달려 왈,

"져 샬암은 엇쩌흔 이완듸, 엇지 공즁(空中)의셔 노느뇨?"

용지 답왈(答曰),

"동편(東便)의 안즌 이는 일광뇌(日光老)오, 셔편(西便)의 안즈니는 규셩(奎星)이로쇼이다."

샹셰(尙書ㅣ) 가쟝 부뤄ᄒ며 일광노(日光老)를 향(向)ᄒ여 무슈(無數)히 샤례(謝禮)ᄒ더라. 용지(龍子ㅣ) 왈,

---

25) 진: 어떤 정도가 보통보다 더 세거나 강함.
26) 뭇고: '쌓고'의 옛말.
27) 구: '구름'의 오기.

"하 불워 말으쇼셔. 울리도 올리지 안여셔 져리 되리이다"

호고 坯 혼 나라의 가니, 게는 우오국28)이라. 게 샬암은 크가 십쳑(十尺)나나 호되, 밥를 안니 먹고 즘싱니나 샬암니나 쟙아먹쪄라. 용지 왈,

"니 셩황를 보라 간 샤히예 이 나라 샬암이 일졍(一定) 쟈부러 들 거시니, 이 부쟉(符作)29)를 니여 더지쇼셔"

호고, 셩황게 드러가니, 그 짜 셩황은 어진진라.30) 용왕(龍王)의 공문(公文)를 보고 즉시 셩졉(成貼)호여 쥬며 왈,

"니 짜 샤람들리 본니(本來) 강악(强惡)호니, 부디 슈히 가라"

호더라.

---

28) 우오국: 가상의 나라.
29) 부쟉(符作): '부젹(符籍)'의 변한 말.
30) 어진진라: '어진지라'의 오기.

이선이 선관들에게 곤욕을 치르다

이젹의 샹셰(尚書 l) 비예 혼쟈 잇써니, 게 샤람드리 샹셔(尚書)를 잡아먹으러 ᄒᆞ거늘, 샹셰 민망(憫惘)ᄒᆞ여 용ᄌᆞ(龍子) 쥬든 부작(符作)를 니여 더지니 문득 딕풍(大風)이 일어 물결니 뒤누으니, 그놈들은 믈속에 드러나지 못ᄒᆞ며,[1] 그 비는 바람의 것잡지 못ᄒᆞ여 용ᄌᆞ도 보지 못ᄒᆞ고 비 가는 딕로 노하 가더니, 흔 신션(神仙)니 고릭를 타고 슐를 ᄎᆔ(醉)케 먹고 믈를 평지(平地)갓치 가다가, 샹셔를 보고 왈(曰),

"닉 너을 쟘간(暫間) 보아ᄒᆞ니, 신션(神仙)도 안이오, 쇽긱(俗客)도 안니오, 용왕(龍王)도 안니로되, 어듸가 용왕의 표쥬(瓢舟)[2]를 어더 타고 어듸로 가는다?"

샹셰 비례(拜禮) 왈,

"나는 즁궁[3] 병부샹셔(兵部尚書) 니션(李仙)이옵써니, 황틱후(皇太后) 병(病)니 즁(重)ᄒᆞ시미 쳔ᄌᆞ(天子)의 명(命)으로 봉닉산(蓬萊山) 긔년쵸(開

---

1) 믈속에 드러나지 못ᄒᆞ며: '믈속에서 나오지 못ᄒᆞ며'의 오기인 듯.
2) 표쥬(瓢舟): 표주박처럼 만든 작은 배.
3) 즁궁: '즁국(中國)'의 오기.

言草) 어드러 가옵쩌니, 브라건디 길를 가르치쇼셔."

그 션관(仙官)니 쇼왈(笑曰),

"그디 비록 병부샹셔를 ᄒ여시나 옛글를 보지 못ᄒ엿쏘다. 샴신산(三神山) 십쥐(十洲)란 말리 허무(虛無)ᄒ지라. 옛날 진시황(秦始皇) 한무졔(漢武帝)의 위엄(威嚴)으로도 엇지 못ᄒ엿짠 말를 듯지 못ᄒ엿는다? 허랑(虛浪)ᄒ 말 말고 날리나 죠ᄎ 단니며 풍경(風景)이나 귀경ᄒ고 슐집니ᄂ 챳ᄌ"

ᄒ거눌, 샹셰(尙書ㅣ) 답왈(答曰),

"션관의 말삼니 다 올샤오나, 남의 신해(臣下ㅣ) 되어 황명(皇命)를 밧ᄌ와 즁노(中路)의셔 머무지 못홀 거시니, 목슘니 맛도록 단니다가 엇지 못ᄒ면 혈마4) 엇지ᄒ리잇가? 길히나 갈으치쇼셔."

그 션관 왈,

"니 니 고리를 ᄐ고 구만 칠쳔 리(九萬七千里)를 슌식(瞬息)의 가되, 아직 봉니산이란 말도 듯지 못ᄒ고 보도 못ᄒ여시니, 헷길 가지 말고 날를 ᄯ라 다나이며 슐집니나 빈화라"5)

ᄒ고 비를 잡아 쓰을고 동(東)다히로 가며 온갖 곤욕(困辱) 말만 ᄒ고 노치 안니ᄒ거눌, 샹셰 졍6)히 민망(憫惘)니 넉이더니, ᄯ 뒤혜셔 ᄒ 션관니 반쵸입7) 갓튼 거슬 타고 쳥강검8)를 둘너메고 표연(飄然)니 오며 왈,

"니젹션(李謫仙)아, 어듸 갓썬다?"

션관니 답왈,

---

4) 혈마: '설마'의 방언(평안).
5) [교감] 빈화라: 심씨B본 '빈호라'. 이대본 '귀경ᄒᄌ'. '배호다'는 '배우다'의 옛말.
6) 졍: 굳이 그러고자 하는 마음이 일어나는 모양.
7) [교감] 반쵸입: 심씨B본 '盤蕉닙'. 이대본 '푸초 입풀'.
8) [교감] 쳥강검: 심씨B본 '靑蛇劍'. '쳥사(靑蛇)'는 살무삭과의 하나인 '업구렁이'로, 몸의 길이는 1~2미터이며, 몸빛은 어릴 때는 연한 갈색이나 크면 어두운 잿빛을 띤 녹색으로 변하고, 몸에 검은 얼룩점이 있다.

"니 쇼년(少年)이 날달려 슐집 갈으치라 ᄒ고 노치 안니ᄒ기예, 죽임(竹林) 슐집을 갈으치라"[9]

ᄒ니 그 션관이 디쇼(大笑) 왈,

"져 손이 비록 진킥(塵客)이라도 한가히 와 슐집을 츠즈며 놀야 ᄒ니, 미호[10] 유신(有信)ᄒ 샤람이로다.[11] 그디 돈이ᄂ 만히 가져는다?"

샹셰(尙書ㅣ) 답왈(答曰),

"나는 인간(人間)의 미쳔(微賤)ᄒ 샤람이옵쩌니, 쳔직(天子ㅣ) 날를 명(命)ᄒ샤 봉니산의 가셔 기연쵸 어더오라 ᄒ시거늘, 쳔심만고(千辛萬苦)ᄒ야 니 짜헤 들어왓삽쩌니, 션관이 잡고 노치 안니ᄒ온즉 민망(憫惘)ᄒ와이다."

그 션관 왈,

"그디 져 션관를 모로는다? 당(唐) 시졀(時節)의 한림학ᄉᆡ(翰林學士) 벼슬ᄒ든 니퇴빅(李太白)이라. 그디게 슐를 시기려[12] ᄒ니, 져 슐리 취(醉)토록 먹이려 ᄒ면 만곡쥬(萬斛酒)[13]를 어더야 ᄒᆯ 거시니, 슐갑시ᄂ 넉넉이 가졋는야?"

"다려오든[14] 샤람를 다 ᄒ희즁(海中) 귀신(鬼神)를 만나 다 아니고,[15] 남ᄒᆡ(南海) 용왕(龍王)의 아들를 계유 비러 달리고 오다가 마즈 일코 혼쟈 왓스온니, 슐갑시야 푼젼[16]인들 어듸 가 엇샤올리잇가?"

니젹션(李謫仙)이 쇼왈(笑曰),

"네 안히 옥지환(玉指環)를 파다야[17] 날를 슐이야 안니 먹이랴?"

9) [교감] 갈으치라: 심씨B본 'ᄀᆞᄅᆞ치라 가노라'.
10) 매호: 매우.
11) [교감] 미호 유신ᄒ 샤람이로다: 심씨B본 '어와 有益ᄒ 말이로다'.
12) 시기려: '시키려'의 옛말.
13) 만곡쥬(萬斛酒): 아주 많은 양의 술. '곡(斛)'은 열 말의 용량임.
14) [교감] 다려오든: 심씨B본 '尙書ㅣ 드려온'.
15) [교감] 아니고: 심씨B본 '아이고'. 모두 '빼앗기고'의 뜻인 듯.
16) 푼젼: '아주 적은 돈'의 옛말.
17) [교감] 파다야: 심씨B본 '푸라'.

ᄒ며 무슈(無數)히 죠롱(嘲弄)ᄒ며 가더니, 문득 멀이셔 옥져 쇼리 들이 거늘, 니젹션(李謫仙) 왈,

"녀동빈(呂洞賓)아, 져 부는 졋 쇼리를 알아들을쇼냐? 그 져 쇼리 왕쟈균(王子均)[18]의 져 쇼리니, 어듸로 가는고 따라가보쟈"

ᄒ고 고리를 지쵹ᄒ여 오니, 그거시 쇼리를 벽역(霹靂)갓치 지르며 샤죡(四足)를 일시(一時)예 허위니 ᄲᆞ르기 ᄇᆞ람 갓쩌라. 져 쇼리를 ᄎᆞᄌᆞ가니, 혼 션관(仙官)니 거문고를 믈 우희 씌우고 그 우희 안쟈 져를 빗기 부다가 샹셔(尚書)를 보고 왈,

"반갑다, 티을(太乙)아. 인간(人間) 쟈미 엇쩌ᄒ더뇨?"

샹셰(尚書ㅣ) 지비(再拜) 왈,

"황졔(皇帝) 날를 명(命)ᄒ샤, '봉니샨 기연쵸 어더오라' ᄒ시거늘, 가옵쩌니, 이 션관니[19]를 만나 션경(仙境)를 보오니 다힝(多幸)ᄒ오나, 길히 밧부온더 잡고 놋치 안니ᄒ오니 민망(憫惘)ᄒ와이다."

니젹션이 쇼왈(笑曰),

"니 숀이 졔 안히 옥지환(玉指環)를 파라 슐 샤먹니마 ᄒ고 잡고 져 무도록 단이니, 그런 곤(困)혼 일리 업너이다."

녀동빈니 디쇼(大笑) 왈,

"티을은 젹션(謫仙)의게 잡혀노라 ᄒ고, 젹션은 티을의게 잡혀노라 ᄒ니, 슈지오지쟈웅(誰知烏之雌雄)[20]이리오"

ᄒ고 셔로 웃쩌니, 믄득 션녀(仙女ㅣ) 년닙쥬(蓮葉舟)의 츌쥬(秫酒)[21]를

18) [교감] 왕쟈균: 심씨B본 '王子喬'. '왕자교'는 BC 6세기 때의 왕자였는데, 하남성 숭산(崇山)에서 30여 년간 수련한 끝에 신선이 되어 승천(昇天)했다고 한다.
19) 선관내: 선관네. 또는 선관들.
20) 수지오지자웅(誰知烏之雌雄): "누가 까마귀의 암수를 구별하겠는가"라는 뜻으로, 까마귀의 암수를 구별하기 어려운 것처럼 시비나 선악 등을 분명하게 가리기 어려움을 비유하는 말임. 『시경』 소아(小雅) 「정월正月」의 "산을 일러 낮다고 하지만, 산등성이도 있고 언덕도 있네. 백성의 거짓된 말을 어찌하여 막지 못하는가? 저 옛 늙은이 불러 꿈을 점쳐 물어보네. 저마다 자기가 성인이라 하는데, 누가 까마귀의 암수를 구별할 수 있으리오[謂山蓋卑, 爲岡爲陵. 民之訛言, 寧莫之懲. 召彼故老, 訊之占夢. 具曰予聖, 誰之烏之雌雄]"에서 유래되었다.
21) 출주(秫酒): 신선들이 마신다는, 차조로 만든 술.

싯고 가거늘, 동빈(洞賓)니 문왈(問曰),

"그디 어듸로 가는다?"

"두목지(杜牧之)22) 션싱(先生)니 옛 벗 보랴 ᄒ시고 옥하슈(玉河水)로 마쵸아시니 그리 가ᄂ너이다."23)

왕ᄌ균 왈,

"일졍(一定) 틱을(太乙) 볼여 ᄒᄂ쏘다."

니젹션 왈,

"두목지 제 오다야24) 우리를 슐이야 아니 먹이랴?"

ᄒ고 그 슐를 들이라 ᄒ니, 그 션녜 마지못ᄒ야 슐를 들리거늘, 니젹션니 먼져 가득 부어잡고 일오되,

"니 슐를 우리 혼쟈 먹고 져 숀를 아니 쥬면 무류(無聊)ᄒ여 ᄒ 것시오, 쥬고쟈 ᄒ즉 인간(人間) ᄯᅩᆼ과 피만 너흔 푸디 쇽의 츌쥬(秫酒) 곳 드러가면 우연(偶然)니 요란(擾亂)ᄒ리로다."

녀동빈니 쇼왈(笑曰),

"그 부디 비록 그러ᄒ여도 젼(前)의 츌쥬 너헛쩐 부디라, 츌쥬를 너허짜가 ᄒ힝여 터질가 두려ᄒ노라."

왕쟈균 왈,

"터지거든 인간(人間)의 나가 말총으로 호아25) ᄡ면 무계관(無係關)ᄒ 거시니 시험(試驗)ᄒ쟈"

ᄒ며 셔히 온가지26)로 희롱(戲弄)ᄒ니, 상셔(尙書)는 붓ᄭ려 아모 말도 못ᄒ고 안ᄌᆺ쩌니, 셔(西)다히로셔 ᄒ 션관(仙官)닌 샤지(獅子)를 타고 오며 왈,

---

22) [교감] 두목지: 심씨B본 '仙女 答曰 杜牧之'.

23) [교감] 옛 벗 보랴 ᄒ시고 옥하슈로 마쵸아시니 그리 가ᄂ너이다: 국립도서관본(한48-188) '옥하주 위에서 친구를 대접하기 위한 술입니다(於玉河洲上 待故人之酒也)'.

24) 오다야: '어찌했건'의 뜻인 듯.

25) 호아: 헝겊을 겹쳐 바늘땀을 성기게 꿰매어.

26) 온가지: '온갖 종류'의 옛말.

"그디는27) 무슨 곤욕(困辱)를 그디도록 흐는고?"

흐며 샹셔(尙書)의 손를 잡고 안즈며 왈,

"그디 달려오던28) 용지(龍子) 그디를 일코 못 어더 흐거놀, 내 일오되, '니젹션(李謫仙)이 달려가시니 분별(分別) 말고29) 십니국(十二國) 성황게 고(告)흐고 봉니샨으로 오라' 흐여시니, 그디는 넘녀(念慮) 말고 우리와 흔가지로 츌쥬(秋酒)를 갓치 먹고 봉니샨으로 가즈"

흐고 쳥(請)흐거늘, 샹셔(尙書) 가쟝 깃거 샤례(謝禮)흐니, 그 션관니 샹셔달여 문왈(問曰),

"그디 우리를 알아볼쇼야?"

샹셔 왈,

"인간(人間) 무지(無知)흔 눈니 어니 알이잇고?"

그 션관니 갈오되,

"져는 왕즈균(王子均)니오, 니는 녀동빈(呂洞賓)니오, 져는 니틱빅(李太白)이오, 나는 두목지(杜牧之)러이, 그디 울리와 지극(至極)키 친(親)흔 샤히라. 이졔 그디 비록 인간의 날려갓시나 친흔 마음를 잇지 못흐야 흐더니, 일광노(日光老)의 말를 듯고, '그디 봉니샨으로 가기예 십니국(十二國) 성황의게 곤욕(困辱)를 만히 보더라' 흐거늘, 그디를 위(爲)흐야 샹졔(上帝)게 말뮈 바다왓쩌니, 니젹션이 그디 거동(擧動) 볼려 흐고 부러 긔롱(譏弄)흐여시니 허물치 말나."

샹셰(尙書ㅣ) 비례(拜禮) 왈,

"와셔 보시는 일도 지극(至極) 감사(感謝)흐옵거든, 긔롱(譏弄)흐시는 말슴를 엇지 허믈홀리잇가?"

두목지 왈,

"틱을(太乙)이 쳔샹(天上)의 잇실 졔 우리를 업슈히 너기더니, 오늘날

27) [교감] 그디는: 심씨B본 '그딘너'.
28) [교감] 달려오던: 심씨B본 '드려가던'.
29) [교감] 분별 말고: 심씨B본 '그디 내 말을 미더 그리 알고'.

이리 공경(恭敬)홀 쥴 엇지 알이오?"

ᄒ며 츌쥬(秫酒)를 서로 권(勸)ᄒ며 가더니, 한 청의동ᄌᆞ(靑衣童子)30) 학(鶴)를 타고 와 ᄉᆞ로오되,

"안긔싱(安期生)31) 계옵셔 오늘 션싱(先生)를 다 쳥(請)ᄒ여 직녀궁(織女宮)32)으로 보쟈 ᄒ더이다."

동빈(洞賓) 왈,

"얼운 버지 블으오니 안니 가든 못ᄒᆞ올 거시믜, 티을을 엇지 쳐치(處置)ᄒ리요?"

두목지 왈,

"니 일니올 졔 쟝건(張騫)33)니 봉늬산으로 가거눌, 니 학(鶴)를 쥬고 져 ᄉᆞ지(獅子)를 밧고와ᄯᅥ니, 예셔 봉늬산니 머지 안니ᄒᆞ니 티을을 달려다가 봉늬산의 두고, 쟝건를 보아 학를 밧고와 타고 미죠ᄎᆞ 갈 거시니, 그ᄃᆡ는 먼져 갈아"

흔ᄃᆡ, 모다 깃거 샹셔(尙書)달려 왈,

"그ᄃᆡ를 ᄯᅥ난 지 올리믜 반가이 보고쟈 ᄒᆞ여 왓ᄯᅥ니, 어른 버지 부르니 안니 가든 못ᄒᆞ여 슈히 니별(離別)ᄒᆞ니, 셥셥ᄒ다만은 평안(平安)니 단녀가거라. 오러지 안여셔 셔로 만나보리라"

ᄒ고 셰 션관(仙官)니 먼져 가거눌, 샹셰(尙書ㅣ) 두목지로 더부러 동남간(東南間)으로 향(向)ᄒ여 가더니, 흔 산(山)니 ᄒᆞ늘의 다핫고 오식(五色)구룸니 얼의여는 ᄃᆡ를 ᄀᆞ르치며 왈,

"져거시 봉늬산니어이와, 져 산(山)를 어니 올나갈고?"

---

30) 청의동자(靑衣童子): 신선을 시중든다는, 푸른 옷을 입은 사내아이.

31) 안기생(安期生): 중국 진(秦)나라 때의 방사(方士). 수련과 음식, 단약(丹藥) 등에 의지해 장생(長生)을 얻었으며, 인간세상에서 천년 이상을 살았고, 뒤에는 신선이 되어 봉래산(蓬萊山)으로 들어갔다고 한다.

32) 직녀궁(織女宮): 옥황상제의 손녀인 직녀가 산다는 궁궐.

33) 장건(張騫, ?~BC 114): 중국 전한(前漢) 때의 외교가. 자는 자문(子文). 인도 통로를 개척하고, 서역 정보를 가져와 동서의 교통과 문화 교류의 길을 열었다.

샹셰(尙書]) 왈,

"져 샨를 다 올나가야 약(藥)를 어드리잇가?"

두목지 왈,

"져 샨 샹샹봉(上上峰)의 규루션(佝僂仙)니 잇시니, 그 션관(仙官)를 보아 쳥(請)ᄒ여야 어드리라"

ᄒ고 셔로 말ᄒ며 가더니, 빅 그 샨 아릭 다다르믹 용진(龍子]) 발셔 믈가의 와셔 기달리더라.

두목지 샹셔(尙書)다려 왈,

"임의 다 왓고 용ᄌ(龍子)도 맛나시니 나는 예셔 하직(下直)ᄒ노라"

ᄒ고 가거눌, 샹셰(尙書]) 용ᄌ달려 왈,

"그딕 어듸 갓쩐뇨?"

〈용진(龍子]) 왈〉,

"우의국 셩황의게 공문(公文)를 번졉ᄒ여 가지고 믈신의 나오니 발셔 간딕업거눌 못 어더 두루 다니옵쩌니, 두목지 션싱(先生)를 만나오믹, '니젹션(李謫仙)이 달려갓시니 너는 십니국(十二國) 셩황게 고(告)ᄒ고 예 와 길달리라' ᄒ시거눌, 발셔 와 기달엿너이다."

샹셰 왈,

"그 션관늬 오면셔 하 긔롱(譏弄)ᄒ니, 곤(困)ᄒ미 가히 업쩌라."

용진 왈,

"그 션관늬는 다 샹셔의 지극(至極)ᄒ 젼싱(前生) 버지라. 반가온 마음의 흥(興)를 겨워 긔롱(譏弄)ᄒ여 계시ᄂ, 그 션관늬를 만나지 못ᄒ던들 십니졔국(十二諸國)의 단여오노라면 이졔 아직 반(半)도 못 왓시리니다"

ᄒ고 샹셔(尙書)를 달리고 샨즁(山中)으로 들어가니, 한 바회 하늘의 년(連)ᄒ여 쩍가지른 듯ᄒ거눌, 샹셰(尙書]) 왈,

"니 짜헤 와셔 져 바회를 엇지 올르리요?"

용지(龍子ㅣ) 왈

"그는 근심 말르시고 니 등의 올르쇼셔"

 ᄒ거놀, 샹셰 용ᄌ(龍子)의 등의 올르니, 용지 문득 변(變)ᄒ야 황뇽(黃龍)니 되어 한 번 쇼쇼와 그 바회 우희 올르니, 샹셰 디경(大驚) 왈,

"그더 지죠(才操)는 실(實)노 신긔(神奇)ᄒ도다."

용지 왈,

"이져는 션산(仙山)의 다 왓스오니 나는 믈가의 가 비를 직희여실 거시오미, 넘녀(念慮) 말르시고 져 골노 들어가 규루션(佝僂仙)를 ᄎᄌ 기연쵸(開言草)를 어더 가지고 믈ᄶ으로 날려오쇼셔."

샹셰 왈,

"비록 약(藥)를 어드나 니 바회를 엇지 날려오리요?"

용지 왈,

"도라올 졔는 ᄌ년(自然) 쉬올 거시니 넘녀(念慮) 말르쇼셔"

ᄒ고 날러가거놀,

설중매와 소아의 비밀

  샹셰 혼쟈 골고[1] 드러가더니, 빅발노인(白髮老人)니 거문 쇼흘 타고 오다가 샹셔를 보고 문왈(問曰),

  "그디 엇쩐 샬암인다?"

  샹셔 지비(再拜) 왈,

  "나는 즁국(中國) 병부샹셔(兵部尚書) 니션(李仙)이올너니, 규류션(佝僂 仙)를 찻너이다."

  노옹(老翁) 왈,

  "져 침향(沈香)나무 밋틔 드러가면 놉흔 바회 우회셔 바독 두는 션관 (仙官) 이시니, 게 가 무러보아라"

흐거눌, 샹셰(尚書ㅣ) 그리로 향(向)흐야 가니, 가는 길히 다 옥(玉)바회 요, 오쇠(五色)구름이 얼릐엿고, 온갖 꼿치 만발(滿發)흐고, 난봉(鸞鳳)[2] 공쟉(孔雀)니며 쳥학(靑鶴) 빅학(白鶴)니 쌍쌍(雙雙)이 우지즈며, 이야[3]

----

1) 골고: '골로'의 오기.
2) 난봉(鸞鳳): 상상의 새인 난새와 봉황.
3) 이야: '여기야말로'의 뜻인 듯. '놀라거나 갑자기 힘을 쓸 때, 또는 기쁘거나 화가 날 때 외치 는 소리'로 볼 수도 있음.

진짓 별유천지별건곤(別有天地別乾坤)[4]니 여긔러라. 샹셰 칭찬(稱讚) 왈,

"인간(人間)의셔 샴신산(三神山)니 잇짠 말리 허언(虛言)이라 ᄒ여쩌니,
이야 진짓 샴신산이로다"

ᄒ고 나아가더니, 놉흔 바회 우희 홍의션관(紅衣仙官)과 쳥의션관(靑衣
仙官)니 바독 두거눌, 샹셰 멀이셔 졀ᄒ니 본 쳬 아니ᄒ거눌, 졈졈(漸
漸) 갓가히 나아가 겻팀 셧시되 또흔 본 쳬 안니ᄒ거눌 샹셰 민망(憫
惘)ᄒ여 ᄒ더니, 흔 쳥의동ᄌ(靑衣童子) 차(茶)를 가지고 와셔 션관(仙官)
게 샬오되,

"져긔 엇썬 쇽긱(俗客)니 왓너이다"

ᄒ니 그 션관이 그졔야 놀나 도라보고 바독를 밀치고 왈,

"엇썬 샤람이완더 이 션간(仙間)의 드러와 션경(仙境)를 더러이는다?"

샹셔(尙書) 지비(再拜) 왈,

"즁국 병부샹셔 니션이옵쩌니, 규루션(佝僂仙)의 집를 ᄎᄌ왓너이다."

쳥의션관(靑衣仙官)니 문왈(問曰),

"그더 규류션를 무샴 일노 ᄎ는다?"

샹셰 답왈(答曰),

"쳔ᄌ(天子)의 명(命)를 밧ᄌ와 긔연쵸(開言草) 어드라 왓너이다."

홍의션관(紅衣仙官)니 갈오되,

"규류션를 보려 ᄒ거든 져 샹봉(上峰)의게 올나가 보아라마는, 네 육
신(肉身)니 어니 쟐 올을다?"

ᄒ거눌, 샹셔 그 봉(峰)를 바라보니 놉기 샴쳔(三千) 길니나 ᄒ고 갓파
르기 어름쟝를 짝가 셰운 듯ᄒ더라. 몸의 날리 잇셔도 올을 세 업스니,
샹셰 민망(憫惘)ᄒ여 왈,

"션관(仙官)네 덕퇵(德澤)를 입을가 바라너이다."

쳥의션관 왈,

---

4) 별유천지별건곤(別有天地別乾坤): 곧 별세계.

"규루션를 보아지라 ᄒᆞ미 ᄀᆞ르쳐든, ᄯᅩ 못 오르노라 ᄒᆞ니 울인들 엇지ᄒᆞ리오?"

홍의션관 왈,

"이간5)의셔 예 오기도 다ᄒᆡᆼ(多幸)ᄒᆞᆫ디, 허믈며 더욱 위ᄐᆡ(危殆)ᄒᆞᆫ 디 가셔 규루션를 찻너니 우리와 ᄒᆞᆫ가지로 바둑이나 두고 노쟈"

ᄒᆞ거ᄂᆞᆯ, 상셰 ᄯᅩ 지비(再拜) 왈,

"더러온 몸이 니곳까지 오기도 쳔ᄒᆡᆼ(天幸)니옵ᄯᅥᆫ이와, 쳔ᄌᆞ(天子)의 명(命)를 바다왓스오니 아니 가든 못 ᄒᆞ올 거시오니, 션관 덕뷴(德分)의 약(藥)를 어더가지이다."

션관 왈,

"우리는 샨슈(山水)만 구경ᄒᆞ나6) 약은 아지 못ᄒᆞ노라"

ᄒᆞ고 온갖 죠롱(嘲弄)의 말를 무슈(無數)히 ᄒᆞ니, 상셰 가쟝 곤(困)ᄒᆞ야 ᄒᆞ더니, 문득 황학(黃鶴) 탄 션관니 날려와 일오되,

"그디는 옛 버들 만나 반가온 회포(懷抱)란 아니 ᄒᆞ고, 무슨 희롱(戲弄)를 그디도록 ᄒᆞ는다?"

ᄒᆞ니 이는 규루션(佝僂仙)일너라. 샹셔의 손를 잡고 왈,

"반갑다, 틱을(太乙)아. 인간(人間) 쟈미 엇쩌터뇨? 셜즁민(雪中梅) 그디를 위(爲)ᄒᆞ야 인간(人間)의 날려갓쩌니 어더본다?"

샹셰 왈,

"니션(李仙)은 인간의셔 고ᄒᆡᆼ(苦行)뿐이오 쟈미는 보지 못ᄒᆞ엿고, 셜즁민(雪中梅)란 말삼를 더욱 아지 못ᄒᆞ리로다."

그 션관이 쇼왈(奏日),

"틱을이 발셔 션간(仙間) 일를 이져ᄊᆞ다"

ᄒᆞ고 동ᄌᆞ(童子)를 불너 츠(茶)를 드리라 ᄒᆞ니, 동지(童子ㅣ) 차를 드리거

---

5) 이간: '인간(人間)'의 오기.
6) [교감] 구경ᄒᆞ나: 심씨B본 '구경ᄒᆞ고 ᄃᆞ니는 神仙이라'.

놀 바다 마시니, 그제야 쳔샹(天上) 틱을셩(太乙星)으로셔 쟉죄(作罪)ᄒ
고 인간의 귀향 온 일과, 샹제(上帝)게 말뮈 바다 봉닉샨의 와 노다가
능허션(凌虛仙)7)의 ᄯᅡᆯ 셜즁믹(雪中梅)로 더부러 부뷔(夫婦) 되엿든 일과,
좌우(左右)의 안져는 션관이 다 손알레 버진 쥴 알고, 눈믈지여 왈,

"나는 죄(罪) 즁(重)ᄒ야 인간의 날려가 고힝(苦行)ᄒ노라."

션관 왈,

"능허션싱(凌虛先生)의 ᄯᅡᆯ 셜즁믹는 양왕(梁王)의 ᄯᅡᆯ리 되어시니, 그
더 둘지 부인니 되리라."

샹셰 문왈(問曰),

"셜즁믹는 무슴 일노 인간의 날려가며, 쇼애(素娥)는 어니 김젼의 ᄯᅡᆯ
리 되고, 셜즁믹는 어니 양왕의 ᄯᅡᆯ리 되엿는고?"

"능허션싱 부쳬(夫妻ㅣ) 완경(玩景)ᄒ라 방쟝산(方丈山)8)의 갓짜가 흔떠
귤(橘) 진샹(進上)를 쟐못흔 죄(罪)로 인간의 귀향 갈셰, 능허션싱은 남
양(南陽) ᄯᅡ 우슈션싱9)의 아들니 되어 나고, 기쳐(其妻)는 영쳔(潁川)
ᄯᅡ 쟝호의 ᄯᅡᆯ리 되어 나셔 ᄯᅩ 만나 부뷔(夫婦ㅣ) 되어시나, 틱을(太乙)니
쇼애(素娥)를 위(爲)ᄒ야 셜즁믹(雪中梅)를 즁(重)히 아니 너기는 쥴 알
고, 능허션싱(凌虛先生)니 믹일(每日) 쇼애(素娥)를 원망(怨望)ᄒ는 타스
로 니싱의 나와 그 ᄯᅡᆯ니 되어 나셔, 오셰(五歲)예 일코 십오 년(十五年)
간쟝(肝臟)를 썩이게 ᄒ엿고, 셜즁믹(雪中梅)는 그더 인간(人間)의 날려
ᄀᆞ믹 보려 ᄒ고 쟈슈(自手)10)ᄒ야 약슈(弱水)의 ᄲᅡ져 쥭으니, 후싱(後生)
의 귀(貴)히 되게 ᄒ야 양왕(梁王)의 ᄯᅡᆯ리 되엿는니라."

샹셰 왈,

"그리면 셜즁믹 니 부인니 먼져 될 거시어눌, 엇지 쇼애(素娥ㅣ) 먼져

---

7) 능허션(凌虛仙): 구름을 타고 다닌다는 신선.
8) 방장산(方丈山): 삼신산(三神山)의 하나. 우리나라에서는 지리산(智異山)을 방장산이라고도 한다.
9) 우수선생: '운수선생(雲水先生)'의 오기.
10) 쟈슈(自手): 자기의 손으로 목을 매거나 베어서 자살함.

되엿는고?"

션관 왈,

"그디 인간의 날려가문 쇼애를 위(爲)ㅎ야 날려갓실 뿐 안니라, 쇼애는 월궁항아(月宮姮娥)의 아니11)라. 항애(姮娥ㅣ) 비록 무이 넉여 인간의 보니여시ᄂ 엇지 도라보지 안이리요? 쇼아는 첫 부인니 되어ᄯᅡ가 나히 칠십(七十)니 ᄎ면 그디로 더부러 흔가지로 도로 쳔산(天山)의 올나오리라."

샹셔 왈,

"니 양왕(梁王)의 혼ᄉ(婚事)를 거졀(拒絶)ᄒ다가 이런 거름를 ᄒ니, 종시(終是) 거졀코져 ᄒ여쩌니 쳔졍(天定)니오미 도망(逃亡)치 못ᄒ리로다"

ᄒ고 젼싱(前生) 일를 일르고 인간 일를 이졋거눌, 션관 왈,

"그디 도라가기 느져가니 이 약(藥)를 가지고 밧비 가라"

ᄒ거눌, 샹셰 문왈(問曰),

"니 약 일홈은 무어시라 ᄒ넌이잇가?"

션관 왈,

"쇠용12)의 너흔 믈은 황혼슈13)오, 져 풀은 기연쵸(開言草)오, 니 환약(丸藥)은 화단14)니라. 이졔 도라가면 틱후(太后) 죽어실 거시니, 그디 가졋는 옥지환(玉指環)를 쥭엄 우희 언져두면 써근 살리 니살고,15) 져 믈를 입의 들리오면 혼빅(魂魄)니 도로 살아날 거시니, 기연쵸를 먹니면 말삼를 ᄒ리라."

샹셰 ᄯᅩ 문왈(問曰),

---

11) 아니: '아기'의 오기인 듯. 곧 '항아에게 소속된 선녀'라는 뜻인 듯.
12) 쇠용: 쇠로 만든 그릇.
13) [교감] 황혼슈: 심씨B본 '還魂水'. 죽은 혼을 되돌아오게 한다는 전설상의 약수.
14) [교감] 화단: 심씨B본 '後還丹'. 이대본 '회환단'. '후환단'이나 '회환단'은 인간세상에서 죽은 뒤 다시 신선이 되기 위해 먹는 단약(丹藥).
15) 내살고: '살아나고'의 옛말.

"니 환약은 어듸 쓸고?"

션관니 답왈(答曰),

"그는 깁히 간슈(看守)ᄒ여따가 그듸 나히 칠십(七十)니 ᄎ거든 칠월(七月) 망일(望日) 오시(午時)에 쇼애(素娥)와 ᄒ나식 먹으라"

ᄒ고 ᄯ 챠(茶)를 권(勸)ᄒ거늘, 샹셰 바다 먹으니 용ᄌ(龍子ㅣ) 기달이는 쥴과 인간(人間)의 도라갈 일리 밧쁜 쥴를 ᄭ달아 션관게 하직(下直)ᄒ고 돌라갈야 ᄒ거늘, 션관니 샹셔를 다리고 믈ᄀ의 나와 젼숑(餞送)ᄒ여 보니여 왈,

"훌훌(欻欻)ᄒ나 회포(懷抱)를 다 못ᄒ너니, 쳔샹(天上)의 올나오거든 우리를 다시 보라"

ᄒ더라.

용ᄌ(龍子ㅣ) 반겨 샬오되,

"갈 길흔 올 졔와 달을 거시니 비예 올나 눈를 ᄌᆞᆷ간(暫間) 감으쇼셔"

ᄒ거늘, 샹셰(尙書ㅣ) 비를 타고 눈를 ᄌᆞᆷ간 감으니 발셔 남희(南海) 용궁(龍宮)의 왓쩌라.

천태산 마고선녀의 버섯

　용왕(龍王)니 샹셔(尙書)를 보고 못니 반겨 쳥(請)ᄒ여 젼(殿)의 드러가 ᄃ᷂접(待接)ᄒ거늘, 샹셰(尙書ㅣ) 왈(曰),

　"용왕의 덕분의 봉닉산(蓬萊山)은 무ᄉᆞ(無事)히 단여왓ᄉ오나, 쳔틱산(天台山) 길흘 마ᄌ 갈ᄋ치쇼셔."

　왕(王) 왈,

　"쳔틱산은 인간(人間)의셔 머지 안니ᄒ니 가기 쉬오려니와, 마구션녜(麻姑仙女) 만나기는 쉽지 못홀 거시니 샤모(思慕)ᄒ너이다"[1]

ᄒ고 졔 아들를 ᄯᅩ 불너 왈,

　"네 ᄯᅩ 샹셔를 뫼시고 쳔틱산를 갈ᄋ치고, 셔희(西海) 포진의 가 네 누의를 보고 니 말흔 후 계안쥬(啓眼珠)를 구(求)ᄒ야 샹셔긔 들리고, 그리로셔 네 션싱(先生)게 뵈옵고 오너라"

흔디, 용지(龍子ㅣ) 슈명(受命)ᄒ고 즉시 샹셔를 달이고 가더니, 한 곳의 다다라 일오되,

---

1) [교감] 마구션녜 만나기는 쉽지 못홀 거시니 샤모ᄒ너이다: 심씨B본 '麻姑仙女를 만나기 쉽지 아닐가 분별ᄒᄂ이다'.

"니 산(山)이 쳔틱산(天台山)니이²⁾ 져 산를 두로 단니며 마구션네(麻姑仙女)를 츠즈 약(藥)를 구(求)ᄒ여 보쇼셔. 나는 셔히(西海) 포진의 가계안쥬(啓眼珠)를 구ᄒ야 어더올리이다"

ᄒ거늘, 샹셰(尙書ㅣ) 응낙(應諾)고 그 산를 발아보니, 그 산이 쳔만쳡(千萬疊)니나 ᄒ고 놉기 하늘의 다핫거늘, 〈샹셔 왈〉,

"져리 험(險)ᄒ 짜의 혼즈 단이다가 모진 즘셩셩³⁾를 만나면 엇지 죽기를 면(免)홀리오?"

용즈(龍子ㅣ) 왈,

"니 산은 명산(名山)니라 각별(各別) 모진 즘셩니 업삽너니 두려 말으시고, 아모 살암를 보셔도 공경(恭敬)ᄒ고 번화(繁華)니 말으쇼셔. 힝여 그릇ᄒ시면 도라가기 어려오리이다."

샹셰(尙書ㅣ) 용즈(龍子)를 니별(離別)ᄒ고 혼쟈 쳔틱산으로 드러가더니, 혼 믈짜의 다다르미 물리 깁고 달리 업거늘 건너지 못ᄒ고 두로 단니더이, 문득 동(東)다히로셔 혼 아희 샤슴를 타고 오거늘, 샹셰 너달아 길흘 뭇고져 ᄒ더니, 그 아희 샤슴를 발노 박츠니 그 샤슴니 번기갓치 가미 밋쳐 가는 곳들 몰을네라. 샹셰 샤슴를 따라가더니 졈졈(漸漸) 샤슴은 보지 못ᄒ고, 산(山)은 쳡쳡(疊疊)혼디 인젹(人跡)은 끈치니고 졍히⁴⁾ 민망(憫惘)ᄒ더니, 혼 쇼나무 밋틔 걸엉니⁵⁾ 갓튼 노인(老人)니 헌 누비옷 입고 셕상(石上)의 걸어 안져거늘, 샹셰 졀ᄒ고 문왈(問曰),

"마구션네(麻姑仙女) 어듸 계신잇가?"

노인니 답왈(答曰),

"니 이 산즁(山中)의 살안 지 오만팔쳔 연(五萬八千年)니 지나시되 마구션네란 말은 금시쵸문(今時初聞)이로다"

---

2) 니이: '이니'의 오기.
3) 즘셩셩: '즘셩'의 오기.
4) 졍히: 진졍으로 꼭.
5) 거렁이: '거지'의 방언(경상).

ᄒ거ᄂᆞᆯ, 샹셰 ᄯᅩ 문왈,

"이 ᄯᅡ�헤 인개(人家ㅣ) 어듸 잇ᄂᆞ니잇가? 비곱하 민망(憫惘)ᄒ오니 아모 거시나 요긔(療飢)나 ᄒ여지이다."

노인니 답왈,

"이 샨즁(山中)의 무슴 인가(人家)가 잇실이오?"

ᄒ고 일어나거ᄂᆞᆯ, 샹셰 ᄯᅩ ᄯᅡ로려 ᄒ니 발셔 간듸업ᄯᅥ라. 샹셰 믈를 건너지 못ᄒ야 믈가의 안져ᄯᅥ니, ᄒᆞᆫ 즁이 뉵환즁[6]를 집고 지나가거ᄂᆞᆯ, 샹셰 ᄀᆞ쟝 공슌(恭順)히 졀ᄒ고 문왈,

"마구션녜를 보고져 ᄒ오니 어듸로 가리잇가?"

그 즁니 답왈,

"그 할미는 ᄎᆞ쟈 무엇ᄒᆞ려 ᄒ는듸?"

샹셰 답왈,

"나는 즁궁[7] 병부샹셔(兵部尙書) 니션(李仙)일너이 황졔(皇帝)의 명(命)으로 별이용(鼈耳茸)를 어드러 왓ᄉᆞᆸ쩌니, 젼ᄎᆞ(前次)로 듯ᄉᆞ오니 마구션녜를 보아야 그 약(藥)를 어드리라 ᄒᆞ미 ᄎᆞᆺ너이다."

즁니 답왈,

"니 믈를 건너 동(東)다히로 옥포동[8]를 ᄎᆞ쟈가라"

ᄒ거ᄂᆞᆯ, 샹셰 왈,

"믈리 깁고 달리 업ᄉᆞ오니 건너지 못ᄒ와 민망(憫惘)ᄒ와이다."

그 즁이 뉵환쟝(六環杖)를 믈의 더지니 변(變)ᄒ야 달리 되거ᄂᆞᆯ, 샹셰 건너가 그 즁를 향(向)ᄒ여 사례(謝禮)ᄒ니, 그 즁이 구름를 타고 알오되,

"ᄃᆡ셩ᄉᆞ(大成寺) 부쳬러니 그ᄃᆡ 길흘 몰나ᄒᆞ미 갈ᄋᆞ치너니, 옥포동를 ᄎᆞᆺ가 마구할미를 보라"

6) 육환즁: '육환장(六環杖)'의 오기. 중이 짚고 다니는, 고리가 여섯 개 달린 지팡이.

7) 즁궁: '중국(中國)'의 오기.

8) [교감] 옥포동: 심씨B본 '玉瀑洞'.

ᄒᆞ거놀, 샹셰 졀ᄒᆞ여 왈,

"그 션녜(仙女)를 엇지 ᄎᆞᆽ볼고 샤렴(思念)ᄒᆞ너이다."

부체 왈,

"이졔 만나ᄂᆞᆫ 불련이와 황ᄐᆡ휘(皇太后ㅣ) ᄇᆞᆯ셔 업셔 계시니 슈히 도라가라"

ᄒᆞ거놀, 샹셔(尚書) 그 즁를 향(向)ᄒᆞ야 무슈(無數)히 샤례(謝禮)ᄒᆞ고 동(東)다히를 향ᄒᆞ여 가더니, 츈슈와 계슈⁹⁾며 그니(奇異)ᄒᆞᆫ ᄭᅩᆺ치며 고이(怪異)ᄒᆞᆫ 즘싱니 믈리지¹⁰⁾ ᄃᆞᆫ니며 우지즈니 슬푸미 그지업고, 오ᄉᆡᆨ(五色)구름니 쟈옥ᄒᆞ엿시니 길흘 분별(分別)치 못ᄒᆞᆯ네라. 산(山)은 갈쇼록 쳡쳡(疊疊)ᄒᆞ고 인젹(人跡)니 업셔 민망(憫惘)ᄒᆞ더니, ᄒᆞᆫ 바회 우희 노옹(老翁)니 걸어안ᄌᆞ거놀, 샹셰 ᄌᆡ빈(再拜)ᄒᆞ고 문왈(問曰),

"옥포동으로 가려 ᄒᆞ오니 어늬 길노 가올지 갈ᄋᆞ치쇼셔."

그 노옹니 ᄃᆡ답(對答)지 안니코 노ᄅᆡ 부르되,

"쳔연(千年)를 ᄒᆞᆫ 긱(刻)를 삼고 만연(萬年)를 ᄒᆞᆫ 날을 삼아 샤ᄒᆡ팔방(四海八方)을 슌식(瞬息)의 ᄃᆞᆫ니ᄂᆞᆫ 날를 뉘라셔 감(敢)히 뭇ᄂᆞ뇨?"

ᄒᆞ고 눈를 감고 바회예 누ᄒᆞ니 슘니 업셔 거의 죽어가ᄂᆞᆫ 샤람 갓거놀, 다시 믈을 셰 업셔 동(東)다히를 바라고 가더니, 문득 산즁(山中)으로셔 ᄒᆞᆫ 녀ᄌᆞ(女子ㅣ) 옥(玉)슈리를 흰 샤슴의 메예 타고 ᄒᆞᆫ 숀의 쳔도(天桃)를 쥐고 나오니, 멀리털은 눈 갓고 얼골은 도화(桃花) 갓쩌라. 샹셰 ᄒᆞᆫ 번 보고 복지(伏地)ᄒᆞ여 고기를 드지 안코 문왈,

"감(敢)히 뭇잡너니, 옥포동으로 가고져 ᄒᆞ오미 길을 갈ᄋᆞ쳐쥬쇼셔"

ᄒᆞ거놀, 그 할미 총망(悤忙)니 슈리예 ᄂᆞᆯ려 답녜(答禮)ᄒᆞ고 왈,

"낭군(郎君)은 뉘시며, 옥포동은 ᄎᆞᆽ 무엇ᄒᆞᆯ려 ᄒᆞ시는고?"

샹셰(尚書ㅣ) ᄌᆡ빈(再拜) 왈,

---

9) [교감] 츈슈와 계슈: 심씨B본 '春樹 桂樹'.
10) 믈리지: '무리지어'의 오기.

"나는 중국(中國) 병부샹셔(兵部尙書) 이션(李仙)이옵쩌니, 황티후(皇太后) 병(病)니 즁(重)ᄒ시미 〈황제〉 날를 명(命)ᄉ샤 쳔티산(天台山)의 가별니용(闕耳茸)를 어더오라 ᄒ시미 왓습쩌니, 젼ᄎ(前次)로 듯ᄌ온즉 마구션녜(麻姑仙女) 그 약(藥)를 알르신다 ᄒ오미 챳너이다."

할미 답왈(答曰),

"낭군은 길흘 그릇 와 계시도다. 니 니 샨즁(山中)의셔 샤란 지 샤십팔만 구쳔샤빅오십칠 년(四十八萬九千四百五十七年)를 지녀여ᄉ온즉 니 산(山)이야 어늬 곳을 모로이오만은, 마구션예(麻姑仙女) 잇짠 말은 금시쵸문(今時初聞)이오, 샨 일홈도 금시쵸문이로쇼니다."

샹셰 디경(大驚) 왈,

"그리면 니 샨 일홈은 무어신니잇고? 가르쳐쥬쇼셔."

그 할미 디왈(對曰),

"니 샨 일홈은 포옥샨[11])니라 ᄒ고, 니 골 일홈은 티쳔동(台天洞)이라 ᄒ건니와, 낭군니 임의 그릇 드러와 계시고, ᄯ 날리 발셔 져무러시니 도라가시기 어려올 거시오, 다른 디 인ㄲ(人家ㅣ) 업ᄉ오니 니 집니 가밤이나 지니고 니일(來日) 도라가 쳔티샨를 ᄎᄌ쇼셔"

ᄒ거늘, 샹셰 답왈,

"그리면 쳔티샨니 어듸 잇샵는이잇가?"

할미 답왈,

"나는 아모 듸 잇는 쥴 모로너이다"

ᄒ고 샹셔를 달리고 한 골노 드러가니, 그 골리 셔긔(瑞氣) 어리엿고 오싴(五色) 바회와 쳔만(千萬) 가지 곳치 골골이 쟈옥키 불거 잇고, 오싴 돌노 슈(繡)을 노하 박셕(薄石)[12)를 ᄭ라시니 발부치기 엄엄(嚴嚴)ᄒ더라. 멀리 발아보니 긔니(奇異)혼 향니 코흘 거슬리는듸 혼 집니 은은

11) [교감] 포옥샨: 심씨B본 '瀑玉山'.
12) 박셕(薄石): 얇고 넓적한 돌.

(隱隱)이 뵈거늘, 다다르니 황제(皇帝) 계신 궁궐(宮闕) 갓쩌라. 문창호(門窗戶) 달리[13] 긔니(奇異)ᄒ고, 셔긔(瑞氣) 두우러 쩨쳐쩌라. 그 할미 슐리예 날려 샹셔(尚書)를 쳥(請)ᄒ여 왈,

"닉 집니 본닉 남직(男子ㅣ) 업슨 과부(寡婦)의 집인니, 귀긱(貴客)니라도 딕졉(待接)ᄒᆯ 샤람니 업스오니 셰무닉ᄒ(勢無奈何)[14]라. 닉가 친(親)히 딕졉ᄒ게 되엿시니 죠곰도 허믈치 말르시고 올나 안즈쇼셔"

ᄒ거늘, 샹셰(尚書ㅣ) 가쟝 샤양(辭讓) 왈,

"인간(人間) 더러온 몸니 귀(貴)ᄒ 경(景)를 더러니기도 황공(惶恐)ᄒ옵거든, 셩심(生心)니나 감(敢)히 젼(殿)[15]의 올나 딕좌(對坐)ᄒ옷잇가? 쳐마 밋틔셔나 밤니ᄂᆞ 지닉옵고 밝는 날 가셔이다"

ᄒ고 구지 샤양(辭讓)ᄒ고 안니 올르거늘, 할미 쇼왈(笑曰),

"남녜(男女ㅣ) 비록 각별(恪別)ᄒ오나 닉 나히 만스오니 허믈리 업고, 집니 비록 더럽지 안니ᄒ오나 다른 딕 갈 곳 업스오니 샤향(辭讓) 말르시고 올나안즈쇼셔."

샹셰 거스르지 못ᄒ여 올나안즈니, 황금(黃金) 교위(交椅)를 동셔(東西)의 난화노코 샹셔를 동편(東便) 교위예 좌(座)를 졍(定)ᄒ거늘, 샹셔 딕경(大驚)ᄒ여 업씌여 죽기로 샤양(辭讓)ᄒ니, 한미 왈,

"닉 말를 드르면 약(藥)를 어더 가련니와, 듯지 안니면 약은컨니와 도라가지도 못ᄒ리니다."

샹셰 왈,

"무슨 말삼인지 들를 말삼이면 듯고, 못 들을 말삼니면 죽스와도 듯지 못ᄒ리로쇼니다."

할미 왈,

"젼(前)의 명사(名士)계예[16] 안회 되어 부귀(富貴)로 누리다가 가군(家

---

13) 달리: 유달리. 특별히.
14) 셰무내하(勢無奈何): 형세가 어쩔 수 없음.
15) 젼(殿): 크고 화려한 집.

君)니 날아혜 득죄(得罪)ᄒ야 이 ᄯ혜 구향 왓ᄯ가, 먼져 가뷔(家夫ㅣ)
기셰(棄世)17)ᄒ고 혼쟈 잇셔 여름18)를 지어 먹샵ᄭᄭ언이와, 다만 ᄒᆫ ᄯᅡᆯ쟈
식(-子息)니 잇셔 과년(過年)니 ᄎᆞᆺ시되, 니졔 샤회를 못 어덧ᄯ니 그ᄃᆡ
를 다힝(多幸)니 만나ᄉᆞ오니, 이는 하ᄂᆞᆯ 졍(定)ᄒᆞ신 빈필(配匹)이오ᄆᆡ,
니 ᄯᅡᆯ리 비록 임젼치 못ᄒᆞ오나19) 낭군(郎君)의 빈필이 부죡(不足)지 안
니ᄒᆞᆯ 거시ᄆᆡ, 죠곰도 샤양(辭讓)치 말으쇼셔."

샹셰 왈,

"비록 그러ᄒᆞ오나 황틱휘(皇太后ㅣ) 병(病)니 즁(重)ᄒᆞ시ᄆᆡ, 황졔(皇帝)
날를 명(命)ᄒᆞ샤 약(藥) 어드러 보니시고 일야(日夜)의 길달리시는ᄃᆡ, 이
리 와 쥬식(酒色)의 침익(沈溺)ᄒᆞ고 황명(皇命)을 발ᄏᆡ오면20) 하ᄂᆞᆯ리 죄
(罪)를 쥬실 거시니, 하ᄂᆞᆯ게 죄를 어든 후(後)의야 어듸 가 빈들 도모
(圖謀)ᄒᆞ올리잇가? 챨아이 니졔 죽ᄉᆞ와 후회(後悔)나 업게 ᄒᆞ올 거시니,
챠마 이 말ᄉᆞᆷ를 좃지 못ᄒᆞ리로쇼이다."

할미 왈,

"낭군니 만일 약를 어더다가 틱후(太后)를 샬오시면 벼슬도 놉고 부
귀(富貴) 극즁(極重)ᄒᆞ오런니와, 죵시(終是) 엇지 못ᄒᆞ와 허힝(虛行) 곳
ᄒᆞ오시면 문셩쟝군(文成將軍)니 쇼옹(少翁)21)의 환(患)를 면(免)치 못ᄒᆞᆯ
거시니, 죽은 졍승(政承)니 샨 기야지22)만 못ᄒᆞ다 ᄒᆞ여시ᄆᆡ, 옛날 진시
황(秦始皇) 한무졔(漢武帝)의 위엄(威嚴)으로도 엇지 못ᄒᆞ고 죽기를 면
(免)치 못ᄒᆞ여거든, 그ᄃᆡ 아무리 지셩(至誠)으로 어드려 ᄒᆞᆫ들 쟈고(自古)

---

16) [교감] 명사계예: 심씨B본 '明士의'. 이대본 '나의 가부도 당나라 명소로셔'.
17) 기셰(棄世): 세상을 버림.
18) 여름: '농사(農事)'의 옛말.
19) [교감] 비록 임젼치 못ᄒᆞ오나: 심씨B본 '얼굴이 비록 곱지 아니ᄒᆞ오나'. 이대본 '얼골은 비록
    곱지 못ᄒᆞ나'. '임젼치'는 '얌젼하지'의 뜻인 듯.
20) 발ᄏᆡ오면: '져버리면'의 오기인 듯.
21) 소옹(少翁): 제(齊)나라의 방술사(方術士). 한나라 무제가 귀신을 잘 부리는 소옹을 문성장군에
    봉하지만, 후에 소옹의 영험이 떨어지자 그를 살해한다.
22) 개야지: '돼지'의 옛말인 '되야지'의 오기인 듯.

로 엇지 못훈 약(藥)를 어듸 가셔 어드리요? 니 집니 비록 가난호나 전답(田畓)니 십만 팔천 셕(十萬八千石) 직23)니오, 노비(奴婢)가 샤만 이 천칠빅여 귀(四萬二千七百餘口)오, 뽕남기24) 팔만 칠천구빅일흔두 남기 오, 져 동편(東便)의 고(庫)의는 은(銀)니 십만 칠천(十萬七千) 독니 드럿 고, 셔편(西便) 고(庫)의는 황금(黃金)니 샤만 오천(四萬五千) 독이오, 남 편(南便) 고의는 명지25) 비단니 구만(九萬) 동26)니나 호고, 북편(北便) 고의 진쥬(眞珠) 보픠(寶貝)가 억만(億萬) 슈리가 잇시니, 평싱(平生) 드 러누어도 실음업슬 거시니, 부듸 니 말듸로 호라"

호고 언필(言畢)의 훈 낭즈(娘子)를 교위(交椅)예 안치고 샹셔(尙書)를 붓쓰러 올려 교위예 안치니, 샹세(尙書ㅣ) 황감(惶感)호여 쳥스건(靑紗 巾)27)를 잠간(暫間) 슈기며 얼푸시 보니 정렬부인(貞烈夫人) 갓거늘 안 마음의 가쟝 반겨오되, 올 졔 용즈(龍子ㅣ) 당부(當付)훈 말리 잇시미 쥭 도록 샤향(辭讓)호니, 그 쇼졔(小姐ㅣ) 방(房)으로 드러가며 일오되,

  "황틱후(皇太后) 발셔 쥭어 계시미 죠신(朝臣) 등이 우리 가문(家門)를 죄(罪) 쥬어지라 호오되, 쳔지(天子ㅣ) 아직 기다려보쟈 호시니 슈히 도 오쇼셔"28)

호거늘, 그졔야 정렬부인니 오신 쥴 알고 말을 호고즈 호되 발셔 드러 가고 업스니, 다시 보지 못호고 물너와 긱실(客室)의 쟈다 보니 그런 큰 집니 간듸업고 니까 쇼나무 밋 정지(亭子)러라. 샹셰 하 고이(怪異) 호야 글지어 을푸며 나오더니, 골 어귀예 헐버슨 할미 쳥샵샬긔를 달 리고 나믈를 키거늘, 샹셰(尙書ㅣ) 나아가 절호고 문왈(問曰),

23) 직: '마지기'의 준말인 듯. '마지기'는 논밭 넓이의 단위로, 한 마지기는 볍씨 한 말의 모 또
   는 씨앗을 심을 만한 넓이를 이른다.
24) 뽕남기: 뽕나무.
25) 명지: '명주(明紬)'의 방언(강원, 경기, 충북).
26) 동: 물건을 묶어 세는 단위. 한 동은 먹 열 장, 붓 열 자루, 생강 열 접, 피륙 50필, 백지
   100권, 곶감 100접, 볏짚 100단, 조기 1000마리, 비웃 2000마리를 이른다.
27) 쳥사건(靑紗巾): 얇고 가벼운 비단으로 사(紗)로 만든 청색 두건.
28) [교감] 도오쇼셔: 심씨B본 '도라가쇼셔'. 이대본 '도라가쇼셔'.

"쳔틱산(天台山)니 어듸니잇가?"

그 할미 왈,

"니거시 쳔틱산이라."

쏘 문왈,

"옥포동이 어듸 이닛가?"

할미 왈,

"날려온 더니라."

"그리ᄒ오면 마구션녜(麻姑仙女ㅣ) 어듸 계신이잇가?"

그 한미 숀를 이마의 언쪼 이윽키 보다가 일오되,

"니 눈이 어두어 그딕를 몰나보니, 그딕는 뉘라 ᄒ며, 마구할미는 니
로쇼이다."

샹셰 반겨 두 번 졀ᄒ고 왈,

"날을 몰나보시는이닛가? 나는 낙양(洛陽) 북쵼(北村) 니위공(李魏公)
의 아들 니션(李仙)이로셔 황명(皇命)으로 약(藥) 어드러 왓너이다"

ᄒ고 부인의 편지(便紙)를 니여 들니거눌, 그졔야 본(本) 얼골를 닉고
반겨 왈,

"슉낭ᄌ(淑娘子)는 무양(無恙)ᄒ가? 낭ᄌ(娘子)와 날과는 이 만년쵸(萬
年草)29)를 보니라 ᄒ여도 앗기리오만은, 만일(萬一) 졍셩(精誠)니 지극
(至極)지 아니ᄒ엿던들 하마 허힝(虛行)ᄒᆯ 번ᄒ여싸만은, 그딕 졍셩니
하 지극혼 고(故)로 그 샤히예 도다쏘다"

ᄒ고 혼 버스슬 쥬며 왈,

"김낭ᄌ(金娘子)의 말를 드르니 황틱휘(皇太后ㅣ) 죽어싸 ᄒ민 슈히 도
라가라"

ᄒ고 간듸업거눌, 샹셰 셔위ᄒ야30) 옥포동를 향(向)ᄒ야 무슈(無數) 비

---

29) 만년쵸(萬年草): 먹으면 만년을 산다는 신비한 약초.
30) 서위하여: '서운하여'의 잘못.

례(拜禮)ᄒ고 믈ᄭᅡ의 나오니, 용ᄌᆡ(龍子ㅣ) 발셔 와 기달리더라.〈용ᄌᆡ 왈〉,

"나는 그 샤히 셔ᄒᆡ(西海) 포진의 슉모(叔母)를 뵈옵고 계안쥬(啓眼珠) 말슴ᄒ온즉, 슉뫼(叔母ㅣ) 왈, '계안쥬(啓眼珠ㅣ) 두 낫31)치 잇ᄯᅥ니, ᄒᆞᆫ 낫츤 낙양(洛陽) 김샹셔(金尙書)긔 은혜(恩惠) 갑노라 ᄒ고 들리고, 한 ᄶᅡᆨ은 졍렬부인게셔 포진의셔 졔(祭)할 졔 슐잔의 담아 보ᄂᆡ여시니, 발셔 샹셔ᄃᆡᆨ(尙書宅)의 갓ᄯᅡ' ᄒ시거ᄂᆞᆯ, 그져 도라왓ᄂᆞ이다"

ᄒ며 샹셔다려,

"눈를 ᄌᆞᆷ간(暫間) 감으쇼셔"

ᄒ거ᄂᆞᆯ, 샹셔 용션(龍船)의 안ᄌᆞ 눈를 ᄌᆞᆷ간 감고 안ᄌᆞ시니 발셔 황셩문(皇城門) 밧 계ᄒᆡ32)란 믈ᄀᆞ의 다다라ᄯᅥ라.

샹셰(尙書ㅣ) ᄆᆞᆺ터 날려 용ᄌᆞ(龍子)와 니별(離別)ᄒ여 왈,

"만니챵파(萬里滄波)33)의 혐난동고(險難同苦)ᄒ야 고ᄒᆡᆼ(苦行)ᄒ다가 무ᄉᆞ(無事)히 고국(故國)의 도라와 훌훌리 니별(離別)케 되니, 마음이 이연(哀然)ᄒ나 다시 보ᄌᆞ"

ᄒ고 니별ᄒ기를 ᄀᆞ쟝 슬허ᄒ며,

"평안(平安)이 도라가라"

ᄒ고

---

31) 낫: 낱. 여럿 가운데 따로따로인, 아주 작거나 가늘거나 얇은 물건을 하나하나 세는 단위.
32) [교감] 계ᄒᆡ: 심씨B본 '慶華'. 이대본 '경화강'.
33) 만리챵파(萬里滄波): 만리까지 펼쳐진 푸른 물결. 곧 드넓은 바다.

선약으로 죽은 황태후를 살리다

황셩(皇城)의 드러오니, 황티후(皇太后) 죽언 지 이십 일(二十日)니 되어 볼셔 살리 샹(傷)ᄒ여쩌라.

샹셰(尙書ㅣ) 망극(罔極)ᄒ야 옥지환(玉指環)를 가지고 바로 궐닉(闕內)예 드러가니, 만죠빅관(滿朝百官)니 합쥬(合奏)ᄒ며 궐닉예 곡셩(哭聲)니 쳔지(天地)를 흔들더라. 샹셰 각식(各色) 약(藥)를 가지고 죽엄에 임(臨)ᄒ야 옥지환를 죽엄 우희 언져두니, 이윽ᄒ야 샬빗치 완년(完然)ᄒᆫ 듯ᄒ거눌, 귀예 별니용(闢耳茸)를 너코 눈의 계안쥬(啓眼珠)를 씌스니, 안치(眼彩) 발그며 신샹쳬되(身上體度ㅣ)[1] 다시 젼(前)과 갓치 타년[2]ᄒ야 쟈든 샤람 일어 안즘 갓거눌, 샹(上)니 디경디희(大驚大喜)ᄒ샤 샹셔(尙書)의 숀를 잡으시고 용누(龍淚)를 날리오시며 갈오샤되,

"그딕를 말리챵파(萬里滄波)의 보닉고 쥬야(晝夜) 념녀(念慮)ᄒ더니, 쳔만몽외(千萬夢外)예 이러틋 득달(得達)ᄒ야 황후(皇后) 병환(病患)니 쾌ᄎᆞ(快差)ᄒ니, 엇지 즐거오믈 어듸다가 비ᄒᆞ리오? 진시황(秦始皇) 한무

---

1) 신상체도(身上體度): 몸의 상태.
2) 타년: '태연(泰然)'의 오기인 듯.

제(漢武帝)도 위엄(威嚴)니 천하(天下)의 진동(振動)ᄒ여시되 엇지 못ᄒ
약를 경(卿)니 어더시니, 짐(朕)니 엇지 이젼(以前) 언약(言約)를 비반(背
反)ᄒ리오?"

ᄒ시고 천하(天下)를 둘에 난화 반(半)를 가지라 ᄒ시거눌, 샹셰(尙書ㅣ)
복지(伏地)ᄒ여 통곡(痛哭) 쥬왈(奏曰),

"폐하(陛下)는 티후(太后)를 위(爲)ᄒ시고 신(臣)은 폐하를 위ᄒ 일니온
니, 이는 신ᄌ(臣者)의 직분(職分)이옵거눌, 니졔 천하를 반분(半分)ᄒ야
가지라 ᄒ시니, 엇지 후셰(後世)예 역명(逆名)를 면(免)ᄒ올잇가? 구타여
가지라 ᄒ시면 신(臣)니 부모(父母) 쳐ᄌ(妻子)를 다시 보지 못ᄒ옵고
폐하 탑하(榻下)에서 ᄌ슈(自手)ᄒ오리이다"

ᄒ고 멀리를 두다려 청죄(請罪)ᄒ니, 천ᄌ(天子ㅣ) 니션(李仙)의 츙셩(忠
誠)를 감격(感激)히 넉니샤 니션으로 쵸왕(楚王)를 봉(封)ᄒ시고 위공(魏
公)은 위왕(魏王)를 봉ᄒ시니,[3] 션(仙)이 샤은(謝恩)ᄒ고 집니 도라와 부
모(父母) 슬하(膝下)의 나아가 지비복지(再拜伏地)ᄒ온디, 부모며 일가친
쳑(一家親戚)과 샹하노쇼(上下老少)며 인리(隣里) 샤람드리 죽엇쩐 샤람
갓치[4] 못니 반기며, 정렬부인(貞烈夫人)은 낭낭(朗朗) 쇼왈(笑曰),

"낭군(郎君)니 가신 후(後)의 창(窓) 밧게 동빅(冬栢)남기 졈졈(漸漸)
씩씩ᄒ며 가지 다 북향(北向)ᄒ거눌, 일졍(一定) 무사(無事)히 도라오시
는 〈쥴〉 아라샵쩌니, 할는 마구할미 꿈에 와 달려가옵거눌, 싸라가셔
낭군를 뵈옵고 이리이리 이르고 왓샵쩌니, 슈히 도라오시니 감격(感激)
ᄒ와이다"

ᄒ더라.

니젹의 천ᄌ(天子ㅣ) 쵸왕(楚王)를 만히 샹사(賞賜)ᄒ시고 어젼풍뉴(御
前風流)[5]를 보니샤 낙봉년(樂逢宴)를 권(勸)ᄒ시더니, 양왕(梁王)니 쏘

---

3) [교감] 위공은 위왕를 봉ᄒ시니: 심씨B본 '金典으로 右丞相을 ᄒ이시니'. 위공은 이미 위왕으로
봉해졌기에, 해본이 잘못된 것임. 이대본에는 관련 내용이 없다.
4) [교감] 죽엇쩐 샤람갓치: 심씨B본 '다 죽엇던 사름 다시 본 돗ᄒ여'.

혼인(婚姻)를 지쵹ᄒ거ᄂᆞᆯ, 쵸왕니 봉ᄂᆡ산(蓬萊山)의 가 션관(仙官)의 말를 들러시미 거ᄉᆞᆯ으지 못ᄒ야, 위의(威儀)를 갓쵸와 양부(梁府)의 일으러 신부(新婦)를 마자 ᄉᆞᆷ일(三日) 권귀(捲歸)6)ᄒ야 졔ᄉᆞ(諸事)을 다ᄉᆞ리니, 부귀(富貴) 쳔하(天下)의 웃쓰미라. 이러모로 부귀 쳔하에 웃쓰민 고(故)로 공경ᄐᆡ휘(公卿台位)7) 뉘 안니 불워ᄒ리오.

이젹의 쳔ᄌᆡ(天子ㅣ) 특지(特旨)로 미향(梅香)를 졍슉왕비(貞淑王妃)를 봉(封)ᄒ야8) ᄉᆞᆷᄌᆞ니녀(三子二女)를 두고, 졍렬부인(貞烈夫人)은 니쟈일녀(二子一女)를 두어 인믈리 ᄐᆡ월(太越)ᄒ니, 〈쏠은〉 쳔ᄌᆞ(天子)의 며ᄂᆞᆯ리 되고, 쟝ᄌᆞ(長子)는 졍승(政丞) 벼ᄉᆞᆯᄒ고, ᄎᆞᄌᆞ(次子)는 셔량ᄐᆡ슈(西涼太守) 되엿ᄯᅡ가 쳔하도총독(天下都總督) ᄃᆡᄉᆞ마(大司馬)9) 벼ᄉᆞᆯᄒ야 남만북젹(南蠻北狄)를 다 ᄊᆞᆯ어발리고 위엄(威嚴)니 즁(重)ᄒ야 도젹(盜賊)를 잘 다ᄉᆞ리니, 쳔ᄌᆡ(天子ㅣ) 칭찬(稱讚)ᄒ신고 즁샹(重賞)ᄒ시더라.10)

---

5) 어전풍류(御前風流): 임금의 앞에서 베푸는 풍류를 이르던 말.

6) 권귀(捲歸): 군사나 시설 따위를 거두어 가지고 돌아가거나 돌아옴.

7) 공경태위(公卿台位): '공경'은 영의정·좌의정·우의정의 삼공(三公)과 여러 대신(大臣)들을 아울러 이르는 총칭이며, '태위'는 삼공의 자리라는 뜻으로 '재상(宰相)'을 이르는 말임.

8) [교감] 이젹의 쳔지 특지로 미향를 졍슉왕비를 봉ᄒ야: 심씨B본 '皇帝 드러시고 詔書롤 ᄂᆞ리와 淑香으로 貞烈王妃롤 封ᄒ시고 梅香으로 貞淑王妃롤 封ᄒ시니 두 사름이 謝恩ᄒ고 서로 ᄉᆞ랑ᄒ기롤 兄弟ᄀᆞ치 ᄒ며 貞烈王妃도 梁王을 親父母ᄀᆞ치 하고 貞淑王妃도 金尙書롤 親父母ᄀᆞ치 셤기더라'.

9) 대사마(大司馬): '병조판서'를 달리 이르던 말. 중국 주(周)나라 때 군사와 군대를 맡아보던 벼슬 이름에서 유래한다.

10) [교감] 이대본 '졍렬왕비난 니남 일녀를 ᄊᆞ어시니 즁ᄌᆞ는 병부샹셔 되고 ᄎᆞ자는 ᄃᆡ즁군니 되고 쏠은 ᄐᆡᄌᆞ비 되고 졍슉왕비도 니남 일녀를 ᄊᆞ어시니 즁자는 형쥬 좌ᄉᆞ 되고 ᄎᆞᄌᆞ는 옥당 한림이 되고 쏠은 우승승 ᄐᆡ의 메ᄂᆞ리 되다'.

슉향과 이션, 천상으로 돌아가다

쵸왕(楚王)니 쟝승상(張丞相) 부쳐(夫妻)와 녀부인(呂夫人)니 다 죽거늘 녜(禮)로써 영쟝(永葬)ᄒ고 지니더니, 슬푸다, ᄯ 위왕(魏王) 부뷔(夫婦ㅣ) 별셰(別世)ᄒ시거늘, 쵸왕니 망극(罔極)ᄒ야 션산(先山)의 쟝ᄉ(葬事)ᄒ고 샴년(三年) 쵸토(草土)¹⁾를 지셩(至誠)으로 지니더니, 샴년를 지닌 후의 쵸왕니 오ᄌ(五子)를 달리고 샤원(祠院)²⁾의 모다 활 쏘며 여러 샤람를 모도와 힘를 결워 지죠(才操)를 보더니,³⁾ 졍렬부인⁴⁾니 누(樓) 우희셔 주렴(珠簾)를 것고 샬펴보시니, 그놈니 반야산(般若山)의셔 구(救)ᄒ든 놈 갓거늘 쵸왕게 그 샤년(事緣)를 젼(傳)ᄒ니, 쵸왕니 그 오랑키를 불너 왈,

"니젼(以前)의 반야산의셔 구혼 샬암니 잇쩌냐?"

---

1) 쵸토(草土): '거적자리와 흙베개'라는 뜻으로, 상중(喪中)임을 이르는 말.

2) 샤원(祠院): 사당(祠堂)과 서원(書院)을 아울러 이르는 말. 여기서는 '개인 소유의 정원'이란 의미인 '사원(私園)'으로 쓰인 듯.

3) [교감] 힘를 결워 지죠를 보더니: 이대본 '시름을 붓치더니 그중의 혼 스람이 늘그되 당할 지 업거날 초왕이 층춘ᄒ더니'.

4) [교감] 졍렬부인: 심씨B본 '貞烈王妃'. 이대본 '졍열왕비'.

그놈니 가쟝 오릭 싱각짜가 왈,

"그씌예 혼 어린 아기 부모(父母) 일코 돌 틈 업씌여 울거늘, 그 아희 샹(相)을 보오니 타일(他日)의 일졍(一定) 귀(貴)히 되리라 ᄒ와, 게 두면 즘성의게 쥭을가 ᄒ야 달여다가 유곡역(幽谷驛) 마을 압헤 두고 갓ᄉᆸᄂᆞ이다."

쵸왕(楚王)니 부인(夫人)게 젼(傳)ᄒ니, 부인니 디희(大喜)ᄒ여 즉시 불너 젼(前) 말ᄉᆞᆷ를 일으신 후 쵸왕게 부탁(付託)ᄒ샤 샹ᄉᆞ(賞賜) 만히 ᄒ여 보ᄂᆡ신니라.

이젹의 쵸왕의 나히 칠십(七十)니 되엿쩌니, 무슐년(戊戌年) 칠월(七月) 망일(望日)의 졍렬부인으로 더부러 완월누(玩月樓)의 올나 놀으시더니, 믄득 보니 공즁(空中)으로셔 오ᄉᆡᆨ(五色)구름이 니러나며 혼 션관(仙官)이 드러오거늘, 왕(王)이 급(急)히 일어 안즈니 여동빈(呂洞賓)일너라. 왕 왈,

"어듸로 오시나잇가?"

여동빈 왈,

"엇지 이졋는냐? 엇지 육신(肉身)이 쟐 올을다?"

ᄒ거늘, 그졔야 규류션(句僂仙) 쥬던 약(藥)을 한나식 부인과 난화 먹으니, 몸이 가뷔야와 인간(人間) 일을 아조 이져ᄇᆞ리고 여동빈으로 더브러 분인[5]을 다리고 구름을 멍에[6]ᄒ야 바로 쳔샹(天上)으로 올나가니라.

김젼 부쳐(夫妻)는 쵸왕 부부를 일코 ᄆᆡ일(每日) 슬허 졍슉왕비로 더브러 ᄇᆡ를 타고 션유(船遊)ᄒ더니, 한 션관이 귤(橘) 갓튼 거슬 세흘 쥬더니, 믄득 일오되,

"셜즁ᄆᆡ(雪中梅)화 한나식 먹으라"

ᄒ거늘 바드니, 그 션관 왈,

---

5) 분인: '부인(婦人)'의 오기.
6) 멍에: 수레나 쟁기를 끌기 위해 마소의 목에 얹는 구부러진 막대. '구름을 멍에하여'는 '구름을 타고'라는 뜻임.

"텬샹(天上) 일을 인간(人間)의 와셔 이겨는냐?"

ᄒ거늘, 한나식 먹으니 쏘흔 인간 일은 아쥬 잇고, 몸이 쏘흔 가뷔야와 다시 집으로 갈 마음을 이져ᄇ리고 가쇽(家屬)도 다시 보지 못ᄒ고 봉내산(蓬萊山)으로 가니라.

이젹의 쳔ᄌ(天子ㅣ) 드르시고 신긔(神奇)히 녀기샤 칭챤(稱讚)ᄒ여 갈오샤ᄃ,

"하늘이 션관션녀(仙官仙女)를 나려보내샤 짐(朕)을 도앗다"

ᄒ시고 문무졔신(文武諸臣)을 모흐ᄉ 김젼 양위(兩位)와 쵸공(楚公)7) 젼후ᄒᆡᆼ젹(前後行蹟)과 위공(魏公)8)과 다 날하의 ᄉ〈당예〉 헌샹(獻上)ᄒ시고, 초왕(楚王) 일(이하 판독 불능)9)

7) 초공(楚公): '초왕(楚王)'의 오기.

8) 위공(魏公): '위왕(魏王)'의 오기.

9) [교감] 초왕 일(이하 판독 불능): 경판본 '사관을 명ᄒᆞ야 사젹을 긔록ᄒ라 ᄒ시고 ᄌ손을 각별 슈용ᄒ라 ᄒ시니 쵸왕의 긔이흔 ᄉ젹이 별젼의 잇기로 디강 긔록ᄒ노라'.

| 원본 |

숙영낭자전

천상의 아이

각셜(却說).□□□□□□□□□□□□□□□□□□□ 빅셕쥬라. □□
□□□□□□□□□□□□□□□ 소연등과(少年登科) □□□□□□□□
□□□□□□□□□□□□□□□□□□□□□□□□□□□□□□□□□
□□□□□□□□□□□□□□□□□□□□□□□□□□□□□□□□□
□□□□□□□□□□□□씨되 실히(膝下)의 □□□□□□□□□□□
□□□□□□□러 슬허ᄒᆞ던이, 일일(一日)은 부인(夫人) □□□□ 왈(曰),
"□□□ 무ᄌᆞ식(無子息)ᄒᆞᆫ 죄(罪) □□□□□□□□□□□□ ᄉᆞᄒᆞᆫ
승공(相公)이 쳡(妾)을 니침즉 ᄒᆞ되 □□□□□□□□□□□□□□□
□□□□□□□□□□□□□□□□□□□□[1] 쇼빅산(小白山)[2] 쥬령봉의

---

1) [교감] 해당 부분: 김광순 50장본 '유명 조선국 경상좌도 안동 퇴빅산 알릭 한 명한이 이시되
성은 빅이요 명은 성희라 충열 빅션의 후예로 소연등과ᄒᆞ야 벼살이 병조참판이 잇더니 소인의
참소을 만나 삭탈관즉ᄒᆞ고 고향이 도라와 농업을 힘시니 가산 요부ᄒᆞ나 연당 사십이 일졈 혈
육이 읍거널 부인 졍시로 더부러 실허ᄒᆞ든이 일일은 부인이 가로디 쳡이 듯ᄉᆞ오이 불효삼쳔이
무후위더라 ᄒᆞ니 쳡이 상곡의 집이 드러온 지 금이 이십연이 ᄌᆞ식을 두지 못ᄒᆞᄉᆞ오니 논죄
마당히 니칠만 ᄒᆞ되 상곡의 너부신 덕퇵으로 □□□□□□□□□□□□'. 경판 28장본 '화셜
셰종조 쩌의 경상도 안동 ᄯᅡ히 한 션비 이스되 셩은 빅이오 명은 상환이라 부인 졍시로 더부
러 동쥬 이십여 년의 일기 ᄉᆞ속이 업셔 쥬야 슬허ᄒᆞ더니 명산디찰의 기도ᄒᆞᆫ 후 긔몽을 엇고
일ᄌᆞᆯ 싱ᄒᆞ여 점점 ᄌᆞ라미 용미 쥰슈ᄒᆞ고 셩되 온유ᄒᆞ며 문필이 유여ᄒᆞᆫ지라'.

들어가셔 극진(極盡)이 삼생□□□□ㅎ오면 혹 남녀간(男女間)의 쇼원
성취(所願成就)을 혼다 ㅎ온이 우리도 정성(精誠)으로 비러보스니다"

ㅎ온이, 상공(相公)3)이 우워 왈(曰),

"비러 ᄌ식을 느흘진디 천ㅎ(天下)의 무ᄌ식(無子息)혼 스람이 쏘 어
디 잇스올잇가? 아무러나 부인(夫人) 쇼원(所願)이 글어ㅎ오면 비러보스
니다."

그날부텀 목욕재계(沐浴齋戒)ㅎ고 젼죠다발4)ㅎ고 쇼빅산(小白山)으로
들어가 양인(兩人)이 정성(精誠)으로 발원(發願)ㅎ고 집의 도라와셔 부인
이 과연(果然) 그날부텀 티긔(胎氣) 잇셔 십삭(十朔)이 ᄎ민, 일일(一日)
은 집 안의 운무(雲霧) ᄌ욱ㅎ며 향너 진동(振動)ㅎ며 남ᄌ(男子)을 탄
싱(誕生)혼이, ᄒ날노셔 혼 션예(仙女) 나려와 옥병(玉瓶)의 향슈(香水)을
□□□□□5) 씨겨 □□□□□□□6)

"니 아기는 천승(天上) 션관(仙官)으로 요지현(瑤池宴)7)의셔 슈경낭ᄌ
(淑英娘子)로 더부러 희롱(戲弄)혼 죄(罪)로 승제(上帝)계옵셔 인간(人間)
의 적거(謫居)8)ㅎ와, 삼식연분(三生緣分)9)으로 미즈려 ㅎ고 귀딕(貴宅)의
탄싱(誕生)ㅎ와신이, 부디부디 천위(天意)을 거스리지 마압고 귀(貴)이
길읍쇼셔."

ᄌ삼(再三) 당부(當付)ㅎ고 올느가거날, 쏘흔 정신(精神)을 진정(鎮靜)
ㅎ여 승공(相公)을 청(請)ㅎ니, 승공이 급(急)피 들어오거날 션예(仙女ㅣ)
일오던 말삼을 다 눈낫치 고(告)ㅎ민, 아기을 ᄌ셰(仔細)이 본이 얼골리

---

2) 소백산(小白山): 충청북도 단양군 가곡면과 경상북도 영주시 순흥면 사이에 있는 산.

3) 상공(相公): 재상을 높여 이르던 말.

4) 젼죠다발: 제물(祭物)을 많이 갖추었다는 뜻인 듯하나, 정확한 내용은 미상.

5) [교감] □□□□□: 갑진본 '기울려 아히을'.

6) [교감] □□□□□□□: 갑진본 '뉘피고 부닌짜려 이로디'. 김광순본 '부인이 겻히 누이고 고
왈'.

7) 요지연(瑤池宴): 중국 곤륜산에 있다는 못. 신선이 살았다고 하며, 주나라 목왕이 서왕모를 만
났다는 이야기로 유명하다.

8) 적거(謫居): 귀양살이를 함.

9) 삼생연분(三生緣分): 부부간의 인연.

관옥(冠玉)[10) 갓고 셩음(聲音)이 쇄락(灑落)[11)ㅎ여 일홈을 빅션군(白仙君)이라 ᄒᆞᆫ디, 션군(仙君)이 졈졈 ᄌᆞ라나미 빅(百) 가지 일[12)을 무불통지(無不通知)ㅎ고 골격(骨格)이 풍디(豊大)ᄒᆞᆫ이 뉘 안이 칭찬(稱讚)ᄒᆞ리요.

션군(仙君)이 ᄂᆞ히 십오셰(十五歲)예 당(當)ᄒᆞ미 셰상(世上) 스람리 니로디,

"쳔상(天上) 션관(仙官)니라"

ᄒᆞᆫ디, 부뫼(父母ㅣ) 이즁(愛重)ᄒᆞ여,

"읏지 져와 갓튼 빅필(配匹)을 증ᄒᆞ리료?"[13)

ᄒᆞ며 날로 광문(廣問)[14)ᄒᆞ던이,

---

10) 관옥(冠玉): 관의 앞을 꾸미는 옥으로, 흔히 남자의 아름다운 얼굴을 비유하여 이름.
11) 쇄락(灑落): 기분이나 몸이 상쾌하고 깨끗함.
12) [교감] 빅 가지 일: 김광순본 '시셔빅가'.
13) [교감] 읏지 져와 갓튼 빅필을 증ᄒᆞ리료: 갑진본 '너와 갓한 빅필를 구ᄒᆞ리요'.
14) 광문(廣問): 널리 여러 사람에게 물어봄.

선군의 꿈에 나타난 수경낭자

쏘흔 니젹의 슈경낭ᄌ 천상□□□□동의 젹거(謫居)흔 그로 □□
□□□□□□□□□□□□□[1] 션군 인간(人間)의 탄싱(誕生)ᄒ기로 셰
샹(世上) 일을 아지 못ᄒ야 타문(他門)의 구혼(求婚)ᄒ던이, 낭ᄌ(娘子ㅣ)
싱각ᄒ되,

'우리 양인(兩人)이 인간(人間) 젹거(謫居)ᄒ야 빅연가약(百年佳約)을
금셰(今世)예 미졋던이, 니졔 낭군(郎君)이 타문(他門)의 구혼(求婚)ᄒ온
이 아마도 천싱연분(天生緣分)이 쇽졀읍시 될가?'

ᄒ여서 쏘흔 심울(心鬱)ᄒ온 고(故)로, 일일(一日)은 밤의 션군(仙君)의
ᄭᅮᆷ의 뵈여 갈오디,

"낭군(郎君)이 쳡(妾)을 모로시고 타문(他門)의 구혼(求婚)을 ᄒ시온이,
천싱연분(天生緣分)으로 요지현(瑤池淵)의 가셔 낭군으로 더부러 희롱(戲
弄)흔 죄(罪)로 숭졔(上帝)게옵셔 인간(人間)의 니치시민, 인간의셔 인연
(因緣)을 금셰(今世)예 결친(結親)ᄒ라 ᄒ엿던이, 웃지 타문의 구혼을 ᄒ

---

1) [교감] 천상□□□□동의 젹거흔 그로 □□□□□□□□□□□□□□□: 김광순본 '쏘흔 덕
쇠ᄒ고 옥연동의 젹거흔 후의 빅션군과 연분이 지즁ᄒ나'.

려 ᄒ시ᄂᄂ잇가? 낭군은 삼연(三年)만 위흔(爲限)²⁾ᄒ고 첩을 기다리옵쇼
셔."

지삼(再三) 당부(當付)ᄒ고 문득 간ᄃᆡ읍거날, 씨다른이 남가일몽(南柯
一夢)³⁾이라. 낭ᄌᆞ(娘子)의 꼿짜온 얼골리며 낙인지ᄉᆞᆨ(落雁之色)⁴⁾과 폐월
슈화지ᄐᆡ(閉月羞花之態)⁵⁾ᄂᆞᆫ 천ᄉᆞᆼ(天上) 명월(明月)리 구름 쇽의 쇼ᄉᆞ나ᄂᆞᆫ
듯ᄒ고, 단슌호치(丹脣皓齒)⁶⁾을 반(半)만 여러 ᄒ나ᄂᆞᆫ 쇼리 귀예 징징(錚
錚)ᄒ고, 옥(玉) 갓튼 얼골이 눈의 삼삼ᄒ여 중ᄎᆞ(將次) 병(病)이 되엿ᄂᆞᆫ
지라. 부뫼(父母ㅣ) 민망(憫惘)ᄒ여 왈(曰),

"네의 병셰(病勢)을 보온이 고이(怪異)ᄒ시다"

ᄒ시고,

"진졍(眞情)을 일위라"⁷⁾

ᄒ신이, 션군이 ᄃᆡ왈(對曰),

"모월모일(某月某日)의 일몽(一夢)을 웃ᄉᆞ온이,⁸⁾ 옥(玉) 갓튼 낭ᄌᆞ(娘子
ㅣ)와 일오ᄃᆡ, '월궁(月宮)의 션예(仙女)로라' ᄒ고 엿ᄎᆞ엿ᄎᆞᄒ고 가옵던
이, 그후(後)로부터 병(病)이 되어ᄊᆞ온이 일각(一刻)이 여삼츄(如三秋)로
소니다. 웃지 삼연(三年)을 기딜릿가? 글노 인(因)ᄒ여 병이 골슈(骨髓)
의 깁퍼ᄂᆞᆫ니라"

ᄒ거날, 부뫼(父母ㅣ) 왈,

"너을 ᄂᆞᆰ 쩨예 ᄒ날로셔 ᄒᆞᆫ 션예(仙女ㅣ) 니려와셔 엿ᄎᆞ엿ᄎᆞᄒ던이,

2) 위한(爲限): 기한이나 한도를 정함.
3) 남가일몽(南柯一夢): 한바탕 꿈.
4) 낙인지ᄉᆞᆨ(落雁之色): '낙안지색(落雁之色)'의 오기. 미인을 보고 물 위에서 놀던 물고기가 부끄러
   워서 물속 깊이 숨고 하늘 높이 날던 기러기가 부끄러워서 땅으로 떨어졌다는 '침어낙안(沈魚
   落雁)'에서 따온 말로, 아름다운 여인의 용모를 이름.
5) 폐월수화지태(閉月羞花之態): '달이 숨고 꽃도 부끄러워하는 태도'라는 뜻으로, 여인의 얼굴과
   태도가 매우 아름다움을 비유적으로 일컬음.
6) 단순호치(丹脣皓齒): 붉은 입술과 흰 이. 또는 아름다운 여자.
7) [교감] 진정을 일위라: 갑진본 '심중의 인난 소회을 말삼ᄒ라'. 김광순본 '기이지 말고 말을 ᄒ
   라'.
8) 웃ᄉᆞ온이: 꾸었사오니.

과연(果然) 슈경낭즈로 〈다〉. 그러호느 꿈은 다 허시(虛事)라. 스렴(思念)
말고 음식(飮食)이느 먹으라"

흔디, 션군(仙君)이 왈,

"아물리 꿈이 허산(虛事)들 또흔 졍영(丁寧)흔 긔약(期約)이 지즁(至重)
호온이, 아모것도 먹을 싱각이 읍는니다"

호고 즈리예 누엇고 니지 안이호거날, 부뫼 민망(憫惘)이 여기여 빅약
(百藥)으로 구(救)호되 일졈(一點) 효음(效驗)이 읍는지라.

낭지(娘子ㅣ) 옥연동(玉蓮洞) 젹거(謫居)호엿시느 낭군(郎君)의 병셰(病
勢) 즁(重)흔 줄을 알고 밤마다 몽즁(夢中)의 왕니(往來)호여 니로되,

"낭군이 웃지 날만흔 안여즈(兒女子)을 위(爲)호여 병이 져디지 깁펴
는잇가? 니 약(藥)을 씨옵쇼셔"

호고 옥병(玉甁) 셰슬 니여 노흐며 가로되,

"호느는 불노쵸(不老草)옵고, 또 호느는 불스쵸(不死草)옵고, 또 호느
난 만졍취9)온이 부디부디 니 삼약(三藥)을 씨옵고 삼연(三年)만 추무쇼
셔"

호거날, 씨다른이 간디읍거날, 션군이 더욱 병셰(病勢) 즁(重)호더라.

낭지(娘子ㅣ) 또흔 싱각호되,

'낭군의 병이 졈졈 즁호고 가셰(家勢) 빈흔(貧寒)흔이 웃지호여야 셰
간을 니루게 호리요?'

호고 또 꿈의 와 일로되,

"낭군(郎君)의 병셰(病勢) 졈졈(漸漸) 즁(重)호고 스셰(事勢) 곤궁(困窮)
호옵기로 금동즈(金童子) 흔 쌍(雙)을 가져와싸온이 낭군임 즈시는 벽숭
(壁上)의 안쳐두옵시면 즈연(自然) 부귀(富貴)호올리다."

또흔 화숭(畫像)을 쥬며 왈,

"니 화숭은 쳡(妾)의 용모(容貌)온이 밤이면 덥고 즈옵고 느지면 병풍

9) [교감] 만졍취: 갑진본 '만병초'. 김광순본 '흔싱쥬'.

(屛風)의 걸러두옵쇼셔"

ㅎ거날, 씨달른이 발셔 간디옵는지라.

인(因)ㅎ여10) 금동ᄌ을 벽슝(壁上) 올여 안치고 낭ᄌ의 화숭을 병풍의 거러두고 시시(時時)로 낭ᄌ갓치 보던이, 각읍(各邑) 스람덜리 다 니로되,

"빅션군(白仙君)의 집의 귀물(貴物)리 잇다"11)

ㅎ고 귀경 가ᄌ ㅎ고 스람이 금은(金銀)을 무슈(無數)이 가지고 ᄎ단(綵緞)을 갓쵸와 들어와 닷토와 귀경ㅎ더라.12)

글어ᄂ 션군(仙君)의 병(病)이 ᄎ효(差效)가 읍는지라. 쏘흔 낭ᄌ 꿈의 와 이로디,

"낭군이 종시(終是) 쳡(妾)을 잇지 못ㅎ와 져디지 심회(心懷) 막심(莫甚)ㅎ온이 일노 민망(憫惘) 답답ㅎ와이다. 바라옵건디 아즉 딕집의 종(從) 미월(梅月)13)을 잠간(暫間) 방슈(防守)14)을 ㅎ와15) 울젹(鬱寂)흔 심회(心懷)을 진정(鎭靜)ㅎ옵쇼셔"

ㅎ고 문즉 간디옵거날, 씨달은니 남가일몽(南柯一夢)이라.

닛튼날 비자(婢子) 미월을 불너 동쳡(童妾)을 삼은니 졔유 심회(心懷)을 증(定)ㅎᄂ, 탐탐(耽耽)흔 졍(情)은 낭ᄌ(娘子)와 못흔지라. 미일(每日) 낭ᄌ을 싱각ㅎ니 울울(鬱鬱)흔 심회(心懷)와 춍춍(怱怱)16)흔 심희을 이긔지 못ㅎ는지라.

니젹의 낭ᄌ 옥연동(玉蓮洞)의 젹거(謫居)ㅎ여씨ᄂ 낭군(郎君)을 싱각ㅎ니,

---

10) [교갑] 인ㅎ여: 갑진본 '방안을 살피보니 과연 금동ᄌ 안ᄌ거날 인ㅎ야'.
11) [교갑] 빅션군의 집의 귀물리 잇다: 갑진본 '직금 션군의 집이 셩불이 잇다'.
12) [교갑] 귀경ㅎ더라: 갑진본 '귀경오니 이러무로 가사 졈졈 치부ㅎ난지라'.
13) [교갑] 미월: 갑진본 '명월'. 경판본 '미월'.
14) 방슈(防守): 거처를 지키며 시중듦.
15) [교갑] 방슈을 ㅎ와: 갑진본 '작비ㅎ야'.
16) 춍춍(怱怱): 몹시 급하고 바쁜 모양.

'만일(萬一) 낭군니 쳡(妾)을 싱각ᄒ시다가 죽으시면 빅연긔약(百年期約)니 속절읍시 허ᄉ(虛事)로다'

ᄒ고 ᄯ혼 꿈의 와 일로ᄃ,

"낭군니 쳡을 보고져 ᄒ오면 옥연동 가문졍을 차ᄌ오옵쇼셔"

ᄒ고 간ᄃ읍거날, 션군(仙君)니 놀ᄂ 씨달은니 ᄯ혼 꿈니라. 마음니 황홀(恍惚)ᄒ여 눕고 니지 못ᄒ던 몸니 완완(緩緩)니[17] 니러ᄂ 부모임계 엿ᄌ오되,

"간밤의 일몽(一夢)을 읏더시되, 낭ᄌ 와셔, '옥연동으로 ᄎᄌ오라' ᄒ옵고 갓던니다. 아무니 싱각ᄒ와도 병셰(病勢) 급박(急迫)ᄒ온니 그곳슬 차ᄌ간ᄂ니다"

ᄒ고 닌(因)ᄒ여 ᄒ직(下直)ᄒ니, 부모 우어 왈,

"네 밋쳐ᄯ다"

ᄒ고 붓ᄌ버 안치니, 션군이 민망(憫惘) 답답니 역여 일로ᄃ,

"쇼ᄌ(小子) 병(病)니 니갓ᄉ와 부모님 명영(命令)을 어긔와 옥연동으로 차져가ᄂ니다"

ᄒ며 니달르니, 부모 마지못ᄒ여 허락(許諾)ᄒ신ᄃ,

17) 완완(緩緩)히: 천천히.

옥연동에서 운우지정을 나누다

　션군니 심시(心事ㅣ) 쇄락(灑落)ᄒ여 빅마금편(白馬金鞭)으로 옥연동으로 ᄎ졈ᄎ졈 가ᄂ지라.

　니젹의 종일(終日)토록 가되 옥연동(玉蓮洞)을 가지 못ᄒᄂ지라. 울울(鬱鬱)ᄒᆫ 마음을 진졍(鎭靜)치 못ᄒ여 ᄒ날을 울얼너 비어 왈(曰),

　"명명(明明)ᄒ신 상쳔(上天)은 하감(下瞰)ᄒ옵쇼셔. 옥연동 가ᄂ 질을 발켜 닌도(引導)ᄒ여 빅연긔약(百年期約)을 일케 마옵쇼셔"

ᄒ고 준마가편(駿馬加鞭)[1]으로 ᄎ졈ᄎ졈 드러간니, 셕양(夕陽)은 지을 넘고 옥연동은 담담(潭潭)한디 슾으로[2] 드러간니, 그제야 광활(廣闊)ᄒ여 쳔봉만학(千峰萬壑)[3]은 그림으로 그려닛고, 슈승(水上) 부연(浮蓮)은 연당(蓮塘)의 푸여닛고, 유쳔만슨(柳千萬絲)은[4] 광풍(狂風)의 날여닛고, 황금(黃金) 갓튼 쇠고리ᄂ 상ᄒ(上下) 긔의 왕ᄂ(往來)ᄒ고,[5] 탐화

1) 준마가편(駿馬加鞭): '주마가편(走馬加鞭)'의 오기로 볼 수도 있음. 좋은 말에 채찍을 가함.
2) 슾으로: 숲으로
3) 쳔봉만학(千峰萬壑): 첩첩이 겹쳐 있는 깊고 큰 골짜기와 수많은 산봉우리.
4) [교감] 유쳔만슨은: 갑진본 '양유쳔만스은'. 수많은 버드나무 가지.
5) [교감] 상ᄒ긔의 왕ᄂ ᄒ고: 갑진본 '양유스을 왕ᄂ ᄒ고'.

광졉(探花狂蝶)은 츈풍(春風)의 흔을거려 츈식(春色)을 잔탄ᄒ며,6) 화양(花香)은 습의(襲衣)ᄒ니, 별유천지비닌간(別有天地非人間)7)일너라. 차졈차졈 드러가면셔 발아본니 쥬렴(珠簾) 화각(畵閣)은 공즁(空中)의 쇼셔 눈디, 현판(懸板)의 ᄒ여스되, '옥연동(玉蓮洞) 가문졍'니라 ᄒ여더라.

션군(仙君)니 마음니 황홀(恍惚)ᄒ여 불고염치(不顧廉恥)ᄒ고 당상(堂上)의 올너간니, 낭ᄌ(娘子) 아미(蛾眉)8)을 슉니고 슈괴(羞愧)흔 티되(態度)을 니그지 못ᄒ여 피셕(避席) 티왈(對曰),

"그디는 읏더흔 쇽긱(俗客)9)니관디 임의(任意)로 션디(仙臺)을 오르는다?"

션군 티왈,

"ᄂᆞ는 유산(遊山)ᄒ는 쇽긱(俗客)일어니, 져어ᄒ신 쥴 모로고 션경(仙境)을 드려왓은니 죄스무셕(罪死無惜)10)니로쇼이다"

ᄒ니 낭ᄌ 왈,

"그디는 목슘을 읷기거던 쇽쇽(速速)기 ᄂᆞ가쇼셔"

ᄒ니 션군니 마음니 난망(難望)ᄒ여 반가은 마음니 일변(一邊) 두려온지라. 션군니 빅단스지(百端思之)11)ᄒ여도 잇쩌을 일흔면 다시 만날 날니 읍눈지라. 션군니 나가 왈,

"낭ᄌ은 날을 모로ᄂᆞ니가?"

낭ᄌ 동시(終是) 층니불문(聽而不聞)12)ᄒ고 시약불견(視若不見)13)ᄒ며 모로눈 체ᄒ니, 션군니 할 길 읍셔 ᄒ날을 우럴너 탄식(歎息)ᄒ고 문

---

6) [교감] 탐화광졉은 츈풍의 흔을거려 츈식을 잔탄ᄒ며: 갑진본 '탐화광졉은 만학천봉 가며오며 츈식을 조롱ᄒ고'. '탐화광졉'은 '꽃을 찾아다니는 미친 나비'라는 뜻임.
7) 별유천지비인간(別有天地非人間): 곧 별세계.
8) 아미(蛾眉): 가늘고 길게 굽어진 미인의 눈썹.
9) 쇽객(俗客): 속세에서 온 손님.
10) 죄사무셕(罪死無惜): 죄를 지어 죽어도 아깝지 않음.
11) 백단사지(百端思之): 여러 가지로 생각함. 백이사지(百而思之).
12) 청이불문(聽而不聞): 듣고도 못 들은 척함.
13) 시약불견(視若不見): 보고도 못 본 척함.

250

(門)을 다드며 셤흐의 ᄂᆞ려션니, 그졔야 낭즈 노긔홍샹(綠衣紅裳)14)의
빅학션(白鶴扇)15)을 쥐고 병풍(屛風)의 빅겨 셔셔 불너 왈,

"낭군은 가지 말고 닉 말을 잠깐(暫間) 들으쇼셔"

흐니 션군니 심샹(心狀)니 희락(喜樂)흐여 도러션니, 낭즈 왈,

"그디는 닌간(人間)의 환싱(還生)한들 지식(知識)니 져디지 읍슨익가?
아무리 쳔증(天定)을 미겨신들 읏지 당일(當日)16) 허락(許諾)흐리니가?"

흐고 올으기을 쳥(請)흐거날, 션군니 심시(心事ㅣ) 희락(喜樂)흐여 그졔야
완완(緩緩) 올너간니, 낭자 호치(皓齒)을 반기(半開)흐여 말흐되,

"낭군은 읏지 그리 지식(知識)니 읍ᄂᆞ닛가?"

흐거날, 션군니 보민 마음니 황홀(恍惚)흐여 쑤여들고져 흐나, 졔유 안
심(安心)흐여17) 낭즈의 옥슈(玉手)을 잡고 왈,

"오날 낭즈을 디면(對面)흐니, 이졔는 죽어도 흔(恨)니 읍ᄂᆞ니다"

흐며 그리던 졍회(情懷)을 (일부 구절 누락)18)

"싱각흐와 병(病)니 되어슨니 디장부(大丈夫)의 힝실(行實)니라 흐리
요? 우리 양닌(兩人)니 쳔샹(天上)의 득죄(得罪)흐고 인간(人間)의 ᄂᆞ려와
니연(因緣)을 미겨두고 슴연(三年)을 위흔(爲限)흐여싸온니, 슴연 후 쳔
죠(靑鳥)로 ᄇᆡ필을 숨고 승봉(上峰)을 육여(六禮)로 갓츄면19) 빅연히로
(百年偕老)흐런니와, 만일(萬一) 몸을 허신(許身)흐오면 쳔위(天意)을 거
스림니요 무예20) 막심(莫甚)흐온니, 부디 감심(甘心)21)흐여 삼연만 위흔

---

14) 녹의홍샹(綠衣紅裳): 연두저고리와 다홍치마.
15) 백학선(白鶴扇): 백학이 그려진 좋은 부채.
16) [교감] 읏지 당일: 갑진본 '엇지 흔 말삼의'.
17) [교감] 션군니 보민 마음니 황홀흐여 쑤여들고져 흐나 졔유 안심흐여: 갑진본 '션군니 한 분
    보민 정신니 활홀흔지라 꼿 본 나부 불을 어니 알며 물 본 기리기 어옹을 엇지 겁니리요 흐
    고'.
18) [교감] 일부 구절 누락 부분: 갑진본 '만단으로 설화히니 낭즈 왈 날 갓탄 아여즈을'.
19) [교감] 천죠로 ᄇᆡ필을 숨고 승봉을 육여로 갓츄면: 갑진본 '상봉으로 육애을 삼고'. 김광순본
    '금실로 인연 미즈'. 경판본 '쳥조로 미파롤 보고 샹봉으로 뉵녜롤 미즈'.
20) 무예: '후회(後悔)'의 오기인 듯.
21) 감심(甘心): 괴로움이나 책망 따위를 기꺼이 받아들임. 또는 그런 마음.

(爲限)호옵고 기달여 니연(因緣)을 미지면 빅연희로호리니다."

션군니 디왈(對曰),

"일일여삼취(一日如三秋)라. 숨연(三年)니 멋 숨취(三秋)란 호느니가? 낭지(娘子ㅣ) 만일(萬一) 그겨 도러가라 호시면 션군(仙君)니 목슴니 비조직석(非朝則夕)[22]니라. 니 목슴니 황천(黃泉)의 외로온 혼빅(魂魄)니 되오면, 낭즈(娘子)의 신명(身命)닌들 온전(穩全)하올니가? 복망(伏望)[23] 낭즈는 잠간(暫間) 몸을 허신(許身)하옵시면 션군의 목슴을 보전(保全)호올니다. 낭즈는 숑빅(松柏)[24] 갓튼 정절(貞節)을 잠간 구핌을 바라고, 쏘흔 낙시의 물닌 고기을 구(救)호여 쥬옵쇼셔[25]"

호며 스싱(死生)을 결단(決斷)호니, 낭즈 형셰(形勢) 문부틱손지승(無不泰山之上)[26]니라. 빅니스지(百而思之)[27]호야도 무가닉히(無可奈何)[28]라.

니젹의 월광(月光)은 만천(滿天)호고 야식(夜色)은 숨경(三更)[29]니라. 션군니 침금(寢衿) 느아가니 낭즈 할 길 읍셔 몸을 허락(許諾)호닌지라. 션군 그졔야 원낭침(鴛鴦枕)[30]을 도도 베고 전일(前日) 그리던 졉졉(疊疊)흔 원(願)을 이뤄고 밤을 지닉이, 두 스람의 정(情)은 워낭(鴛鴦)이 녹슈(綠水)을 만남 갓고 비취(翡翠) 여리(連理)[31] 짓들임 갓더라.

일야(一夜)를 지닉니, 〈션군이 왈〉,

"온온(溫溫)흔 정(情)은 용천금(龍泉劍)[32] 든는 칼노 베희거던 베희거

---

22) 비조즉석(非朝則夕): 아침이 아니면 저녁에 죽음.

23) 복망(伏望): 엎드려 바라건대.

24) 송백(松柏): 소나무와 잣나무.

25) [교감] 구핌을 바라고, 쏘흔 낙시의 물닌 고기을 구호여 쥬옵쇼셔: 갑진본 '굽피어 불이 든 나부와 그물의든 고기을 구조호옵쇼셔'. 김광순본 '불리 든 나우와 낙슈이 문 귀기을 구호옵쇼셔'.

26) 무불태산지상(無不泰山之上): 태산 꼭대기에 올라선 것처럼 절박하거나 위태로움.

27) 백이사지(百而思之): 이리저리 온갖 가지로 생각함.

28) 무가내하(無可奈何): 어찌할 수 없음.

29) 삼경(三更): 밤 열한시부터 새벽 한시까지.

30) 원앙침(鴛鴦枕): 원앙이 새겨진 베개.

31) 연리(連理): 연리지(連理枝). 뿌리가 다른 나뭇가지가 서로 엉켜 마치 한 나무처럼 자라는 것으로, 흔히 남녀 간의 사랑 혹은 부부애(夫婦愛)가 돈독한 것을 비유함.

ᄂ 홍노(紅爐)의 불근 불노 살으거던 살으거ᄂ 인간(人間) 싱각 가쇼롭
다. 니 안니 셰상(世上)닌가? 공명(功名)[33]을 뉘 알숀야?"

ᄒ며 희롱(戲弄)ᄒ는지라. 낭ᄌ 왈,

"남셩(男性)의 욕심(慾心)니 아무니 디단ᄒ신들 니디지 무예(無禮) 티
심(太甚)ᄒ온닛가? 이졔는 무가너희(無可奈何)라"

ᄒ고

"니 몸이 임의 부졍(不淨)ᄒ여신니 공부(工夫)ᄒ기 부지럽다"

ᄒ고 신힝(新行)[34] 길을 츠려,

"낭군과 흔가지로 가사니다"

ᄒ고 쳥ᄉᄌ(靑獅子)을 몰어 너여 옥연교(玉蓮轎)의 올너안즈이 션군(仙
君)이 비힝(陪行)ᄒ야 집으로 도려온니,[35]

---

32) 용천검(龍泉劍): 옛날 중국의 장수들이 쓰던 보검(寶劍).

33) 공명(功名): 공을 세워 이름을 널리 알림.

34) 신행(新行): 혼인할 때 신랑이 신부 집으로 가거나 신부가 신랑 집으로 가는 것을 말함.

35) [교감] 낭ᄌ 왈 남셩의 욕심니 아무니 디단ᄒ신들 니디지 무예 티심ᄒ온닛가 이졔는 무가너
희라 ᄒ고 니 몸이 임의 부졍ᄒ여신니 공부ᄒ기 부지럽다 ᄒ고 신향 길을 츠려 낭군과 흔가
지로 가사니다 ᄒ고 쳥ᄉᄌ을 몰어 너여 옥연교의 올너안즈이 션군이 비힝ᄒ야 집으로 도려
온니: 갑진본 '낭ᄌ 왈 니 몸니 이미 군즈을 쫏히여시니 신힝을 차리쇼셔 군즈와 흔가지로
가사리다 ᄒ고 힝장을 차일 젹의 새산 노시 호리 안장 빕슈익기 지어닉야 션군니 올나타고
빅옥교ᄌ 금발 쥬렴 황홀ᄒ기 차려닉여 낭즈가 비기 타고 시비을 압셰우고 거마을 영솔ᄒ야
시가로 나리가이 도화은 작작ᄒ고 겨구난 관관ᄒ다 ᄒ드라'.

과거 길에 오르는 선군

이젹의 낭즈(娘子) 시부모(媤父母) 양위(兩位)게 현안[1]호온이 상공(相公) 부쳐(夫妻) 공경(恭敬) 지극(至極)호고, 낭즈을 즈시 본이 셜부화용(雪膚花容)[2]은 쳔하졀식(天下絶色)이요, 양안(兩顔)의 홍도화(紅桃花) 춘풍(春風)의 헌날이는 듯호더라. 상공 부쳐 이즁(愛重)이 여겨 낭즈을 동별당(東別堂)의 쳐쇼(處所)을 졍(定)호고, 워낭지약(鴛鴦之樂)을 이류게 호이 두 스룸의 졍(情)이 비(比)홀 쎠 업더라.

션군(仙君)이 낭즈로 더부려 미일(每日) 희롱(戲弄)호며 일시(一時)도 잇지 못호여 쩌느지 안이호고, 쏘흔 학업(學業)을 젼폐(全廢)호이 상공 부쳐 미망(憫惘)호나, 다만 션군쑨이라 쑤짓도 못호는지라.

세월(歲月)이 여류(如流)호야 팔연(八年)을 지닌이 즈식(子息) 남미(男妹)을 느안는지라. 쌀의 일홈은 춘양이요 아들의 일홈은 동춘이라 호고, 연(連)호여 세간이 요부(饒富)호이 동산의 쏘흔 가문정을 지쏘 '외쳐금파낙춘방'[3]이라 호는 가스(歌詞)을 지여 탄금(彈琴)호여 옥낭즈(玉

---

1) 현안: '알현(謁見)'의 오기.
2) 셜부화용(雪膚花容): 눈같이 흰 살결과 아름다운 얼굴.

娘子)와 화답(和答)ᄒ이, 그 노러 가장 처양4)ᄒ여 순악(散樂)5)을 ᄭᅡ치는지라.6) 그 가ᄉ(歌詞)의 ᄒ여시되,

"양인(兩人)니 디작(對酌) 상화(相和) 가(可)ᄒ이 일비일비(一杯一杯) 부일비(復一杯)라. 아ᄎᆔ옥면(夜醉玉面) 군차시(君此時)ᄒ이 명죠(明朝)의 유의(有意)커든 포금니(抱琴來)ᄒ쇼셔."7)

낭ᄌ 놀기을 다ᄒ민 마음이 여광여ᄎᆔ(如狂如醉)ᄒ여 월ᄒ(月下)의 비회(徘徊)ᄒ니, 션군이 낭ᄌ의 알옴다온 티도(態度)을 보고 마음을 진정(鎭靜)치 못ᄒ여 ᄒ더라.8)

부모 미일(每日) ᄉ랑ᄒ여 션군과 낭ᄌ을 다리고 희롱(戱弄)ᄒ야 왈,

"네의 두 ᄉ룸은 부명(分明) 쳔상(天上) 션관션예(仙官仙女)로다"

ᄒ시고 션군으로 더부러 이로디,

"니 드은니, '금방(金榜)9) 과거(科擧)을 뵈다' ᄒ이,10) 너도 경셩(京城)의 올너 입신양명(立身揚名)ᄒ여 부모 안젼(眼前)의 영화(榮華)을 보이고, 죠션(祖先)을 비니미 엇더ᄒ뇨?"

ᄒ시고 즉일(卽日)의 과거 길을 지쵹ᄒ이, 션군이 디왈(對曰),

"우리 셰간니 쳔ᄒ(天下)의 일부(一富)요, 뇌비(奴婢) 쳔여 귀(千餘口)라. 군신지쇼악(群臣之所樂)11)과 이목지쇼욕(耳目之所欲)12)을 심디로 ᄒ

---

3) [교감] 외쳐금파낙츈방: 갑진본 '오현금월남취'.
4) [교감] 쳐양: 갑진본 '쳥아'.
5) 산악(散樂): 중국에서 예로부터 있어 온 속악.
6) ᄭᅡ치는지라: 깨치게 하는지라.
7) [교감] 양인니 디작 상화 가ᄒ이 일비일비 부일비라. 아ᄎᆔ옥면 군차시ᄒ이 명죠의 유의커든 포금니ᄒ쇼셔: 갑진본 '양닌니 디작 산화기ᄒ니 야ᄎᆔ옥면 군ᄌ거라 일비일비 부일비ᄒ니 명조의 유이 포금니ᄒ라'.
8) [교감] 티도을 보고 마음을 진졍치 못ᄒ여 ᄒ더라: 갑진본 '티도을 사랑ᄒ야 시을 지으 화답할 시 요죠슉여 군ᄌ호구로다 ᄒ더라'.
9) 금방(金榜): 과거에 급제한 사람의 이름을 써서 거리에 붙이던 글.
10) [교감] 금방 과거을 뵈다 ᄒ이: 갑진본 '국가니 티평ᄒ사 만닌과을 보넌다 ᄒ니'. 경판본 '이번의 알셩과 뵌다 ᄒ니'.
11) 군신지소락(群臣之所樂): 뭇 신하들이 즐기는 것. 임금과 신하가 함께 즐긴다는 '군신지소락(君臣之所樂)'으로 볼 수도 있다.
12) 이목지소욕(耳目之所欲): 눈과 귀가 하고자 하는 것으로, 흔히 아름다운 음악과 여색(女色)을

올 거시어날 무어시 부족(不足)ᄒ와 급제(及第) 바라이요?"

ᄒ이, 이 말은 잠시(暫時)도 낭ᄌᆞ을 이별(離別)ᄒ고 쩌날 뜻지 업시니라.13) 낭ᄌᆞ 방(房)의 드려가 부친(父親) 말삼을 ᄒ며 과거(科擧)의 안이 가기로 말삼ᄒ이, 낭ᄌᆞ 염용(斂容)14) 디왈(對曰),

"장부(丈夫) 셰상(世上)의 쳐(處)ᄒ미 ᄶᅩᄯᅳᆫ온 일홈을 용문(龍門)의 올리고, 영화(榮華)을 부모(父母) 안젼(眼前)의 뵈옵고, 죠션(祖先)을 빗니미 장부으 쩌쩌ᄒᆞᆫ 일이여날, 이제 낭군이 쳡(妾)을 잇지 못ᄒ옵고 과거(科擧)의 안이 가오면 공명(功名)도 일스옵고, ᄶᅩᄒᆞᆫ 부모 양위(兩位)와 다른 스룸이라도 쳡의게 혹(惑)ᄒ여 안이 간다 홀 거신이, 낭군은 마음을 회심(回心)ᄒ여 빅연(百年) 어린 졍(情)을 두어 달 이지시고 금번(今番) 장원급제(壯元及第)ᄒ여시면 부모게 영화(榮華) 되면 그 안이 승쾌(爽快)ᄒ며, 이 마음도 귀(歸)ᄒ면 그 안니 층양(稱揚)ᄒ올이가?"

〈ᄒ고〉 향장(行裝)15)을 ᄎᆞ려쥐며 왈,

"낭군니 만일(萬一) 과거의 안이 가시면 맛참니 ᄉᆞ지 안이ᄒ로이다"16)

ᄒ고 금은(金銀) 슈쳔 양(數千兩)과 노복(奴僕) 오육 닌(五六人)과 은안준말(銀鞍駿馬)17)을 ᄐᆞ여쥬며 길을 지쵹ᄒ이, 션군이 마지못ᄒ여 금미연18) 츈삼월(春三月) 망간(望間)의 발힝(發行)ᄒᆞᆺ 부모 양위(兩位)게 ᄒ즉(卜直)ᄒ고, 낭ᄌᆞ을 이별(離別)ᄒ여 도라보며 왈,

"부모 양위와 어린 ᄌᆞ식(子息)을 다리고 무량(無恙)이 지니오면 슈이

<hr />

뜻함.

13) [교감] ᄒ이, 이 말은 잠시도 낭ᄌᆞ을 이별ᄒ고 쩌날 뜻지 업시니라: 갑진본 '만일 경셩의 올나가면 낭ᄌᆞ로 더부려 슈월 직빌할 거시니 그 안니 졀박ᄒ나잇가 ᄒ고'.

14) 염용(斂容): 자숙하여 몸가짐을 조심하고 용모를 단정히 함.

15) 행장(行裝): 여행할 때 쓰는 물건과 차림.

16) [교감] 맛참니 ᄉᆞ지 안이ᄒ로이다: 갑진본 '쳡니 민망ᄒᆞᆫ 마음을 참지 못ᄒᆞ야 자결할 것시니 밤비 가옵쇼셔'.

17) 은안준마(銀鞍駿馬): 은 안장을 얹은 좋은 말.

18) [교감] 금미연: 갑진본 '경인년'.

도라와 졍회(情懷)을 펴스이다"

ᄒ며 못닉 니별(離別)ᄒ며

수경낭자와 외간 남자

길을 쩌나며 흔 거름의 도라셔며 두 걸름의 도라보니, 낭ᄌ(娘子) 즁 문(中門)의 비겨션 양(樣)을 질겨홈이라.[1] 그러ᄂ 션군(仙君)은 닛니 잇 지 못흔 심회(心懷) 간졀(懇切)ᄒ야 죵일(終日)도록 가되, 계유 삼심 이(三十里)을 가 슉쇼(宿所)을 졍(定)ᄒ고 셕반(夕飯)을 ᄇ드이 낭ᄌ 연연(戀戀)흔 졍(情)이 심즁(心中)의 ᄋ러ᄒ던이,[2] ᄒ인(下人)이 민망(憫惘)이 여겨 엿ᄌ온디,

"셔방(書房)임이 음식(飮食)을 젼폐(全廢)ᄒ고 쳘이원졍(千里遠征)의 엇지 득달(得達)ᄒ러 ᄒ시ᄂ잇가?"

션군이 슬허 왈(曰),

"ᄌ연(自然) 심회(心懷) 울젹(鬱寂)ᄒ여 음식을 먹을 길이 업쏘다."

밤죠춤의 식각ᄒ이[3] 낭ᄌ의 얼골리 눈의 삼삼ᄒ고 말쇼리 귀예 징징

---

1) [교감] 낭ᄌ 즁문의 비겨션 양을 질겨홈이라: 갑진본 '낭ᄌ 즁문의 비기셔셔 눈물을 흘리며 왈 낭군은 쳘니원졍의 평안니 다니오옵소셔 ᄒ는 소리 장부 간장 다 녹킨다'.
2) [교감] 셕반을 ᄇ드이 낭ᄌ 연연흔 졍이 심즁의 ᄋ러ᄒ던이: 갑진본 '셕반을 들리거날 션군니 낭ᄌ을 셩각ᄒ니 심즁의 휘표 가덕한지라 셕반을 젼피ᄒ고 음식을 물니친다'. 'ᄋ러ᄒ던이'는 '아련하더니'의 뜻인 듯.

(錚錚)ᄒᆞ야 답답ᄒᆞᆫ 졍회(情懷)을 이기지 못ᄒᆞ여 이경(二更)4) 말(末) 삼경
(三更) 쵸(初)의 ᄒᆞ인(下人)이 다 잠을 들거늘, 션군이 그졔야 신발을 도
도ᄒᆞ고5) 집으로 도라와 담장을 너머 낭ᄌᆞ의6) 들러가니, 낭ᄌᆞ 놀니여
가로ᄃᆡ,

"엇지 이 집푼 밤의 완는잇가?"

션군이 ᄃᆡ왈(對曰),

"ᄒᆡᆼ(行)ᄒᆞᆫ 비 져유 삼심 이(三十里)을 가 슉쇼(宿所)을 졍(定)ᄒᆞ고 낭
ᄌᆞ을 싱각ᄒᆞ이, 울젹(鬱寂)ᄒᆞᆫ 심ᄉᆞ(心事)을 니긔지 못ᄒᆞ야 음식도 먹지
못ᄒᆞ고 잠을 일우지 못ᄒᆞ고 완는이다"

〈ᄒᆞ고〉낭ᄌᆞ(娘子)로 더부러 말ᄒᆞ며 질기던이, 잇ᄯᅥ 상공(相公)이 션군
(仙君)을 경셩(京城)의 보ᄂᆡ고 집 안의 도젹(盜賊)을 살피려 ᄒᆞ고 담장
을 두루 도라 동별당(東別堂)의 간니, 낭ᄌᆞ의 방(房)의셔 남졍(男丁)의
쇼리 들이거날, 상공이 싱각ᄒᆞ되,

'낭ᄌᆞ의 빅옥(白玉) 갓튼 졍졀(貞節)의 엇지 외인(外人)을 ᄃᆡ(對)ᄒᆞ리
요?'

ᄒᆞ고 창(窓)박긔 귀을 지우려 드르즉, 낭ᄌᆞ 익귀7) 말ᄒᆞ다가 가로ᄃᆡ,

"박긔 시부(媤父)임이 오시 듯ᄒᆞ오니, 낭군은 ᄌᆞ최을 감쵸쇼셔"

ᄒᆞ며 아희 달ᄂᆡ는 쇼리로 동츈의 등을 두다리며,

"ᄌᆞ장 ᄌᆞ장 워이 ᄌᆞ장"

ᄒᆞ며 말ᄒᆞ되,

"너의 아반임은 금번(今番) 장원급졔(壯元及第)ᄒᆞ여 영회(榮華)로 오는
이라"

---

3) [교감] 밤죠츔의 싁각ᄒᆞ이: 갑진본 'ᄒᆞ고 젹막ᄒᆞ 빈방 안ᄂᆡ 다만 낭ᄌᆞ 싱각쑨이로다'.
4) 이경(二更): 밤 아홉시에서 열한시 사이.
5) 도도ᄒᆞ고: 돋우고 여기서는 '돋우어 신고'의 뜻으로 쓰임.
6) [교감] 낭ᄌᆞ의: 갑진본 '낭ᄌᆞ 방의'.
7) 익귀: 익히.

호고 인(因)호여 낭즈 션군을 씨와 이로디,

"시부임이 문(門)박끠 와 즈최을 엿보고 가오이 낭군은 밧비 느가옵
소셔. 만일 첩(妾)을 잇지 못호와 다시 오다가난 시부임 염탐지호(廉探
之下)의 즈최을 들이오면 니계 쑤죵이 도로올 쑷호오니, 부디 마음을
온젼(穩全)니 간졀8)호여 경셩(京城)의 올너가 졀관호여9) 영화(榮華)로
느려와 질기스니다"

호고 너어 보니던니, 션군니 연연(戀戀)혼 마음을 나지 못호고 스쳐10)
의 도러간즉 호인니 잠을 씨지 안니호여는지라. 쏘 닛튼날 발힝(發行)
호여 졔유 오심 니(五十里)을 가 슉쇼(宿所)을 졍(定)호고 셕반(夕飯)을
지는 후(後)의, 쏘혼 심시(心事ㅣ) 온젼(穩全)치 못호여 낭즈의 당부(當付)
호던 말은 무릅스고 호닌(下人) 모로계 집의 도러와 낭즈 방(房)의 드
러가니, 낭즈 디경길식(大驚失色)호여 왈,

"낭군니 날 갓튼 스룸을 스모(思慕)호여 공명(功名)의 마음니 읍고 이
갓치 할진디, 진실(眞實)노 니 몸이 죽어 모롬니 올토다"

호니, 션군니 도로혀 무류(無聊)호더라. 이 말은 낭즈 연연(戀戀)혼 졍
(情)니 간졀(懇切)호느 낭군의 심회(心懷)을 위로(慰勞)홈일너라. 일러구
러 졍담(情談)으로 담화(談話)호던니,11) 쏘 승공(相公)니 문(門)박긔 와
엿보는지라. 남졍(男丁)의 쇼릭 창(窓)박긔 들니거눌, 승공(相公)니 혼자
말호되,

---

8) 간졀: '간직'의 오기.
9) [교감] 졀관호여: 갑진본 '셩공호야'.
10) 사쳐: 손님이 길을 가다가 묵음. 또는 묵고 있는 그 집.
11) [교감] 낭군니 날 갓튼 스룸을 스모호여 공명의 마음니 읍고 이갓치 할진디, 진실노 니 몸이
죽어 모롬니 올토다 호니 션군니 도로혀 무류호더라 이 말은 낭즈 연연혼 졍니 간졀호느 낭
군의 심회을 위로홈일너라 일러구러 졍담으로 담화호던니: 갑진본 '션군은 엇지호야 밤으로
니왕호시난닛가 만일 이려호시다가 쳔금 갓탄 몸을 즁노의셔 빙니 나면 어니호올잇가 죵닉
첩을 잇지 못할진디 닉일 밤은 쳡니 낭군의 슉쇼로 차즈가사리다 션군니 디왈 낭즈은 구즁쳐
즈로셔 힝보호기 어렵거든 엇지 원로 니이왕호시익가 낭즈 왈 그러호오면 죠현 모칙니 잇다
호고 화상을 닉어쥬며 왈 이 화상은 쳡의 용묘온니 즁노이셔 빗치 변호거든 쳡으 몸니 불안
혼 줄을 아옵쇼셔 호고 셔로 이별홀 씨'.

260

"고니(怪異)ᄒ다. 낭즈 갓튼 졀(節)노 웃지 외닌(外人)을 디(對)ᄒ여ᄂ 요? 니 집 담장니 놉고 노비(奴婢) 쳔여 귀(千餘口)더 어지 오닌(外人) 니 임의(任意)로 츌입(出入)ᄒᄂ고?"

ᄒ며 분(憤)ᄒ물 이긔지 못ᄒ여 도라온이라.

이젹의 낭즈 시부(媤父)임 문(門)박끠 오신 쥴 알고 낭군의 ᄌ최을 감 쵸고, 아희 달닉여 왈,

"야야야, 잠을 ᄌᄌ"

ᄒ며 죵니(終乃) 낭군의 흔젹(痕迹)을 감초ᄂ지라. 션군이 ᄯᅩ흔 마음이 슬펴 쳐소(處所) 도라간이라.

이젹의 상공이 부인다려 말삼ᄒ고 낭즈을 불너 문왈(問曰),

"쥬야(晝夜)로 집 안의 괴니(怪異)ᄒ긔로 도젹(盜賊)을 술펴려 ᄒ고 담 장을 두로 도라다이다가12) 낭즈의 쳐소(處所)의 간이 방(房) 안의셔 남 졍(男丁)의 소릭 느거날 고이(怪異) 너겨 도라왓던이, ᄯᅩ 잇튼날 밤의 엿ᄎ엿ᄎᄒ이, 엇지 ᄒ리인지13) 고이ᄒ니 실상(實狀)을 바로 아뢰라"

흔디, 낭즈 왈,

"밤이면 심심ᄒ기로 동츈과 믹월(梅月)을 다리고 말삼ᄒ여ᄂ이다. 엇 지 외인(外人)을 다리고 말슴ᄒ여시이가?"

흔디,

---

12) [교감] 괴니ᄒ긔로 도젹을 술펴려 ᄒ고 담장을 두로 도라다이다가: 갑진본 '고젹ᄒ야 밤마당 순힝ᄒ다가'.
13) 엇지 ᄒ리인지: 엇지한 일인지.

매월이 수졍낭자를 모함하다

져긔 마음을 노희느[1] 졍영(丁寧)이 남졍(男丁)의 쇼리 들이는지라, 아지 못ᄒᆞ여 미월을 불너 문왈,

"너 요ᄉᆞ이 낭ᄌᆞ 방의 갓더야?"

ᄒᆞ이 알뢰되,

"쇼인(小人)은 몸이 곤(困)ᄒᆞ여 요ᄉᆞ이 낭ᄌᆞ 방의 간 비 업ᄂᆞ이다."

상공(相公) 더옥 슈상(殊常)이 여겨 미월을 ᄭᅮ지져 왈,

"요ᄉᆞ이 낭ᄌᆞ 방의셔 쥬야(晝夜)로[2] 외인(外人)의 소리 나거눌 괴이(怪異)ᄒᆞ여 낭ᄌᆞ다려 무은즉, '심야(深夜)의 심심ᄒᆞ여 너로 더부러 말ᄒᆞ엿다'던이, 너는 가지 안이ᄒᆞ엿다 ᄒᆞ이 부명(分明)이 엇던 놈이 다이면셔 통간(通姦)ᄒᆞᄂᆞ지라. 너 ᄌᆞ셰리 살펴 그놈을 아라올이라"

ᄒᆞ이 미월이 쳥영(聽令)[3]ᄒᆞ고 쥬야(晝夜)로 ᄉᆡᆼ각ᄒᆞ되[4] 종젹(蹤迹)을 아지[5] 못ᄒᆞᄂᆞ지라.

---

1) [교감] 져긔 마음을 노희느: 갑진본 '상공니 그져야 마음을 노흐나'.
2) [교감] 쥬야로: 갑진본 '밤마다'.
3) 쳥령(聽令): 명령을 주의 깊게 들음.
4) [교감] 쥬야로 ᄉᆡᆼ각ᄒᆞ되: 갑진본 '쥬야로 슈직ᄒᆞ되'.

미월이 싱각ᄒ되,

'셔방(書房)임이 낭ᄌ와 작비(作配)흔 후로 지금 팔연(八年)의 나을 도라보지 안이흔이 ᄂ니 간장(肝腸)이 귀뷔귀뷔 셕는 줄 뉘가 아라보리요?'
ᄒ고

'잇쩌을 만나 낭ᄌ을 음희(陰害)ᄒ면 그 안이 상쾌(爽快)흔가?'
ᄒ고 금은(金銀) 슈천 양(數千兩)을 도적(盜賊)ᄒ야 가지고 져의 동유(同類) 즁(中)의 가 의논(議論)ᄒ야 왈,

"금은 슈천 양 줄 쩌신이 뉘가 ᄂ니 말을 들르냐?"
ᄒ이 그 즁의 돌쇠라 놈이 싱금견골6)이요 마음이 오활흔 놈이라.7) 디답(對答)ᄒ거눌, 미월이 돌쇠다려 왈,

"은금(銀金)을 줄 쩌신이 간슈(看守)ᄒ고 ᄂ니 말을 시힝(施行)ᄒ라. ᄂ니 ᄉ정(事情)이 다음이 안이,8) 울이 셔방(書房)임이 아무 연분(緣分)의 ᄂ늘 방슈(房守)을 붙이시던이,9) 옥낭ᄌ(玉娘子) 작비(作配)흔 후(後)로부텀 ᄂ늘 도라보지 안이ᄒ미 쳡쳡(疊疊) 쓰인 원흔(怨恨)을 뉘다려 이 말을 ᄒ니요? 쥬야(晝夜) 낭ᄌ을 음희(陰害)코져 ᄒ되 틈을 타지 못ᄒ여던니, 맛참 셔방임니 경셩(京城)의 가 기신니 ᄂ니 소원(所願)을 맛칠지라"
ᄒ고

"그디 ᄂ니 말을 들을지라. 낭ᄌ의 방문(房門) 박긔 숨엇짜가, ᄂ니 상공(相公)게 엿ᄌ오면 분명(分明) 상공이 나올 거신이, 기달니다가 승공(相公) 안목(眼目)의 슈상(殊常)흔 거동(擧動)을 보닌 쳬ᄒ고 낭ᄌ의 방으로 나온다시 도망(逃亡)ᄒ여시면, 상공계옵셔 실상(實狀)으로 아라 낭ᄌ 피

---

5) [교감] 아지: 갑진본 '보지'.
6) 생금견골: 미상.
7) [교감] 싱금견골이요 마음이 오활흔 놈이라: 갑진본 '본디 음흉흔 놈이라'. 경판본 '본디 셩졍이 흉완ᄒ고 호방흔 놈이라'.
8) 다음이 안이: 다름이 아니라.
9) [교감] 아무 연분의 ᄂ늘 방슈을 붙이시던이: 갑진본 '당초의 날노 ᄒ야곰 방슈을 졍ᄒ야더니'.

(避)치 못ᄒ고 욕(辱)이 이슬 거신니, 아라 츄진(推進)ᄒ라"

ᄒ고 미월니 상공 침쇼(寢所)의 드러가 알외되,

　"일젼(日前)의 상공님 영(令)을 뫼옵셔 슈일(數日)을 낭ᄌ 방의 슈직(守直)ᄒ던이, 엇던 놈닌지 들어가거눌 쇼닌(小人)니 둉젹(蹤迹)을 감츄옵고 귀을 지우려 둣삿온니, 낭ᄌ 그놈 보며 리으난 말슴니, '셔방님니 경셩(京城) 올너 가셔신니, 날려오거던 쥭니고 지물(財物)을 도젹(盜賊)ᄒ여 도망(逃亡)ᄒ자' ᄒ던니다"

ᄒ니 슝공 듯고 마음니 놀나와 칼을 ᄲᅦ여들〈고〉 낭ᄌ 방으로 향(向)ᄒ여 가던니, 과연(果然) 팔쳑(八尺) 장승이[10] 낭ᄌ 방문(房門)을 다치고 니다라 도망ᄒ거눌, 상공니 분(憤)흠물 니기지 못ᄒ여 침소(寢所)의 도라와 밤을 지닉던니, 니윽ᄒ여 오경(五更)[11] 북쇼릭 너며 원춘(遠村)의 계명셩(鷄鳴聲)이 들니거눌, 노복(奴僕) 등을 불너 호령(號令)ᄒ〈여〉 좌우(左右)의 갈너 셰우고 ᄎ례(次例)로 엄쵸(嚴招)[12] 궁문(鞠問)ᄒ며 왈,

　"너 집의 담장니 노파신이 외닌(外人)이ᄂ 싱심(生心)도 츌입(出入)ᄒ랴? 너의 놈덜은 낭ᄌ 방의 츄입(出入)ᄒ던 놈을 알거신니, 바로 아뢰라"

ᄒ며, 호령(號令)ᄒ며,[13]

　"낭ᄌ을 자바오라"

ᄒᄂ 소리 쳔지(天地) 진동(振動)ᄒ난지라.

　미월이 영(令)을 듯고 밧비 낭ᄌ 방의 드러가 발을 구르며 포악(暴惡)ᄒ여 왈,

　"낭ᄌᄂ 무삼 잠을 집픠 드러시며, 낭군 니별(離別)ᄒ신 졔 불과(不過) 일삭(一朔)니 못ᄒ여 엇던 놈으로 통간(通姦)ᄒ와 자최가 셜누(洩漏)

---

10) [교감] 팔쳑 장승이: 갑진본 '팔쳑 장신위 흔 놈니'.
11) 오경(五更): 새벽 셰시에서 다섯시 사이.
12) 엄쵸(嚴招): 엄하게 문초함.
13) [교감] ᄒ며 호령ᄒ며: 갑진본 'ᄒ며 중장할시 분기을 이기지 못ᄒ야 호영 왈'.

ᄒᆞ냐? 상공(相公) 안목(眼目)의 들니와 무죄(無罪)ᄒᆞᆫ 울니을 니디도록 엄치(嚴治)ᄒᆞ여 죽니려 ᄒᆞ오셔, '낭ᄌᆞ을 줍아오라' ᄒᆞ신니, 밧비 가ᄉᆞ니다."

낭ᄌᆞ 동츈을 달니고 줍을 일로지 못ᄒᆞ여ᄯᅡ가 계유 줌 달게 ᄌᆞ던니, 천만(千萬)ᄯᅳᆺ북긔 ᄆᆡ월(梅月)의 호통니 츄상(秋霜)갓거늘 놀라 ᄭᅢ달으이, 문(門)박긔 들니는 쇼러 요란(搖亂)ᄒᆞ며 ᄆᆡ월니 지츅니 셩화(盛火) 갓거날, 낭ᄌᆞ 졍션(精神)을 진졍(鎭靜)ᄒᆞ여 의복(衣服)을 ᄆᆡ동니고 옥줌(玉簪)을 머니예 곳고 ᄂᆞ온니, 노복(奴僕) 등(等)이 모다 이로디,

"낭ᄌᆞ씨(娘子氏)는 무엇시 부죡(不足)ᄒᆞ건디 셔방임 ᄂᆞ가신디 어인 놈을 통간(通姦)ᄒᆞ다가 ᄌᆞ죄을 들여 무죄(無罪)ᄒᆞᆫ 쇠인(小人) 등을 니디지 맛치ᄂᆞᆫ잇가?"

ᄒᆞ이, 낭ᄌᆡ(娘子ㅣ) 이 말을 듯고 디경질식(大驚失色)ᄒᆞ여 일변(一邊) 통분(痛忿)ᄭᅩ 일변 ᄒᆞᆫ는 말,

"어인 말인고? 아무란 줄 모르난지라."

ᄉᆞ졍(事情)을 모로고 지피여 시부모(媤父母) 방문(房門) 박긔 ᄭᅮᆯ여안치거늘, 졍신(精神)이 방황(彷徨)ᄒᆞ여 엿ᄌᆞ오되,[14]

"이 집푼 밤의 무삼 죄(罪) 잇삽건디 죵(從)으로 ᄒᆞ여금 ᄌᆞ바오라 ᄒᆞ시ᄂᆞᆫ잇가?"

ᄒᆞ이 상공이 분(憤)ᄒᆞ여 왈,

"니 낭ᄌᆞ 침쇼(寢所)의 간즉, 낭ᄌᆡ(娘子ㅣ) 졍영(丁寧)이 외인(外人)을 다리고 말ᄒᆞ거늘, 진졍(眞情)을 아지 못ᄒᆞ여 분(憤)ᄒᆞ물 잠간(暫間) 참고 낭ᄌᆞ을 불너 무르즉, 낭ᄌᆞ의 소답(所答)이, '낭군니 경셩의 간 후로 밤이면 심심ᄒᆞ와 츈양 동츈과 ᄆᆡ월을 다리고 말삼ᄒᆞ엿다' ᄒᆞ거늘, 그후(後)의 ᄆᆡ월을 불너 무른즉, '쇼인(小人)은 낭ᄌᆞ 방의 간 비 업다' ᄒᆞ거늘, 피연(必然) 괴니(怪異) 여겨 ᄌᆞ죄을 엿보던니, 금야(今夜)의 낭ᄌᆞ의

---

14) [교감] 졍신이 방황ᄒᆞ여 엿ᄌᆞ오되: 갑진본 '졍신니 암암ᄒᆞ야 무러 왈'.

침쇼의 가즉,15) 엇던 놈인지 팔쳑(八尺) 장승인지 낭즈의 방문(房門)을
다치고 도망(逃亡)ᄒᆞᄂᆞᆫ지라. 무삼 발명(發明)ᄒᆞ리요?"

ᄒᆞ시고 고셩딕ᄎᆡᆨ(高聲大責)16)하이, 낭즈 이 말을 듯고 눈물을 흘여 쳔
만(千萬) 이미(曖昧)ᄒᆞᆫ 말노 발명(發明)ᄒᆞ되, 누명(陋名)을 벼셔날 길이
업ᄂᆞᆫ지라. 상공이 〈더〉옥 분(憤)ᄒᆞ물 니긔지 못ᄒᆞ여 왈,

"니 목젼(目前)의 완연(宛然)니 본 일을 니디지 발명(發明)ᄒᆞ이, 보지
못한 이리야 엇지 다 셩언(成言)ᄒᆞ리요?"17)

ᄒᆞ며 호령(號令)이 츄상(秋霜)갓거ᄂᆞᆯ, 낭즈 왈,

"아무리 시부(媤父)임 명(命)이 엄슉(嚴肅)ᄒᆞ옵고 부월지ᄒᆞ(斧鉞之下)18)
온들 일졈(一點) 작죄(作罪) 업삽건디, 쳔지귀신(天地鬼神)과 일월셩신(日
月星辰)임이 소부(小婦)의 유죄(有罪) 무죄(無罪)을 아라 이미(曖昧)ᄭᅩ 원
통(寃痛)ᄒᆞᆫ 누명(陋名)을 벽겨쥬옵쇼셔"

ᄒᆞ며 가심을 두다리며 통곡(痛哭)ᄒᆞ이, 어덕19)의 고목(枯木)이 쑴을 니
고 귀신(鬼神)이 셜어ᄒᆞ니, 엇지 쳔지(天地)들 울고져 안이ᄒᆞ리요? 보ᄂᆞᆫ
스람니 도라셔 치슈린니,20) 미월 돌쇠 이외(以外)야 어니 스롬 안이 울
이 업셔 상공의 양눈을 본이, 상공니 졈졈(漸漸) 분긔등등(憤氣騰騰)ᄒᆞ
여 왈,

"종시(終是) 통간(通姦)ᄒᆞᆫ 놈을 뭇 알숀야?"

ᄒᆞ며 죵(從) 등을 시겨 낭즈을 결박(結縛)ᄒᆞ여 미을 쳐 궁문(鞫問)ᄒᆞ이,
낭즈의 〈구〉름갓치 허튼 머리 옥(玉) 갓튼 낫츨 덥퍼 흐르ᄂᆞ니 눈물이

---

15) 가즉: '간즉'의 오기.
16) 고셩대ᄎᆡᆨ(高聲大責): 큰 소리로 꾸짖음.
17) [교감] 엇지 다 셩언ᄒᆞ리요: 갑진본 '엇지 다 셜화ᄒᆞ리요 오날 밤의 낭즈 방이 나오난 놈은
엇더흔 놈니관디 종닌 기망ᄒᆞ난다 일국 지상가의 위인니 츌입하니 그놈으 셩명을 바로 아뢰
라'.
18) 부월지하(斧鉞之下): 작은 도끼와 큰 도끼의 아래라는 뜻으로, 제왕의 위엄을 비유적으로 이르
는 말.
19) 어덕: '언덕'의 방언(경남, 전라, 충남).
20) 치슈린니: '수군거리니'의 뜻인 듯.

요 숀난이 유혈(流血)을 보티이, 셤셤니 쒸놈눈이 살거리21)눈 인미(曖
眛)흔 분을 도와 죽기을 지쵹ㅎ고, 살 뜻지 전혀 업셔 신셰(身世)도 가
련(可憐)흔지라.

낭즈 정신(精神)을 츠려 왈,

"아무리 육례(六禮)을 안니 갓춘 며눌인들 니 갓튼 음힝(淫行)으로 입
피옵고, 나 목(目)으로 보시다 ㅎ옵고 박련(勃然) 분노(忿怒)ㅎ시이, 발
명(發明) 무로(無路)ㅎ오나 졈졈(漸漸)22) 통쵹(洞燭)ㅎ옵쇼셔. 이 니 몸니
비록 셰상(世上)의 잇스오느 빅쳔23) 옥졀(玉節) 갓튼 마음과 불경니부
지스(不敬二夫之辭)을 아옵고, 쏘흔 쳥쳔(靑天)니 와연(宛然)커눌24) 엇지
외인(外人)을 통간(通姦)ㅎ엿시릿가?"

ㅎ며 방셩통곡(放聲痛哭)ㅎ이, 그 인달온 졍상(情狀)은 눈으로 츠무 보
지 못홀너라.

상공이 더 질노(震怒) 왈,

"일국(一國) 디가(大家) 규즁(閨中)의 외인(外人) 츌입(出入)도 만스무셕
(萬死無惜)이디, 허물며 안목(眼目)의 분명(分明)흔 일을 보와신이 범연
(凡然)니 다스린이라25)"

ㅎ고 창두(蒼頭)을 호령(號令)ㅎ여 왈,

"긱별(各別) 엄치(嚴治)ㅎ여 죵스질26)ㅎ라"

ㅎ신니, 낭즈 빅셜(白雪) 갓튼 송이27) 미의 소소눈니 눈물이라.28) 낭즈

---

21) 살거리: 몸에 붙은 살의 정도와 모양.
22) [교감] 졈졈: 경판본 '셰셰'.
23) 백천: '대낮'이라는 뜻의 '백천(白天)'인 듯하나, 정확한 뜻은 미상.
24) [교감] 비록 셰상의 잇스오느 빅쳔 옥졀 갓튼 마음과 불경니부지스을 아옵고, 쏘흔 쳥쳔니 와
연커눌: 갑진본 '비록 시상의 나러와시나 빙셜 갓흔 졀기와 열여불경이부즈로 아옵고 쏘흔
쳔졍니 완견크든'.
25) 다스린이라: '다사리리요'의 오기인 듯.
26) 죵사질: '매질'인 듯하나, 정확한 뜻은 미상.
27) 송이: '소의 등에 없는 안장에 앞가지와 뒷가지를 꿰뚫어 맞춘 나무'인 '궁글막대'라는 뜻이
있으나, 여기서는 무슨 뜻으로 사용되었는지 알 수 없음.
28) [교감] 일국 디가 규즁의 외인 츌입도 만스무셕이디 허물며 안목의 분명흔 일을 보와신이 범
연니 다스린이라 ㅎ고 창두을 호령ㅎ여 왈 긱별 엄치ㅎ여 죵스질ㅎ라 ㅎ신니 낭즈 빅셜 갓튼

혼미(昏迷) 듕(中)의 겨유 인亽(人事)을 추려 엿즈오되,

"낭군(郎君)니 쳡(妾)을 亽모(思慕)ᄒ여 과거(科擧) 발ᄒᆡᆼ(發行)ᄒ던 눌 져유 삼십 니(三十里)을 가 긱실(客室)의 잠을 리루지 못ᄒ와 와거눌, 만단(萬端)으로 긔유(開諭)ᄒ여 보니여삽던이, 쏘 니튼눌 심야(深夜)의 와삽거눌 죽기로써 강권(强勸)ᄒ여 보니옵고, 즈최을 숨기옵기는 어린 소견(所見)의 ᄒᆡᆼ여 부모(父母) 쑤쥬29) 잇슬가 두려워 즉시 엿잡지 못ᄒ여삽던니, 인간(人間)이 미워 그러ᄒᆫ지30) 니러탓시 뉘명(陋名)으로 형별(刑罰)이 몸의 미쳐사온이 ᄒ면목(何面目)으로 말삼 아뢰며, 니후(以後)의 낭군을 디면(對面)ᄒ오릿가? 유죄(有罪) 무죄(無罪)는 ᄒ눌과 짜이 알 쯧ᄒ온니다"

ᄒ며 즈결(自決)코즈 ᄒ다가, 낭군과 즈식(子息)을 싱각ᄒ고 업더져 기졀(氣絶)ᄒ던이,

송이 민의 소소눈니 눈물이라: 갑진본 '너의 죄난 만사무셕니라 잡말 말고 니왕ᄒ난 놈을 직고ᄒ라 ᄒ며 큰 민을 잡아 명장ᄒ니 낭즈 기가 막키고 흐러난니 눈물니요 소사난니 유혈니라'. 경판본 '네 죄상은 만사무셕이니 스통ᄒ 놈을 밧비 닐으라 ᄒ고 민로 치니 빅옥 갓튼 귀 밋힉 흐르ᄂᆞ니 눈물이오 옥 갓흔 일신의 소스나니 뉴혈이라'.

29) 쑤쥬: '쑤즁'의 오기.

30) [교감] 인간이 미워 그러ᄒᆫ지: 갑진본 '귀신이 시기ᄒ고 조물니 튜기ᄒ난지라'.

내 죽어서 누명을 씻으리라

시모(媤母) 정씨(鄭氏) 그 추목(慘酷)한 경통1)을 보고 실피 울며 상공 전(相公前)의 아뢰여 왈(曰),

"상공임니 안혼(眼昏)ᄒᆞ여 발키 보시지 못ᄒᆞ옵고 숑쥭(松竹) 갓튼 낭ᄌᆞ(娘子)을 음간ᄉᆞ(淫姦事)을 져럿틋시 박디(薄待)ᄒᆞ시니,2) 엇지 훈환(後患)이 업ᄉᆞ오리가?"

〈ᄒᆞ고〉 부닌(夫人)이 ᄂᆞ려 달여들려 창두(蒼頭)을 물니치고 절박(結縛) 흔 거슬 글너 노희며 낭ᄌᆞ의 손을 잡고 ᄂᆞ츨 한태 디이고 통곡(痛哭) ᄒᆞ여 니로디,

"부모(父母) 망영(妄靈)되여 너의 정절(貞節)을 몰나보고 이 지경(地境) 되어신니, 누명(陋名)을 흔(恨)치 말ᄂᆞ. 너의 정절은 닉 안ᄂᆞᆫ지라. 별당 (別堂)으로 가 슬푼 마음을 안심(安心)ᄒᆞ라"

ᄒᆞ니 낭ᄌᆞ(娘子ㅣ) 엿ᄌᆞ온디,

"옛말의 ᄒᆞ여시되, '도젹(盜賊)의 ᄯᅴᄂᆞᆫ 볏고 데은3) ᄯᅴᄂᆞᆫ 못 볏ᄂᆞᆫ다'4)

1) [교감] 경통: 갑진본 '형상'. 김광순본 '거동'.
2) [교감] 음간ᄉᆞ을 져럿틋시 박디ᄒᆞ시니: 갑진본 '음형으로 박디ᄒᆞ니'.

ᄒᆞ오니, 엇지 이럿 뉘명(陋名)을 입고 살기을 바라리요? 쥬거 모롬이
맛당ᄒᆞ다"

ᄒᆞ고 ᄒᆞᆫ(恨)스려 ᄒᆞ니, 부인(夫人)이 만단(萬端)으로 가유(開諭)ᄒᆞ되, 죵
니(終乃) 듯지 안이ᄒᆞ난지라. 낭지(娘子ㅣ) 손으로 머리예 딜너쩐 옥잠(玉
簪)을 쎄여들고 ᄒᆞ날을 우얼너 지비(再拜) 통곡(痛哭)ᄒᆞ야 왈,

　"소소명명(昭昭明明)ᄒᆞ신 창쳔(蒼天)은 ᄒᆞ감(下瞰)ᄒᆞ옵셔 이미(曖昧)ᄒᆞᆫ
니을 명빅(明白)키 분간(分揀)ᄒᆞ여 쥬옵소셔. 쳡(妾)이 만일(萬一) 외닌
(外人)으로 통간(通姦)ᄒᆞ여 죄(罪)을 범(犯)ᄒᆞ여삽거든 니 옥잠(玉簪)이
쳡 가삼의 박키옵고, 만닐(萬一) 이미ᄒᆞ거든 옥잠니 져 디쳥(大廳) 뜰
돌의 ᄉᆞᆺ 박키어 지위(眞僞)을 명박(明白)키 분간ᄒᆞ여 쥬옵고, 낭군(郎
君)임 도라오실 ᄶᅵ가지 ᄲᅡ지지 마옵소셔"

ᄒᆞ고 울며 옥잠을 멀니 향(向)ᄒᆞ여 공즁(空中)으로 던지이, 그 옥잠 바
람의 붓친 다시 ᄇᆞ로 디쳥(大廳) 신방5) 돌6)의 ᄉᆞᆺ 박키ᄂᆞᆫ지라. 그졔
야 낭ᄌᆞ 쌍의 업쩌져 긔졀(氣絶)ᄒᆞ니, 상공이 그 변(變)을 보고 놀ᄂᆞ와
안 마음의 눈을 ᄲᅦ고져시ᄂᆞ7) 무가ᄂᆡ히(無可奈何)라. 노복(奴僕)니 부ᄯᅳ
러워 쥬졔(躊躇)ᄒᆞ던이, 노복덜이 그 신긔(神奇)홈을 보고 슈쏘린 그져
야 상공니 ᄂᆞ려 달여들어 낭ᄌᆞ의 소미을 붓들고 비러 왈,

　"낭ᄌᆞ는 늘근의8) 망영(妄靈)된 일을 일분(一分)도 싱각지 말고 마음
을 안심(安心)ᄒᆞ라"

ᄒᆞ며 빅(百) 가지로 위로(慰勞)ᄒᆞ되, 낭ᄌᆞ의 빙쳥(氷淸) 옥결 갓튼 마음
의 원통(寃痛)ᄒᆞᆫ 심회(心懷)을 니긔지 못ᄒᆞ여 만번(萬番) 죽어도 셜지

---

3) 데은: (불이나 뜨거운 기운에 살이) 상한.
4) [교감] 도젹의 ᄶᅵᄂᆞᆫ 볏고 데은 ᄶᅵᄂᆞᆫ 못 볏ᄂᆞᆫ다: 갑진본 '도젹 ᄶᅵᄂᆞᆫ 벗고 창여 ᄶᅵᄂᆞᆫ 벗지 못ᄒᆞ
　다'.
5) 신방: '토방(土房)'의 전라도 방언인 '심방'의 오기. '토방'은 '방에 들어가는 문 앞에 좀 높이
　편평하게 다진 흙바닥'을 이름.
6) [교감] 신방 돌: 갑진본 '섬돌'.
7) ᄲᅦ고져시ᄂᆞ: 빼고 싶었으나.
8) [교감] 늘근의: 갑진본 '늘근 이비'.

안니ᄒ고, 쳔번(千番) 살리야 반가온 ᄉᆼ각이 업ᄂᆞᆫ지라.

"ᄉ라ᄉ난 니 갓튼 뉘명(陋名)을 신원(伸冤)⁹⁾치 못ᄒ리라"

ᄒ고 죽기을 ᄒᆞᆫᄉ(限死)¹⁰⁾ᄒ거ᄂᆞᆯ, 상공이 비러 왈,

"남녀 간(男女間)의 ᄒᆞᆫ 번 뉘명은 인간상ᄉ(人間常事)라. 엇지 니더지 셜어ᄒᆞᆫ다?"

ᄒ고 만단(萬端)으로 가유(開諭)ᄒ여 쳐소(處所)로 보ᄂᆞᆫ지라.

낭ᄌ 시모(媤母) 졍씨(鄭氏)을 붓들고 통곡(痛哭)ᄒ여 가로디,

"늘 갓튼 겨집이 음ᄒᆼ(淫行)ᄒᆫ 죄(罪)로 셰상(世上)의 낫ᄂᆞ셔¹¹⁾ 그 말니 쳔츄(千秋)의 유젼(流傳)ᄒ면, 엇지 부그럽지 안이ᄒ리요?"¹²⁾

ᄒ며 진쥬(眞珠) 갓튼 눈물을 흘여 옥면(玉面)을 젹신니, 시모임니 ᄎᆞ목(慘酷)ᄒᆫ 거동(擧動)을 보고 상공을 칙(責)ᄒ여 왈,

"낭ᄌ의 빙셜(氷雪) 갓튼 졍졀(貞節)을 일죠(一朝)의 들려온 음ᄒᆼ으로 돌여보ᄂᆞ니, 그런 원통ᄉᆞ 분(憤)ᄒᆫ 이리 어디 이스리요? 만일(萬一) 죽어 낭ᄌ 읍스면 션군(仙君)이 ᄂᆞ려와 죽엄을 보면 결단코 갓치 죽을 것신니, 아무커ᄂ 너니 안심(安心)ᄒ여 후환(後患) 읍계 ᄒ라"

ᄒ며

"승공(相公), 승공!"¹³⁾

ᄒ며 무슈(無數)이 칙망(責望)ᄒ여 원망(怨望)ᄒ더라.

이젹의 츈양의 나흔 칠셰(七歲)요, 동츈의 나흔 습셰(三歲)라. 츈양이 낭ᄌ(娘子)의 치마을 붓들고 울며 엿ᄌ오디,

---

9) 신원(伸冤): 원통한 일을 품.
10) 한ᄉ(限死): 죽기를 고집함.
11) 낫ᄂᆞ셔: 생색이 나서. 여기서는 '알려져서'의 뜻으로 쓰임.
12) [교감] 늘 갓튼 겨집이 음ᄒᆼᄒᆫ 죄로 셰상의 낫ᄂᆞ셔 그 말니 쳔츄의 유젼ᄒ면 엇지 부그럽지 안이ᄒ리요: 경판본 '쳡 갓튼 비쳡이온들 더러온 악명이 셰상의 낫타니고 엇지 붓그럽지 안니ᄒ리잇고 낭군이 도라온 후 상더ᄒ을 낫치 업ᄉ오미 다만 죽어 셰ᄉ을 닛고져 ᄒᆞᆫ이다'.
13) [교감] 낭ᄌ의 빙셜 갓튼 졍졀을 일죠의 들려온 음ᄒᆼ으로 돌여보ᄂᆞ니 그런 원통ᄉᆞ 분ᄒᆫ 이리 어디 이스리요 만일 죽어 낭ᄌ 읍스면 션군이 ᄂᆞ려와 죽엄을 보면 결단코 갓치 죽을 것신니 아무커ᄂ 너니 안심ᄒ여 후환 읍계 ᄒ라 ᄒ며 승공 승공: 경판본 '낭지 죽다 ᄒ면 션군이 결단코 죽을 거시니 이런 답답ᄒ 일이 어듸 잇스리요 ᄒ고 츄탄하며 침소로 도라가ᄂᆞ라'.

"어머임, 어머임, 어마임아! 죽지 말고 살어보오. 죽은 후(後)의 닌들 어니ᄒᆞ며, 동츈인들 어〈니〉 살ᄭᅩ? 아바임 너려오시거든 이 원통(寃痛) ᄒᆞᆫ 사정(事情)이나 ᄒᆞ와 이미(曖昧)ᄒᆞ신 원(怨)을 ᄒᆞ옵소서.14) 동츈니난 발서 젓 먹ᄌᆞ ᄒᆞ고 우ᄂᆞ니다. 방(房)의 들어가 동츈이 젓시ᄂᆞ 먹여쥬옵 소서. 만일(萬一) 어마임 죽ᄉᆞ오면 울리 〈남〉ᄆᆡ(男妹)은 뉘을 의지(依支) ᄒᆞ여 살ᄂᆞ ᄒᆞ시ᄂᆞ이가?"

〈ᄒᆞ고〉 울며 어미 손을 잇글고 방으로 들간이, 낭ᄌᆞ 마지못ᄒᆞ여 방의 들어가 츈양 겻틱 안치고 동츈을 안고 졋슬 먹이며 곰곰 싱각ᄒᆞ니,

'어지 살라잇셔 둘러온15) 셰승(世上)의 부지(扶持)ᄒᆞ여 쳔승ᄉᆞ(天上事) 와 요지현(瑤池宴)을 이지로.'16)

그러ᄂᆞ 낭군(郎君)과 ᄌᆞ식(子息)을 싱각ᄒᆞ니, 난낫 간중(肝腸)의 일쳔 (一千) 쥴 불 이러ᄂᆞ 오장육보(五臟六腑)을 틱와넌이 빅셜(白雪)갓치 흔 얼골리 먹장갓치 거머온니, 연연(戀戀)헌 말소릭도 ᄭᅵ아진 그릇 되어 잠잠(潛潛)ᄒᆞᆫ 눈물노 옷짓슬 젹시며, 왼갓 치복(彩服)을 너여노코 츈양 의 머리을 만지며 니로딕,

"슬푸다, 츄양아! 오늘눌 너 죽기ᄂᆞ ᄒᆞᆫ날이 무니17) 여김미라"
ᄒᆞ고

"네 부친(父親)니 ᄂᆞ려오거든 이런 ᄉᆞ정(事情)니나 ᄒᆞ여 원통(寃痛)ᄒᆞᆫ 혼빅(魂魄)이ᄂᆞ 위로(慰勞)ᄒᆞ라"
ᄒᆞ며 슬피 통곡(痛哭)ᄒᆞ여 왈,

"츈양아! 니 빅학션(白鶴扇)은 쳔ᄒᆞ(天下) 졔일(第一) 보빅라. 치우면 더운 바롬이 나고 더우면 치온 ᄇᆞ롬이 ᄂᆞ난니, 부딕 집픠 간슈(看守)ᄒᆞ 여싸가 동츈니 장셩(長成)ᄒᆞ거든 쥬고, 져 칠보단장(七寶丹粧)과 네단치

14) [교감] 아바임 너려오시거든 이 원통ᄒᆞᆫ 사정이나 ᄒᆞ와 이미ᄒᆞ신 원을 ᄒᆞ옵소셔: 갑진본 '아부 지 나리오시거든 어마임 이미한 말삼나나 셜화ᄒᆞ고 사싱을 판단ᄒᆞ옵쇼셔'.
15) 둘러온: '더러운'의 오기.
16) 이지로: '잊으리요'의 뜻인 듯.
17) 무이: '밉게'의 옛말.

복(禮緞彩服)은 네게 소당지물(所當之物)[18]리라. 잘 간슈(看守)ᄒ엿다가 너 ᄎᆞ지ᄒ라"

ᄒ며

"츈양아! 닉 죽은 후에 어린 동싱(同生)을 다리고 목말ᄂᆞ ᄒ거든 물을 먹이고, 비고푸다 ᄒ거든 뷥을 먹기고, 울거든 달닉여 억고,[19] 부디부디 누을[20] 흘겨보지 말고 더부러 죠히 잇스라. 가련(可憐)타, 츈양아! 불숭ᄒᆞᆫ 동츈을 엇지ᄒ올고? 답답ᄒ다, 츈양아! 뉘을 의지(依支)ᄒ라!"

ᄒ며 눈물이 비 오듯 ᄒ니, 춘양이 어미 거동(擧動)을 보고 디셩통곡(大聲痛哭) 왈,

"어만임아, 어만임아! 엇지 이디지 셜어ᄒ시ᄂᆞᆫ잇가? 만일(萬一) 어만임 죽시오면 우리 두은 뉘을 의탁(依託)ᄒ여 스라나리요? 속졀업시 함긔 죽어 어만임을 의탁ᄒ리니다. 가련(可憐)타! 동츈이 셰승(世上)의 낫 튼낫다가 장셩(長成)ᄒ기 어려온니 원통(冤痛)코 답답ᄒ다"

〈ᄒ고〉 뫼여 셔로 붓들고 슬피 통곡ᄒ다가, 인(因)ᄒ여 츈양니 어미 치마ᄌᆞ락을 붓들고 잠을 들거눌, 낭ᄌᆞ 잠든 ᄌᆞ식(子息)을 붓들고,

'아무리 싱각ᄒ여도 다시 셰승(世上)의 스라ᄂᆞ셔 낫츨 드러 뉘을 디면(對面)ᄒ리요? 죽어 구원(九原)[21]의 도라가 누명(陋名)을 쓰치지라'

ᄒ며 츈양 동츈을 어로만져 왈,

"닉 너의 중셩(長成)ᄒᆞᄂᆞᆫ 양(樣)을 보지 못ᄒ고 팃손(泰山)갓치 분(憤)ᄒᆫ 마음을 이긔지 못ᄒ여 속졀읍시 죽으리로다"[22]

18) 소당지물(所當之物): 소용이 되는 물건.
19) 억고: '업고'의 오기.
20) 누을: '눈을'의 오기.
21) 구원(九原): 저승의 다른 이름.
22) [교감] 닉 너의 중셩ᄒᆞᄂᆞᆫ 양을 보지 못ᄒ고 팃손갓치 분ᄒ 마음을 이긔지 못ᄒ여 속졀읍시 죽으리로다: 갑진본 '불상ᄒ다 츈양 동츈아 너가 잠니 ᄭᆡ면 나을 죽지 못할 거신니 부디 잘 잇거라'.

〈ᄒᆞ고〉 손짜라을 씨무러 벽상(壁上)의 글을 써 부치고, 다시 잠든 ᄌᆞ
식(子息)을 어루만져 왈,

"가련(可憐)타, 츈양아! 불ᄉᆞᆼ하다, 동츈아! 너의는 뉘을 의지(依支)ᄒᆞ여
살양?23)"

ᄒᆞ며 금의(錦衣)을 ᄂᆡ여 입고 원낭침(鴛鴦枕)을 도도 볘고, 셰중도(細粧
刀)24) 드는 칼노 셤셤옥슈(纖纖玉手)25)로 더위잡바26) 죽을까 말까 여
러 번 ᄌᆞ져(趑趄)ᄒᆞ다가, ᄯᅩᄒᆞᆫ 슬피 울며 왈,

"강복27)의 ᄡᆞ인 ᄌᆞ식(子息)을 두고, ᄯᅩᄒᆞᆫ 쳘니원졍(千里遠征)의 간 낭
군(郎君)도 보지 못ᄒᆞ고 죽으이, 엇지 죽는 혼빅(魂魄)닌들 죠혼 귀신(鬼
神)이 되리요?"

ᄒᆞ고 칼을 놉피 드러 가삼을 지로이, 쳥쳔빅일(靑天白日)의 우르르 ᄒᆞ
고 뇌셩(雷聲) 쳔지(天地) 진동(振動)ᄒᆞ거늘, 츈양 동츈이 놀ᄂᆡ여 씨니,
엇지 쳔지(天地) 무심(無心)ᄒᆞ리요? 황겁(惶怯) 즁(中)의 보니 낭ᄌᆞ(娘子)
가삼의 칼을 ᄭᅩ고 유혈(流血)니 낭ᄌᆞ(狼藉)ᄒᆞ거늘, 츈양이 ᄃᆡ경질식(大驚
失色)ᄒᆞ여 홈긔 칼의 질너 죽으리라 ᄒᆞ고 칼을 ᄲᅵ려 ᄒᆞ이 ᄲᅡᆫ지지 안니
ᄒᆞ는지라. 츈양이 동츈을 씨워 다리고 신체(身體)28)을 붓들고 낫츨 흔
터 ᄃᆡ이고 ᄃᆡ셩통곡(大聲痛哭)ᄒᆞ여 왈,

"어만임아, 어만임아! 이 릴니 어인 일고? 눌과 동츈을 다려가옵쇼
셔"

ᄒᆞ며 슬피 운이 곡셩(哭聲)니 원근(遠近)의 들니거늘, 승공(相公) 부부(夫
婦)와 노복(奴僕) 등이 놀ᄂᆡ여 드러간이 낭ᄌᆞ(娘子) 가삼의 칼을 ᄭᅩ고
죽거ᄶᅥ늘, 경황분쥬(驚惶奔走)ᄒᆞ여 칼을 ᄲᅵ랴 ᄒᆞ이 원혼(冤魂)니 되어

---

23) 살양: '살랴'의 오기.
24) [교감] 셰중도: 갑진본 '최도칼'. 경판본 '드는 칼'. 김광순본 '옥장도'.
25) 셤셤옥슈(纖纖玉手): 여자의 희고 고운 손.
26) 더위잡아: 움켜잡아.
27) 강복: '강보(襁褓)'의 오기.
28) 신체(身體): 갓 죽은 송장을 이르는 말.

칼이 ᄲᅢ지지 안니ᄒᆞ이, ᄋᆞ모리ᄒᆞᆯ ᄶᅲᆯ을 모로고 ᄉᆞᆼᄒᆞ(上下) 노복(奴僕)이 진동(振動)ᄒᆞ여 동츈은[29] 어미 죽은 쥴 모르고 달여드러 젓슬 ᄲᆡᆯ며 안니 ᄂᆞᆫ다 ᄒᆞ고 운니, 츈양이 동츈을 달ᄂᆡ여 왈,

"어만임 잠을 씌거든 젓슬 먹ᄌᆞ"

ᄒᆞ고 두로□□ 왈,

"동ᄉᆡᆼ(同生) 동츈아, 어만임 죽어신니 우리은 어니 살며, 너의 거동(擧動) 보기 슬타"

ᄒᆞ며 ᄯᅩᄒᆞᆫ 신체(身體)을 붓들고 낫츨 흔들며 왈,

"어만임아, 어만임아! 놀니 불가온이 어셔 니러ᄂᆞ쇼. ᄒᆡ가 도도온니 니러ᄂᆞ쇼. 동츈은 젓 먹ᄌᆞ고 어버도 안이 듯고 안ᄂᆞ도 안니 듯고 어만임만 부르며 우ᄂᆞᆫ이다. ᄇᆞᆸ을 쥬어도 안니 먹고 물을 쥬어도 안이 먹고 젓만 먹ᄌᆞᄂᆞᆫ니다"

ᄒᆞ며 츈양니 동츈을 안고,

"우리도 어만임과 ᄒᆞ씌 죽어 지ᄒᆞ(地下)의 도라가ᄌᆞ"

ᄒᆞ며 궁글며 통곡(痛哭)ᄒᆞ니, 그 정ᄉᆞᆼ(情狀)을 ᄎᆞ마 보지 못ᄒᆞᆯ너라. 쵸목금쉬(草木禽獸) 다 셔러ᄒᆞᄂᆞᆫ 듯 일월(日月)니 무광(無光)ᄒᆞ고 ᄉᆞᆫ쳔(山川)이 □□ᄒᆞ니, 아무리 쳘셕간장(鐵石肝腸)인들 안니 울 니 업더라.

이러구러 슬피 통곡ᄒᆞ다가 놀리 불그ᄆᆡ 벽ᄉᆞᆼ(壁上)의 예 업던 혈셔(血書) 잇거놀 ᄌᆞ시(仔細)예 보니, 그 글의 ᄒᆞ여시되,

"슬푸다! 이 ᄂᆡ 몸니 쳔ᄉᆞᆼ(天上)의 득죄(得罪)ᄒᆞ고 인간(人間)의 ᄂᆞ려와 쳔ᄉᆞᆼ연분(天上緣分)으로 낭군(郎君)을 닌연(因緣)으로 긔약(期約)ᄒᆞ고 일시(一時)도 못 잇던니, 공명(功名)의 ᄯᅳ지 잇셔 연연(戀戀) 낭군(郎君)ᄒᆞ여던이, 과거(科擧)의 보닌 니후(以後)로 조물(造物)리 시긔(猜忌)ᄒᆞ고 귀신(鬼神)이 작희(作戲)ᄒᆞᆫ가? ᄇᆡᆨ옥(白玉) 갓튼 이 ᄂᆡ 몸니 음ᄒᆡᆼ(淫行)으

29) [교감] ᄋᆞ모리ᄒᆞᆯ ᄶᅲᆯ을 모로고 ᄉᆞᆼᄒᆞ 노복이 진동ᄒᆞ여 동츈은: 갑진본 '상공 부뷰 아무리할 쥬을 모러드라 잇ᄣᅢ의 동츈니난'.

로 도라가셔 쇽졀업시 죽게 되니, 니 갓튼 셔룬지졍[30) 뉠다려 말흐리
요? 셤셤(閃閃) 드는 칼을 션뜻 즈바들고 업더지며 잠든 즈식(子息) 도
라보와 싱각흐니, 니 죽기는 셜지 안니흐되 강보(襁褓)의 쓰인 즈식니
니 몸 죽은 후의 누을 의지(依支)흐며 살여니리요? 너의 진졍(眞情)을
싱각흐이 그 마음 둘 디 읍다. 허물며 낭군(郎君)임은 월젼(月前)의 니
별(離別)흐여 쳘이(千里) 복긔 몸이 잇셔 니 몸 피츠(彼此)의 못 보고
죽어진니, 이 마음도 셥셥거니와 스라 잇셔 보지 못흔 낭군의 마음닌
들 엇지 온젼(穩全)흐리요? 피츠(彼此) 빅연긔약(百年期約) 쇽졀업시 허
스(虛事)로다 허스로다. 낭군임아, 낭군임아! 어셔 밧비 도라와셔 이 몸
죽은 신쳬(身體)ᄂ 몸쇼 슈습(收拾)흐고, 원통(冤痛)흔 니 니 혼박(魂魄)
이나 명박(明白)키 신원(伸冤)흐여 쥬옵쇼셔. 훌 말 무궁(無窮)흐ᄂ 원통
흔 마음니 죽기을 지쵹흐이 그만 그치노라"
흐엿더라.

---

30) 셜운지졍(--之情): 서러운 마음.

장원급제한 선군이 보낸 편지

니러구러 수흘을 지너미 승공(相公) 부쳐(夫妻) 싱각ᄒ되,

'낭ᄌ(娘子) 니졔 죽어신이, 션군(仙君)니 도라와 낭ᄌ 가삼의 칼을 꼿고 죽은 뫼양(模樣)을 보면 분명(分明)이 우리 모홈(謀陷)하여 원통(寃痛)이 죽은 쥴 알고 션군이 결단(決斷)코 죽글 거신니, 션군이 나려오지 안니ᄒ여셔 낭ᄌ의 신체(身體)을 간슈(看守)ᄒ미 올타'

ᄒ고 방(房)의 드러가 소렴(小殮)¹⁾을 홀려 ᄒ이, 신체(身體)가 방의 붓고 요동(搖動)치 안이ᄒ니, 승공(相公) 붓쳐(夫妻)와 노복(奴僕) 등이 그 거동(擧動)을 보고 아무리홀 쥴을 모로더라.

이젹의 션군(仙君)이 경셩(京城)의 올ᄂ간이 쳔ᄒ(天下) 션비 구름 뫼 듯 ᄒ엿ᄂ지라. 션군이 경셩의셔 슈일(數日) 유(留)ᄒ여,²⁾ 과거(科擧) 놀을 당(當)하여 중중(場中) 긔계(器械)³⁾을 갓초와 가지고 중듕(場中)의 들

---

1) 소렴(小殮): 시체에 새로 지은 옷을 입히고 이불로 쌈.
2) [교감] 유ᄒ여: 갑진본 '유흔 휴의'.
3) 기계(器械): 구조가 간단하며 제조나 생산을 목적으로 하지 않고 사용하는 도구를 통틀어 이르는 말.

어가 션판(懸板)을 살펴본니, 글졔을 걸러시되, '도강이셔'라4) ᄒ여거
놀, 션군이 닐필휘지(一筆揮之)5)ᄒ여 션중(先場)6)의 밧치고 ᄂ온니라.

니젹의 황졔(皇帝) 션군의 글을 보시고 디쳔(大讚) 왈,

"니 글은 분이이닌의 글리로다.7) 귀(句)마다 듀옥(珠玉)니요, 글씨는
용ᄉ비등(龍蛇飛騰)8)ᄒ야신이, 이 션빅난 신통(神通)ᄒ 스롬이라"

ᄒ시고 즉시 봉닉(封內)을 기탁(開坼)ᄒ신니, 경숭도(慶尙道) 안동(安東)
싸의 거(居)ᄒᄂ 빅션군(白仙君)이라 ᄒ야거눌, 황졔(皇帝) 즉시 실닉(新
來)9)을 두셰 번(番) 진퇴(進退)ᄒᆫ 후(後)의 할임학ᄉ(翰林學士)10)을 졔슈
(除授)ᄒ시거눌, 션군니 쳔은(天恩)을 축ᄉ(祝辭)ᄒ시고 한원(翰苑)11)의
임됴(臨朝)12)ᄒᆫ 후의 비ᄌ(婢子) ᄒ여금 부모위젼(父母位前)과 옥낭ᄌ(玉
娘子)의 편지(便紙) 먼져 ᄒᄂ지라.

니젹의 노ᄌ(奴子) 쥬야(晝夜)로 니려와 숭공젼(相公前)의 편지을 드리
이, 숭공(相公)니 바다본니 한〈중〉은 부모게 들닌 편지요, 한 중(張)은
옥낭자의게 부친 편지여날, 숭공니 편지을 써여본니 ᄒ여시되,

"문안(問安) 알외오셔. 그ᄉ이 부모님계옵셔 체후(體候) 일향만안(一向
萬安)ᄒ옵신지? 목구 구부리 암거 못 ᄒ오며,13) ᄌ식(子息)은 ᄒ명(下命)
닙ᄉ와 몸니 무양(無恙)ᄒ오며, 쪼흔 쳔은(天恩) 닙ᄉ와 금번(今番) 중원
급졔(壯元及第)ᄒ여 할님학ᄉ(翰林學士)로 임됴(立朝)14)ᄒ여 니려온니,

4) [교감] '도강이셔'라: 갑진본 '젼의 짓든 비라'. 경판본 '션졔편비라'. 김광순본 '강구의 문동요
라'.
5) 일필휘지(一筆揮之): 글씨를 단번에 써내림.
6) 션장(先場): 과거를 볼 때 문과 과거장에서 가장 먼저 글장을 바치던 일.
7) [교감] 니 글은 분이이닌의 글리로다: 김광순본 '이 글과 글시난 시숭 스람 글이 안이로다'.
8) 용사비등(龍蛇飛騰): 용이 살아 움직이는 것처럼 아주 활기 있는 필력.
9) 신래(新來): 과거에 급제한 사람. 여기서는 '과거에 급제한 사람이 임금이나 윗사람에게 올리는
의식'이란 뜻으로 쓰인 듯.
10) 한림학사(翰林學士): 학사원과 한림원에 속한 정사품 벼슬.
11) 한원(翰苑): '한림원'과 '예문관'을 예스럽게 이르던 말.
12) 임됴(臨朝): 조정에 임하는 것을 뜻함.
13) 목구 구부리 암거 못 ᄒ오며: 미상.
14) 입됴(立朝): 벼슬에 오름.

도문(到門)[15] 일즈(日子)은 금월(今月) 망일(望日)니온니 도문(到門) 그교(器具)[16]온 알라 호옵쇼셔"[17]

호여더라.

낭즈(娘子)계 가는 편지을 부인 정씨(鄭氏) 들고 울며 츈양을 쥬워 왈,

"이 편지은 네 어미계 붓치는 편지라. 가졋다가 네 글웃의 간슈(看守)호라"

호고 부닌(夫人)니 방셩통곡(放聲痛哭)호니, 츈양니 그 편지을 바다 가지고 울며 동츈을 안고 신쳬(身體) 방(房)의 들가 어미 신쳬을 흔들고 울며, 얼골 덥퍼던 쇼미을 벅기고 편지 써여 들고 눈츨[18] 한틔 디고 슬피 통곡(痛哭) 왈,

"어마님아, 일러느쇼. 아바님 편지 왓는니다. 일어느쇼. 아바임 중원 급졔(壯元及第)호여 할임학스(翰林學士)로 졔슈(除授)호여 니려오시는니 드"

호며 편지로 느츨 덥푸며 왈,[19]

"동츈니는 여일(連日) 졋 먹즈고 우느이다. 어마님 평시(平時)의 글을 조와호시던니, 오날은 아바님 편지 왓스오되 웃지 반긔 안이호시는익가? 츈양은 글을 몰너 어마임 영혼젼(靈魂前)의 고(告)치 못호는이 답답호와니다"

호고 조모(祖母)임 젼(前)의 빌러 왈,

"조모님은 어마님 영혼젼(靈魂前)의 가 편지 스연(事緣)을 일은시면, 어마임 영혼(靈魂)니 감동(感動)할 뜻호느이드"

---

15) 도문(到門): 과거에 급제하여 홍패(紅牌)를 받아서 집에 돌아오던 일.
16) 기구(器具): 예법에 필요한 것이 골고루 갖추어져 있는 형세.
17) [교감] 도문 그교온 알라 호옵쇼셔: 갑진본 '도문 조쳐을 호옵쇼셔'.
18) 눈츨: '낫츨' 또는 '낯울'의 오기.
19) [교감] 호며 편지로 느츨 덥푸며 왈: 갑진본 '호고 핀지을 어무 낫틔 덥고 울며 왈'.

ᄒᆞ니 정씨(鄭氏) 마지못ᄒᆞ여 낭ᄌᆞ 빈소(殯所)의 들어가 편지을 ᄶᅥ여 들고 울면셔 고(告)ᄒᆞ는지라. 그 글의 ᄒᆞ엿시되,

"문안(問安) 격ᄉᆞ오며,20) 일장(一張) 정출(情札)21)노 옥낭ᄌᆞ(玉娘子) 좌ᄒᆞ(座下)의 붓치ᄂᆞ니ᄃᆞ. 울리 양닌(兩人)의 티산(泰山) 갓튼 정(情)니 쳘이(千里)의 가리민, 낭ᄌᆞ 면목(面目)을 용망낭망(慾望難望)22)이요, 불ᄉᆞ이ᄌᆞᄉᆞ(不思而自思)23)로다. 그ᄃᆡ의 화숭(畫像)니 젼(前)과 핏치24) 달녀 날노 변(變)ᄒᆞ이, 아지 못거다. 무슴 병(病)니 들어ᄂᆞᆫ지 아지 못ᄒᆞ여 긱충등ᄒᆞ(客窓燈下)의 슈심(愁心)으로 ᄌᆞᆷ을 일우지 못ᄒᆞ니 민망(憫惘) 답답ᄒᆞ오며, 낭ᄌᆞ의 셥이ᄒᆞ심으로25) 금방(金榜) 장원급졔(壯元及第)ᄒᆞ여 할님학ᄉᆞ(翰林學士)로 이 몸니 영화(榮華)ᄒᆞ여 ᄂᆞ려온니, 웃지 낭ᄌᆞ의 ᄯᅳᆺ슬 맛초지 안니ᄒᆞ여실니요? 도문(到門) 일ᄌᆞ(日子)은 금월(今月) 모일(某日)로, 앙망(仰望) 낭ᄌᆞ은 쳔금(千金) 갓튼 옥체(玉體)을 안보(安保)ᄒᆞ옵쇼셔. ᄂᆞ려가 반가 보올니ᄃᆞ"

ᄒᆞ여덜라.

정씨(鄭氏) 보기을 ᄃᆞᇂᄒᆞ미 더옥 실푼 마음은 진졍(鎭靜)치 못ᄒᆞ여 통곡(痛哭)ᄒᆞ여 왈,

"실푸다, 츈양아! 가련(可憐)타, 동츈아! 너의 어미 일코 엇지 살ᄂᆞ ᄒᆞᄂᆞᆫ?"26)

ᄒᆞ며 시로니 통곡(痛哭)ᄒᆞ이, 츈양과 동츈이 그 편지 ᄉᆞ연(事緣)을 듯고 어미 신체(身體)을 안고 궁글며 ᄒᆞ 슬피 우니, 츠목(慘酷)한 그 〈거〉동을 츠마 보지 못ᄒᆞᆯ너라.

---

20) [교감] 문안 격ᄉᆞ오며: 갑진본 '문안 줌관 젼ᄒᆞ오니'.
21) 정찰(情札): 따뜻한 정이 어린 편지.
22) 욕망난망(慾望難望): 보고 싶어도 보기 어려움.
23) 불사이자사(不思而自思): 생각하지 않아도 저절로 생각이 남.
24) 핏치: '빗치' 또는 '빛이'의 오기.
25) [교감] 낭ᄌᆞ의 셥이ᄒᆞ심으로: 갑진본 '낭ᄌᆞ으 지극한 정성으로'.
26) [교감] 너의 어미 일코 엇지 살ᄂᆞ ᄒᆞᄂᆞᆫ: 갑진본 '너으 아부지 편지은 와시되 너의 어미난 어ᄃᆡ 간고 안니 오노 익달ᄒᆞ고 절통ᄒᆞ다'.

정씨(鄭氏) 승공(相公)을 불너 왈,

"션군(仙君)의 편지(便紙) ㅅ연(事緣)이 엿츳엿츳ᄒ고, 쏘흔 낭ᄌ(娘子)을 아지 못ᄒ여 병(病)니 되엿다 ᄒ이, 오흐려 낭ᄌ 죽은 줄 모로고 도리27)갓치 병니 되엿다 ᄒ이, 만일(萬一) 션군니 도라와 낭ᄌ 죽엄을 보면 결단(決斷)코 함긔 죽을 뜻ᄒ이, 이 일을 웃지ᄒ리요?"

승공니 디왈(對曰),

"ᄂ도 글노 쥬야(晝夜)로 염예(念慮)ᄒ옵ᄂ니다. 그러ᄂ 조흔 묫칙(妙策)이 닛ᄊ온이 염예 마옵쇼셔"

ᄒ고 즉시 노복(奴僕)을 불너 의논(議論) 왈,

"홀님(翰林)니 너려와 낭ᄌ 죽검을 보면 결단(決斷)코 죽을 뜻ᄒ니, 너의 등(等)은 각각 싱각ᄒ여 홀임(翰林)의 안심(安心)홀 도예28)을 싱각ᄒ라"

ᄒ신이, 그 즁(中)의 흔 늘근 종(從)니 엿ᄌ온디,

"소인(小人)니 젼(前)의 홀임(翰林)을 모시고 아모 디 임진ᄉ 딕(任進士宅)의 가온이, 여러 스룸니 무슈(無數)이 모다ᄂ디 츰즁29) 시이로 일월(日月) 갓튼 쳐ᄌ(處子) ᄂ와 귀경ᄒ다가 몸을 은신(隱身)ᄒ오니, 할임(翰林)니 그 쳐ᄌ(處子)을 줍간(暫間) 보시고, '쳔ᄒ(天下) 졀ᄉ(絶色)이로다' ᄒ시며 잇지 못ᄒ와 근쳐(近處) 스룸다려 뭇ᄊ온니, '임진ᄉ 딕 낭ᄌ로라' ᄒ니, 할임니 층춘(稱讚)ᄒ시며 뭇ᄂ니 ᄉ모(思慕)ᄒ여신니, 그 딕(宅) 낭ᄌ와 인연(因緣)을 시로니 미ᄌ시면 혹 안심(安心)이 되올 뜻ᄒ오나, 연젼의30) 임진ᄉ 딕은 나려오ᄂ 노변(路邊)이온이 할임 ᄂ려오ᄂ 길의 졍ᄉ31) 되온이 더옥 죠흘 뜻ᄒ나이다. 연소(年少)흔 마음의 신졍

27) 도리: 미상.
28) 도예: '도리(道理)'의 오기인 듯.
29) 츰장: '금장(錦帳)'의 오기인 듯. 갑진본에는 '금백(金帛)'으로 되어 있음.
30) [교감] 혹 안심이 되올 뜻ᄒ오나 연젼의: 갑진본 '조혈 덧ᄒ옵고 쏘한'.
31) 졍ᄉ: '셩ᄉ(成事)'의 오기인 듯.

(新情)의 고혹(蠱惑)[32]ㅎ오면 구정(舊情)을 니즐 쯧ㅎ온이, 아모쏘록 전

안(奠雁)[33]ㅎ여 샐이 그 딕 가와 결혼(結婚)키 ㅎ옵쇼셔."

숭공이 그 말을 듯고 디희(大喜)ㅎ여 왈,

"너의 말이 가중 올토다. 쏘흔 임진ᄉ(任進士)와 눌과 평싱(平生) 쥭

마지우(竹馬之友)라. 닉 말을 들을 쯧ㅎ니, 지금 션군(仙君)의 몸이 영귀

(榮貴) 되어신니 쳥(請)ㅎ면 녹죵(樂從)홀 쯧ㅎ니라"

ㅎ고, 숭공이 즉시 발힝(發行)[34]ㅎ여 임진ᄉ 딕(任進士宅)의 간이, 님진

ᄉ(任進士) 흔연(欣然)니 연접(延接)ㅎ고 왈,

"누지(陋地)의 엇지 오시논잇가?"

숭공니 디왈(對曰),

"ᄌ식(子息) 션군(仙君)이 죵젼(從前)의 슈경낭ᄌ로 더부러 년분(緣分)

이 지즁(至重)ㅎ여 일시(一時)도 쩌ᄂ지 안니ㅎ미 민망(憫惘)ㅎ던 ᄎ(次)

의, 금번(今番) 과거(科擧)을 당(當)ㅎ여 경셩(京城)의 올〈려〉 보니여던

니, 다힝(多幸)으로 금번 중원급제(壯元及第)ㅎ니 홀임(翰林)으로 이러오

논[35] 편지(便紙)가 왓쏘되, 마참 가운(家運)니 불힝(不幸)ㅎ온지, 졔 연

분(緣分)이 진(盡)ㅎ여논지, 금월(今月) 모일(某日)의 낭ᄌ(娘子) 쥭어신니,

혼사답ㅎ[36]라. 분명(分明) 션군니 ᄂ려오면 절단(決斷)코 쥭엄을 면(免)

치 못홀 쯧ㅎ오니, 혼취(婚娶)을 광문(廣問)ㅎ온이 진ᄉ 딕(進士宅)의 아

룸다온 만셰[37] 낭자(娘子) 잇다 ㅎ옵기로 염치(廉恥)을 불고(不顧)ㅎ고

왓쏘온이, 진ᄉ(進士) 되미 엇더ㅎ온잇가?[38] ᄌ식 션군은 연쇼(年少)ㅎ

마음의 신정(新情)을 가루면[39] 구정(舊情)을 이질 듯ㅎ오니, 브라옵건디

---

32) 고혹(蠱惑): 아름다움이나 매력 같은 것에 홀려서 정신을 못 차림.

33) 전안(奠雁): 혼례 때 신랑이 기러기를 가지고 신부 집에 가서 상 위에 놓고 절함. 또는 그런
    예(禮).

34) 발행(發行): 길을 떠남.

35) 이러오논: '닉려오논'의 오기.

36) 혼사답하: '호사다마(好事多魔)'의 오기인 듯.

37) 만셰: 미상. '만세(萬世)'일 듯하나, 여기에는 잘못 삽입된 듯.

38) [교감] 진ᄉ 되미 엇더ㅎ온잇가: 갑진본 '진사 뜻지 엇더ㅎ신니가'.

쾌(快)이 허락(許諾)ᄒᆞ옵쇼셔. ᄌᆞ식 션군이 ᄌᆡ셩지은(再生之恩)[40]을 입어 우리 두 집의 영화(榮華) 귀(貴)니 ᄒᆞ옴미 엇지 질겁지 안이ᄒᆞ리잇가?"

흔디, 진ᄉᆞ(進士) 디왈(對曰),

"져연[41] 칠월(七月) 망간(望間)의 가문졍 벌의셔 홀임(翰林)과 낭ᄌᆞ(娘子)와 두 ᄉᆞᄅᆞᆷ 노난 양(樣)을 본이, 양닌(兩人)이 탄금(彈琴)ᄒᆞ며 가ᄉᆞ(歌詞)를 을푸는 양(樣)은 월궁항의(月宮姮娥)가 옥황샹졔(玉皇上帝)계 반도(蟠桃) 지샹(進上)ᄒᆞᄂᆞᆫ 거동(擧動) 갓던이다. 니 여식(女息)으로 비(比)할진디, 옥낭ᄌᆞ(玉娘子)는 츄쳔단월(秋天團月)[42]이요, ᄂᆞ의 여식(女息)은 흑운본월(黑雲半月)[43]리라. 그 낭ᄌᆞ 만일 죽어ᄊᆞ오면 할임(翰林)니 졀단(決斷)코 셰샹(世上)의 부지치 못홀 거신이, 만일 허혼(許婚)ᄒᆞ여다가 ᄯᅳᆺ과 갓지 못ᄒᆞ오면 인(因)ᄒᆞ여 니 여식은 바릴 ᄯᅳᆺᄒᆞ오니, 그 안이 흔심(寒心)ᄒᆞ오잇가?"[44]

ᄌᆡ삼(再三) 당부(當付)ᄒᆞ고 조계(阼階)[45] 가(可)흔 고(告)로 허혼(許婚)ᄒᆞ여,[46]

"홀임(翰林) 갓튼 ᄉᆞ회을 졍(定)ᄒᆞ미 엇지 길겁지 아이ᄒᆞ올이요?"

ᄒᆞ며 그졔야 쾌(快)이 허락(許諾)ᄒᆞ거늘, 승공(相公)니 디희(大喜)ᄒᆞ여 왈,

"션군(仙君)이 금월(今月) 망일(望日)의 진ᄉᆞ 딕(進士宅) 문젼(門前)으로 지닐 거신이 그놀노 틱길(擇日)ᄒᆞ여 힝예(行禮)을 ᄒᆞ기을 졍(定)〈ᄒᆞ사이다〉"[47]

---

39) 가루면: 자리 따위를 함께 나란히 하면.
40) 재생지은(再生之恩): 죽은 사람을 살려준 은혜.
41) 저연: '거년(去年)'의 오기.
42) 추천단월(秋天團月): 가을밤에 떠오른 둥근달.
43) 흑운반월(黑雲半月): 먹구름 속에 싸인 반달.
44) [교감] 그 낭ᄌᆞ 만일 죽어ᄊᆞ오면 할임니 졀단코 셰샹의 부지치 못홀 거신이 만일 허혼ᄒᆞ여다가 ᄯᅳᆺ과 갓지 못ᄒᆞ오면 인ᄒᆞ여 니 여식은 바릴 ᄯᅳᆺᄒᆞ오니 그 안이 흔심ᄒᆞ오잇가: 갑진본 '만일 할님니 신졍의 ᄯᅳᆺ지 업고 구졍만 싱각ᄒᆞ면 이 아니 민망ᄒᆞ오'.
45) 조계(阼階): 관혼상제 때 주인이 손님을 맞는 동쪽 섬돌. '조계(祖系)'로 볼 수도 있음.
46) [교감] ᄌᆡ삼 당부ᄒᆞ고 조계 가흔 고로 허혼ᄒᆞ여: 갑진본 '지삼 당부ᄒᆞ다가 마지못ᄒᆞ야 허락ᄒᆞ여 왈'.
47) [교감] 힝예을 ᄒᆞ기을 졍: 갑진본 '힝애ᄒᆞ리다'.

ㅎ고 상공(相公)이 집으로 도라와 납치(納采)[48]을 보니고, 션군 오기을
지다리더라.

---

48) 납채(納采): 신랑 집에서 신부 집에 혼인을 구함. 또는 그 의례.

낭군님아, 춘양과 동춘을 어찌할꼬

각셜(却說)리라. 이젹의 션군(仙君)니 쳥숨(靑衫)[1] 관디(冠帶)의 빅옥호(白玉笏)을 들고, 빅마(白馬) 숭(上)의 금안(金鞍)을 지어 타고, 쳥기(靑蓋)[2]을 븐공(半空)의 빗치고, 화동(花童)[3]을 쌍쌍(雙雙)이 압세우고 쥰말(駿馬)노 나려오던니, 일힝(一行)이 십이(十里)의 버러져더라. 젹(笛) 쇼리는 티평국(太平曲) 놀이흐여 삼현(三絃)니 상응(相應)흐고, 쳥기(靑蓋)은 일광(日光)을 갈이와 오난 즁(中)의, 쳥춘(靑春) 쇼연(少年)이 빅룡(白龍) 쥰마(駿馬)의 금안(金鞍)을 지여 타고 날여온니, 각도(各道) 각읍(各邑)의 노쇼(老少) 인민(人民)이 다토와 구경흐며 층찬(稱讚) 안이할 니 읍더라.

졍기러[4]의 득달(得達)흐니,[5] 감스(監司)[6]이 션군을 보고 슐늬(新來)을

---

1) 쳥삼(靑衫): 조복(朝服) 안에 받쳐 입던 옷. 남색 바탕에 검은 빛깔로 가를 꾸미고 큰 소매를 달았다.
2) 쳥개(靑蓋): 푸른 비단으로 된 의장(儀仗). 무과(武科)의 장원에게 풍류와 함께 내려 유가(遊街)할 때 앞세우게 했다.
3) 화동(花童): 나이 어린 기생.
4) 졍기러: '감영(監營)'인 듯. '경기전(慶基殿)'의 오기로 볼 수도 있음. 경기전은 전라북도 전주시 풍남동에 있는 누전(樓殿)으로, 조선 세종 24년(1442)에 건립했으며, 조선 태조의 영정(影幀)이

두세 번(番) 청(請)ᄒ니 선군니 머리예 어사화(御賜花)7)을 꼿고 허리의 옥디(玉帶)을 찌고 완완(緩緩)8)이 들어간니, 감ᄉ(監司) 슐닉(新來)을 청ᄒ여 진퇴(進退)ᄒᆫ 후 디천(大讚) 왈,

"그디난 진실(眞實)노 션풍도걸(仙風道骨)이라"

ᄒ더라.

예젹의9) 선군이 여러 날 노독(路毒)을로 잠을 일오지 못ᄒ야 잠간(暫間) 조ᄒ던이, 사몽비몽간(似夢非夢間)의 낭ᄌ(娘子) 완연(宛然)이 문(門)을 열고 들어와 할임(翰林) 겻티 안지민, 낭ᄌ 몸의 유혈(流血)니 낭ᄌ(狼藉)ᄒ고 눈물을 흘이여 왈,

"나은 심운(身運)이 불ᄒᆼ(不幸)ᄒ와 세상(世上)의 아지10) 못ᄒ고 구원(九原)의 들여갓난이라. 젼일(前日) 시모(媤母)임계 낭군(郎君)의 편지(便紙) 사연(事緣) 듯ᄒ온니, 금방(金榜) 장원급졔(壯元及第)ᄒ여 할임(翰林) 가지 ᄒ여 날여오신다 ᄒ온니, 아모리 죽은 혼빅(魂魄)인들 웃지 질겁지 안이할니요? 낭군이 영화(榮華)으로 ᄂᆞ려오시며 ᄒ 반갑ᄉ와 이곳가지 왓ᄉ온이, 슬푸다! 낭군임은 아모리 영화로 ᄂ려오시건이와 쇼비(小婢)난 남과 갓치 보지 못ᄒ온니, 이런 답답고 졀빅(切迫)ᄒ온 일니 어디 잇ᄉ오리가? 가연(可憐)타, 낭군임아! 츈양을 엇지ᄒ며 동츈을 엇지ᄒᆯ고? 어서 밧비 ᄂ려가 츈양 동츈을 달니소셔. 어미 일코 슬피 울고 아비 그리워 슬워 우ᄂ니다. 쳡(妾)의 몸이 슈척(瘦瘠)ᄒ여 촌촌젼지(寸寸顚跌)11)ᄒ여 왓ᄉ오이, 나의 가삼니ᄂ 만져보소셔"

ᄒ며 흐슙지우고 낙누(落淚)ᄒ거눌, 선군니 반겨 낭ᄌ을 안고 손을 잡

봉안되어 있다.

5) [교감] 정기러의 득달ᄒ니: 갑진본 '쳥운 락슈교로 나리오미'.

6) 감사(監司): 조선시대 때 각 도에 둔 으뜸 벼슬. 관찰사(觀察使).

7) 어사화(御賜花): 조선시대 때 문무과의 급제자에게 임금이 내리던 종이꽃.

8) 완완(緩緩)이: 천천히.

9) 예젹의: '이젹의'의 오기.

10) 아지: '잇지'의 오기.

11) 촌촌젼질(寸寸顚跌): 넘어지고 자빠지면서 한 걸음 한 걸음씩.

아 낭즈의 몸을 만져보이 가삼의 칼이 빅켜거눌, 놀나 연고(緣故)을 무른즉, 낭즈의 알는 소릭로 ᄒ되, 탁탁12) ᄉ랑의 영13)이 말ᄂ라.

"우리 두를 두고 일은 마리, 낭군이 과가(科擧)의 가실 ᄶ예 셔방(書房)임니 눌을 잇지 못ᄒ야 두 번 오신 즈최의 귀신(鬼神)이 무여ᄒ무로,14) 미월의 츄종(追蹤)으로 시부(媤父)임니 빅쥬지셜(白晝之說)15)노 이민(曖昧)이 잡스오미, 버셔눌 길리 업쓰와 죽어ᄂ이다"

ᄒ고 잇슬 ᄶ예 원촌(遠村)의 계명셩(鷄鳴聲)이 들리거눌, 낭즈 왈,

"유명(幽明)이 달은 고(故)로 밧비 가ᄂ니다"

ᄒ고 문득 간ᄃ업거눌, 놀ᄂ ᄶ달은이 남가일몽(南柯一夢)이라. 꿈니 ᄒ흉참(凶慘)ᄒ여 이러 안진이 오경(五更) 북쇼릭 ᄂ며 계명셩(鷄鳴聲)니 들이거눌, ᄒ인(下人)을 불너 질을 직촉ᄒ며 쥬야(晝夜)로 ᄂ려오ᄂ지라.

잇ᄶ의 상공(相公)이 쥬육(酒肉)을 비셜(排設)ᄒ고 노복(奴僕) 등을 거나려 오ᄂ지라. 승공(相公)이 임진ᄉ 딕(任進士宅) 문젼(門前)의 와 홀임(翰林) 오기을 지달이던니, 홀임니 빅마금안(白馬金鞍)으로 쥬마(走馬)ᄒ여 오거눌, 상공이 실닉(新來)을 두셰 번 진퇴(進退)ᄒ 후(後)의 션군(仙君)의 숀을 잡고 가로디,

"네 급제(及第)ᄒ여 옥당(玉堂)16) 홀임(翰林)으로 오니 질거옴이 층양(稱揚)읍도다"

ᄒ며 숀슈 슐죤을 권(勸)ᄒ이, 할임(翰林)니 두 숀으로 ᄇ든이 이삼 빅(二三盃)을 지녀지라. 상공이 흔연(欣然)이 이로디,

"닌 모젼17) 숭각ᄒ이, 네 벼살리 흔원(翰苑)의 잇고 얼골리 두목지(杜

---

12) 탁탁: 숨 따위가 잇따라 막히는 모양.
13) ᄉ랑의 영: '사랑의 영(靈)'인 듯.
14) 무여ᄒ무로: 미워하므로.
15) 백주지셜(白晝之說): 드러내놓고 터무니없게 억지로 꾸민 말.
16) 옥당(玉堂): 조선시대에 삼사(三司) 가운데 궁중의 경서, 문서 따위를 관리하고 임금의 자문에 응하는 일을 맡아보던 관아. 홍문관(弘文館).
17) 모젼: '예전에'라는 뜻의 '모젼(某前)'인 듯.

牧之) 상(像)이요 풍치(風采) 거록흔디, 엇지 너 갓튼 장부(丈夫)가 흔 분인(夫人)으로 셰월(歲月)을 보니리요? 니 너을 위(爲)ᄒ여 어진 낭ᄌ(娘子)을 광문(廣問)ᄒ여, 이 골 임진ᄉ 딕(任進士宅) 낭ᄌ 이스되 쳔ᄒ 졀식(天下絶色)이라 ᄒ미, 일젼(日前)의 임진ᄉ(任進士)을 ᄎᄌ와 네 비 필(配匹)을 졍(定)ᄒ여 힝예(行禮) 오늘 눌로 졍(定)ᄒ미라. 네 뜻지 엇더 ᄒ뇨?"

ᄒ며 만단(萬端)으로 셜화(說話)ᄒ이, 션군이 디왈(對曰),

"모야(某夜)의 꿈꾸온니, 낭ᄌ 몸의 피을 흘니고 졋티 안져 가슴을 만지며 말을 못 ᄒ이, 아마도 무삼 연괴(緣故) 잇는잇가?"

ᄒ며 가로디,

"낭ᄌ와 언약(言約)이 지즁(至重)ᄒ오니, 집의 느려가 낭ᄌ을 보고 말을 들은 후의 결단(決斷)ᄒ오리다"

ᄒ고 질을 직촉ᄒ여 임진ᄉ 집 앞풀 지니거늘, 상공니 홀임(翰林)을 붓 들고 만단(萬端)으로 기유(開諭)ᄒ여 왈,

"양반(兩班)의 힝실(行實)리 아이로다. 혼인(婚姻)은 인간숭ᄉ(人間常事) 라.[18] 부모(父母) 구혼(求婚)ᄒ여 육예(六禮)을 갓쵸와 영화(榮華)을 싱젼 (生前)의 빈니미 ᄌ식(子息)의 도례(道理)의 올켜눌, 네 고집(固執)ᄒ여 임쇼졔(任小姐)와 죵시디ᄉ(終身大事)을 글읏되게 ᄒ이 군ᄌ(君子)의 도 리(道里) 안이로다"

ᄒ거눌, 홀임니 묵묵부답(默默不答)ᄒ고 말을 직촉ᄒ이, ᄒ인(下人)니 엿ᄌ오되,

"디감(大監)임 영(令)이 엿ᄎ엿ᄎᄒ옵고, 쏘흔 임진ᄉ 딕이 낭픠(狼狽) ᄌ심(滋甚)ᄒ온이 홀임(翰林)은 집피 싱각ᄒ옵쇼셔"

ᄒ이 홀임니 ᄭᅮ지져 물이치고 빅마금편(白馬金鞭)으로 달여가거눌, 숭공(相公)이 할 길 읍셔 마(馬)을 달여 뒤을 ᄯ라 오다가, 집 압페 다다라

---

18) [교감] 인간숭ᄉ라: 갑진본 '인간대사라'.

상공(相公)이 션군을 붓들고 능누(落淚)ᄒ여 왈,

"과거(科擧)ᄒ여 영화(榮華)로 오거이와, 네 경셩(京城)의 쩌는 후(後)의 낭ᄌ 방(房)의 외인(外人) 남졍(男丁)의 쇼리 느거눌, 고니(怪異)ᄒ여 낭ᄌ다려 무르이, 너 왓더란 말은 안이ᄒ고, '미월(梅月)을 다리고 말ᄒ여노라' ᄒ거눌,19) 부모 도리(道理)예 이리 가장 슈샹(殊常)ᄒ미 낭ᄌ을 약간(若干) 경계(警戒)ᄒ여던이, 낭ᄌ 엿츠엿츠 죽어신이 이런 망극(罔極) 답답ᄒᆫ 일리 어디 이슬리요?"

ᄒ신디, 션군이 이 말삼을 듯고 디경질식(大驚失色)ᄒ며 쳬읍(涕泣)ᄒ야 왈,

"아븐임은 날을 임진ᄉ 딕 낭ᄌ(娘子)게 장가(杖家)들나고 ᄒ시고 쇼기는 말숨니 올흔신잇가? 진실(眞實)노 낭ᄌ 죽어는잇가?"

ᄒ며 홀임(翰林)니 여광엿취(如狂如醉)ᄒ여 쳔지도지(顚之倒之)20)ᄒ여 즁문(中門)의 다다른이, 동별당(東別堂)의셔 인연(哀然)ᄒ 우름 쇼리 문(門) 박긔 들이거눌, 홀임니 누물리 시음21) 솟듯 나논지라.

담장 안의 드러간이 디쳥(大廳) 신방돌의 옥줌(玉簪)이 스믓 박켜거눌, 할임(翰林)니 옥잠(玉簪)을 쎄여들고 눈물을 흘려 왈,

"무졍(無情)ᄒ 옥잠은 마죠 느와 본겨ᄒ되, 유졍(有情)ᄒ 우리 낭ᄌ은 웃지 안이 느오〈논〉고?"

방셩통곡(放聲痛哭)ᄒ며 압풀 분별(分別)치 못ᄒ여 동별당(東別堂)의 들어간이, 가이읍고 쳘양(凄凉)ᄒ다.

---

19) [교감] 미월을 다리고 말ᄒ여노라 ᄒ거눌: 갑진본 '명월로 더부려 말삼히엿다 ᄒ거날 직시 명월을 불너 무은 젹 낭ᄌ 방의 간 이 리 읍다 ᄒ거눌'.
20) 젼지도지(顚之倒之): 넘어지고 엎어지며 급히 가는 모양.
21) 새음: '샘' 또는 '우물'의 방언(경상, 전라).

원수로다 원수로다 과거 길이 원수로다

춘양이 동춘을 등의 업고 빙쇼(殯所)의 드러가 어미 신체(身體)를 흔들며 우름을 치쳐 우지 못ᄒᆞ고 굿슬 갓튼 눈물이 비 오듯시 흘리며,

"이고 답답 어만임아! 이러느오, 이러느오! 과갸(科擧) 가던 아반임 왓ᄂᆞ이다"

ᄒᆞ며 등의 업핀 동춘은 홀임(翰林)을 보고 디셩통곡(大聲痛哭)ᄒᆞ고, 춘양이 홀임을 붓들고 업더져 울며 왈,

"어만임 죽어난이다"

ᄒᆞ며

"동춘이 눌노 졋 먹ᄌᆞ ᄒᆞ며 어만임 신체(身體)를 붓〈들〉고 우는이다"

ᄒᆞ며 슬피 우이, 할임(翰林)니 춘양 동춘을 안고 통곡(痛哭)ᄒᆞ며 압풀 분별(分別) 못 ᄒᆞ여 ᄯᅩ 낭ᄌᆞ 신체(身體)를 안고 긔졀(氣絶)ᄒᆞ이, 춘양 동춘이 홀임(翰林)을 흔들며 낫츨 흔디 디고 우이, 할임니 졔유 졍신(精神)을 ᄎᆞ려 통곡ᄒᆞ며 신숭(身上)의 덥펴든 거슬 벽기고 본즉, 옥(玉) 갓튼 낭ᄌᆞ 가삼의 칼을 ᄭᅩ고 ᄌᆞᄂᆞᆫ 다시 누어거눌, 할임니 부모을 도러보와 왈,

"아모리 무상(無常)1)ᄒ온들 이졔갓지 칼을 ᄲᅦ지 안이ᄒ여삼눈이가?"
ᄒ며 션군이 칼을 잡고 늘 흔티 디고,

"낭ᄌ야, 낭ᄌ야! 션군이 너 도러와늬. 이러느쇼, 이러느쇼"
ᄒ며 칼을 ᄲᅦ이 빅켜든 구멍으로 쳥죠(青鳥) 시 셰 마리 날라느며 ᄒ는 할임의 억긔 위의 안져 울되,

"ᄒ면목(何面目), 하면목"
ᄒ며 울고, ᄯᅩ ᄒ는 츈양의 억긔 우의 안져 울되,

"쇼익ᄌ, 쇼익ᄌ"
ᄒ며 울고, ᄯᅩ ᄒ는 동츈의 억긔 우의 안ᄌ 울되,

"유감심, 유감심"
ᄒ며 울고 느라가거눌, 할임늬 그 시 쇼릐을 들은이, '히면목(何面目)'은 '음힝(淫行)을 엇고 무삼 면목(面目)으로 낭군을 다시 보리요?' ᄒ는 소리요, '소익ᄌ'〈은〉 '츈양아, 부디부디 동츈 을아지2) 말고 조희 잇스라' ᄒ는 소리요, '유감심'은 '동츈아, 어린 너을 두고 죽어시민 눈을 감지 못ᄒ리로다' ᄒ는 소릐니라. 그 쳥죠(青鳥) 시 세혼3) 낭ᄌ의 삼혼칠빅(三魂七魄)4)니 낭군을 망종이별(亡終離別)5)ᄒ고 가는 소릐라.

그눌붓텀 낭ᄌ 신체(身體) 점점(漸漸) 달분지라.6) 할임(翰林)늬 낭ᄌ 신체을 안교 디셩통곡ᄒ여 왈,

"슬푸다, 낭ᄌ야! 츈야도 보기 슬타.7) 불상ᄒ다, 낭ᄌ야! 어린 동츈을 졋 먹기소. 장셩(壯盛)ᄒ던 우리 낭ᄌ야! 날을 바리고 어디로 가는고? 졀통(切痛)하다, 낭ᄌ야! 날 다려가소. 원슈(怨讐)로다, 원슈로다! 과가

---

1) [교감] 무상: 갑진본 '무정'.
2) 을아지: 울리지.
3) [교감] 시 세혼: 갑진본 '시 시 마리난'.
4) 삼혼칠백(三魂七魄): 사람의 혼백을 통틀어 이르는 말.
5) 망종이별(亡終離別): 죽을 때 하는 이별.
6) [교감] 달분지라: 갑진본 '변히며 상ᄒ거날'.
7) [교감] 츈야도 보기 슬타: 갑진본 '츈양 동츈의 거동을 보기 실타'.

(科擧)로 급제(及第)야 ᄒ나 못 ᄒᄂ, 금의옥식(錦衣玉食)을 먹그나 못 먹그〈나〉 낭ᄌ 얼골 보고지고!8) 일시(一時)만 못 보와도 삼츈(三春) 가 던이, 이졔난 우리 낭ᄌ 영결죵쳔(永訣終天)ᄒ여시니 어늬 쳘연(千年) 다시 볼고? 어린 ᄌ식(子息)을 엇지ᄒ며, 나ᄂ 낭ᄌ 업시 일시(一時)들 엇지 살고?”

ᄒ며 낭ᄌ의 신체(身體)을 노치 안이ᄒ고 궁글며 왈,

“너일(來日)도 살 ᄯᅳᆺ지 업신이 ᄂ도 죽어 낭ᄌ을 ᄯᅡ라가셔 상봉(相逢) ᄒᄉ이다”

ᄒ고

“쳐량(凄凉)타, 츈양아! 너ᄂ 엇지 살며, 인달다, 동츈아! 너을 웃지ᄒᆯ 고?”

ᄒ며 긔졀(氣絶)ᄒ이, 츈양니 동츈으로 울며 왈,

“인고 답답 아바임아! 니더지 흔탄(恨歎)ᄒ시다가 아바임 신명(身命) 을 마쵸시면, 우리 두른 엇지 살ᄂ ᄒ시ᄂ이가?”

ᄒ며 츈양〈이〉 동츈을 붓들고 울다가, 츈양이 동츈을 밥 쥬며 달너이 며 무을 마시이며,

“야야, 우지 마라! 아반임 쥭으면 너ᄂ 엇지 살며, 니들 웃지 살니 요? 우리도 함긔 죽어 아바임을 ᄯᅡ라가 부모 혼(魂)을 의퇵(依託)ᄒᄌ” ᄒ며

“동츈아, 동츈아! 우지 마라.”

흔 손으로 할임(翰林)을 붓들고, ᄯᅩ 흔 손으로 동츈의 몸을 안고 슬피 통곡(痛哭)ᄒ이, 쵸목금슈(草木禽獸) 다 우ᄂ 듯ᄒ더라.

할임니 츈양 동츈의 졍경(情景)을 보고 츈양 손을 잡고 방(房)으로 드 러가 동츈의 머리을 만지며 운이, 츈양니 압픠 안ᄌ,

8) [교감] 원슈로다 원슈로다 과가로 급제야 ᄒ나 못 ᄒᄂ 금의옥식을 먹그나 못 먹그 낭ᄌ 얼골 보고지고: 갑진본 '운슈로다 원슈로다 과거 질리 원슈로다 급지난 ᄒ여시나 영광될쯔 머어시 며 한림학ᄉ ᄒ여신들 옷 갓흔 우리 낭ᄌ을 보지 못ᄒ여스니 실터업다'.

"아반임아, 동츈이 빈곱푸다 ᄒ든 밥을 쥬고, 목마르다 ᄒ거든 물을 마시고, 밤니면 어버달러던이다"

ᄒ니 할임이 더옥 슬품미 층양(稱揚) 업셔 울울(鬱鬱)ᄒ 심ᄉᆡ(心事)며 젹막(寂寞)ᄒ 회포(懷抱)을 이긔지 못ᄒ야 도로 긔졀(氣絶)ᄒ거늘, 츈양이 그 거동(擧動)을 보고 할임게 비러 왈,

"아바임아, 빈들 안이 곱푸시며 목인들 안이 가릿가?9) 어만임 ᄉᆡᆼ시(生時)의 아바임 오시거든 들리라 ᄒ시고 빅화쥬(百花酒)10)을 옥병(玉瓶)의 가득 치와 두엇ᄉ온이, 슐이ᄂᆞ 잡슈시면 엄만임 임종시(臨終時)의 유원(遺言)을 일우이다. 슬어 마르시구 즈잉ᄒ 츈양 동츈을 어여쎄 여겨 ᄉᆡᆼ각ᄒ와 이 슐을 잡슈시오"

ᄒ며 옥죤(玉蓋)의 가득 부어들고 꿀러안ᄌ 울며 빌거눌, 할임니 슐을 바다 들고 늣겨 왈,

"니 이 슐을 먹고 스라 뭇엇ᄒ리요만는, 네 졍셩(精誠)이 ᄒ 가련(可憐)ᄒ고 네 어미 유원(遺言)을 이른다 ᄒ니 마시노라"

ᄒ며 먹으려 ᄒ이, 눈물리 슐죤의 더펴 슐잔의 치는지라. 츈양 울며 왈,

"어만임 별셰(別世)ᄒ실 딕의 이로되, '슬푸다! 니 죽기는 셜지 안이ᄒ되, 쳔만(千萬) 이미(曖昧)ᄒ 음힝(淫行)을 입고 황쳔(黃泉)의 도라간니, 웃지 눈을 감고 죽으리요?' ᄒ며, '쳘이원경(千里遠征)의 인는 낭군의 얼골을 다시 못 보고 도라가노라. 네 아바임니 급졔(及第)ᄒ여 ᄂᆞ려오시되 셜음 즉 ᄒ 관딕(冠帶) 도포(道袍) 읍기로 도포 지여 장(橵)의 너코 관딕 지텃니, 뒤즈락의 빅학(白鶴)을 노틋가 학(鶴)의 날기 ᄒ 짝을 만치지 못ᄒ고 이런 이을 당(當)ᄒ여 속졀업시 황쳔(黃泉)의 도라간이, 네 아바임 오시거든 날 본다시 드리라' ᄒ시고, 동츈을 안고 졋 먹기여 잠 들리고 날도 잠든 후의 죽어더이다"

---

9) [교감] 가릿가: 갑진본 '마르익가'.
10) 백화쥬(百花酒): 여러 가지 꽃을 넣어서 빚은 술.

ᄒᆞ며 관ᄃᆡ(冠帶) 도포(道袍)을 갓다가 들리며 왈,

"슈포졔도(手品制度)[11]ᄂᆞᆫ 보옵소셔"

ᄒᆞ고 ᄃᆡ셩통곡(大聲痛哭)ᄒᆞ이, 할임(翰林)니 그 관ᄃᆡ을 본이 오ᄎᆡ(五彩) 영농(玲瓏)ᄒᆞ며 고시[12] 단금포(唐錦布)[13]의 쳘ᄉᆞ[14] 쳥포(靑布)로 안을 ᄃᆡ희여거ᄂᆞᆯ, ᄒᆞᆫ 번 보믹 흉장(胸腸)이 막히고, 두 번 보믹 가삼니 답답ᄒᆞ고, 셰 번 보믹 어안[15]니 막막(寞寞)ᄒᆞ고, 네 번 보믹 안목(眼目)이 희미(稀微)ᄒᆞ여 일쳔간장(一千肝腸)이 구뷔구뷔 셕ᄂᆞᆫ지라.

"니 엇지 이런 ᄎᆞ목(慘酷)ᄒᆞᆫ 이을 보고 살기을 바라리요?"

〈ᄒᆞ더라〉.

11) 수품졔도(手品制度): 솜씨와 모양새.
12) 고시: 미상. '고시(占時)'로 볼 수도 있음.
13) 당금포(唐錦布): 옛날 중국에서 나던 비단.
14) 철사: 미상.
15) 어안: 어이없어 말을 못 하고 있는 혀 안.

선군이 매월과 돌쇠를 죽이다

리러구러 십여 일(十餘日)을 지니민, 일일(一日)은 싱각ᄒ미,

'당쵸(當初)의 미월(梅月)을 슈쳥(守廳)을 삼아던이 낭ᄌ(娘子) 작비(作配)ᄒ 후(後)로 져을 복디(薄待)ᄒ여던이, 부명(分明)코 몹쓸 여이[1] 시긔(猜忌)ᄒ여 낭ᄌ을 모홈(謀陷)ᄒ미로다'

ᄒ고 즉시 노복(奴僕)으로 호령(號令)ᄒ여 잡아니여 꿀이고, 엄치(嚴治)ᄒ며 궁문(鞫問) 왈,

"네 젼후(前後) 소회(所懷)[2]을 바로 아뢰라."

미월이 울며 엿ᄌ온디,

"쇼인(小人)은 소회(所懷)[3] 읍ᄂ이다"

ᄒ거눌, 할임(翰林)니 더옥 디분(大憤)ᄒ여 창두(蒼頭)을 호령(號令)하여 크[4] 미을 치이, 미월이 할 길 읍셔 젼후(前後) 실상(實狀)을 기기(箇箇) 승복(承服)ᄒ거눌, 할임니 크게 호령ᄒ여 왈,

---

1) 여이: '연이'의 오기.
2) [교감] 소회: 갑진본 '사연'.
3) [교감] 소회: 갑진본 '아무 죄'.
4) 크: '큰'의 오기.

"낭ᄌᆞ의 침소(寢所)로 ᄂᆞ가던 놈은 엇던 놈이다?"

미월이 알외디,

"과연(果然) 돌쇠로소이다."

잇ᄯᅥ 돌쇠 ᄯᅩ혼 창두(蒼頭) 즁(中)의 섯ᄂᆞᆫ지라. 할임(翰林)니 고성디ᄭᅵᆯ(高聲大叱) 왈,

"돌쇠을 자아너여5) 졀박(結縛)〈ᄒᆞ라〉"

ᄒᆞ고 슴모장6)을 둘려 쥐며 무른디, 돌쇠 울며 알외되,

"소인(小人)은 은금(銀金)을 탐욕(貪慾)ᄒᆞ와 쳔지(天地)을 모로옵고, 미월의 유인(誘引)의 둘러ᄉᆞ온이 맛당니 죽을죄(罪)을 범(犯)ᄒᆞ여ᄉᆞ온이, 어셔 죽여 소인의 작죄지죄(作罪之罪)7)을 덜게 ᄒᆞ옵쇼셔."

알외되, 할임(翰林)니 분(憤)ᄒᆞ믈 이기지 못ᄒᆞ여 창두(蒼頭)을 불너 셰우고 돌쇠을 박살(搏殺)ᄒᆞ여 죽기고, 할임니 찻던 칼을 ᄲᅦ여들고 ᄂᆞ여와,

"엇지 너 갓튼 연을 일긱(一刻)인들 셰상(世上)의 살여두리요?"

ᄒᆞ며 미월의 비을 질너 헛치며, 상공(相公)을 도라보며 왈,

"이런 요망(妖妄)ᄒᆞᆫ 연의 말을 듯고 빅옥(白玉) 무죄(無罪)ᄒᆞᆫ ᄉᆞ롬을 죽어ᄉᆞ오니, 니런 이달온 일니 어디 잇ᄊᆞ올이가?"

ᄒᆞ이, 상공니 묵묵부답(默默不答)ᄒᆞ고 눈물만 흘여이더라.

잇ᄯᅥ 할임(翰林)니 낭ᄌᆞ 신체(身體)을 안장(安葬)ᄒᆞ랴 ᄒᆞ고 졔문(祭文)과 장예(葬禮) 계교8)을 ᄎᆞ리던니, 니날 밤의 일몽(一夢)을 어든니, 낭ᄌᆞ 허튼 머리을 산발(散髮)ᄒᆞ고 만신(滿身)의 피을 흘이고 방문(房門)을 열고 들려와 겻티 안져 왈,

"슬푸다, 낭군임아! 옥셕(玉石)9)을 귀별(區別)ᄒᆞ여 쳡(妾)의 익미(曖昧)

---

5) 자아너어: '잡아너어'의 오기.
6) 삼모장: 죄인을 때리는 데 쓰던 세모진 방망이. 삼릉장(三稜杖).
7) 작죄지죄(作罪之罪): 지은 죄.
8) 계교(計較): '기구(器具)'의 오기인 듯.

296

흔 이을 발켜쥬옵시니, 그도 감격(感激)흔 즁(中)의 미월을 죽여스온이, 니졔 죽어도 흔(恨)이 업스옵거니와, 다만 낭군을 다시 보지 못ᄒ고 츈양 동츈을 두고 황쳔(黃泉)의 외로온 혼빅(魂魄)이 되오니, 쳘쳔원(徹天寃)10)이 가삼의 스못치ᄂ지라. 슬푸다, 낭군임아! 쳡(妾)의 신쳬(身體)을 육연(六年) 창포(菖蒲)11)로 질근 묵거 신산(新山)12)의도 뭇지 말고 구산(舊山)13)의도 뭇지 말고 옥연동(玉蓮洞) 못 가온ᄃ 너허쥬옵시면 구쳔(九泉) 타일(他日)의 낭군과 츈양 동츈을 다시 볼 듯ᄒ오이, 부ᄃ부ᄃ 헛되이 싱각쩨 마옵시고 나의 말삼ᄃ로 ᄒ옵소셔. 만일(萬一) 그러치 안이ᄒ옵시면 너 원(願)을 이로지 못할 ᄲᅮᆫ 안이라, 낭군의 신셰(身世)와 츈양 동츈으 일싱(一生)이 가련(可憐)ᄒ오리다. 부ᄃ 나의 원(願)ᄃ로 ᄒ여쥬옵소셔"

ᄒ고 문득 간ᄃ업더라. 그 소리 ᄭᅢ다른니 남가일몽(南柯一夢)이라.

---

9) 옥석(玉石): 좋은 것과 나쁜 것.
10) 철천원(徹天寃): 하늘에 사무치는 크나큰 원한. 철천지원(徹天之寃).
11) 창포(菖蒲): 천남성과의 여러해살이풀. 높이는 30센티미터 정도 자라며, 뿌리는 약용하고 단옷 날에 창포물을 만들어 머리를 감거나 술을 빚는다.
12) 신산(新山): 새로 쓴 산소
13) 구산(舊山): 오래된 무덤자리.

천궁天宮으로 올라가사이다

  급(急)피 부모(父母)임게 몽ᄉ(夢事)을 셜화(說話)ᄒ고, 즉일(卽日)의 쟝
ᄉ(葬事) 계교(計較)을 갓쵸와 소염(小殮)ᄒ려 ᄒ이 신쳬(身體)가 방(房)
의 붓고 요동(搖動)치 안이ᄒ거늘, 숭ᄒ(上下) 가인(家人)니 망극(罔極)ᄒ
여 아무리 홀 쥴을 모로다가, 할임(翰林)니 싱각ᄒ이,

  '낭ᄌ(娘子) 이미(曖昧)ᄒ 일노 무단(無端)이 쥭어고, 일싱(一生) ᄉ랑
ᄒ던 츈양 동츈을 두고 황쳔(黃泉)의 외로온 혼빅(魂魄)니 되어신이, 아
무리 영혼(靈魂)인들 엇지 심ᄉ(心事ㅣ) 온젼(穩全)ᄒ리요?'

ᄒ며 빅(百) 가지로 긔유(開諭)ᄒ되 소불동염(少不動殮)[1]이라. 할임니 슬
푼 심회(心懷)을 이긔지 못ᄒ여 츈양 동츈을 승복(喪服)지여 이피고 말
을 틱와 힝상(行喪)[2] 압픠 셰우고 간이, 그졔야 관판(棺板)이 운동(運動)
ᄒ며 힝상(行喪)이 나는 다시 가난지라.

  이윽ᄒ여 옥연동(玉蓮洞) 못 가온디 다다르이, 디틱(大澤)니 창일(漲溢)
ᄒ여 슈광(水光)이 셥쳔(涉天)[3]ᄒ여거늘 할임(翰林)니 할일업셔 흔탄(恨

---

1) 소불동염(少不動殮): 주검이 조금도 움직이지 않음.
2) 행상(行喪): 상여.

歎)ㅎ이, 니윽ㅎ여 천지(天地) 아득ㅎ며 슨쳔(山川)이 무광(無光)ㅎ며 인
(因)ㅎ여 물이 ᄌᆞ져지고 육지(陸地) 갓거눌, ᄌᆞ셔(仔細)이 본니 그 연못
가온디 셕광(石棺)이 노여거눌 모다 이상(異常)니 여겨 셕광의 너허 안
장(安葬)ㅎ이, ᄯᅩᄒᆞ ᄉᆞ면(四面)으로 뇌셩벽역(雷聲霹靂)이 니러ᄂᆞ며 오운
(五雲)이 〈옥〉연동을 둘너싸던니 시각(時刻)의 디틱(大澤)이 창일(漲溢)하
거눌, 할임(翰林)니 디셩통곡(大聲痛哭)ㅎ며 물을 향(向)ㅎ여 무슈(無數)
이 탄식(歎息)ㅎ고 졔문(祭文) 지여 졔(祭)할 시,

"유셰ᄎᆞ(維歲次) 모연(某年) 모월(某月) 모일(某日)의 할임(翰林) 빅션군
(白仙君)은 감소고우(敢昭告于)4) 옥낭ᄌᆞ(玉娘子) 실령지ᄒᆞ(神靈之下)하ᄂᆞ
이다. 삼싱연분(三生緣分)으로 그디을 만나 워낭비취지낙(鴛鴦翡翠之樂)5)
을 빅연히로(百年偕老)할가 바랏던이, 인간(人間)니 시긔(猜忌)ㅎ고 귀신
(鬼神)이 작희(作戲)ㅎ여 낭ᄌᆞ(娘子)로 더부러 누월(累月)을 남북(南北)의
갈이여던니, 쳔만(千萬) 이미지ᄉᆞ(曖昧之事)로 구쳔(九泉)6)의 외로온 혼
빅(魂魄)이 되여신니, 엇지 슬푸지 안이ᄒᆞ리요? 이달다! 낭ᄌᆞᄂᆞ 셰상만
ᄉᆞ(世上萬事)을 바리고 구쳔(九泉)의 도아가건이와, 션군은 어린 츈양
동츈을 다리고 뉘을 미더 살ᄭᅩ? 슬푸다! 낭ᄌᆞ의 신체(身體)을 압 동산
의 무더쥬고 무덤이ᄂᆞ 보ᄌᆞ ᄒᆞ엿던니, 낭ᄌᆞ의 옥체(玉體)을 물속의 너
허신이 황쳔(黃泉) 타일(他日)의 무삼 면목(面目)으로 낭ᄌᆞ을 디면(對面)
ᄒᆞ리요? 비록 유명(幽明)이 다르나 인정(人情)은 여상여희(如常如喜)7)ᄒᆞ
니 ᄒᆞᆫ 번 다시 만ᄂᆞ 상봉(相逢)ᄒᆞ물 쳔만(千萬) 바라난이다. ᄒᆞ 일비(一
杯) 쳥작(淸酌)8)을 드리온니 복감(服感)ᄒᆞ옵쇼셔"

---

3) 셥쳔(涉天): 하늘에까지 이름.
4) 감소고우(敢昭告于): 제문(祭文)에 상투적으로 쓰는 문구로, '~에게 감히 밝게 고한다'는 뜻.
5) 원앙비취지락(鴛鴦翡翠之樂): '금실이 좋은 원앙과 비취의 즐거움'이란 뜻으로, 흔히 '부부의 사
  랑과 즐거움'을 말함.
6) 구쳔(九泉): 죽은 뒤 넋이 돌아가는 곳.
7) 여상여희(如常如喜): '평소와 다름없이 반갑고 기쁘다'는 뜻.
8) 쳥작(淸酌): 제사지낼 때 축문에서 '술'을 이르는 말.

ᄒ며 업더져 무슈(無數)이 통곡(痛哭)ᄒ이, 쵸목금슈(草木禽獸) 다 우난
듯ᄒ고 산쳔(山川)이 문허지고져 ᄒ더이, 〈이〉윽ᄒ여 ᄯ 노셩(雷聲)이
이러나며 옥당슈(玉塘水) 쓸난 듯ᄒ더니 물졀이 갈ᄂ지며 이윽ᄒ여 낭
ᄌ(娘子) 칠보단장(七寶丹粧)의 노의홍상(綠衣紅裳)을 갓초오고 쳥ᄉᄌ(靑
獅子) ᄒ 쌍(雙)을 몰고 와연(宛然)니 나오거눌, 션군과 호상(護喪)9)ᄒ던
스롬이 디경질쇠(大驚失色)ᄒ여 이로디,

"낭ᄌ임 죽은 제 십여 일(十餘日)니요, ᄯᄒ 슈즁혼빅(水中魂魄)이 되
어거눌, 엇지ᄒ여 사라나오난고?"

ᄒ이, 션군니 낭ᄌ을 붓들고 디셩통곡(大聲痛哭)ᄒ이 낭ᄌ 단슈호치(丹
脣皓齒)을 반(半)만 여러 ᄒ고10) 이로디,

"낭군은 사염(思念) 말고 부모 양위(兩位)계 뵈옵시고 쳔궁(天宮)으로
가스니다"

ᄒ고 쳥ᄉᄌ(靑獅子)을 타고 집으로 도러가이, 상공(相公)과 졍씨(鄭氏)
니달라 낭ᄌ을 붓들고 통곡(痛哭)ᄒ여 왈,

"낭ᄌ은 어디을 갓ᄃ 왓난야?"

ᄒ며 일변(一邊)은 차목(慘酷)한 마음을 이긔지 못ᄒ더라. 낭ᄌ 숭공(相
公)과 졍씨(鄭氏) 젼(前)의 가 졀ᄒ고 사로디,

"쳡(妾)은 익운(厄運)이 쳔상(天上) 죄(罪)오며 막비쳔슈(莫非天數)11)라.
너무 흔(恨)치 마옵소셔"

ᄒ며 왈,

"옥황상졔(玉皇上帝)임니 우리을 올나오라 ᄒ시이, 쳔명(天命)을 거ᄉ
리지 못할 거신니 올나가옵ᄂ이다"

ᄒ이, 상공(相公) 부쳐(夫妻) 더욱 쳐량(凄凉)ᄒ 심ᄉ(心事)을 층양(稱揚)
치 못할너라. 낭ᄌ 빅학션(白鶴扇)과 포쥬(胞酒)12)와 약쥬(藥酒) ᄒ 병

---

9) 호상(護喪): 장례에 참석하여 상여 뒤를 따라감. 또는 그런 사람.
10) ᄒ고: 잘못 삽입된 듯.
11) 막비쳔슈(莫非天數): 천명이 아닌 것이 없음.

(甁)을 들여 왈,

　"이 빅학션은 몸이 치우면 더운 바룸니 나온니 쳔흐(天下) 유명(有名)흔 보비옵고, 포쥬는 슈복(壽福) 포즈(胞子)은 긔운(氣運) 불평(不平)흐시거든 빅학션과 포즈을 몸의 진이시오면 빅셰(百歲) 무양(無恙)흐올이다"흐고

　"부모(父母)임 양위(兩位)임니 지흐(地下) 상봉(相逢)할 져긔 법국(法國)13) 연화궁(蓮花宮)14) 셰겨(世界)로 모셔가오이다. 쳔상션관(天上仙官)이 극낙궁(極樂宮) 스환(仕宦)15)을 단이오이 극낙(極樂) 연화궁으로 오시면 반가이 문나 뵈올리다"

흐고 션군다려 왈,

　"우리 올느갈 시(時)가 급(急)흐여신니, 밧비 부모젼(父母前)의 흐즉(下直)흐고 올나가는이다"

흐이, 션군이 부모지졍(父母之情)을 잇지 못흐여 시로이 슬허흔이, 션군과 낭즈 부모(父母) 양위(兩位)을 위로(慰勞)흐여 나아가 복지(伏地) 고왈(告曰),

　"소즈(小子) 등은 셰상(世上) 연분(緣分)이 진(盡)흐여삽기로 오날날 흐즉(下直)흐옵는이다"

흐고 인(因)흐여 흐즉(下直)흐며,

　"부모 양위임 너니 평안(平安)흐옵쇼셔"

흐고 쳥스즈(青獅子) 흔 쌍(雙)을 모라 너여 할임(翰林)은 동츈을 안고 낭즈은 츈양을 안고, 무지긔로 더위즈바 빅운(白雲)을 감두로고 오운(五雲)의 쓰여 션군으로 더불러 올나가는지라.16)

---

12) 포쥬(胞酒): 홀씨로 만든 술인 듯.
13) 법국(法國): 흔히 '프랑스'를 일컬으나, 여기서는 '부처님의 나라'를 뜻함.
14) 연화궁(蓮花宮): 불교에서, '극락'에 있다고 하는 궁전.
15) 사환(仕宦): 벼슬살이. 또는 벼슬살이를 함.
16) [교감] 할임은 동츈을 안고 낭즈은 츈양을 안고 무지긔로 더위즈바 빅운을 감두로고 오운의 쓰여 션군으로 더불러 올나가는지라: 갑진본은 낭자의 시신을 옥연동 못에 안장하는 것으로

갈셜리라. 상공(相公) 부쳐(夫妻) 낭즈와 션군이 천궁(天宮)의 올나간 후로 망연□□□□□□□□며 셰간을 다 분집(分執)[17]ᄒ여 쥬고 빅셰(百歲)을 스다가, 흔날흔시의 상공 부쳐 별셰(別世)ᄒ니, 소빅산(小白山) 쥬여봉의 곡셩(哭聲) 소리 셰 마더 나며 안기 즈옥ᄒ던이 집 안의 운무(雲霧) 덥펴 삼일(三日)을 벗지 안니ᄒ여 □□□□□□□□ᄒ고 관곽(棺槨)을 가쵸며 후(厚)이 안장(安葬)ᄒ이라. 쇼빅산 쥬여봉의셔 신션 노던 곳니라 ᄒ더라.

해설

환상성과 운명론적 세계관의 본질

　『숙향전』과 『숙영낭자전』은 모두 조선 후기에 나온 애정소설로, 청춘 남녀의 사랑을 환상적으로 형상화하고 있는 등 공통점이 많다. 물론 우리나라 애정소설의 상당수가 남녀 주인공의 만남과 결연結緣을 천정연분天定緣分으로 설정하는 등 환상적인 측면이 없지 않다. 그러나 『숙향전』과 『숙영낭자전』은 여타의 작품에 비해 환상성이 한결 두드러지며, 그 환상성은 역설적이게도 현실성을 강하게 내포하고 있다. 즉 두 작품의 여주인공은 신분이 모호하거나 또는 모호한 상태에서 남주인공을 만나며 또 그것이 문제가 되어 갈등이 야기되는데, 두 작품의 환상성은 바로 이러한 여주인공의 현실적 처지와 밀접하게 관련된다. 이로 인해 두 작품은 환상적·비현실적인 측면이 강하면서도 세부적인 사건의 전개를 통해 조선 후기의 사회적 현실과 인정세태를 매우 사실적으로 반영하는, 독특한 면모를 지니고 있기도 하다.

　그러나 두 작품의 차이점 또한 적지 않다. 일단 결말의 차이를 들

수 있다. 『숙향전』은 모든 이본이 행복한 결말로 이루어져 있다. 이에 반해 『숙영낭자전』의 경우는 비극적 성격이 강하다. 물론 『숙영낭자전』의 이본 중에 행복한 결말로 이루어진 것도 없지 않다. 그러나 어떤 이본이든 여주인공인 숙영낭자가 현실세계에서 시녀의 모함과 시아버지의 박대로 비극적인 죽음을 맞이하고 있기 때문에 『숙영낭자전』은 본질적으로 비극적인 성격을 지닌 작품이라고 할 수 있다. 이외에도 『숙향전』은 여주인공의 일대기를 중심으로 이루어진 장편에 해당한다면 『숙영낭자전』은 남녀 주인공의 사랑과 여주인공의 비극적인 죽음을 중심으로 이루어진 중편에 해당한다는 점, 『숙향전』의 경우는 한문본도 다수 존재하는 데 반해 『숙영낭자전』의 경우는 국문본만 존재한다는 점, 『숙향전』과 『숙영낭자전』의 창작시기가 대략 1세기 정도 차이가 난다는 점 등 두 작품은 상당히 다른 면모를 보이기도 한다.

이런 점에서 『숙향전』과 『숙영낭자전』을 함께 읽거나 살펴본다는 것은 매우 흥미로우면서도 의미 있는 일이라고 생각한다. 특히 이 두 작품은 환상성과 현실성이 매우 긴밀하게 맞물려 있기 때문에 우리나라 고전소설의 특징 가운데 하나로 거론되는 환상성의 본질을 이해하는데도 큰 도움이 될 것이다. 또한 이 두 작품은 조선 후기에 꽤 인기 있었던, 대중성과 통속성이 강한 애정소설이다. 따라서 우리는 이 두 작품을 통해 조선 후기 애정소설의 주요 독자층과 그들의 의식 및 심리상태를 비교적 상세하게 파악·이해할 수도 있으리라 생각한다.

『숙향전』에 나타나는 환상성의 본질

『숙향전』의 작자는 알 수 없으나, 창작연대는 17세기 말로 보인다. 『숙향전』과 관련된 기록은 권섭權燮의 『남행일록南行日錄』(1731), 유진

한 柳振漢의 『(만화본) 춘향가晩華本春香歌』(1754), 김수장金壽長의 『해동가
요海東歌謠』(1755), 조수삼趙秀三, 조선 후기의 시인의 『추재집秋齋集』, 그리고
『상서기문象胥記聞』(1794) 등에 보이는데, 이들 기록을 통해 『숙향전』
이 적어도 18세기 전반기에 이미 존재했음을 알 수 있다. 또한 일본
유학자 아마노모리 호슈雨森芳洲가 36세 때(1703) 조선에서 『숙향전』으
로 조선어를 공부했다는 기록이 있는바, 『숙향전』은 17세기 말에 창
작된 것이 거의 확실하다고 하겠다.

『숙향전』의 주요 내용은 전란으로 인한 숙향의 부모와의 이별 및
고난, 숙향과 이선의 만남과 결연, 숙향과 부모의 상봉, 이선의 선계여
행仙界旅行이라고 할 수 있다. 이 가운데서도 가장 중심이 되는 것은 숙
향의 고난이다.

숙향은 본래 천상의 월궁선녀였다. 그런데 서왕모가 요지에서 잔치
를 벌일 때 태을선군에게 반도를 훔쳐다준 죄로 태을선군과 함께 인간
세상으로 내려온다. 이때 월궁선녀는 가난한 양반인 김전의 딸 숙향으
로 태어나며, 태을선군은 재상인 이상서의 아들 이선으로 태어난다. 그
리하여 『숙향전』에서 남녀 주인공인 숙향과 이선은 천상에서 저지른
죄의 대가를 치른 후 서로 인연을 맺고 행복하게 살다가 다시 천상으
로 회귀하도록 예정되어 있다. 그러나 천상에서 숙향이 지은 죄가 이
선보다 더 큰 탓에 숙향은 지상에서 다섯 번의 죽을 액을 겪어야만 하
는 것으로 설정되어 있으며, 바로 이 다섯 번의 고난이 작품의 중심
내용을 이루고 있다.

숙향의 첫번째 고난은 반야산에서 도적들에게 죽을 액이다. 숙향이
다섯 살 때 전란이 일어나자 김전은 가솔들을 거느리고 반야산으로 피
란 간다. 그러나 도적들이 뒤쫓아오자 김전은 숙향을 반야산 바위틈에
숨기고 부인 장씨와 함께 달아나며, 뒤쫓아온 도적들이 숙향을 발견하
고 죽이려 한다. 다행히 도적들 중에 한 늙은 도적이 숙향을 불쌍히

여겨 유곡역이라는 마을에 데려다놓음으로써 숙향은 살아나며, 이후로 숙향은 전쟁고아가 되어 사방을 유리걸식하며 떠돌게 된다.

숙향의 두번째 고난은 유리걸식하다가 명사계冥司界에서 들어갈 액이다. 명사계란 죽음의 세계인바, 이것은 곧 숙향이 굶어 죽을 액이라고 할 수 있다. 부모를 잃고 사방을 떠돌던 숙향은 추위와 굶주림에 시달리는데 그때마다 온갖 짐승들이 돌봐주며, 음식을 물어다준 까치를 따라가다가 명사계에 이른다. 명사계를 다스리는 신령은 후토부인인데, 후토부인은 숙향을 맞이하여 잘 대접한 후 흰 사슴에 태워 남군 땅 장승상 댁으로 보낸다.

숙향의 세번째 고난은 포진강에 빠져 죽을 액이다. 흰 사슴을 타고 장승상 댁 동산에 이른 숙향은 장승상의 수양딸이 되어 집안일을 도맡아 한다. 그런데 그동안 집안일을 도맡아 하면서 재물을 빼돌렸던 시비 사향이 불만을 품고 숙향을 모함하며, 결국 장승상 댁에서 쫓겨나게 된 숙향은 포진강에 이르러 자살하려고 강물에 투신한다. 이때 용녀와 선녀들이 나타나 숙향을 구해준 후 동쪽으로 가라고 말한다.

숙향의 네번째 고난은 갈대밭에서 불타 죽을 액이다. 용녀와 선녀들의 구원으로 살아난 숙향은 동쪽으로 가다가 끝없이 펼쳐진 갈대밭에 이른다. 추위와 굶주림에 시달리던 숙향은 갈대밭에서 잠들었는데, 밤중에 불이 일어나 불에 타 죽을 위기에 처한다. 이때 불을 관장하는 신령인 화덕진군이 나타나 숙향을 구한 후 역시 동쪽으로 가라고 한다.

숙향의 다섯번째 고난은 낙양 옥중에서 죽을 액이다. 화덕진군의 구원으로 살아난 숙향은 벌거벗은 채 길가에 주저앉아 있다가 이화정이라는 술집을 운영하는 할미를 만나고, 그 할미와 함께 이화정에서 생활한다. 그러던 어느 날 꿈에 파랑새를 따라 요지연에 갔는데, 그곳에서 전생의 연분이었던 이선을 만난다. 이선 역시 꿈속에서 대성사의 부처를 따라 요지연에 왔던 것이다. 이후 이선은 숙향이 자기와 천정 연분임을 알고 숙향을 찾아 이화정으로 온다. 이화정 할미는 본래 천태산에서 선약을 관장하는 마고선녀였는데, 항아의 명령에 따라 위기에 처한 숙향을 구하고 또 숙향과 이선의 인연을 맺어주기 위해 파견된 신령이다. 그러나 할미는 곧바로 둘의 인연을 맺어주지 않는다. 그녀는 이선으로 하여금 숙향이 태어나서 이화정에 이르기까지의 행적과 고난을 일일이 추체험케 하기도 하고, 숙향은 상인의 자식인데다 추하기 그지없는 병자라고 속이는 등 숙향에 대한 이선의 정성을 시험한다. 할미에게 속아 사방으로 숙향을 찾아헤매던 이선이 다시 이화정으로 돌아와 숙향이 아니면 절대 결혼하지 않겠다고 하자, 이화정 할미는 비로소 숙향과 이선의 결혼을 주선한다. 그런데 숙향이 육례六禮, 전통적인 혼인의 여섯 가지 예법을 갖추어 정식으로 혼례를 올리지 않으면 절대 결혼하지 않겠다고 한다. 이에 이선은 고모인 여부인에게 사실대로 말하고 숙향과 정식으로 혼례를 올릴 수 있도록 주선해달라고 부탁하며, 마침내 이선은 이화정 할미와 여부인의 주선하에 부모 몰래 숙향과 결혼한다.

　그러나 뒤늦게 이 사실을 안 이선의 부친 이상서가 낙양수령인 김전을 시켜 숙향을 죽이라고 한다. 김전은 숙향이 자기 딸인지도 모르고 숙향을 잡아다 문초하지만, 숙향에게 잘못이 없다는 것을 알고 옥에 가둔다. 이때 장부인의 꿈속에 숙향이 나타나 살려달라고 애원하며, 장부인은 꿈에서 깨어나 숙향을 만나본다. 그러나 숙향이 딸이라는 것을 확인하지 못한 채 김전에게 숙향을 풀어주라고 부탁하고, 이에 김전은 숙향에게 잘못이 없다는 사실을 이상서에게 보고한다. 또한 이상서가 숙향을 죽이려 한다는 사실을 안 여부인이 이상서에게 숙향을 풀어주라며 호통을 치니, 이상서는 어쩔 수 없이 숙향을 풀어준다. 하지만 김전을 계양 태수로 전출시키고 숙향은 낙양에서 추방하도록 조처하며,

이선을 서울로 불러들여 숙향과 만나지 못하게 한다. 그러나 숙향은 신적 존재인 이화정 할미와 청삽사리의 도움으로 이상서 부부와 상면하게 되고, 마침내 이상서의 정식 며느리로 인정받게 된다.

이때 이선은 과거에 급제하여 한림학사가 되어 집으로 돌아온다. 숙향이 죽은 줄 알고 있었던 이선은 뜻밖에도 자기 집에서 숙향을 만나 기쁨의 눈물을 흘린다. 이후 이선은 형주 자사가 되고, 숙향은 정렬부인에 봉해진다. 숙향은 남편을 뒤따라 형주로 가는 도중에 자기를 구해준 짐승들과 남군 땅 장승상 부부를 찾아가 은혜를 갚는다. 이때 양양 태수로 가 있던 김전은 용왕에게 숙향을 버린 대가로 곤욕을 치른 후 숙향의 소식을 알게 되고, 숙향은 수많은 시녀와 군졸 등 화려한 행차를 대동하고 양양에 이른다. 모친 장씨는 숙향이 자기 딸인 줄도 모르고 정렬부인이 된 것을 부러워하며 극진히 예우하다가, 마침내 헤어질 때 숙향에게 준 옥가락지를 통해 자신의 딸임을 알게 된다. 이에 숙향은 멀고 가까운 사람들을 모두 초대하여 잔치를 베푸는 등 부모를 다시 만난 기쁨을 누린다. 형주 자사 이선은 선정을 베푼 탓으로 병부상서가 되어 서울로 올라가며, 큰 집을 지어 이상서 부부와 고모 여부인, 장승상 부부와 김전 부부를 함께 모신다.

이때 황태후가 병이 드는데, 봉래산과 천태산 등에서 선약을 구해와야만 병이 나을 수 있다고 한다. 황제의 아우인 양왕이 이선에게 구혼했다가 거절당한 것에 불만을 품고 약을 구해올 사람으로 이선을 추천하며, 이선은 어쩔 수 없이 죽음을 각오하고 선약을 구하러 떠난다. 선계로 가는 도중에 열두 나라를 통과해야 하는 등 여러 가지 어려움과 곤욕을 치르지만, 남해 용왕과 그 아들 용자의 도움으로 무사히 선계에 이르러 약을 구하고 또 그곳에서 양왕의 딸 설중매와 천정연분이 있음을 알게 된다. 고국으로 돌아온 이선은 이미 돌아가신 황태후를 선약으로 살리고 초왕楚王에 봉해지며, 설중매와도 결혼하여 두 부인에게서 5남 3녀를 낳고 행복하게 살다가 숙향과 함께 천상으로 복귀한다.

『숙향전』은 우리나라의 대표적인 신성소설神聖小說, 환상성·신성성·신이성을 바탕으로 한 초월주의로 존재론과 미학을 구현한 소설로 거론되기도 한다. 숙향이 위기에 처할 때마다 후토부인이나 마고할미 등 천상적 존재들이 직접 지상계에 나타나 숙향을 구해주고, 또 이선이 선계를 여행하는 도중에 여러 신선들을 만나는 등 환상적 성격이 강하기 때문이다. 그런 탓에 우리나라 소설사를 처음 썼던 김태준은 "『숙향전』은 조선 사람의 도불혼용道佛混用한 정신생활을 거의 전부 드러내고 있는 작품"이라는 견해를 제시하기도 했다.

또한 『숙향전』은 우리 고전소설 가운데 가장 널리 애독되었던 작품 가운데 하나이다. 이는 현존하는 많은 이본(현재 국문, 한문본을 포함하여 총 56종이 발견됨)들을 통해서도 알 수 있지만, 몇몇 문헌 기록을 통해서도 충분히 짐작할 수 있다. 조수삼은 당대 전기수傳奇叟, 이야기책을 전문적으로 읽어주던 사람이 낭독한 작품들 가운데 『숙향전』을 가장 먼저 언급하고 있으며, 『배비장전』에는 배비장이 『삼국지』 『수호지』 『구운몽』 『서유기』를 제치고 『숙향전』만 골라 읽는 대목이 나온다. 또 판소리계 소설인 『춘향전』 『심청전』 『흥부전』은 물론 가면극인 『봉산탈춤』과 사설시조 등에도 『숙향전』과 관련한 내용이 삽입되어 있다. 이러한 사실은 『숙향전』이 조선 후기에 상당히 널리 읽혔음을 방증하는 데 부족함이 없다. 실제로 나이 드신 할머니들을 대상으로 조사한 결과, 고전소설 가운데 가장 재미있는 작품으로 『숙향전』이 꼽히기도 했다.

이렇듯 조선 후기에 『숙향전』이 애독되었던 까닭은 무엇인가. 우리는 그 단초를 『배비장전』과 『춘향전』에서 찾을 수 있다. 『배비장전』에는 "숙향아, 불쌍하다. 그 모친이 이별할 때, 아가, 아가! 잘 있거라.

배고플 때 이 밥 먹고 목마를 때 이 물 먹고."라는 대목이 삽입되어 있는데, 이 대목은 『숙향전』에서 숙향이 부모와 이별하는 장면이다. 『(만화본) 춘향가』에는 "이선요지숙향시二仙瑤池淑香是"라 하여, 광한루에서 이도령이 춘향과 만나는 장면을 요지에서 이선이 숙향과 만나는 장면에 비유하고 있다. 또 『(고대본) 춘향전』에는 "애매하신 숙낭자도 남양 옥에 갇혔다가 청조사靑鳥使께 편지하여 그 낭군 이선 만나 죽을 목숨 살았으니, 청조사는 없으나마 홍안鴻雁, 큰 기러기와 작은 기러기 한 쌍 빌었으면, 안족雁足, 기러기 발에 글을 달아 님 계신데 전하고저"라는 구절이 삽입되어 있는데, 이는 옥에 갇힌 춘향이 자신의 처지를 낙양 옥에 갇힌 숙향에 비유한 것이다. 즉 이들 작품에 언급된 『숙향전』의 내용을 통해 우리는 조선 후기 독자들이 『숙향전』 하면 주로 '숙향의 불쌍한 처지나 숙향과 이선의 사랑'을 연상했다는 것을 알 수 있다.

조선 후기 독자들의 이해는 매우 정당한 것으로 판단된다. 실제로 『숙향전』은 환상성이 농후한 데도 불구하고 거의 모든 사건이 전쟁고아인 숙향의 현실적 처지와의 긴밀한 관계 속에서 전개된다. 예컨대 숙향이 명사계에서 후토부인을 만났다는 것과 갈대밭에서 화재를 만났는데 화덕진군이 구해주었다고 하는 것은, 전쟁고아로서 정처 없이 떠돌아다녀야만 했던 숙향의 현실적 처지를 도선적 요소와 결부시켜 환상적으로 형상화한 것이라고 할 수 있다. 숙향이 장승상 댁에서 쫓겨나게 된 것도 전쟁고아로서 그 출신성분을 알 수 없다는 것과 유리걸식했던 행적이 빌미가 되고 있다. 또한 숙향의 가장 큰 고난으로 설정되어 있는 '낙양 옥중에서 죽을 액'도 숙향의 현실적 처지와 긴밀하게 관련되어 있다. 양반가 귀공자인 이선이 술집 이화정에 기거하고 있는 숙향에게 반해 부모 몰래 결혼했으며, 이상서는 숙향이 술집에 기거하는 미천한 창녀라는 사실을 알고 숙향을 죽이려 했던 것이다. 요컨대 『숙향전』은 환상적인 요소를 제외하고 보면, 숙향이 '전쟁고아에서 남의 집 하녀로, 남의 집 하녀에서 다시 술집 기녀로 전락하는 과정'을 여실하게 보여주고 있는바, 『숙향전』의 중심 내용은 '전쟁고아인 숙향이 유리걸식하다가 마침내 술집에 기거하게 되었으며, 그곳에서 귀공자 이선을 만나 결혼하게 되었다'는 것이라고 할 수 있다.

『숙향전』의 환상성도 바로 이 문제와 깊이 관련되어 있다. 16세기 말과 17세기 초에 일어난 임진왜란, 병자호란으로 인해 17세기 말에 이르면 조선 사회는 봉건적 신분관계가 동요하기 시작한다. 그러나 이 시기에도 신분제도는 여전히 강고하게 자리잡고 있었으며, 숙향 같은 미천한 존재와 이선 같은 양반가 귀공자가 결연을 맺는다는 것은 거의 불가능한 일이었다. 이는 이상서가, '이선과 숙향의 결혼 이야기가 조정에까지 비화되어 시비가 크게 일어났기 때문에 숙향을 죽이려 했다'고 말한 데서도 확인된다. 더구나 이 시기에는 남녀의 사랑을 불온시하는 성리학적 도덕 관념이 당대인들의 의식세계를 지배하고 있었다. 이로 인해 현실적으로든 허구적으로든 이들의 결혼을 합리화하기 위해서는 숙향이 본래는 양반 출신이었다는 것과 함께 숙향과 이선의 결혼을 천정연분으로 설정할 필요성이 절실했다고 하겠다.

물론 이것으로 『숙향전』의 환상성을 모두 설명할 수는 없다. 『숙향전』의 작자나 독자들은 현재 우리보다 숙명론적 사고를 강하게 지니고 있었다. 특히 숙향처럼 현실적으로 열악한 처지에 놓여 있는 여성이나 하층민들은 자신의 열악한 현실을 '운명 또는 전생의 업보'로 돌리는 경향이 강했으며, 숙향처럼 자신도 전생에서는 고귀한 존재였을 수 있다는 생각으로 힘겨운 삶을 버텨내거나 위로받았다. 나아가 이 시기에는 사대부 남성 또한 혼란한 정치·사회적 현실에서 벗어나 선계 또는 이상향에서 노닐고자 하는 욕망을 강하게 지니고 있었는데, 이선이 선계여행에서 여러 신선들과 어울리는 장면은 이들의 욕망을 반영한 것으로 보인다. 이렇듯 『숙향전』의 환상성에는 다양한 계층의 삶과 현실,

욕망과 지향 등이 어우러져 있으며, 『숙향전』이 조선 후기에 가장 널리 애독되었던 까닭도 이와 무관하지 않으리라 생각한다.

현재 『숙향전』의 작품 유형에 대해서는 애정소설로 보는 견해와 영웅소설로 보는 견해가 있다. 『숙향전』은 매 사건이 여주인공 숙향의 인생역정과 일정하게 연관되어 있다. 이런 점에서 『숙향전』은 여주인공 숙향의 일대기라고 규정할 수 있으며, 따라서 『숙향전』을 영웅소설에 포함하는 것은 어느 정도 일리가 있다고 하겠다. 그러나 일대기라는 형식을 취하고 있는 모든 작품을 영웅소설이라고 일컫는다면 영웅소설이라는 유형을 설정하는 것 자체가 별 의미를 갖지 못할 것이다. 『숙향전』은 비록 일대기라는 형식을 취하고 있지만, 구성상 영웅소설보다는 애정소설에 가깝다. 대부분의 경우 영웅소설은 남녀 주인공의 결합과 애정이 부귀공명이라는 남주인공의 최종 지향가치에 종속되거나, 주인공의 고난과 그 극복과정에서 일어난 사건의 하나 정도로 삽입되어 있다. 그런데 『숙향전』의 경우는 남녀 주인공의 만남과 결합, 그리고 이들의 결합으로 야기된 갈등과 그 해결과정이 사건 전개의 중심축이 되고 있다. 다시 말해 『숙향전』에서는 주인공의 입공담立功談, 공훈을 세우는 것을 주요 모티프로 삼은 이야기이 그 자체 또는 부귀영화에 목적이 있는 것이 아니라, 남녀 주인공의 애정을 실현하거나 그 애정을 온전히 지키기 위한 수단으로 작용하고 있는 것이다. 따라서 『숙향전』은 영웅소설이라기보다는 애정소설의 범주에 포함해 이해하는 것이 온당할 것이다.

『숙향전』처럼 일대기적 구성이나 적강적謫降的, 신선이 인간 세상에 내려오는 형태로 이루어진 우리나라 고전소설은 대부분 운명론적 또는 숙명론적 세계관을 작품의 사상적 기반으로 삼고 있다. 그런데 『숙향전』의 경우에는 이 점이 더욱 두드러진다. 『숙향전』은 전체 구성에서부터 개별적인 사건의 전개에 이르기까지 철저하게 숙명론적 세계관이 관철되고 있기 때문이다. 숙향이 태어난 직후 관상쟁이인 왕균이 "다섯 살에 부모를 잃고 정처 없이 떠돌아다니다가 열다섯 살 전에 다섯 번 죽을 액을 겪고, 열일곱 살에 정렬부인에 봉해질 것이며, 스무 살에 부모를 다시 만나 태평세월을 누리다가, 일흔 살이 되면 다시 천상으로 올라갈 팔자"라고 예언했는데, 『숙향전』의 사건 전개는 이러한 왕균의 예언을 구체적으로 형상화한 것에 다름 아니다. 이로 인해 『숙향전』은 현실적인 박진감을 거의 무시한 채 운명예정론의 궤도를 따라 철저히 합목적적으로 사건을 전개한 작품이라는 견해가 제기되기도 했다. 또 이러한 숙명론적 세계관은 '부녀나 서민들의 인간적 굴욕, 사회적 속박, 노동의 괴로움 등 온갖 생활적 고통에 대한 인종忍從, 묵묵히 참고 따름의 미덕을 기르는데, 그리고 양반 자신들의 지위를 견고히 해주는 이데올로기를 수호하는 데 필요한 하나의 방편'으로 이해되기도 했다. 실제로 조선 후기의 지배계층들은 '모든 것은 하늘의 의지에 따라 발생하고 소멸되며, 사람의 생사운명도 그것의 지배를 받는다'는 숙명론적이고 신비주의적인 천명사상天命思想, 인간의 운명은 하늘의 뜻에 따라 태어날 때부터 이미 정해져 있다는 사상을 적극 표방함으로써 붕괴되어가는 봉건통치체제를 회복·고수하려고 했다.

그러나 『숙향전』의 기저를 이루고 있는 숙명론적 세계관의 핵심 내용이 '천정연분'임을 간과해서는 안 된다. 천정연분이란 남녀의 만남과 결연이 태어날 때부터 이미 하늘에서 정해졌다는 것으로, 분명 운명론적이며 신비주의적인 관념의 하나이다. 그런데 『숙향전』에서는 바로 이러한 천정연분이 성리학적 윤리규범이나 예교禮敎, 그리고 봉건적 신분관계에 정면으로 배치되는 청춘 남녀의 자유스런 만남과 이러한 만남을 통해 형성된 애정을 실현하기 위한 명분으로 작용하고 있다. 이선은 숙향이 자신과 천정연분이기 때문에 그녀가 아무리 미천한 존재일지라도 반드시 그녀와 결혼을 하겠다고 고집을 부리며, 이상서 또한 이선과 숙향이 천정연분이라는 사실을 확인한 이후에야 비로소 숙향을 며느리로 인정했던 것이다. 따라서 천정연분을 근간으로 삼고 있는 『숙향전』의 숙명론적 세계관은 봉건적 지배체제를 회복·고수하기 위한 방편으로 활용되었던 유교적 천명사상과는 분명하게 다르다고 하겠다. 도리어 이것은, 유교적 천명사상과는 달리 반유교적 행위를 합리화하거나 극복하기 위한 민중지향적·반봉건적 세계관인 것이다. 또한 이러한 숙명론적 세계관은, 당시 지배계급을 형성하고 있던 대다수의 식자층 역시 운명론적 사유에서 벗어나지 못하고 있었기 때문에, 봉건적인 모든 관계를 지양하거나 부정하는 실질적인 힘과 저항적 기제가 될 수 있었다고 봐야 할 것이다.

『숙향전』의 또다른 특징 가운데 하나는 '시은施恩, 은혜를 베풂에 대한 보은報恩'으로 대변되는, 소박한 차원의 도덕주의가 철저하게 구현되고 있다는 점이다. 이러한 특징은 서두 부분에서 단적으로 드러난다. 『숙향전』처럼 일대기적 형식을 취하고 있는 고전소설은 대부분 서두에 주인공의 탄생 장면이 제시되어 있다. 그런데 『숙향전』의 서두에는 주인공 숙향의 탄생 장면이 아니라, 숙향의 부친인 김전이 거북을 구하고 그 거북으로부터 보답받는 장면이 형상화되어 있는 것이다. 이뿐만이 아니다. 숙향은 전란으로 부모를 잃고 유리걸식하는 동안 명사계의 후토부인·포진강의 용녀·갈대밭의 화덕진군·이화정의 마고할미 등 초월적 존재들의 구원과, 한 늙은 도적·장승상 부부 등 현실적 존재들의 도움을 받는다. 이들의 구원과 도움으로 살아난 숙향은 정렬부인이 된 이후 자기를 구해주었던 존재들에게 일일이 은혜를 갚는다. 『숙향전』이 얼마나 철저하게 보은을 중시하고 있는지는 마지막 대목에서 극명하게 드러난다. 숙향은 반야산에서 부모와 헤어질 때 어떤 늙은 도적의 도움으로 살아나는데, 이 도적은 현실적으로 만나기 어렵기 때문에 은혜를 갚을 수 없었다. 그런데 『숙향전』은 결말 부분에 '오랑캐의 난'이라는 새로운 사건을 설정하여 이 도적을 등장시키고, 숙향이 그 도적에게 은혜를 갚는다는 내용을 삽입하고 있는 것이다.

이렇듯 『숙향전』에는 시은에 대한 보은이 철저하게 구현되어 있는데, 여기에는 두 가지의 도덕적 모토가 내포되어 있다. 하나는 '은혜를 입으면 반드시 그 은혜를 갚으라'는 것이고, 다른 하나는 '남을 도와주면 반드시 그에 대한 보답을 받는다'는 것이다. 이러한 도덕적 모토는 우리 고전소설에 흔히 나타나는 권선징악이나 인과응보와 같은 소박한 차원의 도덕적 관념으로, 봉건 지배계층의 성리학적 사회윤리나 도덕관념과는 일정하게 구별된다. 중국의 학자 마오둔茅盾은 "중국의 문학에 흔히 나타나는 권선징악이나 인과응보와 같은 도덕적 모토는 진리와 정의에 의해 필연적으로 최후에 승리한다는 인민들의 견고한 신념을 반영하고 있다"고 언급한 바 있다. 그런데 우리의 경우 적지 않은 학자들이 이러한 도덕적 모토를 성리학적 도덕관념과 동일시하는 경향이 있다.

조선시대의 성리학적 사회윤리와 도덕관념은 지주전호제를 바탕으로 성립한 불평등한 신분관계와 사회질서를 인성론과 명분론에 근거를 둔 인륜으로 짜맞추어 당연한 질서로 긍정하게 함으로써 민중의 자주성을 억압하거나 왜곡하는, 지배계층의 이데올로기적 성격을 갖고 있다. 그러나 『숙향전』 등 우리나라의 고전소설에 나타나는 소박한 차원의 도덕적 모토는 분명 이것과는 다르다. 특히 『숙향전』의 경우, 이러한 도덕주의적 지향이 남녀 차별과 가장의 절대적 권위를 기본 내용으로 하고 있는 가부장적 질서보다 우선하여 관철되고 있다는 점에서 더욱 그렇다. 『숙향전』에는 이선과 김전이 숙향을 찾기 위해 고행을 겪거나 수난을 당하는 사건이 설정되어 있다. 이선의 고행은 '천상에서 함께 죄를 지었기 때문에 이선도 숙향이 겪었던 고난에 준하는 고행을 겪어야 한다'는 의미가 담겨 있으며, 김전의 수난은 '자기만 살겠다고 자식을 버린 부모에 대한 징치적 성격'을 지니고 있는데, 여기에는 '남자와 여자, 부모와 자식의 차별 없이 모든 사람은 자신이 저지른 잘못에 대해 그에 상응하는 대가를 치러야 한다'는 작가의 철저한 도덕주의적 시각이 반영되어 있다. 즉 『숙향전』에서는 작가의 철저한 도덕주의가 남녀 차별의 불합리와 가장의 절대적 권위를 부정하거나 지양하는 기제로서 역할을 하고 있는 것이다. 이런 점에서 『숙향전』에 표방된 소박한 도덕주의는 지배계급의 성리학적 도덕관념과는 분명하게 다른, 진리와 정의에 의해 최후에는 '선善'이 승리한다는 민중지향적 의식의 하나로 이해되어야 할 것이다.

마지막으로 『숙향전』과 관련하여 주목할 것은 이선의 선계여행이다. 우리 고전소설에서는 선계와 관련된 서술이 매우 많이 나타난다. 그러나 『숙향전』처럼 선계의 다양한 모습을 구체적으로 형상화한 작품은 없다. 서사무가인 『바리공주』도 선계를 공간적 배경으로 삼아 바리공주가 선약을 구하는 장면들이 형상화되어 있으나 이는 서천서역국저승이라는 특정한 공간에 한정되어 있다. 그런데 『숙향전』에는 명사계, 요지, 용궁, 가상의 나라인 12국, 봉래산, 천태산 등 당대인들이 상상한 선계를 거의 총망라하여 그려내고 있고, 또한 마고선녀, 이적선, 일광로, 여동빈, 왕자균, 두목지, 안기생, 구루선 등 선계에 속한 인물들을 등장시켜 선계의 삶과 생활상을 구체적으로 형상화하고 있다. 현실적으로 볼 때, 이러한 선계는 허무맹랑한 상상의 세계임이 틀림없다. 그러나 우리나라에는 신화적 상상력에 기반하여 쓰인 문학작품이 많지 않다는 점을 고려할 때, 『숙향전』은 우리 선조들이 생각한 상상의 세계와 이상적 삶을 좀더 깊게 이해할 수 있는 소중한 자료적 가치를 지닌 작품이라고 하겠다.

이상에서 대략 살펴보았듯이, 『숙향전』은 우리 문학사에서 매우 중요한 의의를 지니고 있는 작품이다. 남녀의 애정을 억압하는 사회적 현실과 봉건적 신분관계에 대한 문제의식은 『춘향전』과 맞물려 있으며, 철저한 도덕주의에 입각한 수평적 인간관계의 지향과 선계의 구체적 형상은 다른 작품에서는 쉽게 찾아볼 수 없는 내용들이다. 게다가 『숙향전』은 조선 후기에 가장 폭넓게 애독되었던 작품 가운데 하나였다. 오늘날 우리도 『숙향전』의 어떤 측면이 조선 후기 독자들을 매료했는가를 생각하면서 『숙향전』을 읽는다면, 『숙향전』의 소설적 가치를 제대로 이해할 수 있음은 물론, 흥미와 재미도 충분히 만끽할 수 있을 것이다.

그간 이루어진 『숙향전』에 대한 연구는 크게 창작시기 및 이본연구와 작품론으로 나누어 살펴볼 수 있다. 창작시기에 대한 주요 연구로는 이위응(1960), 조희웅(1978, 1997), 이상구(1994) 등이 있는데, 조희웅에 의해 『숙향전』이 적어도 1703년 이전에 창작되었음이 밝혀졌다. 이본에 대한 연구는 김응환(1983), 구충회(1983), 나도창(1984), 이상구(1994), 차충환(1999) 등에 의해 이루어졌는데, 이 가운데 이상구와 차충환의 연구는 수십 종의 이본을 검토하여 『숙향전』의 계보를 체계화하는 성과를 이루었다.

『숙향전』에 대한 작품론은 김태준이 『조선소설사』(1931)에서 "『숙향전』은 몽환적, 비현실적 부분을 제외한다면 아무것도 나머지가 없을 것"이라고 지적해 1960년대 말까지 연구자들의 주목을 거의 받지 못했다. 그러다 1970년대에 이르러 이상택(1971)이 "『숙향전』은 신성소설의 대표이자 천명의 엄숙성을 소설적으로 시현해 보여주는 작품"이라는 견해를 제시해 서서히 주목을 받기 시작했다. 1980년대에 이르러 비로소 본격적인 작품론이 나왔으며, 1990년이 되어서야 비교적 활발하게 연구가 진행되었다.

1980년대의 주요 작품론으로는 서연희(1986)와 정종대(1987)의 연구를 들 수 있다. 서연희는 "『숙향전』과 같은 신성소설에서의 이원론은 민중의 내부에서 형성되어 가는 자아수호의 의지를 우회적으로 드러내는 방도로서 기능한다"는 견해를, 정종대는 "『숙향전』은 유교적 윤리와 신분적 제약 등 남녀의 자유로운 애정을 억압하는 현실적 논리를 초현실적 논리를 내세워 부정하는 작품"이라는 견해를 제시했다. 이들의 연구는 『숙향전』에 나타난 이원론의 성격과 주제의식을 이해하는데 중요한 단서를 제공했으나, 별로 주목을 받지 못했다.

1990년대의 주요 성과로는 이상구(1991, 1994), 조용호(1992), 신재홍(1994), 성현경(1994), 윤경희(1995), 임성래(1995), 박병완(1995), 심치열(1997), 차충환(1999), 최기숙(1999) 등의 연구를 들 수 있다. 이 가운데 이상구, 성현경, 윤경희, 최기숙 등은 『숙향전』의 환상성을 주로 반중세적 세계관과 관련지어 이해했으며, 신재홍, 박병완, 심치열, 차충환은 우리 고유의 무속적 세계관이나 초월주의와 관련지어 논의했다. 한편 조용호는 『숙향전』을 일종의 탐색담으로 이해하고 『바리데기』와의 구조적 동이성을 비교·분석했으며, 임성래는 『숙향전』이 상업적으로 성공한 까닭을 작품론적 차원에서 고찰했다.

2000년대의 주요 성과로는 정종진(2001), 김문희(2005), 박현숙(2005), 박영희(2006), 지연숙(2007), 이기대(2008)의 연구를 들 수 있다. 이 가운데 정종진, 김문희, 박현숙, 지연숙은 1900년대 이루어진 연구성과를 비판적으로 수렴하면서 『숙향전』의 구조적 특성이나 환상성에 담긴 세계관을 고찰했으며, 박영희와 이기대는 가족관계를 중심으로 논의를 전개했다. 또한 이상구(2002)는 1990년대까지의 연구성과를 정리하는 가운데 『숙향전』 연구의 전망과 과제를 제시하기도 했다.

『숙향전』은 『구운몽』 『사씨남정기』 『창선감의록』 등과 함께 17세기 말에 창작된 것이 거의 분명하며, 작품의 내용과 문학사적 위상 또한 위의 작품들 못지않다. 하지만 지금까지의 연구는 주로 환상성이나 비현실적인 측면에 주목해『숙향전』의 가치나 의의가 제대로 드러나지 않았다. 예컨대『숙향전』에는 신분 차별에 대한 문제의식뿐만 아니라 남녀의 차별과 부자간의 수직적 관계에 대한 문제의식도 담겨 있으며, 사회적으로나 개인적으로 소외된 인물들의 심리상태도 잘 형상화하고 있다. 『숙향전』이 조선 후기에 널리 애독되었던 것도 그만큼 이런 요소들에 조선 후기 독자들이 매료됐기 때문이다. 따라서 앞으로는 다양한 각도에서 좀더 섬세하고 면밀한 연구가 뒤따라야 할 것이다.

현재까지 발견된 『숙향전』의 이본은 총 56종이다. 이들 대부분은 국문필사본이지만 한문필사본도 10여 종이 넘으며, 경판본, 활자본, 일역본 등 판본이 매우 다양하다. 그러나 몇몇 독특한 이본을 제외하고는 이본 간의 내용의 차이는 크지 않으며, 원작은 국문으로 추정된다. 이들 이본 가운데 선본善本으로는 경판본, 이화여자대학교 소장본(이대본으로 약칭), 한국학중앙연구원 소장본(소장번호: 596-R16N-001146-11, 한중연A본으로 약칭) 등이다. 그러나 경판본은 대체로 사건의 전개나 정황을 개괄적으로 서술하는 차원에서 축약했으며, 이대본은 필체가 뚜렷하여 판독은 어렵지 않지만 축약으로 인한 오류가 다소 발견된다. 이에 반해 한중연A본은, 오문과 후대에 부연된 대목이 다소 발견됨에도 불구하고, 현존 이본들 가운데 원본적 형태와 요소를 가장 온전하게 간직하고 있다. 또한 현재 이대본을 대상으로 삼은 역주본와 현대역본이 출간되어 있기에, 여기에서는 『숙향전』에 대한 이해와 연구의 폭을 넓히고자 한중연A본을 대상으로 삼아 역주 작업을 했다.

『숙영낭자전』, 열정적 사랑의 비밀

『숙영낭자전』의 작자와 창작연대는 알 수 없다. 다만, 경판 28장본의 간기^{刊記} '함풍경신咸豊庚申, 1860년으로 보아, 대략 18세기 후반이나 19세기 초에 창작되었을 것으로 추정된다.

『숙영낭자전』은 환상적인 성격이 강한 애정소설이라는 점에서 『숙향전』과 유사한 측면이 있다. 특히 남녀 주인공이 천상에서 죄를 짓고 인간 세상에 내려온 존재라는 점, 남녀의 사사로운 만남과 결연을 천정연분으로 설정하고 있다는 점, 남주인공이 꿈속에서 여주인공을 처음 보고 실제로 여주인공을 찾아나선다는 점, 남녀 주인공이 부모의 허락 없이 사전에 인연을 맺는다는 점, 남주인공의 부친이 여주인공에게 해를 가한다는 점 등에서 두 작품은 매우 유사하다.

그러나 『숙향전』은 전란으로 인한 여주인공의 고난을 중심으로 다양한 사건들이 복잡하게 얽혀 있다면, 『숙영낭자전』은 여주인공의 비극적인 죽음을 중심으로 사건이 비교적 단순하게 짜여 있다. 즉 『숙향전』은 여주인공의 일대기를 중심으로 한 여성의 여러 고난과 그 극복 과정을 환상적으로 형상화한 작품이라면, 『숙영낭자전』은 남녀주인공의 열정적인 사랑과 여주인공의 비극적인 죽음을 중심으로 가정 내적 갈등을 환상적인 요소와 결부시켜 형상화한 작품인 것이다. 따라서 『숙영낭자전』은 『숙향전』에 비해 사건의 구성과 전개가 단순하고 분량 또한 매우 적다. 그러나 『숙영낭자전』은 청춘 남녀의 열정적인 사랑과 이에 따른 질곡의 문제를 첨예하게 다루고 있다는 점에서 문학사적으로나 사회사적으로 매우 의의 있는 작품이다.

본래 천상의 선관과 선녀였던 선군과 숙영낭자는 요지연에서 서로 희롱한 죄로 인간 세상에 내려오게 되는데, 선군은 안동에 사는 백상공의 아들로 태어나고 숙영낭자는 선경과 인간 세상의 중간 지점인 옥연동에 머문다. 또한 선군이 태어날 때 한 선녀가 내려와, "선군은 숙영낭자와 삼생연분이 있다"고 알려준다. 선군이 장성하자, 백상공은 선군의 배필이 될 만한 사람을 널리 구한다. 이때 숙영낭자가 선군의 꿈에 나타나, "서로 삼생연분이 있으니, 삼 년만 참고 기다리면 자연히 인연을 맺게 될 것"이라고 말한다.

그러나 선군은 꿈속에서 한번 본 숙영낭자를 잊지 못해 병이 들고, 온갖 약으로도 치유되지 않는다. 이 사실을 알고 낭자가 다시 선군의 꿈에 나타나 시비 매월을 첩으로 삼아 시중들게 하는 등 여러 방법으로 선군의 병을 치유하기 위해 애쓴다. 그래도 선군의 병이 낫지 않자, 마침내 낭자는 선군의 꿈에 다시 나타나 옥연동으로 자기를 찾아오라고 이른다. 이에 선군은 옥연동으로 낭자를 찾아가 간곡하게 사정하여 낭자와 운우지정을 나누며, 낭자는 정절을 지키지 못했으니 더이상 옥연동에 머물 필요가 없다며 선군을 따라 시집으로 온다. 이후 선군과 숙영낭자는 육례를 치르지도 않은 채 팔 년을 함께 살며, 그사이에 춘양과 동춘 남매를 낳는 등 행복한 삶을 누린다.

그러던 어느 날 백상공이 선군에게 과거시험을 보라며 상경하기를 권유한다. 선군은 낭자와 떨어질 수 없다며 거절하지만, 낭자가 대장부의 일과 자식 된 도리를 들어 선군을 설득한다. 선군은 어쩔 수 없이 과거 길에 오르는데, 가는 도중에 낭자가 그리워 아무도 모르게 두 번이나 집으로 돌아와 낭자와 밤을 지새운다. 그러나 백상공이 집 안을 둘러보다가 낭자의 방에서 남자 목소리를 듣고 낭자를 의심하며, 마침내 시비 매월로 하여금 낭자를 몰래 감시케 한다. 그간 낭자에게 불만을 품고 있던 매월은 이 틈을 이용해 하인 돌쇠와 짜고 낭자가 외간 남자와 간통한다고 모함하며, 백상공은 낭자를 고문하면서 자백을 강요한다. 낭자는 어쩔 수 없이 선군이 상경 도중에 남몰래 집에 왔던 사실을 말하고, 또 옥비녀를 섬돌에 박히게 하는 등의 방법으로 자신의 결백을 입증한다. 백상공은 낭자를 의심한 것에 대해 사죄하지만, 낭자는 음행을 저질렀다는 악명을 쓰고 살 수 없다며 마침내 상도칼로 가슴을 찔러 자결한다. 백상공은 시신을 염하기 위해 낭자의 가슴에 박힌 칼을 빼려고 했지만, 칼이 빠지지 않아 염도 못한 채 그대로 둔다.

이때 선군은 과거에 급제하고 한림학사가 되어 금의환향한다. 백상공은 선군이 돌아와 낭자가 죽은 것을 알면 따라 죽을까 염려해 임진사댁의 딸 임소저와 혼약을 맺고, 선군이 돌아오는 길에 혼례를 치르려 한다. 그러나 선군은 임소저와의 혼례를 거부하고 낭자를 보기 위해 급히 집으로 돌아오는데, 집에 이르러서야 비로소 낭자가 죽은 것을 알고 통곡한다. 선군은 상공의 의심과 매월의 모함으로 낭자가 죽게 된 것을 알고 매월과 돌쇠를 죽이고, 아울러 상공의 잘못을 지적하면서 원망한다. 이날 밤 낭자가 선군의 꿈에 나타나 원한을 풀어준 것에 대해 감사드리며, 자기의 시신을 옥연동 연못에 묻어달라고 신신당부한다.

선군이 낭자의 시신을 옥연동 연못에 안장하려 하지만 시신은 바닥에서 떨어지지 않는다. 이에 춘양과 동춘에게 상복을 입혀 상여 앞에 세우니, 시신이 떨어지고 상여가 움직여 나는 듯이 옥연동으로 나아간다. 옥연동에 이르니 연못의 물이 순식간에 빠지면서 그 안에 석관이 하나 나타나고, 그 석관에 낭자의 시신을 안장하자 또다시 순식간에 물이 가득 찬다. 잠시 후 낭자가 환생하여 연못에서 푸른 사자를 타고 나와 선군과 함께 집으로 돌아온다. 낭자는 시부모에게 옥황상제의 명으로 선군, 춘양, 동춘과 함께 천상으로 올라가야 하며, 두 분은 백 살까지 살다가 극락세계로 가게 될 것이라고 알려준다. 낭자가 세 가족과 함께 천상으로 올라간 이후 백상공 부부는 백 살까지 살다가 죽어 서천 극락세계로 간다.

줄거리를 통해서도 알 수 있듯이 『숙영낭자전』은 숙영낭자와 선군의 사랑 및 숙영낭자의 비극적인 죽음을 비현실적 요소와 결부시켜 환상적으로 형상화하고 있다. 그러나 비현실적 요소를 조금만 걷어내고 보면, 숙영낭자와 선군이 어떻게 만났으며 숙영낭자가 왜 비극적인 죽음을 맞이하게 되었는가를 어렵지 않게 알 수 있다. 선군은 꿈속에서 지시를 받고 옥연동으로 가서 낭자를 만나 함께 집으로 돌아왔다고 하지만, 백상공의 입장에서 보면 이것은 아들 선군이 어느 날 밖에 나갔다가 출신을 알 수 없는 한 여자를 데리고 온 것에 불과하다. 작품에는 백상공 부부가 낭자를 반갑게 맞이했다고 서술되어 있지만, 실제로는 숙영낭자를 정식 며느리로 인정하지 않았던 것으로 보인다.

그 단적인 예로, 숙영낭자와 선군이 정식으로 혼례를 치르지 않는다는 점을 들 수 있다. 오늘날도 그렇지만, 조선 후기에 정식으로 혼례를 올린다는 것은 결혼 당사자를 가족의 구성원으로 인정하는 동시에 그것을 대외적으로 알리는 의미를 갖는다. 따라서 혼례를 올리지 않는다는 것은 새로 유입된 사람을 가족의 정식 구성원으로 인정하지 않는다는 뜻을 내포하고 있다. 특히 조선 후기에 백상공과 같은 양반 집안에서 혼례를 치르지 않고 며느리를 받아들인다는 것은 있을 수 없는 일이었다. 이러한 실정은 "혼인은 인간의 대사大事라. 부모가 구혼하고 육례를 갖추어 결혼을 하여 부모를 영화롭게 하는 것이 자식 된 도리이거늘, 너는 어찌 이토록 고집을 부리느냐?"는 말에서도 확인된다. 이말은 선군이 임소저와의 결혼을 거부하자 백상공이 선군을 설득하기 위해 한 말인데, 백상공은 분명 '혼례'와 '육례'의 중요성을 강조하고 있다. 그럼에도 불구하고 그는 결코 선군과 숙영낭자의 혼례를 올려주지 않았던 것이다. 따라서 백상공이 숙영낭자를 정식 며느리로 인정하지 않았거나 또는 적어도 탐탁하게 여기지 않았다는 것은 분명하다고 하겠다.

백상공이 임진사 댁과의 혼사를 적극 추진했던 것도 같은 맥락에서 이해할 수 있다. 문면에는 "선군이 숙영낭자가 죽은 것을 알면 저도 따라 죽을까 염려했기 때문"이라고 서술되어 있다. 그러나 숙영낭자를 정식 며느리로 인정할 수 없었던 백상공의 입장에서 볼 때, 자기와 유사한 가문에서 정식으로 며느리를 맞아들이고 싶은 욕망 또한 컸던 것으로 보인다. 그래서 그는 선군에게, "너는 얼굴이 두목지처럼 우아하고 풍채도 뛰어난데, 이제 한림학사라는 벼슬까지 하게 되었도다. 너 같은 대장부가 어찌 한 부인만 둔 채 세월을 보낼 수가 있겠느냐?"라며, 임소저와의 혼례를 강요했던 것이다. 그전에도 백상공은 선군이 장가들 나이가 되면서부터 자기와 비슷한 집안과 결연관계를 맺고자 널리 며느릿감을 구했던 터다. 그런데 뜻하지 않게 아들 선군이 출신도 알 수 없는 여자를 데리고 와서 한시도 떨어지지 않고 지내니, 어찌 불만이 없었겠는가?

숙영낭자의 비극적인 죽음도 근본적으로 이와 무관하지 않다. 선군이 과거를 보러 가는 도중에 남몰래 집으로 되돌아와 낭자를 만나는데, 백상공이 이를 낭자가 외간 남자와 사통하는 것으로 오해한다. 『숙영낭자전』에서 이 대목은 가장 핵심이 되는 내용이기 때문에 백상공이 오해할 수밖에 없었던 상황과 과정을 비교적 상세하면서도 설득력 있게 제시하고 있다. 그러나 그 상황이 어떻게 설정되었건 간에, 백상공이 숙영낭자를 의심하거나 문초하게 된 본질적인 이유는 낭자를 결코 정식 며느리로 인정할 수 없다는 백상공의 가부장적 의식과 지향에 있다. 따라서 백상공은 어떤 방식으로든 숙영낭자에게 시비를 걸 수밖에 없었으며, 낭자 역시 이러한 사실을 모를 리 없다. 그래서 낭자는 백상공의 의심과 문초에 대해, "아무리 육례를 갖추지 않은 며느리라고 할지라도 어떻게 제게 이처럼 흉한 말씀으로 꾸짖으시나이까?"라며 항거했던 것이다.

일견 숙영낭자의 비극적인 자결은, 백상공이 이미 진정으로 사과를 한 터이기 때문에, 지나친 자의식에 따른 선택으로 보이기도 한다. 분명 그러한 측면이 없지 않다. 낭자는 자신의 결백이 증명되었음에도 불구하고, "이렇게 더러운 말을 듣고 어떻게 다른 사람을 마주 볼 수 있으리오? 죽어 저승에 가서 나의 누명을 씻으리라"거나, "어찌 이 더러운 세상에 살아남아 요지연에서 있었던 일을 잊으리오?"라는 생각을 갖고 자결했기 때문이다. 그러나 숙영낭자는 죽지 않고는 자신의 존재가치를 진정으로 인정받을 수 없는 운명적 존재였다. 당시 사회 현실은 신분 차별과 부조리한 관습으로 하층민의 인격을 무시하고 남녀의 진정한 사랑을 철저하게 부정했다. 숙영낭자의 말대로 그녀에게는 '더러운 세상'이었던 것이다. 백상공이 일시적으로 사과했다 해서 이러한 현실이 바뀌는 것도 아니며, 또 숙영낭자가 정식 며느리로 인정받을 수 있었던 것도 아니다. 백상공의 의심과 매월의 모함은 숙영낭자가 이러한 자신의 처지를 분명하게 자각할 수 있었던 계기적 사건이었으나, 백상공에게는 "남녀 사이에 일어나는 누명은 인간의 예삿일"이었을 뿐이다. 이런 상황에서 숙영낭자에게 자신의 자존과 사랑을 지키는 길은 죽음 외에 달리 어떤 방법이 있었겠는가? 그래서 그녀는 "저승에 가서 누명을 씻으리라"며 자결을 선택한바, 숙영낭자의 자결은 하층민 출신으로 인간적 자존을 지키면서 동시에 자신의 존재가치와 사랑을 인정해주는 않는 부조리한 현실에 항거할 수 있는 유일한 통로였다고 하겠다.

한편 『숙영낭자전』의 중요한 특징 가운데 하나로 남자 주인공인 선군의 태도와 지향을 들 수 있다. 그는 꿈속에서 본 숙영낭자를 잊지 못해 죽을 지경까지 이르며, 낭자와 팔 년을 함께 살았으면서도 단 한순간도 낭자와 떨어지려 하지 않는다. 숙영낭자가 의심을 받게 된 것도 결국은 선군이 과거를 보러 가던 도중에 낭자를 잊지 못해 집안 식구들 몰래 집으로 돌아왔기 때문이다. 이뿐만이 아니다. 선군은 낭자가 죽은 것을 알고, "원수로다, 원수로다. 과거 길이 원수로다! 과거에 급제한들 무엇하며, 한림학사가 되었던들 무엇하리? 옥 같은 낭자의 얼굴 보고지고! 한순간을 못 보아도 삼 년을 못 본 듯한데, 이제는 우리 낭자가 죽었으니 어느 천 년에 다시 볼꼬?"라며 통곡한다. 선군의 이 말은 사랑하는 부인을 잃은 순간에 가질 수 있는 일시적인 절망감에서 나온 것만은 아니다. 그가 사는 목적은 처음부터 숙영낭자와 한순간도 떨어지지 않은 채 서로 사랑하면서 사는 것이었으며, 이외에는 그 어떤 것에도 마음을 두지 않았다. 그러기에 위와 같은 그의 절망감은 진실하면서도 절대적인 것이라 할 수 있다.

선군과 같은 인물은 고전소설에서는 물론, 과거보다는 남녀의 사랑을 중요시하는 오늘날 우리의 현실에서도 찾아보기 쉽지 않다. 또 현실적으로 선군의 태도와 지향이 꼭 바람직하다고만 할 수도 없으며, 특히 부모의 입장에서 볼 때는 결코 탐탁지만은 않았으리라 생각된다. 서술자도 이런 점을 인정한 탓인지, "선군이 잠시도 낭자 곁을 떠나지 않은 채 매일 낭자와 희롱하며 지냈다. 상공 부부는 선군이 학업에는 전혀 신경쓰지 않는 것이 민망했지만, 자식이 오로지 선군뿐인 탓에 꾸짖지도 못했다"라고 서술하고 있다. 그러나 서술자는 작품 전반에 걸쳐 선군을 매우 긍정적인 인물로 형상화하고 있는데, 여기에는 조선 후기 남편에게 소외받던 여성들의 욕망과 함께 남녀의 애정을 억압하는 사회적 현실에 대한 불만이 강하게 반영되어 있는 것으로 보인다. 이런 점에서 다음과 같은 견해는 『숙영낭자전』의 정곡을 짚었다고 생각한다.

『숙영낭자전』은 조선 후기에 창작된 작자 미상의 애정소설이다. 표면은 도선적인 환상으로 뒤덮여 있고, 이면에는 냉혹한 현실이 그 것을 극복하려는 강렬한 의지와 함께 아주 생생하게 그려져 있다. 천상계에서 내려와 인간으로 태어난 한 선관과, 선녀인 채로 지상의 한 선경에 내려와 살던 선녀가 어렵사리 만나 열애하고 결혼하고 사별하고 또 재생하는 등의 행위는 도선적 상상력이 빚어낸 아주 환상적이고 낭만적인 사건인데, 그것이 이 작품의 표면을 이루고 있다. 반면 억누를 수 없는 사랑의 욕구와 부부간의 애정이 효라는 중세적 규범에 희생되는 모습, 그리고 부자간의 도리를 저버리고라도 사랑의 자유만을 찾겠다는 자식의 힘겨운 노력이 그 이면을 이루면서 당대의 생동하는 현실을 반영한다. 도선적인 환상을 걷어내면 그런 현실이 제 모습을 드러내고 사회 저변에서 일어나고 있던 변화의 조짐까지도 쉽사리 감지된다.

— 김일렬, 『숙영낭자전연구』(역락, 1999) 머리말에서

위에서 지적한 것처럼 『숙영낭자전』은 환상적이고 낭만적인 사건으로 이루어져 있지만, 그 이면에는 '부자간의 도리를 저버리고라도 사랑의 자유만을 찾겠다는 자식의 힘겨운 노력'이 담겨 있다. 이 노력은 바로 남녀의 사랑을 불온시하거나 억압했던 조선 후기의 도덕적 관념이나 사회적 관습을 극복하려는 '힘겨운 몸부림'이라고 할 수 있다.

왜 우리는 이를 굳이 '힘겨운 몸부림'이라고 해야 하는가? 그 까닭은 바로 사건의 환상성에 있다. 『숙영낭자전』에서 천생연분으로 설정되어 있는 백선군과 숙영낭자의 만남은 실제로는 『춘향전』의 이도령이나 춘향처럼 두 청춘 남녀가 사사로이 만나 열정적으로 사랑했던 이야기였을 가능성이 크다. 예컨대, 선군이 꿈속에서 숙영낭자를 보고 상사병에 걸렸다는 사건 설정은 실제로는 조선 후기에 우연히 만난 한 처녀를 열렬히 사랑하게 된 한 청년의 가슴앓이로 이해할 수 있다는 것이다. 또 작품에서는 숙영낭자가 천상에서 적강하여 옥연동에 머물러 있었다고 했는데, 현실적인 측면에서 볼 때 숙영낭자의 신분을 추정할 수 있는 어떠한 근거도 제시되어 있지 않다. 이것은 분명 선군이 안동에 거주하는 백상공의 아들로 태어났다는 상황 설정과는 다른데, 그

까닭은 숙영낭자가 본래 그 출신성분을 알 수 없는 미천한 존재였기 때문이라고 보아야 한다. 요컨대, 『숙영낭자전』에서 백선군과 숙영낭자의 만남은 기본적으로 양반 도령이 한 미천한 여성을 열렬하게 사랑한 나머지 부모의 뜻을 거역하고 집에 데리고 와 함께 살았던, 문제적인 사건이었다고 하겠다.

『숙영낭자전』의 환상성의 비밀은 바로 여기에 있다. 일반적으로 열정적인 행동을 수반하는 사랑은 강한 정치적 의미와 함께 반사회적 성격을 함축하고 있다. 열정적 사랑이란 합법적으로 인정되지 않은 사랑에 한 발을 들여놓을 때에 비로소 가능한 것이기 때문이다. 즉 열정적인 사랑은 어떠한 외부적 장벽이나 질곡에도 저항할 수 있는 커다란 잠재력을 가지고 있는 것이다. 그렇기에 거의 모든 사회체제에서 남녀 간의 열정적인 사랑을 불온하게 여겼으며, 특히 성리학적 이념과 봉건적 신분관계를 축으로 삼아 중세적 지배체제를 유지했던 조선시대에는 이를 더욱 억압했던 것이다. 그런데 『숙영낭자전』은 바로 남녀 주인공의 열정적인 사랑을 주제로 삼고 있을 뿐만 아니라, 그 애정을 적극적으로 표출하고 있기까지 하다.

『숙영낭자전』이 다루고 있는 이 열정적 사랑은 오늘날 우리 사회에서도 문제시되곤 한다. 하물며 조선시대에는 어떠했겠는가? 조선 후기에 이르러 봉건적 신분관계가 동요를 일으키고, 성리학적 이념의 사회·정치적 통치이념으로서의 성격이 약화되었다고 할지라도, 이 문제를 노골적으로 드러내기는 어려웠을 것이다. 그러기에 『숙영낭자전』의 향유층은 이 문제를 노골적이거나 직접적으로 표출하지 못하고, 비현실적·환상적으로 드러낸 것이다. 요컨대 봉건적 신분관계 등 사회적 관습이나 이념에서 벗어나 자유롭고 열정적인 사랑을 욕망하면서도 그것을 드러낼 수 없었던 사회적 현실, 그러한 현실 속에서 『숙영낭자전』의 향유층은 환상적인 사건의 설정과 형상화를 통해서나마 자유롭고 열정적인 사랑의 가치와 의미를 드러내고자 했다고 하겠다. 오늘날 우리들이 누리고 있는 자유로운 사랑은 바로 이들의 '힘겨운 몸부림'이 축적된 결과로 이해되어야 할 것이다.

『숙영낭자전』에 대한 연구는 이 작품의 가치나 의의에 비해 일단 양적으로 매우 미약한 편이다. 이본에 대한 연구는 주로 김일렬(1984), 손경희(1986), 성현경(1995) 등에 의해 이루어졌는데, 이 가운데 특히 김일렬은 여러 이본들의 특성을 면밀하게 검토함으로써 『숙영낭자전』의 이본들을 4개의 이본군으로 체계화하는 성과를 낳았다.

『숙영낭자전』에 대한 작품론은 이희숙(1968), 김일렬(1977, 1982, 1984, 1994, 1995, 1996, 1999), 김충실(1984), 손경희(1986), 김종철(1992), 성현경(1995), 윤경수(1999) 등의 연구가 있다. 이 가운데 가장 주목되는 것은 역시 김일렬의 연구이다. 그는 이십 년 동안 『숙영낭자전』을 관심을 갖고 작품의 구조와 의미에서부터 역사적 성격 및 판소리와의 관련성에 대한 문제에 이르기까지 다양한 측면에서 연구를 해왔으며, 그 결과를 저서(『숙영낭자전연구』)로 출간했다.

『숙영낭자전』은 다대한 환상성에도 불구하고 남녀 주인공의 열렬한 사랑과 여주인공의 비극적인 죽음으로 인한 슬픔을 절절하게 형상화하고 있는바, 우리 소설사에서 매우 의의 있는 작품이다. 그러나 이 작품에 대한 연구자들의 관심과 평가는 그 의의에 비해 상대적으로 매우 미흡한 편이다. 김일렬을 비롯한 몇몇 연구자들에 의해 작품의 성격과 사회적 의미 등 질적으로 상당한 연구 성과가 축적되어 있긴 하지만 여전히 남자 주인공의 인물 형상과 거기에 반영된 작가 의식, 조선 후기 여성의 삶과 시집살이에 대한 문제, 각 이본에 반영된 필사자(또는 독자층)의 인식과 반응 등 주목할 만한 요소가 매우 많다.

특히 『숙영낭자전』의 이본과 각 이본에 나타난 의식의 차이는 매우 심도 있게 연구될 필요가 있다. 『숙영낭자전』은 다른 작품에 비해 각 이본들이 차이가 매우 심한 편이다. 『숙향전』의 경우에도 수집 종의 이본이 있지만, 거의 모든 이본이 동일한 구성과 결말을 취한다. 그런데 『숙영낭자전』의 경우에는 이본마다 구성적인 측면에서도 다소간 차이를 보이지만, 결말 처리는 각양각색이라고 해도 과언이 아닐 정도이다. 이것은 이 작품이 '부모에 대한 자식의 도리와 이성異性에 대한 사랑의 대립'이라는, 당시 사회에서는 논란거리가 되기에 충분한 문제를 다룬 데서 비롯된 것이라고 할 수 있다. 즉 부모의 뜻을 거스르고 애정만을 추구하는 남주인공의 행동과 부모의 대응방식이 독자들의 의식에 따라 각각 다르게 수용되고 평가되면서 각 이본마다 구성과 결말을 달리했던 것이다. 따라서 『숙영낭자전』의 각 이본들을 좀더 섬세하게 분석·고찰할 경우, '남녀의 애정과 관련한 부자간의 갈등'에 대한 당대인들의 다양한 인식과 반응을 포착할 수 있으리라 생각한다.

현재 조사된 바에 의하면, 『숙영낭자전』의 이본은 필사본 66종, 판각본 4종 등 총 71종이다. 이들은 모두 국문본이며, 한문본 『숙영낭자전』인 『재생연再生緣』이 있었다고 하나 현재는 찾아볼 수 없다. 김일렬은 이들 이본을 후반부의 구조에 따라 크게 4개의 이본군으로 나누었다. 즉 '장례→재생→시련→재회'의 구조로 이루어진 이본은 제1이본군으로, '장례→재생→재회'는 제2이본군으로, '장례'는 제3이본군으로, '재생→재회'는 제4이본군으로 나눈 것이다. 나아가 그는 부모의 부정적인 행위에 대해 제1이본군은 '적극적', 제2이본군은 '소극적', 제3이본군은 '가장 적극적', 제4이본군은 '가장 소극적'이라고 밝히고, 이본군의 선후관계는 '1→2→3→4'의 순으로 이루어졌을 것이라고 추정했다. 실제로 『숙영낭자전』의 이본은 후반부에서 그 차이가 두드러지는데, 이는 부모의 부정적인 행위에 대한 전승·개작자들의 생각이나 의식과 깊게 관련되어 있다. 따라서 후반부를 중심으로 이본군을 나누고, 그 차이가 내포하고 있는 의미를 논의한 것은 매우 타당하다고 하겠다.

그러나 『숙영낭자전』의 전형성과 관련지어 생각할 때, '선군과 임소저의 결혼 여부' 또한 매우 중요한 요소 가운데 하나이다. 숙영낭자에 대한 선군의 절대적이고 지고지순한 애정을 고려한다면, 선군이 임소저와 결혼한 것으로 되어 있는 이본은 전형적인 것으로 보기 어렵다. 또 고전소설의 일반적 특성이나 조선 후기 작자 및 독자들의 의식을 고려할 때, 부모의 부정적인 행위를 적극적으로 비판하기도 쉽지 않았으리라 생각된다. 이에 여기에서는 제2이본군에 속하면서도 선군과 임소저가 결혼하지 않은 것으로 되어 있는, 김동욱 소장 48장본 『숙영낭자전』을 저본으로 삼아 역주 작업을 했으며, 제3이본군에 해당하면서도 구체적인 서술에 있어서는 김동욱 48장본과 매우 유사한 김광순 소장 48장본(갑진본으로 약칭) 『슈경낭ᄌ전』(김광순 소장 필사본 『한국고소설전집』 19, 경인문화사)과 김광순 소장 50장본(김광순본으로 약칭) 『수경낭ᄌ전』(김광순 소장 필사본 『한국고소설전집』 32, 경인문화사)을 중심으로 교감했음을 밝힌다.

이상구

【 참고문헌 】

숙향전

이위응(1960), 「숙향전 연구—그 필사 및 창작연대 추정을 위한 음운학적 분석을 주로」, 『부산대 개교 20주년 기념 논문집』.

장홍재(1972), 「숙향전에 나타난 거북(=龍)의 보은사상」, 『국어국문학』 55~57합집, 국어국문학회.

조희웅(1978), 「국문본 고전소설 형성연대 고구」, 『국민대논문집』 12, 국민대.

구충회(1983), 「숙향전 이본고」, 고려대 교육대학원 석사논문.

김응환(1983), 「숙향전의 도교사상적 고찰」, 한양대 석사논문.

나도창(1984), 「숙향전 연구」, 숭전대 석사논문.

서연희(1986), 「숙향전의 서사구조와 의미」, 『서강어문』 5, 서강어문학회.

정종대(1987), 「숙향전고」, 『국어교육』 59~60합병호, 한국국어교육연구회.

양혜란(1991), 「숙향전에 나타난 서사기법으로서의 시간문제」, 『우리어문학연구』 3, 외국어대.

황패강(1991), 「숙향전의 구조와 동양적 예정론」, 『고전소설의 이해』, 문학과비평사.

이상구(1991), 「숙향전의 현실적 성격」, 『고전문학연구』 6, 한국고전문학연구회.

조용호(1992), 「숙향전의 구조와 의미」, 『고전문학연구』 7, 한국고전문학연구회.

장홍재(1993), 「숙향전」, 『고전소설연구』, 일지사.

신재홍(1994), 「숙향전의 미적 특질」, 『다곡이수봉박사정년기념 고소설연구논총』, 경인문화사.

이상구(1994), 「숙향전의 문헌적 계보와 현실적 성격」, 고려대 박사논문.

박태근(1994), 「숙향전의 문체론적 연구」, 단국대 석사논문.

성현경(1994), 「숙향전론」, 『동아연구』 27, 서강대 동아연구소

임성래(1995), 「숙향전」, 『조선 후기의 대중소설』, 태학사.

윤경희(1995), 「이대본 숙향전에 나타난 조명론적 세계관—천상계 존재의 기능과 그 의미를 중심으로」, 『한국고전연구』 창간호, 한국고전연구회.

이종길(1995), 「숙향전 연구」, 부산외국어대 석사논문.

조희웅·松原孝俊(1997), 「숙향전 형성연대 재고—일본 측 자료를 중심으로」,

『고전문학연구』 12, 한국고전문학회.

박병완(1995), 「숙향전의 구조와 작가의식」, 『국어국문학』 115, 국어국문학회.

심치열(1997), 「숙향전 연구」, 『한국언어문학』 38, 한국언어문학회.

조희웅(1997), 「숙향전 형성연대 재고」, 『고전문학연구』 12, 한국고전문학회.

차충환(1999), 『숙향전 연구』, 월인.

최기숙(1999), 『17세기 장편소설 연구』, 월인.

차충환(1999), 「숙향전의 구조와 세계관」, 『고전문학연구』 15, 한국고전문학회.

_____(2000), 「숙향전 이본의 개작 양상과 그 의미」, 『인문학연구』 4, 경희대 인문학연구소

정종진(2001), 「숙향전 서사구조의 양식적 특징과 세계관」, 『한국고전연구』 7, 한국고전연구회.

이상구(2002), 「숙향전」, 『고소설연구사』, 일위 우쾌제 박사 화갑기념논문집 간행위원회.

김문희(2005), 「숙향전의 환상성의 창출양상과 의미」, 『한민족어문학』 47, 한민족어문학회.

지연숙(2005), 「숙향전 한문본 연구」, 『고소설연구』 20, 한국고소설학회.

박현숙(2005), 「성리학적 관점으로 본 숙향전」, 『한국사상과 문화』 27, 한국사상문화학회.

박영희(2006), 「17세기 소설에 나타난 시집간 딸의 친정 살리기와 '출가외인' 담론」, 『한국고전여성문학연구』 13, 한국고전여성문학회.

지연숙(2007), 「숙향전의 세계 형성과 작동 원리 연구」, 『고소설연구』 24, 한국고소설학회.

이기대(2008), 「시아버지에 의한 며느리 박해의 소설화 양상」, 『우리어문연구』 30, 우리어문학회.

숙영낭자전

이희숙(1968), 「숙영낭자전고」, 『한국어문연구』 8, 이화여대 한국어문학회.

김일렬(1977), 「고전소설에 나타난 가족의식」, 『동양문화연구』 2, 동양문화연구소

_____(1982), 「소설의 민요화 – 숙영낭자전과 오단춘요를 대상으로」, 『어문논총』 16, 경북대 국문과.

_____(1984), 「조선조 소설에 나타난 효와 애정의 대립 - 숙영낭자전을 중심으로」, 서울대 박사학위논문.

김충실(1984), 「숙영낭자전에 나타난 시련에 대한 연구」, 『이화어문논집』 7, 이화여대 한국어문학연구소.

손경희(1986), 「숙영낭자전 연구」, 연세대 석사학위논문.

김종철(1992), 「판소리 숙영낭자전 연구」, 『난대이응백박사고희기념논문집』

박태상(1993), 「숙영낭자전」, 『화경고전문학연구』, 일지사.

김일렬(1994), 「숙영낭자전에 나타난 주·노간의 갈등」, 『어문론총』 28, 경북어문학회.

김일렬(1994), 「숙영낭자전의 현대적 개작에 의한 변모」, 『한국학논집』 15, 한국문학회.

성현경(1995), 「숙영낭자전과 숙영낭자가의 비교 - 소설의 판소리화 과정 연구」, 『판소리연구』 6, 판소리학회.

김일렬(1995), 「도선적 신비 속의 역사적 현실 - 숙영낭자전의 경우」, 『어문론총』 29, 경북어문학회.

_____(1996), 「판소리 숙영낭자전의 등장과 탈락의 이유」, 『어문론총』 30, 경북어문학회.

_____(1999), 「비극적 결말본 숙영낭자전의 성격과 가치」, 『어문학』 66, 한국어문학회.

윤경수(1999), 「숙영낭자전의 신화적 구성과 분석」, 『연민학지』 7, 연민학회.

김일렬(1999), 『숙영낭자전 연구』, 도서출판 역락.

우리가 고전에 눈을 돌리는 것은 고전으로 회귀하기 위해서가 아니다. 한국의 고전은 고전으로서 계승된 역사가 극히 짧고 지금 이 순간에도 발견되고 있으며 심지어 어떤 작품은 저 구석에서 후대의 눈길을 간절하게 기다리고 있기도 하다. 우리의 목표는 바로 이런 한국의 고전을 귀환시키는 것이다. 그러니까 고전 안에 숨죽이며 웅크리고 있는 진리내용들을 다시 불러들이고 그것으로 이 불투명한 시대의 이정표를 삼는 것, 이것이 우리의 궁극적인 목적이다.

문학동네 한국고전문학전집은 몇몇 전문가의 연구실에 갇혀 있던 우리의 위대한 유산을 널리 공유하는 것은 물론, 우리 고전의 비판적·창조적 계승을 통해 세계문학사를 또 한번 진화시키고자 하는 강한 열망 속에서 탄생하였다. 그래서 문학동네 한국고전문학전집은 이미 익숙한 불멸의 고전은 말할 것도 없고 각 시대가 새롭게 찾아내어 힘겨운 논의 끝에 고전으로 끌어올린 작품까지를 두루 포함시켰다. 뿐만 아니라 한국 고전의 위대함을 같이 느끼기 위해 자구 하나, 단어 하나에도 세밀한 정성을 들였다. 여러 이본들을 철저히 비교하는 과정을 거쳐 정본을 확정했고, 이제까지의 모든 연구를 포괄한 각주를 달았으며, 각 작품의 품격과 분위기를 충분히 살려 현대어 텍스트를 완성했다. 이 모두가 우리의 고전을 재발명하는 것이야말로 세계문학의 인식론적 지도를 바꾸는 일이라는 소명감 덕분에 가능했음은 물론이다. 부디 한국의 고전 중 그 정수들을 한자리에 모은 문학동네 한국고전문학전집이 그간 한국의 고전을 멀리했던 독자들에게 널리 읽히고 창조적으로 계승되어 세계문학의 진화를 불러오는 우리의, 더 나아가 세계 전체의 소중한 자산으로 자리하기를 기대해본다.

문학동네 한국고전문학전집 편집위원
심경호, 장효현, 정병설, 류보선

주석자 **이상구**

1958년 전북 남원에서 출생하였다. 고려대학교 문과대학 국어국문학과를 졸업하고, 같은 대학에서 문학박사 학위를 취득하였다. 순천대학교 사범대학 부학장, 남도문화연구소장 등을 역임했으며, 현재 순천대학교 사범대학 국어교육과 교수로 재직하고 있다. 역서로는 『17세기 애정전기소설』 『유충렬전·최고운전』 등 8권이 있으며, 논문으로는 「숙향전의 현실적 성격과 문헌적 계보」 「유충렬전의 갈등구조와 현실인식」 등 30여 편이 있다.

한국고전문학전집 006

원본 숙향전·숙영낭자전
ⓒ 이상구 2010

1판 1쇄 2010년 8월 28일
1판 5쇄 2024년 11월 11일

주석자 이상구

책임편집 구민정 | 편집 임혜지 김춘길 오동규
저작권 박지영 형소진 오서영 | 디자인 윤종윤 한충현 김민하
마케팅 정민호 서지화 한민아 이민경 왕지경 정경주 김수인 김혜원 김하연 김예진
브랜딩 함유지 함근아 박민재 김희숙 이송이 박다솔 조다현 정승민 배진성
제작 강신은 김동욱 이순호 | 제작처 영신사

펴낸곳 (주)문학동네 | 펴낸이 김소영
출판등록 1993년 10월 22일 제2003-000045호
주소 10881 경기도 파주시 회동길 210
전자우편 editor@munhak.com | 대표전화 031)955-8888 | 팩스 031)955-8855
문의전화 031)955-3578(마케팅), 031)955-2671(편집)
문학동네카페 http://cafe.naver.com/mhdn
인스타그램 @munhakdongne | 트위터 @munhakdongne
북클럽문학동네 http://bookclubmunhak.com

ISBN 978-89-546-0895-4 04810
      978-89-546-0888-6 04810 (세트)

www.munhak.com